Domaine étranger

collection dirigée
par
Jean-Claude Zylberstein

LE DERNIER CHAPITRE

KNUT HAMSUN
Prix Nobel

LE DERNIER CHAPITRE

Traduit du norvégien
par Ingunn GUILHON
avec la collaboration
de Alain-Pierre GUILHON

PARIS
Les Belles Lettres
2025

Titre original de l'ouvrage :
SISTE KAPITEL

95, boulevard Raspail, 75006 Paris
www.lesbelleslettres.com

ISBN : 978-2-251-45681-2

PREMIÈRE PARTIE

I

Oui, notre vie sur cette terre n'est qu'une longue errance. Nous parcourons les routes et traversons les champs, à quatre pattes ou sur nos deux pieds, en nous piétinant les uns les autres. Comme ce Daniel, qui piétina et fut piétiné à son tour.

S'il n'est pas difficile aujourd'hui de monter à Torahus, où il habitait, il n'en a pas toujours été ainsi : il y eut même une période où ce fut dangereux, et pour s'y rendre, il fallait s'armer et ouvrir l'œil. Évidemment, cela n'a duré qu'un temps, mais pendant quelques jours, Daniel fit la loi sur la montagne, tirant sur le premier venu. Il y a longtemps de cela, c'était à l'époque où nous étions tous plus jeunes.

A l'origine, Torahus était un chalet d'alpage qui faisait partie de la propriété de son père. Comme il était mal entretenu, l'élevage avait finalement dû être abandonné. D'ailleurs son père s'occupait mal de tout, que ce fût de sa ferme ou même de sa propre personne. Bien sûr, c'est facile à dire et il avait peut-être des excuses. Ses ennuis avaient commencé à la mort de sa femme et n'avaient fait qu'empirer durant une vingtaine d'années de vie dissolue. A sa mort, la ferme fut vendue. Cependant, Daniel parvint à sauver le chalet et quelques bêtes, et partit s'installer là-haut.

Cela ne lui déplaisait pas car il était jeune – une vingtaine d'années – et robuste. Une vieille servante de la ferme de son père le suivit par dévouement.

Raconter tout ça prend peu de temps, mais en réalité ce fut pour lui une longue et douloureuse histoire que de quitter le village au su de tout le monde et de monter au chalet où un dur labeur l'attendait. Il se mit à l'ouvrage avec courage : il creusa, remblaya, déboisa la forêt de sapins, détourna le cours d'eau et déterra une grande quantité de pierres. Personne n'aurait cru Daniel pareillement bûcheur, car à la ferme de son père il ne s'était pas trop fatigué. Désormais, il avait sa propriété à lui et se montrait sous un tout autre jour. Il était devenu travailleur et comme il était en quelque sorte son propre maître, il faisait de bonnes journées. Il est permis de s'interroger sur sa motivation profonde. Il devait bien en avoir une en effet.

Quelques années s'écoulèrent mais Daniel ne changeait pas : il était toujours méticuleux, consciencieux, monotone même, dans le choix de ses vêtements comme dans son langage. Les guerres, les épidémies, les tremblements de terre de par le monde ne le concernaient pas ; il ne lisait pas et jamais il ne dépoussiérait une pierre avant de s'y asseoir.

Au bout de deux ou trois ans, la propriété s'était agrandie : Torahus était désormais une petite ferme. Torahus, « la maison du tonnerre ». Il s'y plaisait bien et menait une vie conforme à ses goûts et à son cœur. Il y trouvait la solitude mais pas le vide ; la vue était impressionnante : de tous côtés, des kilomètres de montagnes recouvertes de forêts. Le travail lui prenait tout son temps ; lorsqu'il avait soif, il allait au ruisseau avec un seau qu'il remplissait d'eau et buvait, puis il le rapportait plein à la maison. C'était le règne du calme avec, en fond, un murmure perpétuel ; c'était le règne des étoiles, mais pas cette vermine dorée qu'on voyait de la ferme de son père, là-bas dans le brouillard : non, ici les astres étincelaient, superbes. Les étoiles ont quelque chose de suave, on dirait des petites filles. Il ne se sentait pas pauvre et abandonné – ce qu'il était en réalité – car les pierres qu'il avait extraites du sol ressemblaient à une foule de gens autour de lui ; il les connaissait une par une et chacune était son amie, puisqu'il l'avait délivrée de la terre.

Après le repas du soir, il avait l'habitude de sortir pour marcher un peu et contempler la forêt qui poussait si joliment et les marais qu'il lui restait encore à drainer ; s'il en avait eu les moyens, il aurait eu un cheval, mais il ne désespérait pas, il finirait bien par en avoir un un jour, et il avait déjà une belle propriété.

Lorsque la vieille servante était couchée dans la chambre et que les animaux se trouvaient dans l'étable, il rentrait. La maison l'accueillait comme elle aurait accueilli n'importe qui, à la seule différence qu'elle était à lui et à personne d'autre ; elle l'abritait avec l'impartialité d'une grotte et sa robustesse le protégeait. Les murs étaient faits de rondins, et sous le plafond bas le foyer réchauffait la nuit ; il en frissonnait de bien-être, sachant qu'il n'était vu de personne. Dehors était la solitude. Un ruisseau coulait à quelques pas des bâtiments. Il se couchait en paix.

Il en fut ainsi pendant deux années, mais cela ne pouvait durer éternellement.

La troisième année, il commença à descendre davantage au village chez les gens qu'il connaissait, à l'église, aux ventes aux enchères, et puis, il y avait sa bonne amie. Il était encore trop jeune et gaillard pour vivre la vie au pas. Il se précipitait à sa rencontre. La distance n'était pas négligeable, mais pas insurmontable non plus. Déjà, enfants, ils se rejoignaient, elle venant de sa maison, lui de la sienne. Dans la forêt il y avait partout des ruisseaux qu'ils sautaient, des noisetiers, des écureuils, des fourmilières, des merisiers parfumés. Maintenant qu'il était adulte, il refaisait le même chemin et il était heureux, chantant de bonheur à l'idée de revoir les vieilles pierres, les buissons et les petits coins abrités du vent. Euphorique, il lui arrivait de sautiller comme s'il ne lui restait non point quelques kilomètres, mais seulement quelques pas à faire. De temps à autre, il la rencontrait avant d'être arrivé, et ils en étaient tous deux embarrassés, cherchant de vagues explications. Toutefois, cela se produisit surtout dans les jours qui suivirent l'école et la confirmation ; plus tard, il y eut davantage de sérieux et moins de jeu entre eux. La débâcle de la ferme du père avait rendu plus réservée la jeune fille qui commença à ne plus beaucoup tenir à leur union. Cela dit, ils n'avaient jamais été fiancés et ne l'étaient d'ailleurs toujours pas, mais ils continuaient à se regarder d'un très bon œil.

Un jour, deux étrangers arrivèrent à Torahus. Deux chasseurs. L'un se présenta comme avocat, l'autre comme médecin. Ils parlèrent avec Daniel et le regardèrent travailler.

« C'est une vraie petite ferme que vous avez là », lui dirent-ils.

Daniel rit un peu de leur remarque et répondit que ce n'était pas vraiment une ferme, car il n'avait que deux bêtes.

Mais s'il poursuivait la tâche entreprise, il pourrait bien avoir deux bêtes supplémentaires, non ?

Certes, Daniel n'excluait pas cette possibilité.

Il invita les deux messieurs à entrer dans la maison et leur offrit du lait ; ils burent, reprirent leur souffle et burent à nouveau. La vieille servante reçut même une pièce de deux couronnes.

Des gens bien, des gens riches ; Daniel les trouva sympathiques. Il les accompagna jusqu'au village et porta leurs sacs.

En route, ils parlèrent encore de Torahus et lui demandèrent s'il y avait suffisamment de bois.

Pour le chauffage ? Plus qu'il n'en fallait !

Daniel montra plus de cinq kilomètres de forêts d'un côté et autant, vers l'autre chalet également nommé Torahus.

Lorsque, arrivés au village, ils se séparèrent, les messieurs lui demandèrent :

« Veux-tu vendre ta propriété ?

– Vendre ? répéta Daniel. Ces messieurs plaisantaient… »

Ils étaient charmants, mais ce n'était pas sérieux…

« Nous ne plaisantons pas, affirma le médecin.

– Vendre ? dit Daniel, non, il faut que je la garde, ma ferme. »

Ils se quittèrent et Daniel rentra chez lui. L'avocat lui avait donné une pièce de cinq couronnes pour le trajet.

Non, bien sûr, il ne pouvait pas vendre Torahus, c'était sa petite ferme à lui, et il n'en avait pas d'autre. Pourtant, il avait beaucoup apprécié que d'autres veuillent la posséder. Il travaillait avec courage aux bâtiments et faisait des réparations là où c'était nécessaire, aménageait un nouvel abreuvoir dans le ruisseau, montait de longs murs en pierre et ne délaissait pas pour autant sa propre maison. Lorsqu'il se rendait au village, il pouvait inviter tout un chacun à venir là-haut dans la montagne, car on n'y mourait pas de faim. Seulement voilà, un village n'abandonne pas facilement un vieux préjugé pour un nouveau : Daniel était toujours le fils unique d'une grande ferme qui se retrouvait dans un chalet d'alpage. C'était un destin auquel il n'échappait pas.

La jeune fille s'appelait Héléna. Ce n'était pas une beauté, loin de là : elle avait le visage boutonneux et la peau anémique. Toutefois, elle était bien faite et écoutait gentiment lorsqu'on lui adressait la parole. Ce n'est pas la même chose que d'écouter avec attention et avec indulgence. Elle avait un je ne sais quoi de paresseux, de lent, et semblait méditer ce qu'il disait. C'est d'ailleurs pour cette raison qu'elle lui faisait une si bonne impression. Et elle était suffisamment belle. Il lui déclara qu'il aurait bien aimé l'épouser.

Elle y réfléchit.

Désormais, il avait sa propriété à lui et elle n'était pas si mal. D'ailleurs, avec le temps, il comptait bien l'agrandir et ajouter une petite habitation.

« Mais tu ne vas pas bientôt descendre de ton chalet ?

– Comment ?

– Venir habiter au village...

– Non. J'ai ce que j'ai. Cela ne te suffit pas ?

– Si », répondit-elle, songeuse.

Plusieurs fois, ils parlèrent de cette manière, et rien ne fut décidé. Finalement, il réussit à lui faire dire qu'elle voulait bien de lui : mais elle se frotta les yeux en cachette et réussit à faire monter les larmes. Il ne prit pas cela pour un refus, et puis il n'était pas question d'aller pleurer sur sa tombe ou quelque chose dans ce genre : il pensait au contraire avoir obtenu ce qu'il désirait.

Quelques semaines plus tard, il descendit au magasin où il rencontra Héléna. Il la raccompagna chez elle et lui demanda quand elle viendrait le voir. Il entendait par là : quand ils se marieraient.

Elle ne savait pas. Cela dépendait.

Oui, mais si elle ne le trouvait pas plus laid ou plus dangereux qu'un autre, elle pouvait le prendre tout de suite, comme ça ce serait fait.

Elle rit de sa remarque et détourna la conversation en plaisantant sur le fait qu'il pourrait être laid et dangereux. Elle évita soigneusement de répondre à la question qu'il lui avait posée ; peut-être était-ce sa façon à elle de refuser avec le sourire. Elle ne le dit pas clairement, mais il aurait dû comprendre : elle ne voulait pas abandonner une ferme pour un chalet. Pourquoi, dès lors, insistait-il ? Ces derniers temps, par son attitude, elle lui avait bien montré que s'il n'y voyait pas d'inconvénient, elle préférerait ne plus en entendre parler. Ce n'était pourtant pas difficile à comprendre !

D'accord. Mais cette fois encore, elle l'avait écouté avec une certaine douceur et lorsqu'ils se séparèrent, il crut la voir cligner de l'œil. Ou peut-être avait-elle baissé les yeux, peinée de le quitter.

C'était bon – Daniel rentra chez lui et se mit à chanter sans raison.

Quelques semaines plus tard – le printemps était déjà là et les bourgeons apparaissaient sur les saules – Daniel fut mis au courant d'une nouvelle bizarre :

« Alors, il paraît qu'elle ne quitte plus le sous-brigadier de gendarmerie ?

– Qui ?

– Comment, qui ? Tu ne sais pas ? Héléna. »

Daniel ne comprenait pas, ne pouvait le croire. Héléna ?

« On a publié les bans dimanche dernier.

– Non ! Héléna ? Dimanche dernier ? C'est vrai ?

– Il a fait une demande pour être gendarme et tu vas voir qu'Héléna sera quelqu'un d'important, c'est moi qui te le dis !

– Je savais bien que j'apprendrais une nouvelle aujourd'hui, dit Daniel pour ne pas laisser paraître son émotion, le corbeau criait tellement sur ma route ! » Puis il se mit à rire, les lèvres blanches.

Il rentra chez lui avec ses achats qu'il laissa à la servante et repartit aussitôt au village.

Il paraissait pressé. Mais qu'allait-il faire encore au village ? Il ne le savait pas lui-même. Il marchait, courait, s'arrêtait un instant et courait à nouveau. Il avait l'air égaré.

« Tu as oublié quelque chose ? lui demanda-t-on lorsqu'il réapparut.

– Oui. »

Il rencontra Helmer, son voisin et meilleur ami depuis l'enfance. Ils continuèrent tous les deux. Arrivés au magasin, ils entrèrent dans l'arrière-boutique, achetèrent à boire et y restèrent un bon moment. D'autres jeunes gens s'étaient joints à eux et ils furent bientôt un petit groupe discutant de tout et de rien. L'un racontait qu'à l'expiration de son bail il changerait d'emplacement, l'autre disait qu'il devait envoyer un veau à son frère de Kristiania. Bref, les petites choses de la vie d'un village. En fait, ils savaient tous ce qui venait d'arriver à Daniel et ils l'avaient à l'œil. Héléna lui était promise depuis toujours et il ne l'avait pas eue ; c'étaient des choses qui arrivaient ; la vie n'était pas tout le temps bonne. Ils évitaient de prononcer le nom de la jeune fille et essayaient de lui remonter le moral en buvant et trinquant avec lui, en lui demandant des nouvelles de Torahus qu'il avait transformé en petite ferme, le sacré bougre !

Daniel demeurait taciturne et se laissait traiter comme un malade. La sympathie que lui montraient ses amis était très agréable et, qui sait, peut-être feignait-il d'être plus perdu qu'il ne l'était en réalité ; en fait, il s'était calmé au cours des deux voyages à la montagne et l'effet bénéfique de la boisson le détendait un peu. Enfin, n'y tenant plus, il demanda :

« Est-ce que l'un d'entre vous est allé à l'église dimanche dernier ?

– Oui, plusieurs, pourquoi ?

– Pour rien.

– Il y avait trois baptêmes et un enterrement.

– Et on a publié les bans pour le sous-brigadier », ajouta quelqu'un.

Tout de suite, on essaya de réparer la gaffe en changeant de sujet :

« J'ai entendu dire que tu as déjà deux bêtes à Torahus. Tu comptes aussi avoir un cheval ? »

Un long silence. Ils commençaient à parler d'autre chose lorsque Daniel répondit :

« Un cheval ? Pour quoi faire ! Je n'ai plus besoin de Torahus maintenant ! »

Ses copains étaient des garçons de son âge et du même village, mais Daniel avait peut-être tort d'exagérer ainsi son chagrin, car, au fond, ils n'étaient que des paysans et ne pouvaient pas comprendre qu'un amour malheureux enlève toute valeur à un chalet, à une ferme de montagne. Rapidement, il commença à les ennuyer avec ses humeurs et il dut élever la voix pour attirer l'attention : il se foutait de tout, d'accord, mais qu'ils se méfient ! Que certains se méfient !

« Oui, acquiescèrent les amis, à ta santé ! »

Ils ne firent aucun cas de ses menaces et, la réunion n'ayant plus d'intérêt, ils s'en allèrent l'un après l'autre ; celui qui devait envoyer un veau avait besoin du boutiquier pour cette tâche.

Daniel et Helmer restèrent seuls à fumer.

« Helmer, je vais mettre le feu à la maison », annonça Daniel, impassible.

L'autre le contempla, bouche bée, puis lui dit en secouant la tête :

« Mais non !

– Je vais le faire, insista Daniel, je vais la réchauffer avec du petit bois !

– Mais non, tu dis des bêtises ! »

Daniel répondit d'un signe de tête.

Son ami eut une bonne idée :

« C'est trop loin de la gendarmerie.

– Comment ?

– Il faut se constituer prisonnier chez le gendarme au plus tard une heure après le délit.

– Pourquoi ? demanda Daniel, intrigué.

– Parce qu'autrement tu seras recherché, emprisonné et condamné à mort.

– Je prends le risque !

– Non, c'est trop dangereux de commettre un acte pareil si loin de la gendarmerie ! » conclut Helmer.

Et pour le convaincre il ajouta :

« En fin de compte, est-ce qu'elle en vaut la peine ? Viens, partons ! »

Ils marchèrent ensemble jusqu'au carrefour où ils se quittèrent.

« Helmer, cria Daniel, je vais le faire !

– Bêtises ! » lui lança Helmer en retour.

Et l'un rentra chez lui tandis que l'autre partait mettre le feu à une maison.

A neuf heures du soir, il était arrivé et alla s'asseoir à la limite du champ pour attendre la nuit. Le temps était celui d'un début de printemps, frais en fin de journée, mais les boissons avaient réchauffé Daniel intérieurement et il n'avait pas froid. Il voyait la fumée monter de la cheminée de la maison, mais aucune vie n'animait la ferme : tout le monde était couché. La vue de cette maison, d'une fenêtre en particulier, les souvenirs, et les effets de l'alcool l'attendrirent, et il commença à pleurer en secouant désespérément la tête. Puis il s'endormit.

Le froid le réveilla et il aperçut une faible lueur qu'il prit pour l'aube. « C'est trop tard ! » pensa-t-il et il se mit en route. Il avait fait un bon bout de chemin lorsqu'il s'arrêta subitement : ce n'était pas le jour, il était à peine minuit, autrement dit la bonne heure ! Car, s'il avait été plus tard, il aurait entendu le chant des oiseaux. Quelle étourderie de sa part ! Mais refaire tout ce chemin en sens inverse – non ; il était trop fatigué et déprimé, il n'en avait plus le courage. Ce serait pour une autre fois.

Il ne mit jamais le feu à la maison, tout ça n'avait été qu'esbroufe et beaux discours. Et pourtant, cela lui valut une réputation terrible ; petit à petit, on apprit ce qu'il avait eu l'intention de faire et les villageois en eurent froid dans le dos : « Penser qu'un garçon comme Daniel en arriverait là, lui qui était d'une grande ferme ! » Lorsqu'il descendait au village, tous le regardaient, gênés, et il comprit qu'il ne faisait plus l'objet de leur bienveillance.

Son copain Helmer, lui, était resté fidèle, et il combattit les ragots du mieux qu'il le put ; hélas ! sans grand succès, car les habitants d'un petit village changent difficilement d'opinion et préfèrent penser le pire des autres.

Daniel resta donc davantage chez lui à Torahus où il travaillait comme un cheval. C'était le printemps, et puisqu'il était seul, l'ouvrage ne manquait pas. Mais qui aurait cru que Daniel surmonterait si rapidement son chagrin d'amour ? Il ne perdit ni le sommeil ni l'appétit. Il ne faudrait pourtant pas croire que sa peine ne fut pas grande au début ; simplement, il s'était fait une raison, s'était pincé le bras, et avait compris qu'il était toujours le même. « Cueilli, senti, jeté : voilà son amour ! » Et cette façon trompeuse qu'elle avait eue de le faire attendre des années durant avec des oui, des mais... et souvent même avec des baisers et des caresses, sans que ce fût sérieux !

C'était égal. Il avait prévu une habitation supplémentaire à son chalet et il la ferait, par Dieu, oui, rien ne l'arrêterait. N'avait-il pas déjà coupé le bois, un tronc par-ci, un tronc par-là dans la forêt de Torahus ! Il avait abattu ces arbres le soir, de temps à autre, lorsqu'il sortait après sa journée de travail ; c'étaient des sapins, cette force de la nature qui chantait au contact de la hache, des arbres impérissables. Il l'aurait, sa nouvelle bâtisse ! Certes, ce n'était pas une entreprise immortelle, ce n'était même qu'orgueil dans sa tête, car maintenant qu'Héléna l'avait quitté, il n'avait plus besoin d'agrandir – tout ça était vrai, mais il la bâtirait quand même.

Un homme jeune et fort ne peut pas vivre en aveugle s'il voit. Aurait-il dû se laisser dépérir sans but ni moyens dans cette montagne ? Depuis des années, il avait imaginé cette maison qui n'aurait rien de prétentieux, non, elle serait juste assez grande pour lui : un étage et trois fenêtres donnant sur le village.

A l'automne, les deux chasseurs, l'avocat et le médecin, revinrent. Ils portaient des fusils et des sacs pour la forme, car ils n'avaient ni chien ni gibier avec eux. Ils demandèrent à Daniel s'il voulait vendre son chalet, sa ferme.

« Non, répondit-il avec le sourire.

– Même pas cette fois ?

– Non. »

Il n'avait qu'à dire un prix, exiger une somme.

« Non.

– Bon », déclarèrent-ils en pensant certainement : « C'est un paysan, il est têtu ! » Puis, ils lui laissèrent comprendre qu'ils pouvaient acheter le chalet voisin, l'autre Torahus.

Daniel n'y voyait aucun inconvénient.

Cette propriété avait la même surface, mais elle était située un peu plus haut, sur un plateau et non pas sur le versant, c'était là le défaut.

« Mais n'est-ce pas la même chose ? »

Non, pas pour l'usage que ces messieurs voulaient en faire.

Un silence.

« Par contre, reprirent-ils, la montagne était la même, c'était la même montagne Torahus avec des arbres, de l'eau, une vue magnifique et quatre cents mètres de hauteur.

– Oui », fit Daniel.

Un autre silence.

Il n'y avait donc pas moyen de marchander avec lui ?

Non, ce n'était pas possible.

Quelques jours plus tard, une rumeur selon laquelle la propriété voisine avait bien été vendue, monta du village. Les deux messieurs n'avaient pas menti ; ils allaient fonder un sanatorium là-haut, une maison pour malades et convalescents ; ce n'étaient pas des boursicotiers, mais des philanthropes aux projets magnanimes.

Deux semaines après, Daniel était en train de casser des pierres lorsqu'il entendit des bruits de hache dans la propriété voisine. Il suivit le bruit et rencontra quatre hommes qui travaillaient sur la route de la montagne. Ils étaient du village. Daniel les connaissait ; il entama la conversation avec eux.

Oui, tout ce qu'il avait entendu dire était vrai, et quel essor pour la montagne Torahus ! Ils firent un signe et lui apprirent que là-bas, on en était déjà aux fondations et aux caves d'un somptueux château.

Daniel se glorifia du fait que les messieurs étaient venus en premier chez lui et qu'il n'avait pas voulu vendre.

Dans ce cas, il s'était comporté comme un imbécile, lui répondit-on, car on avait payé une somme très importante pour le chalet et le terrain, encore que celui-ci ne fût pas défriché.

Et quelle était donc cette somme si importante ?

Les hommes citèrent un chiffre qui était loin d'être négligeable.

Tant mieux pour le vendeur, qui, en l'occurrence, était le père d'Helmer. Bonne chance !

Daniel rentra chez lui en méditant l'affaire : de grands changements, d'accord, et après ? Lui qui ne s'était pas plié aux vœux d'Héléna, aurait-il maintenant dû vendre et abandonner Torahus, sa petite ferme, et retourner au village, sans maison ? Est-ce que Torahus n'était plus assez bien pour lui ? Il allait leur prouver le contraire ! Il avait une idée derrière la tête. Les charpentiers du village lui avaient promis plus d'une fois de venir l'aider à la construction, mais ils ne s'étaient pas montrés, si bien que Daniel fit venir deux hommes du village voisin.

Il avait lui-même préparé et raboté le bois à l'avance et après deux semaines de bon travail, ils eurent terminé la nouvelle habitation qui comprenait une pièce et une chambre.

C'était plus que suffisant pour lui et le bois blanc était si frais, si beau. Les ouvriers prépareraient chez eux les deux portes et les trois fenêtres qu'ils monteraient dans le courant de l'hiver. Tout allait selon les plans. Chaque chose avait un sens, une signification profonde ; cet été la vache vêlerait et il aurait ainsi trois bêtes.

Le cheval ? Oui, une fois qu'il aurait quatre vaches, il réfléchirait à en acheter un, mais d'ici là, il serait son propre cheval.

Deux parcelles de ses terres lui donnaient beaucoup de mal. Il s'agissait de marais, terriblement gorgés d'eau, mais riches de promesses car la terre y était excellente. Il fallait cependant fossoyer, et Daniel s'y attaqua.

II

Pendant tout l'hiver, de véritables caravanes escaladèrent la montagne pour décharger les matériaux du sanatorium. On avait dû utiliser tous les chevaux du village, et certains firent une bonne affaire en en achetant d'autres pour cette occasion et en les revendant à la fin de l'hiver.

Quelques-uns se montraient sceptiques à l'égard de cet énorme appareil, mais c'était sans doute qu'ils ne comprenaient rien. Imaginaient-ils quel matériel était nécessaire à la construction d'un château ? Des troncs d'arbres, des planches, du ciment, des clous, pour ne pas parler des pompes, de la peinture et des tuiles ? A lui seul, le bâtiment central comptait deux cents fenêtres et il y avait encore cinq autres bâtisses. Combien de chargements de vitres cet ensemble nécessitait-il ?

A cela il fallait ajouter une cinquantaine de poêles, et pour l'intérieur, des meubles, des tapis, des lampes, sans compter la literie, le papier peint, la vaisselle, la verrerie, bref, mille choses, plusieurs milliers d'objets.

En dernier lieu, on achemina les victuailles, ce qui constitua une nouvelle caravane de tonneaux, de caisses, d'animaux vivants, plus une étable de vaches, moutons et volailles. On n'attendait plus que les clients, les malades, et, une fois les réceptions d'inauguration terminées, ils arrivèrent.

Combien avait pu coûter finalement ce château avec ses fournitures, ses annexes, les routes et les terrasses tout autour !

Une telle magnificence vous coupait le souffle. Et pourtant personne ne faisait grand cas de cette entreprise si bien dirigée, avec un millier d'actions à deux cents couronnes pièce, un capital, une assemblée générale et des règlements. Rien ne faisait défaut dans cette perfection. Une fois le personnel en place, les clients furent là. Les rouages de cette machine s'étaient mis en marche et s'accéléraient toujours plus, jusqu'à étinceler tels des yeux hagards.

Le dimanche, les villageois montaient admirer l'établissement, mais restaient hébétés et déconcertés car ils ne comprenaient pas: leur échelle de valeurs était trop petite. Jamais ils n'avaient vu sur le toit d'une habitation humaine des dragons si dangereux, jamais autant de colonnes qui soutenaient auvent sur auvent jusqu'aux mansardes. Au plus haut du toit, une hampe surmontée d'une boule d'argent pointait vers le ciel. Tout bien considéré, ces bâtiments étaient à peine imaginables pour les paysans. Ces auvents portés par des colonnes semblables à des aiguilles paraissaient orner une maison d'allumettes, sans poids ni caractère. Pauvres péquenots ! Ils s'allongeaient à plat ventre sur le sol et levaient les yeux vers le château, ce château qui ne leur paraissait réel qu'en rêve: allait-on laisser ainsi toutes ces habitations ? Était-il possible que des constructions sortent du sol pour ensuite ne ressembler à rien, tout en étant achevées ? Elles étaient franchement menaçantes. L'étable avait une coupole sur le toit, mais pas de cloche, le magasin à vivres de style norvégien possédait une tourelle, mais pas de cloche non plus. Peut-être viendraient-elles ultérieurement ? Non, tout était désormais terminé et le devis avait déjà été largement dépassé, disait-on.

Toutefois, même si cela ne paraissait pas avoir d'importance, le sanatorium de Torahus pouvait s'attendre à un supplément de factures.

Ces fermiers avaient l'impression que les personnes qu'ils voyaient autour de l'établissement avaient également un air immatériel, car certaines d'entre elles n'étaient plus que des ombres. Personne, ou presque, n'était en bonne santé. Certains hommes avaient le nez bleu alors que le temps n'était pas froid, tandis que des enfants se promenaient les genoux découverts quand il faisait frais. Que signifiait tout cela ? Et certaines femmes hurlaient, affolées, simplement parce qu'une fourmi s'était posée sur la manche de leur robe. Mais ces gens étaient bien réels ; ils se promenaient, parlaient, portaient des vêtements comme tout le monde ; certains toussaient même si fort qu'on les entendait de très loin. D'autres, maigres, presque squelettiques, devaient s'abstenir de tout effort et rester au soleil, alors que d'autres encore travaillaient sur une machine, dans la forêt, une « épreuve de force », disait-on, pour éliminer leur graisse superflue. Tous souffraient de quelque chose, bien que Dieu eût su répartir leurs peines. Les plus atteints étaient les nerveux : ils étaient affligés de tous les maux imaginables à la fois et il fallait leur parler avec beaucoup d'égards, les considérer comme des enfants. Prenez par exemple cette Mme Ruben : elle avait une telle circonférence qu'elle passait difficilement par la porte de sa chambre ; pourtant, elle n'en voulait à personne de nier son obésité et souriait au contraire, lorsqu'on lui disait qu'elle n'était pas tellement grosse. En revanche, si le médecin se permettait de douter de son insomnie, s'il plaisantait sur sa nervosité, elle devenait folle de rage et le foudroyait du regard. Un jour, le docteur lui avait dit en passant :

« C'est remarquable à quel point vous allez mieux, madame Ruben, vous ne souffrez plus de rien ! »

Elle ne lui avait pas répondu et avait craché dans sa direction après son départ, puis s'en était allée, indignée. Elle n'était d'ailleurs pas la seule à cracher sur lui, à le mépriser, quelle qu'en fût la raison. C'était un farfelu. Il prescrivait toujours des gouttes et des médicaments qu'il savait sans effet ; mais peut-être agissait-il par gentillesse, par amabilité, car il désirait par-dessus tout faire plaisir à ses malades.

C'était lui pourtant, qui, en compagnie de maître Robertsen, avait fondé le sanatorium de Torahus, et l'on aurait pu s'attendre à plus de dignité et d'autorité dans son comportement ; mais non, il souhaitait bruyamment le bonjour et se découvrait de façon exagérée, balayant le sol avec les plumes de son chapeau. Il n'agissait pas ainsi par moquerie, mais simplement par familiarité, par bienveillance. Certains se détournaient pour éviter cette profusion de sentiments, sans grand succès toutefois, car il continuait de donner de la voix dans leur dos. Il voulait également se montrer spirituel. Malheureusement, il tombait toujours à côté et prouvait ainsi qu'au fond il n'était qu'un fils de paysan ayant fait ses études de médecine. Cependant, on ne pouvait douter de ses bonnes intentions envers les malades, qu'il soignait avec prévenance. Il lui arrivait souvent d'aller trop loin et de minimiser aux yeux des autres sa condition ; il disait, par exemple :

« Avec votre éducation et votre intelligence, monsieur Bertelsen, vous devriez pouvoir vous soigner mieux que je ne le puis avec mes gouttes. »

Comment un médecin pouvait-il proférer de telles paroles ? Le résultat était que M. Bertelsen, qui avait foi dans les gouttes, ne croyait plus le médecin. Le plus grand tort du docteur Øyen était de trop parler, de n'être ni silencieux ni énigmatique ; un docteur doit faire l'objet d'un culte presque superstitieux, il doit laisser comprendre qu'il a des connaissances bien supérieures au *Pater noster*, mais ce pauvre docteur Øyen ne laissait rien secret !

Un jour, un couple rentra en courant de la forêt. L'homme était M. Bertelsen et la femme Mlle Ellingsen, une grande et belle fille dont les nerfs avaient été quelque peu surmenés lorsqu'elle travaillait au télégraphe. Affolés, ils cherchaient le docteur, et M. Bertelsen ne put se contenir :

« Pour une fois que l'on a réellement besoin de lui, il est introuvable ! »

Il pressait un mouchoir contre sa joue en geignant et paraissait avoir hâte de le voir.

« Il a sûrement été piqué par une fourmi ! » dit quelqu'un pour se moquer de lui. Lorsqu'enfin le docteur apparut, il se trouva que ce n'était point une piqûre de fourmi, mais d'épingle à chapeau. L'épingle du chapeau de Mlle Ellingsen. On aurait pu croire que c'était sérieux, mortel même, car la joue avait enflé du double.

« Il s'agit sans doute d'une infection ! s'exclama, affligée, Mlle Ellingsen.

– Faites voir, dit le médecin. Avec l'épingle à chapeau, vous dites ? Allons, ce n'est rien !

– Mais si, c'est infecté », insista-t-elle.

Au lieu d'afficher une mine mystérieuse et d'aller à la pharmacie chercher des produits désinfectants et du coton, le docteur se mit tout simplement à rire et déclara à son malade :

« Descendez au ruisseau et nettoyez la plaie à l'eau fraîche, monsieur Bertelsen. Non, après tout, ce n'est même pas nécessaire, l'enflure se résorbera d'elle-même dans les vingt-quatre heures. »

C'était vraiment trop facile ! M. Bertelsen était déçu d'avoir eu peur pour rien :

« Mais vous excluez totalement l'infection ? Vous voyez à quel point c'est enflé ; je veux dire la pointe d'une épingle...

– Totalement exclu ! » confirma le docteur, et ne résistant pas au plaisir de faire un mot d'esprit, il ajouta :

« Je ne saurais croire, mademoiselle Ellingsen, qu'il y ait en vous quelque chose de dangereux, vous n'en avez pas l'air ! »

S'il avait su s'arrêter là, il n'y aurait peut-être pas perdu, mais il ne put s'empêcher de développer le sujet avec humour. L'épingle devint la flèche de Cupidon tirée par Mlle Ellingsen ; cela virait au grotesque, et M. Bertelsen se tourna, agacé, vers son amie :

« Je vais tout de même appliquer une compresse d'eau boriquée.

– Ce n'est pas la peine », intervint le docteur ; et il lui expliqua que c'était du sang qui se trouvait à l'origine de l'œdème, et que ce sang resterait sous la peau. Si jamais le médecin rouvrait l'œdème, il partirait en effet et l'enflure avec, seulement, une fois la plaie refermée, il s'accumulerait à nouveau.

« Laissez votre joue en paix, conseilla-t-il, et votre sang retournera d'où il vient ! »

Des mots, rien que des mots, des mots sensés, sûrement, mais que des mots à la fin.

« Nous partons ? » proposa M. Bertelsen à sa compagne. Et, une fois de plus, le docteur prouva son défaut d'autorité en lançant après le couple qui s'éloignait :

« Après tout, vous pouvez bien mettre de l'eau boriquée si vous voulez ; oui, une compresse d'eau boriquée ne pourra pas faire de mal.

– C'est inouï ! » s'exclama M. Bertelsen.

Il était mécontent de lui-même et de toute cette histoire. D'ailleurs, il avait bien entendu les rires des moqueurs et les allusions à une piqûre de fourmi, mais il s'en fichait, car ce n'était de leur part qu'envie envers lui, jeune homme riche, héritier de la Maison Bertelsen et Fils, l'homme le plus en vue du sanatorium, le véritable lion auquel revenait de droit la plus belle femme. Les envieux n'y changeraient rien, il était inexpugnable. D'autre part, c'était justement la société Bertelsen qui avait livré le bois de construction et, de ce fait, elle avait acquis des actions. C'est pourquoi le jeune Bertelsen était inébranlable ! C'était en outre un effet de sa bonté si les autres – les moqueurs – pouvaient y séjourner, car un seul geste de sa part aurait suffi à les faire tous expulser. Mais il était au-dessus de tout cela, et il ne ferait pas ce geste.

Ses rapports avec le sanatorium étaient bien connus, et lui-même n'en avait pas fait un secret. D'autant plus que dans ce lieu où l'on n'avait d'autre divertissement que la médisance, la chose fut vite divulguée. On aurait donc pu penser que les moqueurs lui auraient été reconnaissants de son attitude généreuse, mais non.

« Que faisait-il donc, le jeune Bertelsen, si près de l'épingle à chapeau de Mlle Ellingsen ? » se demandaient-ils, au contraire.

Que s'était-il passé réellement ? Qu'il eût avancé la main pour enlever une feuille, c'était bien possible, mais la joue ? Avait-il ôté la feuille avec son souffle ?

Quel dégoûtant personnage !

Et il ne lui servait à rien d'être toujours très bien habillé – pantalon à revers et guêtres blanches – et d'occuper la plus belle chambre de l'établissement. Il ne fallait y voir que le résultat de la position de son père, le grand marchand de bois, alors que lui n'était qu'un freluquet en affaires.

« Il est tout de même associé dans la société, dit quelqu'un pour le défendre.

– Et après ? répondirent les autres en un chœur furieux.

– Rien. Il est copropriétaire de l'entreprise.

– Et après ? reprirent-ils. Lorsque son vieux père sera mort il sera le seul propriétaire d'un tas de planches. » Ils ne comprenaient pas où l'autre voulait en venir.

Au fond, celui qui s'était ainsi détaché du groupe des moqueurs avait peut-être ses raisons de le faire, qui sait ? C'était une jeune pianiste du nom d'Eyde, Selmer Eyde, un très beau garçon en dépit de sa peau diaphane et de son air maladif. Lorsque, assis au piano, il n'offrait aux regards que son dos étroit, il donnait l'impression de quelqu'un de souffrant, bien qu'il fût tout feu tout flamme en jouant. Il était indispensable aux patients qui se réunissaient le soir au salon pour écouter de la musique. Mme Ruben demandait du Tchaïkovski et il lui en jouait, Mlle d'Espard réclamait du Sibelius et il s'exécutait.

Il était également prévenant envers tous les pensionnaires et, en contrepartie, ne payait que demi-tarif.

Cette Mlle d'Espard arrivait tout juste, non pas pour soigner quelque maladie, mais pour passer ses vacances. Elle était vive et joyeuse, avec des fossettes aux joues et des yeux marron. Pourquoi être venue ici ? On racontait que sa famille avait connu des jours meilleurs avant de sombrer. C'était sûrement vrai. Un jour, un immigré était arrivé dans ce pays où l'étranger est plus estimé que l'indigène, et le lieu de son origine imprimé sur sa carte de visite avait suffi à faire de lui quelqu'un. De ce mystérieux M. d'Espard, on savait qu'il avait touché un peu à tout avant de devenir professeur de français, ce qui lui avait permis d'entrer dans les meilleures familles ; il eut du prestige, gagna bien sa vie et fut respecté du seul fait de son origine étrangère. Il se fiança et se serait marié s'il n'avait dû repartir, sa femme légitime demeurée dans son pays ayant fait opposition.

Sa fiancée norvégienne resta seule avec la honte et son ventre engrossé : elle était enceinte. L'enfant fut le second d'Espard, une fille qui, de son glorieux père, n'eut que le nom, ce nom prestigieux. Sa mère dut faire beaucoup de concessions pour pouvoir trouver un mari et même descendre d'un échelon ou deux dans la hiérarchie sociale. Par contre, la petite Julie d'Espard portait bien son nom qui, lui, l'élevait de quelques rangs. Elle travaillait dans un bureau de Kristiania, surtout parce qu'elle s'appelait d'Espard et qu'elle avait appris le français. Elle n'avait guère de connaissances, parlait le norvégien quelconque et approximatif de la classe moyenne, ne savait pas chanter mieux qu'une autre, n'avait pas appris à tenir une maison, ignorait ce qu'était une journée de travail, ne pouvait même pas coudre une chemise, mais elle tapait à la machine et – surtout – elle connaissait le français.

Pauvre Julie d'Espard !

Elle était si vive et si belle avec ses beaux yeux marron. Peut-être exagérait-elle quelque peu sa vivacité ; comment montrer autrement de quelle souche elle était ? Elle était Française, et non seulement Française, mais Française du Midi de la France. Son origine était peut-être douteuse, certes, mais cela prouvait uniquement qu'elle était une enfant de l'amour.

Heureuse Julie d'Espard !

La vie a de ces mystères : du jour où elle arriva au sanatorium, elle eut son importance ; Mlle Ellingsen ne fut plus la seule perle, la seule poulette de Torahus. Mlle d'Espard pouvait se permettre certaines libertés, par exemple donner son avis sur la salade, qui n'était pas du tout comme en France, loin s'en fallait ! Lorsque les dames se réunissaient pour écouter de la musique, elles laissaient le choix au pianiste et si, par hasard, Mme Ruben lui réclamait du Tchaïkovski, elles se montraient indulgentes envers elle, parce qu'elle était nerveuse et riche. Mais Mlle d'Espard osa demander du Sibelius alors qu'elle était pauvre et en bonne santé ! La diablesse ! Que pouvait-elle comprendre à la musique de Sibelius ?

« Ne pourrait-on laisser M. Eyde choisir lui-même ce qu'il veut jouer ? demanda, exaspérée, une vieille demoiselle.

– Si, si, absolument », acquiescèrent les autres.

Et elles poursuivirent leurs remarques à voix basse. Tout le monde avait compris pourquoi Mlle d'Espard avait voulu du Sibelius : elle était en compagnie d'un Finlandais, son chevalier servant, un aristocrate au nom très ancien, Fleming. C'était lui qu'elle voulait impressionner.

Quelle diablesse, cette d'Espard ! Après la musique, il était l'heure de se coucher, mais elle sortit. Pas seule, non ! En compagnie du Finlandais, qui, en raison de sa maladie pulmonaire, n'avait pas le droit de se promener dans l'air frais du soir. Ils passèrent devant le bulletin météorologique qui se trouvait dans une petite boîte fermée par une vitre, et ils crurent voir dans la pénombre un triangle qui indiquait temps sec.

« Oui, mais il fait froid », remarqua M. Fleming en relevant le col de son pardessus.

La jeune femme lui répondit qu'ils n'avaient qu'à marcher rapidement. Elle même était peu habillée et n'avait rien autour du cou.

M. Fleming demanda s'il n'y avait pas une pancarte dans l'entrée qui invitait les clients à se retirer dans leurs chambres à dix heures du soir.

Si, sans doute ; il y avait des pancartes pour tout. En riant, M. Fleming s'avoua vaincu. Il respirait avec difficulté et toussait légèrement, une main sur la poitrine. Ils s'assirent pour se reposer un peu.

C'était encore une chose qui lui était interdite, expliqua-t-il.

« Cela aussi ?

– Oui », et de marcher rapidement, ce qui le faisait tousser, et de s'asseoir pour reprendre son souffle.

« Tout est interdit », observa-t-elle, comme pour elle-même.

Ensuite, elle lui raconta que la pancarte de l'entrée avait été apposée uniquement à l'intention des vieillards insomniaques. Cela ne pouvait valoir pour eux, les jeunes.

Elle se leva et ils reprirent leur marche. Ils se dirigèrent vers le chalet Torahus et arrivèrent à la petite ferme de Daniel, avec ses petites maisons tout autour. Tout y était calme, pas de chien, pas de fumée ; gens et bêtes devaient dormir.

« Et dire que des êtres habitent ici ! déclara pensivement la jeune femme.

– Oui. Peut-être sont-ils heureux », remarqua M. Fleming.

Elle avança encore de quelques pas pour regarder de plus près : des murs de bois brut, sans peinture, pas de rideaux aux fenêtres, et sur chaque bâtiment un toit en tourbe. Pourquoi n'y avait-il même pas de rideaux blancs dans la pièce principale ? Elle était pourtant agréable avec ses trois fenêtres. Ces gens-là, décidément, ne savaient pas arranger une maison de façon attrayante.

Ils s'amusaient sûrement à leur manière : ce fut l'avis de M. Fleming. Et qui sait si justement ce n'était pas la bonne : la joie par les plaisirs rares.

Ils développèrent le sujet sur la route du retour. M. Fleming était calme et doux, sans illusions comme le sont les malades au début de leurs souffrances ; plus tard, ils reprennent des forces et luttent contre la mort, mais auparavant, ils se laissent aller, comme écrasés par le sort qui les frappe.

Pour lui remonter le moral, la jeune femme lui demanda de parler de son pays, de la grande propriété qu'il avait en Finlande, du château, des forêts et des terres. Ils rentrèrent, vers minuit, après une longue promenade ; M. Fleming toussait un peu. La porte d'entrée était fermée et il heurta légèrement le carreau avec sa bague en diamant pour qu'on leur ouvrît.

Tout aurait pu bien se passer, ils n'auraient en rien dérangé les vieillards insomniaques, si Mlle d'Espard n'avait eu besoin de son livre. Il était au salon, ou peut-être ailleurs, et elle se mit à le chercher dans les différentes pièces, faisant grincer les portes au passage. Finalement, elle en trouva un, mais ce n'était pas le bon, et elle reprit ses recherches. Elle en découvrit un second qui n'était pas non plus celui qu'elle voulait et dut en fin de compte se contenter du premier. Ah ! ces livres que Mlle d'Espard oubliait toujours là où elle les avait lus en dernier !

C'étaient des romans français aux couvertures jaunes et au papier bon marché. Cette littérature plutôt médiocre constituait le plus précieux de ses bagages surchargés par son poids ; le porteur en attrapait un tour de rein chaque fois qu'il soulevait sa valise. Chaque volume portait le nom de Julie d'Espard, pour qu'on ne s'y trompe pas : c'était elle qui lisait le français au sanatorium, et elle seule. Quelqu'un lui avait demandé avec ironie si elle lisait plusieurs livres à la fois, étant donné qu'elle en laissait partout. Non, mais elle avait pensé, dit-elle dans son norvégien très particulier, que si quelqu'un « aurait voulu lui en emprunter, elle les aurait prêtés volontiers ».

« Pour ma part, répondit son interlocuteur, je n'arrive pas à lire le vingtième de la littérature norvégienne.

– La littérature norvégienne, non bien sûr ! » conclut Mlle d'Espard.

Plusieurs personnes s'étaient laissé agacer par son air étranger, supérieur, et sa façon de passer outre au règlement intérieur de la maison. Les vieilles demoiselles, filles de pasteurs, étaient convaincues que dans la vie il suffisait d'avoir foi en Dieu et de s'habiller correctement. Elle non. Et elles ne se promenaient pas la nuit en faisant tourner les portes sur leurs gonds rouillés et criards. Mlle d'Espard si. Le lendemain matin, elles se plaignirent auprès de l'économe qui eut une conversation avec la directrice, laquelle à son tour en référa au docteur. Celui-ci était d'accord pour donner un avertissement à la jeune femme. Selon son habitude, il prit cela gaiement, complimentant les vieilles femmes sur leur bonne mine depuis qu'elles étaient à Torahus, et brandit un doigt faussement menaçant sous le nez de Mlle d'Espard amusée. Il n'obtiendrait rien d'elle : elle savait s'y prendre avec les hommes. Il alla donc trouver M. Fleming et lui dit que la place d'un poitrinaire, le soir, était au lit et pas ailleurs.

« Vous feriez mieux de sortir le jour, ajouta le médecin.

– Oui.

– Le jour, en plein soleil.

– Oh ! A quoi bon ? demanda le malade, pâle et déprimé dans la fraîcheur du matin. Regardez mes ongles, ils sont tout bleus !

– Vos ongles ? Quelle importance ? Vous devriez aller à la pêche aux truites dans le lac là-haut.

– On ne pêche pas la truite au soleil.

– Mais si, à la mouche. Prenez Daniel, du chalet voisin, il pêche bien à la mouche. Vous verrez, je viendrai avec vous et on trouvera de bons petits coins.

– Écoutez, docteur, j'ai de nouveau observé ma cage thoracique cette nuit, le côté gauche est encore descendu. »

Le médecin rit.

« Personne n'a deux côtés parfaitement symétriques. Personne. Ne vous occupez pas de cela. Vous ne saignez pas ?

– Il s'est beaucoup affaissé, répéta M. Fleming. D'ailleurs, je transpire aussi énormément la nuit.

– Vous ne saignez pas ?

– Non, mais je tousse. Cette nuit, lorsque je suis sorti, j'ai toussé.

– Et voilà ! cria le médecin. C'est Mlle d'Espard qui vous rend si futile ?

– Non, non, c'est moi qui recherche sa compagnie.

– Bon, recherchez-la le jour tant que vous voudrez.

– Puisque vous parlez d'elle, je tiens à vous dire que je lui suis très reconnaissant de vouloir me consacrer une partie de son temps. Elle est si gaie, si courageuse, elle me soutient. Nous discutons de beaucoup de choses, je lui parle de ma maison natale.

– Écoutez, l'interrompit le docteur, il faudra vous coucher à dix heures du soir et guérir une bonne fois pour toutes. »

Le malade sourit, peu sûr de lui :

« Guérir ?

– Oui, guérir, acquiesça le docteur d'un signe de tête. Je vais vous donner des gouttes pour la toux. »

Une lueur d'espoir s'alluma dans les yeux du patient, et ses lèvres tremblaient lorsqu'il interrogea:

«Vous pensez réellement que je commence à aller mieux?

– Et pourquoi vous n'iriez pas mieux? Vous êtes fou!

– Ce serait trop beau – trop beau!

– Allons, venez avec moi chercher les gouttes.»

En route, M. Fleming réfléchit aux paroles du docteur; peut-être allait-il mieux, après tout?

«C'est vrai, je ne saigne plus du tout, vous avez raison. A quoi attribuez-vous cela? Il y a un mois encore, je perdais du sang, pas beaucoup, quelques filets. S'il est vrai que nous en avons plusieurs litres dans le corps, qu'est-ce que quelques filets! Depuis mon arrivée ici, je n'en ai plus perdu une seule goutte. Vous croyez que c'est fini?»

Le médecin arrêta le malade et le regarda au fond des yeux – était-ce une impulsion de médecin, voulait-il l'impressionner? Il se mit à rire.

«Vous, avec votre constitution, dit-il, un géant d'une bonne vieille race! Je ne connais personne qui ait été si bien doté par la nature que vous. On va juste retaper la pointe de votre poumon gauche et vous serez guéri.»

Étonné et reconnaissant à la fois, M. Fleming sourit:

«Merci, merci.

– Mais pas de promenades nocturnes à l'air humide, ne l'oubliez pas!»

Et ils partirent chercher des gouttes.

M. Fleming était d'une nature robuste, le docteur avait eu raison de le dire, mais à le voir on aurait pu penser que la nature était revenue sur sa parole, car c'était pitié de voir un jeune homme si diminué.

Le discours du médecin lui avait fait beaucoup de bien, ce dont il avait besoin, et toute sa journée en fut égayée. Quel bon tour il jouerait au destin. Ah! ça. Un excellent tour! Il commença à rédiger une lettre à sa famille: ce Torahus norvégien était en vérité un endroit étonnant; les gens arrivaient malades et guérissaient l'un après l'autre. Mais c'était aussi grâce à un docteur qui connaissait son métier. Ses gouttes contre la toux étaient formidables et il était sûr de lui et de ses connaissances.

Le soir, lorsque M. Fleming alla se coucher, il lui parut cependant que sa poitrine s'était encore affaissée. Qu'est-ce que cela pouvait bien être ? Et si, malgré tout, c'était sérieux ? Il se regarda attentivement dans la glace, et comprima le côté droit pour le mettre au même niveau que le gauche : ce dernier était indiscutablement plus bas. Pas de grand-chose, à peine la pointe du poumon gauche ; c'était pourtant assez pour éveiller ses craintes. Il se mit au lit, mais ne put trouver le sommeil et eut l'idée saugrenue que Mlle d'Espard l'aurait guéri si elle avait été médecin. Il aurait pu l'épouser et elle l'aurait guéri ! Comme à l'accoutumée, il se laissa emporter par ses pensées dangereuses, immorales, insupportables, et s'échauffa. Il se retourna plusieurs heures dans son lit avant de trouver le sommeil. Lorsqu'il se réveilla dans le courant de la nuit, il était trempé de sueur. Le jour se leva. Était-il de ces personnes qui ne peuvent se retenir de chanter et de rire au petit matin ? Certes non. Quelle raison aurait-il eue de le faire ? Il prit place à la table du petit déjeuner, sans courage et sans le moindre appétit. Il regarda l'assiette de Mlle d'Espard : elle n'avait pas encore pris son repas. Que lui voulait-il ? Rien, elle l'écoutait et s'occupait de lui, elle ne le laissait pas tomber et elle était belle, en bonne santé, pareille à un fruit.

Lorsque finalement elle parut, il était las de penser à elle et la salua à contrecœur.

« Bien dormi ? » demanda-t-elle.

Il secoua la tête pour toute réponse.

« Venez, on va faire quelques pas. »

III

Au sanatorium de Torahus, la vie allait son petit bonhomme de chemin. Tout n'était peut-être pas parfait, ni brillant, et l'établissement ne rapportait pas encore beaucoup, mais c'était normal si peu de temps après l'ouverture. La direction faisait preuve d'une immense bonne volonté, le docteur était charmant et avait à cœur le bien-être de tous ; la directrice avait acquis son expérience dans des maisons privées et des cliniques, l'économe était un ancien marin, homme sans façons qui participait volontiers à une partie de cartes et buvait un verre avec les clients désireux de bavarder un peu.

Et n'oublions pas maître Robertsen qui, avec le docteur, avait été à l'origine de toute l'affaire ; il venait régulièrement rendre visite à l'établissement et surveillait les écritures, car il était responsable de la maison. Une bonne tête, un homme exceptionnel, et bien qu'il fût le patron, il ne se pavanait pas devant les clients ; au contraire, il se montrait affable envers eux et ne manquait jamais de tenir la porte à une dame.

Il venait justement d'arriver au sanatorium, en excellente compagnie cette fois : l'épouse d'un ministre anglais et sa femme de chambre norvégienne. Maître Robertsen fit la révérence à la distinguée cliente, s'occupa des chambres, donna des ordres au personnel et se démena de son mieux pour elle, qui paraissait prendre chaque attention pour son dû et remerciait du bout des lèvres. C'était une femme d'un certain âge, divorcée – visage poudré, corset serré, sourire pincé – mais non dénuée de charme.

L'avocat était fier de sa cliente et pria la directrice d'en prendre particulièrement soin : il suffisait de s'adresser à la femme de chambre qui lui servait d'interprète si elle avait besoin de quelque chose.

Cette lady ne venait pas en malade, car elle ne souffrait de rien ; elle avait simplement, en femme du monde, eu envie de ce séjour dans la montagne norvégienne et paraissait en avoir les moyens, à en juger d'après ses valises et ses bijoux. L'avocat en toucha un mot au médecin et le pria de rendre visite à la dame qui ferait de la réclame pour l'établissement et attirerait d'autres clients ; il alla même jusqu'à demander à l'économe de se découvrir et de garder sa casquette à la main lorsque la dame montait en voiture. Svendsen, de son côté, n'eut aucun problème : il avait été dans la marine et connaissait la langue de Mylady :

« *Very well !* » dit-il.

L'avocat allait quitter Torahus, lorsque le pianiste Selmer Eyde vint le trouver et lui réclama un entretien avant son départ. Robertsen savait bien de quoi M. Eyde voulait lui parler, mais il répondit :

« Je vous en prie, monsieur Eyde ! »

Ils se retirèrent et le pianiste lui présenta sa requête : c'était toujours le même refrain, il ne lui était d'aucun profit de rester ici, il lui fallait partir à l'étranger, c'était absolument nécessaire car les jours et les semaines passaient et il n'était toujours pas à Paris. M. l'avocat à la cour d'appel avait peut-être un conseil à lui donner ?

« A Paris, c'est ça. Je vous le répète, je respecte votre désir d'aller étudier à l'étranger. N'y a-t-il personne ici qui puisse vous aider ? Mais ne vous inquiétez pas, cet été, des personnalités de haut rang viendront...

– J'ai songé à M. Bertelsen, répondit le pianiste.

– Vous lui avez parlé ?

– Non, mais j'en ai eu l'idée.

– Attendez encore un peu et vous verrez qu'à la rentrée on trouvera une solution. »

Et, bien que l'avocat affichât une mine qui laissait entendre qu'il en savait plus qu'il n'en disait, M. Eyde ne put s'empêcher de l'interrompre brusquement.

« Il y a encore des mois d'ici l'automne ; je dois partir maintenant. Le temps presse.

– Maintenant ? Non, il ne faut pas. Savez-vous qui vient d'arriver ? La femme d'un ministre anglais. Si ce n'est pas un bon public, ça ! Elle est capable de s'intéresser à vous.

– Mais les Anglais ne s'intéressent guère à la musique, rétorqua Eyde, sûr de lui.

– Ah ? Pourtant, il paraîtrait suspect que vous nous quittiez juste quand elle vient d'arriver. Elle pourrait réclamer de la musique et vous ne seriez plus là !

– Il y a bien ici quelques femmes qui doivent savoir jouer.

– Oui, mais elle voudra certainement de la bonne musique. Écoutez, nous vous proposons de rester ici jusqu'à l'automne, puis le sanatorium vous octroiera une bourse.

– Qui ? questionna le pianiste, soudain ranimé.

– Je n'ai pas le droit de vous le dire, mais tant pis. Il faut que vous parliez avec M. Bertelsen, de la société Bertelsen et Fils. Vous le connaissez, c'est un homme riche, et un mécène. Dites-lui de ma part que vous m'en avez parlé. »

On peut se demander pourquoi maître Robertsen s'entretenait avec le pianiste comme s'il était le plus précieux des domestiques ? Il allait lui donner le sentiment qu'il était indispensable, unique, génial. D'ailleurs, ce dernier devenait insistant et familier comme s'il avait reçu plusieurs fois des promesses jamais tenues. De même, pourquoi l'avocat ne disait-il rien ? S'il y avait un malentendu, il fallait le résoudre maintenant, car l'avocat devait repartir.

Non, il n'y avait aucune équivoque, l'homme de loi avait simplement le défaut de refuser de tomber en désaccord avec qui que ce soit, même avec le pianiste du sanatorium. Il avait mis la main sur ce petit impertinent et n'avait pas le courage de le remplacer. L'avocat était un hôte né, un homme toujours aimable et complaisant.

Il était déjà dans la voiture qui devait le reconduire lorsqu'il fut rappelé pour régler encore quelques détails. Il s'agissait du courrier des clients ; il fallait un facteur attitré et portant une casquette entourée d'un galon. D'autre part, la piste du jeu de boules avait déjà été abîmée par le vent et l'humidité et nécessitait des réparations. On avait reçu des réclamations à ce sujet.

Enfin, il put partir.

Il n'y avait que douze ou quinze clients à Torahus et on n'utilisait pas encore la grande salle à manger qui pouvait recevoir quatre-vingts personnes. Mais cela ne tarderait pas. Les repas étaient donc consommés dans le salon des dames, une pièce que celles-ci n'occupaient d'ailleurs jamais, lui préférant le fumoir des messieurs. Elles y buvaient le café et lisaient des magazines en toussotant dans la fumée. Mylady, comme on l'appelait, se tenait à l'écart de tous et prenait ses repas à des horaires tout à fait différents ; on ne la voyait pour ainsi dire jamais. Elle dînait à huit heures du soir et prenait du thé à toute heure de la journée ; sa nourriture consistait principalement en œufs et jambon avec du pain grillé.

Toutes ces personnes tournaient en rond et s'entretenaient de tout et de rien sans oublier, bien sûr, de se raconter leurs maladies respectives. S'ils étaient là, c'était par nécessité, l'air de la montagne leur était indispensable, ils avaient tout essayé et il ne leur restait plus que ça. L'un avait l'estomac malade et prenait des comprimés et des sels à chaque repas, l'autre souffrait de rhumatismes, un troisième de plaies au visage, un quatrième crachait le sang. Pour sortir, ils s'emmitouflaient chacun à sa façon, qui la poitrine, qui le dos, qui les pieds ; c'étaient des écharpes par-ci, des fourrures par-là. Certains se couvraient les oreilles, d'autres portaient des verres fumés pour se protéger les yeux. Tous se ménageaient et personne ne voulait mourir. Ou plutôt si, il y en avait un qui voulait mourir. Il fallait le surveiller un peu, car il avait des tendances suicidaires. C'était par ailleurs un homme alerte et prompt à la riposte, mais si déprimé par moments que le docteur devait lui dire quelques mots. Au fond, il aurait dû être dans un tout autre établissement, mais il avait hérité de l'argent et pouvait payer son séjour. Le docteur ne pensait pas, quant à lui, qu'il tenterait de se supprimer.

Il était disgracieux, mal bâti même, car, fort d'épaules, il avait des membres grêles ; on aurait dit qu'il avait été conçu par un adolescent, oui, par un apprenti qui aurait engrossé une bonne à tout faire. Les clients l'avaient surnommé « le Suicidé ».

Quand le docteur lui adressait la parole, il ne tardait jamais à répondre. Au début, le médecin avait cru pouvoir le prendre par la plaisanterie et les jeux de mots comme il le faisait avec tous les autres, mais il dut renoncer rapidement quand, avec un mouvement de tête, le Suicidé lui dit :

« Ça ira bien.

– Qu'est-ce qui ira ?

– Rien, je pensais simplement que je finirai bien par trouver.

– Vous voulez dire pour votre suicide ?

– Naturellement, c'est de cela que nous parlons. Vous allez voir, j'y arriverai bien.

– Vous voulez dire vous faire à l'idée ? » demanda le médecin en souriant.

Le Suicidé riposta que c'était là un sujet auquel son interlocuteur ne comprenait rien.

« Je cherche la façon de le réaliser, je ne veux pas mettre fin à mes jours comme ça, bêtement. Je ne me le pardonnerais jamais !

– Vous avez bien raison ! »

Le Suicidé lui lança un regard torve :

« Taisez-vous, docteur ! Vous avez à peu près autant d'esprit qu'une femme et vous vous mêlez de choses que vous ne connaissez pas, des choses secrètes. Il n'est pas difficile de se mettre la corde au cou : mais avez-vous déjà songé que le suicide peut déshonorer le meurtre ? »

Cette question surprenante cloua le bec au docteur Øyen.

« Tiens, vous n'êtes pas en mesure de comprendre que cette idée puisse me retenir. Il ne faut rien pour se pendre, on peut le faire soi-même. Vous aussi.

– Non merci.

– D'accord, mais vous seriez au moins en mesure d'accomplir les gestes nécessaires. Pas besoin de viser.

– Allons, ne pourriez-vous pas abandonner cette idée saugrenue, monsieur Magnus ? réclama avec sérieux le docteur. Il y a plus dans la petite mort que vous ne paraissez le croire, et nous autres médecins en voyons assez d'exemples.

– "Vous autres médecins" n'avez jamais rien vu de ce que j'entends.

– Mais savez-vous seulement ce que mourir veut dire ?

– Non, pas par expérience », dit-il en renvoyant le docteur d'un geste.

Resté seul, il parut enchanté de sa dernière remarque. Peut-être sa phrase sur le meurtre déshonoré par le suicide n'avait-elle été que du bluff, un prétexte pour éviter de se pendre. En règle générale, les discours du Suicidé ne paraissaient pas toujours sincères : il faisait beaucoup d'effets en parlant. Mais, en même temps, il donnait l'impression d'un être torturé, au visage encore jeune marqué par la méditation et la souffrance.

Les malades n'avaient d'autre occupation que de se promener dans la propriété, lire les pancartes et les affiches, se réunir autour d'un verre, ou traîner sur une terrasse au soleil, en se plaignant des maux qui les tourmentaient. Ils étaient constamment en quête d'une oreille attentive à leurs douleurs et, souvent, ils rencontraient l'âme sœur avec laquelle ils discouraient comme si elle avait été une vieille connaissance.

« Si seulement le Bon Dieu pouvait me délivrer de mes rhumatismes ? souhaitait l'un.

– C'est mauvais, les rhumatismes, confirmait l'autre, une des pires souffrances qui soient ! »

Ces paroles avaient un effet bénéfique sur celui qui s'était plaint et l'autre était maintenant en mesure d'entendre les jérémiades de son interlocuteur.

Les malades étaient comme la plupart des malades et ne présentaient aucun caractère particulier. A part le Suicidé. Et un autre, également, celui qui avait le visage couvert de plaies. Ces plaies étaient apparues récemment : il s'agissait de boutons et de nodules qui suppuraient et se transformaient en plaies. Si elles cicatrisaient à un endroit, il en apparaissait aussitôt d'autres ailleurs, et, dernièrement, les yeux avaient été atteints. Tout le corps était comme empoisonné. L'homme avait le même âge que le Suicidé, moins de trente ans, et ils avaient sympathisé.

C'était un homme d'esprit qui savait aussi bien se moquer de lui-même et de ses plaies que des autres.

A ce qu'il disait, il était fils de commissaire-priseur et pas très riche, mais il payait régulièrement sa note. Il recevait quelquefois, mais pas très souvent, une lettre de son père contenant un billet de dix couronnes pour jouer aux cartes. Comme les autres, il se soignait par l'air de la montagne et le traitement du médecin. Il ne s'habillait pas de façon très élégante : il portait un gilet marron et une chemise sport qu'il nouait à l'aide d'un lacet de chaussure jaune dont il n'avait pas ôté les bouts en métal. Son nom était Anton Moss. Il accusait le Suicidé de trop boire, alors que le pauvre homme ne buvait pour ainsi dire jamais.

« Comment voulez-vous vous débarrasser de votre idée fixe si vous continuez à boire de la sorte ? » disait Moss.

Le Suicidé était facile à provoquer et répondait, excédé, que *primo* il n'avait pas d'idée fixe, *secundo* il ne voulait pas s'en séparer et *tertio* il ne buvait pas.

« Occupez-vous de votre gale puante et fichez-nous la paix !

– Ma maladie n'est qu'extérieure, alors que vous, vous souffrez intérieurement.

– Je suis en parfaite santé.

– Ah ! oui ? Et pourquoi êtes-vous ici dans ce cas ?

– Taisez-vous !

– Je suis sûr que vous avez quelque chose au cerveau !

– Vous n'avez pas honte ! cria le Suicidé. Ce serait plutôt vous qui seriez malade de la tête. Allez vous regarder dans une glace ! »

Moss se tut immédiatement, baissa son visage boursouflé vers la table et resta silencieux un instant. Rien qu'un instant et il fut à nouveau lui-même.

« J'ai une seule plaie qui ne cicatrise pas et c'est celle-ci ! » dit-il en montrant un doigt entouré d'un chiffon.

Le Suicidé considéra, dégoûté, le doigt en question, et but une gorgée.

« C'est en quelque sorte ma plaie des grands jours, ma plaie préférée, si vous voulez. »

Le Suicidé se mit à rire.

« Cela me manquerait si j'étais obligé de quitter ce chiffon. Vous voulez voir, peut-être ? »

Le Suicidé lança un coup d'œil oblique à l'infect chiffon et se dépêcha de boire encore une fois.

Moss insista :

« Vous remarquerez qu'il ne s'agit pas d'un chiffon ordinaire : c'est un cadeau de ma mère, et en soie rouge, s'il vous plaît. Oui, elle a un peu déteint, comme moi je déteins, comme vous vous déteignez aussi. Mais vous avez une mine superbe ce matin. Vous avez dû passer une très bonne nuit. »

Cette dernière remarque dut faire plaisir au Suicidé, car il confirma d'un signe de tête qu'il avait très bien dormi. Puis ils commencèrent à parler sérieusement des plaies. De quoi pouvait-il bien s'agir à la fin ? Ce n'était pas beau. Et voilà que Moss saignait même des oreilles.

Moss acquiesça : il s'était probablement arraché une croûte durant la nuit.

Mais n'avait-il pas de pommade ?

Si. Mais son cas était de ceux que le docteur Øyen soignait par la manière « expectative » : il attendait pour voir. Il lui avait tout de même donné une pommade, de la vaseline.

C'était curieux !

Oui, mais cela montrait en même temps que son mal était des plus bénins. Il l'aurait attrapé en éternuant contre le vent.

« Ah ! fit le Suicidé en riant, vous prenez un verre ?

– Oui, merci. »

Les deux hommes se disputaient souvent ainsi pour se réconcilier aussitôt. Ils ne se brouillaient jamais vraiment et ne pouvaient rester longtemps l'un sans l'autre. Il arrivait qu'Anton Moss descendît de sa chambre le matin avec un visage particulièrement laid mais le regard haut, et s'il apercevait le Suicidé, il lui disait :

« Alors, vous ne l'avez pas fait cette nuit non plus ?

– Taisez-vous !

– Je sais, ce n'est pas facile de se pendre. Il faut d'abord trouver un clou suffisamment solide. »

Ils se rendirent sur la véranda, où se trouvaient déjà quelques personnes, dont la dame qui tordait tout le temps quelque chose entre ses mains. C'était systématique : elle tordait un mouchoir, ses gants, tout ce qui lui tombait sous la main. Elle avait de la méthode dans sa nervosité. Elle ne devait pas se rendre compte du ridicule et de l'inutilité de son effort, mais elle s'appliquait comme s'il s'était agi d'un travail. Quand-elle n'avait rien à triturer, elle s'en prenait à ses propres doigts jusqu'à les faire craquer.

« Allez dire à la dame d'arrêter, dit Anton Moss à son copain.

– Moi ? Non.

– Ça la soulagera un certain temps. Il faut avoir pitié d'elle.

– Allez-y vous-même ! »

Mme Ruben apparut dans la véranda, choisit le fauteuil en osier le plus large et s'y assit, ou plutôt, l'occupa. A Alger, elle aurait été la beauté locale, avec son regard sombre et sensuel et sa taille démesurée. Ses doigts gras, à la peau tannée, qui portaient des bagues en brillants ne paraissaient pas contenir d'os.

« Vous allez vous promener ? demanda-t-elle à la dame qui martyrisait ses gants.

– Oui, si l'on m'accompagne ; voulez-vous venir, madame Ruben ?

– Je regrette, je ne peux pas beaucoup marcher.

– Mais vous avez considérablement maigri, madame Ruben.

– Vous trouvez ? Oui, je le crois aussi, mais lorsque je me suis pesée hier, j'avais toujours le même poids. C'est peut-être parce que j'étais habillée plus chaudement et avec des bottes plus épaisses. C'est vrai que vous me trouvez plus mince, mademoiselle ?

– Sans l'ombre d'un doute. On le voit parfaitement. Je pense que vous feriez bien de venir faire un tour, madame Ruben.

– Mais non, je ne veux pas vous embêter par ma présence, vous êtes jeune et en bonne santé, et vous marchez bien plus vite que moi. Monsieur Svendsen, venez ici, je vous prie ! » appela-t-elle.

L'économe arriva, se découvrit et demanda :

« Madame a passé une bonne nuit ?

– Non, mauvaise comme d'habitude.

– Pas meilleure ?

– Meilleure ? Comment voulez-vous qu'elle soit meilleure ? Je ne supporte aucune contrariété la nuit. Aucune.

« Non…

– Non. Et cette nuit les bonnes ont encore fait la vie dans les mansardes au-dessus de ma chambre. J'ai cru qu'elles étaient devenues folles.

– Mais, madame…

– Comment, vous niez ? Vous osez nier ? Sachez que le bruit pourrait me tuer. Parfaitement. Et à cause de ce vacarme, je n'ai pas fermé l'œil de la nuit. »

Il n'y avait aucune bonne dans la mansarde dont parlait Mme Ruben : elle était inoccupée. L'économe commençait à avoir une certaine expérience de cette personne et il lui répondit simplement, dès qu'il en eut l'occasion, que les bonnes avaient déménagé.

« Déménagé ?

– Oui, hier. Elles habitent désormais dans l'annexe, le bâtiment là-bas.

– Et après ? »

L'économe se tut.

Mlle d'Espard, cette abominable personne qui avait comme seul atout son pouvoir sur les hommes, s'en mêla.

« Comment ? Comment ? » interrogea-t-elle, désemparée.

Mme Ruben la dévisagea :

« Que voulez-vous dire ?

– Je veux dire... l'économe ne doit pas avoir compris. Comment avez-vous pu être dérangée cette nuit par les bonnes si elles ont déménagé hier... ? »

Mme Ruben y réfléchit.

« C'était peut-être la nuit précédente. »

Elle était vaincue. Une autre aurait peut-être eu recours aux larmes, mais pas Mme Ruben. Par contre, elle devint rouge comme une pivoine, quand tout à coup la dame qui tourmentait ses gants se leva pour lui venir en aide :

« Excusez-moi, il y a un clou sur votre fauteuil. Faites attention, car l'autre jour il a déchiré mon chemisier. Le voilà !

– Merci ! » dit Mme Ruben. Elle avait repris ses esprits et cria à l'adresse de l'économe :

« Alors, c'est vrai que les bonnes ont déménagé ?

– C'est vrai.

– Ce n'était pas trop tôt ! »

Tous, ils avaient leurs problèmes, leurs fantasmes, leurs maladies, réelles ou imaginaires. Et même ces dernières étaient réelles, tout n'était que souffrance incurable. Ce rassemblement de douleurs de toute sorte faisait mal à voir.

La femme reprit sa place et recommença à torturer ses gants. Anton Moss semblait avoir pitié d'elle :

« Elle avait cessé pendant qu'elle parlait avec Mme Ruben, remarqua-t-il, et voilà qu'elle recommence. Non, je ne peux pas aller lui dire, je n'ai pas une tête à ça, mais vous, vous pourriez le faire !

– Ça m'est égal », répondit le Suicidé d'un ton bref. Il s'était replongé dans ses méditations et connaissait un nouveau moment de découragement : « Il est ridicule d'entreprendre quoi que ce soit, pensait-il, rien ne sert à rien, à quoi bon travailler de ses mains, se lever, parler. »

« Taisez-vous ! dit-il à Moss.

– Regardez l'homme qui approche. »

Le Suicidé ne leva pas les yeux.

C'était M. Fleming, le poitrinaire finlandais, qui faisait son apparition sur la véranda. Bien habillé, mais la poitrine creuse, il salua Mlle d'Espard et les autres. Il n'avait pas dû bien dormir, ses poches sous les yeux étaient très sombres, mais il n'en faisait aucun cas et souriait, disait des amabilités au pianiste et lui offrait un cigare de son précieux étui.

Mlle d'Espard s'avança et lui tendit une main qu'il garda dans la sienne sans toutefois cesser de parler :

« Bonjour ! dit-elle.

– Bonjour ! » répondit-il.

M. Fleming était phtisique et d'humeur changeante ; maintenant qu'il connaissait bien Mlle d'Espard, il n'avait plus besoin de faire des manières avec elle, car il savait qu'elle était compréhensive – il lui avait déjà demandé d'être indulgente avec lui. Il ne voulait pas la perdre, loin de là, elle lui était presque indispensable, seulement, elle ne se faisait jamais désirer, jamais il n'avait besoin d'aller la chercher et la conséquence en était – comme en ce moment, après une mauvaise nuit – qu'il était mal disposé envers elle. Cela dit, si elle n'avait pas été dans la véranda lorsqu'il était arrivé, il n'aurait pas manqué de le lui faire remarquer par la suite. Quoi qu'elle fît, c'était toujours mal, parce qu'il était poitrinaire et irritable. Quelle patience chez cette Mlle d'Espard, toujours bienveillante !

Ils descendirent l'escalier ensemble et quittèrent le sanatorium. Où allaient-ils ? Chez Daniel, comme presque tous les jours ? Qu'y faisaient-ils ?

A l'origine, l'idée avait été de M. Fleming qui avait voulu aller voir la petite ferme. Il fallait baisser la tête pour entrer dans la pièce, meublée en tout et pour tout d'un lit, d'une table, de deux chaises et d'un poêle pour la cuisine. Le Moyen Age, en somme.

« Monsieur et Madame ne préfèrent-ils pas aller dans la nouvelle maison ? » Non, cette première fois, le monsieur malade voulut rester dans le vieux chalet. Il s'assit sur un tabouret et but le lait servi dans un bol et la crème aigre présentée dans une coupelle en bois ; les deux avaient pour lui le goût sincère de l'enfance. Même cette citadine qui savait taper sur une machine à écrire et parler le français, sembla y prendre plaisir. Ils conversèrent un peu, Daniel et sa servante d'un côté et les deux clients du sanatorium de l'autre ; bavardage insignifiant, aucune approche des mystères de la vie dans ces pensées simples sur la pluie et le beau temps. Quelle différence avec les angoisses de la nuit : où était le bon chemin ? Nulle part. Où était le chemin du retour ? Nulle part.

Il paya très bien et demanda qu'on lui réservât tous les jours de la crème aigre. Oui, bien volontiers ! Il séduisit les braves gens par ses bonnes manières et ses pièces d'argent. Pouvait-il revenir tous les jours ? Oui, bien sûr, ce serait un honneur.

« Mais je ne voudrais pas vous importuner dans votre travail ; si je pouvais rester quelques instants assis à la table à réfléchir et peut-être écrire un mot à ma famille… Mademoiselle, vous leur expliquerez très bien tout ça ! »

Il resta seul et, comme s'il avait tout prémédité, se déshabilla en gémissant de sensiblerie et de gêne : il était fatigué, épuisé après une nuit de veille. C'était vraiment lui qui était là ? Si oui, son bon instinct avait su l'éloigner des hommes et des grandes maisons pour le mener vers une retraite sûre et un abri. Il s'était mis à sourire et à pleurer. Mon Dieu qu'il était faible, déprimé ! Mais déjà l'odeur de la pièce lui faisait du bien, les bactéries nichées dans les vieux murs étaient d'une bonne espèce et équivalaient à des somnifères, à de la levure, à des globules rouges, bref la santé et la vie. Que la fenêtre fût sans rideaux ne le dérangeait nullement ; il se coucha dans le lit et se recouvrit avec la pelisse : il ne portait que ses sous-vêtements en soie bleue.

Pendant ce temps, Mlle d'Espard expliqua aux braves gens de quel genre d'homme il s'agissait : un comte originaire d'un château, parlant français, russe même ; il souffrait un peu de ses nerfs, mais ça passerait avec le temps.

« Vous avez vu la bague qu'il porte au doigt ? Si tu avais cette bague-là, Daniel, tu n'aurais plus jamais besoin de travailler !

– Mais que ferais-je à la place ? » demanda celui-ci, qui visiblement ne comprenait pas.

La jeune femme l'accompagna et le regarda travailler aux clôtures. C'était son casse-tête permanent :

« La chèvre grimpe par-dessus, la vache les saute et le mouton passe à travers ! »

Il était enjoué et même un peu fier de lui montrer que lui aussi savait certaines choses, certes pas des choses distinguées comme elle, non, mais enfin, ce qu'il avait besoin de savoir, il le savait.

Il laissa entendre clairement qu'il n'y avait personne au village qui aurait pu lui apprendre comment tenir une exploitation de montagne. Il parlait volontiers de sa propriété, de « Torahus, chalet, montagne et forêt », comme il disait. Tout ce qu'il y avait autour était à lui.

« Tout ? demanda-t-elle avec une admiration et une surprise feintes, pour lui faire plaisir. Non, pas possible ? »

Cela le toucha, et il continua de parler.

Ce garçon solitaire n'avait pas souvent d'interlocuteur ; il profita de cette occasion pour se servir de sa langue, répondant avec joie à toutes ses questions. La jeune femme prenait plaisir à l'écouter car il avait un drôle d'accent. Et puis il était courageux et riait d'une blessure qu'il s'était faite à la main ; elle ne comprenait pas ce qu'il y avait de comique à cela et il rit encore plus fort en lui expliquant comment l'accident s'était produit. Sa main avait été écrasée entre deux pierres de la clôture, cela aurait pu être pire, s'il n'était parvenu à la dégager à l'aide de son autre main et du genou. Ce genre de malheurs survenait fréquemment lorsqu'on travaillait à l'extérieur.

Daniel n'aurait pas dû se montrer aussi fier, et peut-être ne l'était-il pas, en fait, mais il appréciait seulement cette occasion de bavarder.

S'il avait cru qu'elle l'écoutait pour ses beaux yeux, il se trompait, c'était naturellement pour que le malade pût dormir en paix dans le chalet. A deux reprises, elle avait jeté un coup d'œil à travers la fenêtre sans l'apercevoir et avait finalement collé son visage contre le carreau pour se rendre compte qu'il dormait dans le lit. Elle était revenue vers Daniel et avait repris la conversation. Daniel était vêtu d'une chemise et d'un pantalon tenant par des bretelles en cuir très usé ; il avait aux pieds des sabots en bois et pas de chaussettes ; c'était là tout son habillement. Il travaillait calmement, une pierre était une pierre et il ne la lâchait pas même si elle était très lourde.

Tout à coup, une de ses bretelles craqua. Il n'en fit aucun cas, l'ôta simplement et se contenta de celle qui lui restait. Mlle d'Espard fut étonnée par sa présence d'esprit. Ah ! Si ce garçon était bien lavé… ! Il avait la bouche un peu large, mais les dents belles, et les cheveux épais et gras, sales. Qui sait, peut-être qu'en smoking il ferait l'effet d'un singe déguisé ?

La servante apparut, visiblement affolée :

« Il s'est couché dans ton lit ! »

Daniel leva les yeux.

« Déshabillé et couché », répéta la vieille femme.

Mlle d'Espard feignit alors la surprise :

« Il devait être très fatigué ! »

Daniel se mit à rire, mais la servante grommela :

« Et dire qu'il n'avait même pas de draps !

– C'est sans importance, laissez-le dormir », répondit Mlle d'Espard.

La vieille femme repartit.

« Mais il aurait au moins pu se coucher dans la nouvelle maison et demander des draps, renchérit Daniel, j'ai quand même des draps, vous savez. »

Il n'avait été ni surpris ni honteux de ce qui venait d'arriver, mais il tint à faire savoir qu'il n'était pas pauvre et possédait plus d'une paire de draps. Avant, il n'avait connu que la ferme à l'abandon de son père ; ce qu'il connaissait maintenant, c'était sa propriété qui lui suffisait largement. Au village il y avait de grandes fermes, oui, de belles fermes, mais hypothéquées, alors que son chalet, sa montagne et sa forêt étaient libres de toute dette. Il était, somme toute, satisfait de son sort. Il avait parlé sans gêne et il reprit son travail. La demoiselle continua de lui poser des questions. N'avait-il pas d'amie au village?

Ça se pouvait bien.

Parce qu'il avait bien dû avoir une intention en bâtissant la nouvelle maison?

Cette question lui fit mesurer l'intelligence de la jeune femme; il se mit à la respecter et pensa qu'il valait mieux tout lui dire. Non, il n'avait plus d'amie, mais enfin, il reconnaissait qu'il avait bien eu une idée derrière la tête au sujet de la nouvelle habitation, car il avait eu une fois une fiancée, Héléna, une fille du village. Hélas! cela n'avait rien donné. Tant pis! Daniel rougit et se mit à travailler avec acharnement, visiblement en colère. Pourtant, il n'avait pas pu, même à ce moment-là, s'empêcher de mettre en valeur son rival; c'était le sous-brigadier de gendarmerie qui serait lui-même brigadier un jour et Héléna deviendrait quelqu'un d'important. Cela voulait dire qu'elle était de bonne famille. D'ailleurs, il ne se serait jamais intéressé à elle si tel n'avait pas été le cas.

« Non, naturellement. »

« Il affronte la destinée en homme », pensa Mlle d'Espard et lorsqu'elle le félicita de son attitude, il se rengorgea et en rajouta même. D'accord, Héléna serait bientôt la femme du brigadier, alors que lui continuerait de bûcher à Torahus. Et après? Aurait-il dû porter le deuil pour la perte d'une fille? Jamais! Il y eut une fois un garçon au village qui essuya un refus et ne put le supporter; il se mit à dépérir et mourut quelques années plus tard. Quel imbécile!

« Dire qu'il pourrait être toujours en vie!

– Il en mourut? »

Tel quel. Un jour il était mort. Et Daniel, hautain, avait inventé des proverbes, tel : « Il ne faut pas jouer au plus fort avec la vie! »

Mlle d'Espard aima ce qu'elle prit pour sa philosophie personnelle. Ce n'était probablement pas le cas, mais aucune importance.

Elle ne connaissait personne au village et ignorait que plusieurs personnes, là-bas, avaient des mots semblables.

Daniel lui renvoya la balle en lui demandant si le comte était son fiancé ; elle nia de la façon la plus catégorique. Non, ce n'était pas son fiancé, ils étaient simplement devenus amis après avoir fait connaissance au sanatorium. Ils avaient tant de choses en commun !

« Dans ce cas, ça donnera sûrement quelque chose un jour ! déclara Daniel avec un sourire engageant.

– Ce qui sera, je l'ignore, répondit-elle, mais en tout cas, il n'y a encore rien. Que voulez-vous qu'il y ait ? » Daniel avait déjà bâillé plusieurs fois, ce qui indiquait qu'il avait faim : il regarda le soleil et laissa entendre que c'était l'heure du repas. En route, il lui posa des questions sur le sanatorium.

« Tout doit y être fastueux, non ?

– Oui, si l'on veut. Mais ce n'est pas comme à l'étranger, bien évidemment.

– Il y a une princesse anglaise, m'a-t-on dit ; c'est vrai ? »

Comme Mlle d'Espard ne devait pas être opposée à l'idée de partager le même toit qu'une princesse, elle répondit :

« C'est ce que l'on raconte.

– On n'aurait jamais imaginé que la vieille propriété deviendrait un jour un château et une résidence de rois ! » dit Daniel en secouant la tête, avant de lui raconter qu'on avait d'abord voulu acheter son propre chalet. Il ne regrettait pas son refus, mais aimait bien que l'on sache qu'on était venu en premier lui faire une offre. C'était logique, après tout, compte tenu du site. La propriété voisine était très exposée aux vents et mal située par rapport à la sienne.

La servante vint à leur rencontre pour annoncer à Daniel qu'il serait obligé de déjeuner dans la nouvelle maison. Il y avait de la bouillie froide, du lait froid, des pommes de terre froides et du hareng. Elle n'avait rien pu faire cuire, car l'étranger dormait toujours dans le chalet.

« Il dort toujours ?

– S'il dort ? Il ne s'est même pas retourné ! »

Daniel rit de bon cœur et s'en alla consommer son repas froid. En vérité, Mlle d'Espard était une femme exceptionnelle : elle attendit une heure entière qu'il eût fini de manger et repartit au travail avec lui. Qui d'autre qu'une femme amoureuse aurait agi ainsi ? Lorsqu'enfin M. Fleming se leva, tard dans l'après-midi, il rencontra le visage joyeux de la jeune femme. Il secoua la tête pour se faire pardonner, comme s'il n'avait pas de mots pour s'excuser.

« Vous avez bien dormi ?

– Oui ! » Il remercia Daniel pour le gîte en lui remettant un billet et se répandit en louanges : jamais, depuis son enfance, il n'avait aussi bien dormi.

« Vous pouvez le comprendre, mademoiselle ? Puis-je revenir, Daniel ? Non, pas de draps, pas de préparatifs, tout comme aujourd'hui. Merci. »

Sur le chemin du retour, il continua de parler de son sommeil. Et, chose rare, il avait faim ! Depuis des années, il ne s'était jamais mis à table avec appétit, alors qu'en ce moment il aurait mangé du pain rassis ! Le sommeil en était responsable. Combien d'heures avait-il dormi ? Et sans transpirer, presque sans transpirer du tout.

Quelques traces de sueur restées sur ses tempes n'échappèrent pas au regard attentif de son amie, mais elle acquiesça à tout ce qu'il disait dans son excitation et se hâta simplement pour qu'il ne prît pas froid.

« Je vais guérir, mademoiselle, je le sens, je suis déjà plus fort. Oui, c'est vrai, marchons plus vite, vous avez faim, et moi aussi. »

Ils rentrèrent trop tard pour le déjeuner, mais Mlle d'Espard ne se laissa pas décourager et réussit à leur procurer un repas en dépit de l'heure tardive ; elle aida même à porter le plateau depuis la cuisine. Ils mangèrent, et burent du vin. Le poitrinaire était heureux, comme réchauffé, ses joues reprenaient des couleurs, ses yeux de la vie.

La journée passa. M. Fleming était toujours gai, et dans le courant de l'après-midi, ils burent encore du vin. Le soir venu, il ne fut plus question de se séparer, bien qu'elle fût fatiguée, car il était en pleine forme et la nuit serait longue. Que faire ? Ils en avaient discuté, rien que l'acte de se déshabiller lui avait paru insurmontable, et l'idée d'enlever ses bottes encore plus. Elle rit de sa remarque. Ils demeurèrent dans le fumoir après tous les autres clients, puis se levèrent et montèrent l'escalier : la jeune femme tombait de sommeil. Il lui prit la main :

« Bonne nuit ! Bonne nuit ! » dit-elle.

Non, il voulait la ramener dans sa chambre.

Elle refusa.

Mais la nuit serait si longue, si triste, un désert.

« Regardez : j'ai fait apporter du vin, nous pourrons en boire encore !

– Merci, pas maintenant. »

Pouvait-il au moins l'accompagner jusqu'à sa chambre ? Ils pouvaient rester là, si elle le préférait. La nuit serait si longue pour lui, autrement.

« Non, bonne nuit, répondit-elle, et vous allez dormir, j'en suis sûre. Mais, si vous voulez, je peux vous aider à enlever vos bottes.

– Oui, merci ! Vous êtes trop gentille ! »

Une fois dans la chambre, ils se mirent à chuchoter pour ne pas être entendus, mais elle lui interdit de fermer la porte à clef.

« C'est uniquement pour empêcher les femmes de chambre de regarder par le trou de la serrure, expliqua-t-il.

– Je m'en vais tout de suite. Asseyez-vous. »

Elle défit les lacets et resta le souffle coupé de surprise – peut-être l'avait-il escompté – : cet homme élégant portait des chaussettes en soie et, d'après ce qu'elle pouvait voir, très chères. Pour dissimuler son étonnement, elle déclara avec indifférence :

« Vous portez des chaussettes bien trop fines. N'oubliez pas que nous sommes à la montagne.

– Vous trouvez ?

– Oui, il faut porter de la laine ici. Voilà, maintenant, vous pourrez faire le reste vous-même. »

Elle se leva et sortit.

IV

Lorsque maître Robertsen venait au sanatorium, il lui fallait immédiatement régler tous les problèmes : il devait consoler, conseiller et faire preuve d'une grande patience et de beaucoup de bonne volonté. Il était très aimable et ne faisait que rarement usage de son autorité. La première personne dont il demanda des nouvelles fut Mylady. Oui, merci, elle allait bien. Elle était distinguée et sophistiquée, lisait des magazines, prenait des bains, se promenait avec sa jeune interprète norvégienne, se levait à midi et dînait seule à huit heures du soir. Elle paraissait se plaire. Mylady avait peut-être des ennuis, mais elle n'était pas malade. En revanche, sa compagne racontait qu'elle pleurait parfois et qu'elle était souvent déprimée. Il fallait donc croire que tout n'allait pas très bien pour elle non plus.

« Sa note commence à s'élever, dit la directrice.

– Ah ? C'est excellent ! répondit l'avocat. Plus la note s'élève et mieux c'est. »

C'était là une affaire réglée. Mais il y en avait d'autres, plus complexes. Le médecin lui parla du Suicidé. Cet homme traversait de sales périodes : pourquoi se lever, pourquoi s'habiller, pourquoi manger, parler, marcher, puisque, tôt ou tard, il mourrait ! A d'autres moments, il était d'assez bonne humeur et il lui arrivait même de jouer aux boules. Homme d'ordre, il payait sa note régulièrement.

« Dans ce cas, je ne vois pas ce que nous pouvons faire pour lui », commenta l'avocat.

Le docteur tomba d'accord sur ce point, mais fit remarquer qu'il menaçait de temps à autre de mettre son projet à exécution.

« Qu'il se suicide ici ou ailleurs, ça revient à peu près au même, mais à mon avis, ça pourrait faire du tort au sanatorium.

– Très juste. S'il se décide à mettre fin à ses jours chez nous, ça troublera les clients et l'établissement y perdra en réputation.

– Vous pensez qu'il peut se pendre, réellement ?

– Se pendre, je ne crois pas. Mais il existe d'autres moyens. Il dit qu'il doit trouver une idée originale et subtile pour mourir.

– Comment ?

– Ce sont des balivernes. Il considère que le suicide est moins estimé que le meurtre et qu'il faut donc bien choisir la façon de se liquider.

– Il dit vraiment cela ?

– Quelque chose dans ce genre-là. Il parle d'élever le suicide au rang du meurtre. »

Les deux hommes éclatèrent de rire, d'un rire sain et naturel.

« Oui, commenta l'avocat, si nous n'avions pas de respect pour le meurtre, nous ne nous élèverions pas jusqu'au meurtre ! C'est exquis ! »

Ils décidèrent d'un commun accord de maintenir encore quelque temps le curieux individu au sanatorium.

Il y avait son bon copain, Anton Moss, l'homme aux multiples plaies. Il n'était pas spécialement agréable à regarder, son visage n'était pas spécialement décoratif, que ce fût sur la terrasse ou dans la salle à manger, mais il ne gênait personne, et les autres clients ne paraissaient pas s'éloigner lors de son arrivée. Svendsen, l'économe, l'appréciait beaucoup, car il aidait volontiers à tenir les comptes de la maison et ne refusait jamais une partie de cartes lorsqu'on lui en proposait une.

Ils passèrent ainsi en revue tous les clients, et l'avocat revint, pour finir, sur Mylady, la femme du ministre anglais : elle ne souffrait toujours de rien ?

Si, le docteur lui donnait des comprimés à l'arsenic pour lui remonter le moral et des poudres pour dormir. Elle n'était pas totalement saine d'esprit. Elle avait reçu plus d'une fois le docteur et il avait pu noter certains de ses états d'âme : une fois, elle était en colère parce que le facteur restait planté devant elle sans se découvrir, une autre, c'était le linge étendu à sécher devant ses fenêtres qui gênait sa vue. Aucun de ces deux événements n'avait eu une grande importance, et on y avait remédié immédiatement. Par ailleurs, Mylady était agréable, restait souvent dans sa chambre, allait et venait en compagnie de son interprète et ne dérangeait personne. Quand le docteur Øyen avait du mal à lui faire comprendre sa pensée, la jeune Norvégienne intervenait et cela se passait très bien, car elle était experte dans l'art d'amputer les réponses du docteur. Sinon, c'était surtout Mylady qui parlait, pour dire par exemple que ce linge et ces draps étendus étaient la cause de ses cheveux blancs.

Une autre fois, elle lui expliqua pourquoi elle restait au lit jusqu'à midi : c'était parce que la lumière l'éblouissait, elle ne pouvait la supporter, ça lui faisait mal aux yeux.

« Imaginez, docteur, le matin après un bal : la soirée a été magnifique, la nuit douce et caressante – puis on se réveille le matin à la lumière du jour ! »

Quant à son état de santé général, elle savait qu'il n'était pas des meilleurs, elle était surmenée, mais ne se croyait pas près de la mort :

« Ça ne me ressemblerait pas de mourir ! disait-elle en souriant.

– A-t-elle demandé de la musique ? s'enquit l'avocat.

– Au contraire, elle n'en veut pas. Mais elle n'empêche pas les autres d'en écouter ; seulement, lorsqu'une fois le jeune Eyde lui a demandé si elle désirait entendre une mélodie de l'aristocrate britannique Sullivan, elle a refusé et dit qu'elle n'en voulait surtout pas. »

En fait, Selmer Eyde n'avait plus rien à faire là, conclut le médecin. Il était d'ailleurs très mécontent, bien qu'il ne payât que demi-tarif.

« A mon avis, il nous est très utile, remarqua l'avocat. Nous sommes en avance par rapport aux autres sanatoriums, du fait que nous avons un musicien à l'année. N'est-ce pas votre point de vue ?

– Si », affirma le docteur pour abonder dans son sens.

L'avocat étira ses jambes et poursuivit :

« J'ai déjà fait de la publicité dans les journaux pour notre musicien : elle paraîtra un de ces jours. »

Le docteur sourit, secoua la tête, et avoua son admiration. L'autre ne s'en pavana que davantage :

« Nous allons faire de Torahus un endroit chic et de qualité, j'aime bien m'en occuper. N'est-ce pas qu'on a du plaisir à voir les fruits de son travail ? Moi, je me charge des questions pratiques, vous de la science. Ça ira !

– Bien sûr que ça marchera !

– Au fait : je n'ai pas trouvé Mylady dans l'almanach de Gotha.

– Ah ! oui, et après ? commenta le docteur.

– Vous avez raison, aucune importance ! »

L'avocat développa sa pensée : elle était femme de ministre, mais il avait mis « princesse » dans l'annonce. Il fallait absolument se servir de son séjour pour attirer les clients : elle « rendrait » sans faute, c'était certain. « Princesse une telle avec sa suite. » Les journaux se montraient très compréhensifs. Si seulement on avait pu faire quelque chose d'extraordinaire !

Pourquoi pas un mariage paysan avec violons, costumes folkloriques, et tout le tralala ?

Le médecin douta du succès que cela aurait auprès de Mylady. Elle ne s'intéressait pas aux gens d'ici, aux gens de leur pays.

Et elle ne fréquentait personne ?

Si, Mme Ruben. C'était étonnant, mais elle avait sympathisé avec Mme Ruben et lui avait même rendu visite dans sa chambre.

« Après tout, ça se comprend, elle va là où elle-même et sa langue sont comprises. Mme Ruben est internationale.

– Il y a pourtant bien d'autres clients ; pourquoi ne parle-t-elle pas avec M. Fleming ?

– Qui sait ? Mais c'est vrai, nous l'avons oublié ; comment va-t-il ? Mieux ?

– Non, en fait il ne guérit pas. Il s'allume et s'éteint, mais aucune amélioration durable. Il ne serait pas bon que l'état de cet hôte éminent s'aggrave ici, peut-être en raison de l'air trop fort pour lui. Si jamais il mourait... »

Fallait-il lui conseiller de partir ? Sous quel prétexte ? Que l'endroit n'était pas le meilleur pour lui ? Aucune maison de santé ne renverrait un client pour cette raison. M. Fleming allait vraiment si mal que ça ?

Le docteur lui expliqua que ces derniers jours son état s'était amélioré, qu'il était devenu plus gai et que, selon ses propres dires, il dormait mieux. Drôle d'homme que ce Fleming. Tous les jours il allait à la ferme voisine prendre de la crème aigre. Il lui arrivait même d'y dormir. Bref, ces derniers jours, il avait fait des progrès. La directrice avait laissé comprendre qu'il plaisantait avec les filles, ou plutôt non, avec une fille : Mlle d'Espard.

« Dans ce cas-là, il survivra ! » conclut le médecin.

Ils tombèrent d'accord pour le garder le plus longtemps possible. Plus tard, l'avocat lui parla personnellement et le trouva en grande forme : entre autres, M. Fleming plaisanta sur son abonnement à la ferme voisine ; tous les jours il se faisait mettre de côté un grand bol de crème et ça lui faisait du bien. Son seul regret était que Daniel n'eût pas une jeune et jolie servante.

Rien que bonne humeur et joie de vivre.

Après cet entretien, maître Robertsen fut lui-même d'une humeur si gaie qu'il réussit aussi à régler l'affaire du pianiste. Cela ne lui coûta guère d'efforts et il s'y prit comme d'habitude avec le plus grand naturel.

Bertelsen passait par là. Pâle d'amertume ou de colère, il ne répondit pas aux salutations de l'avocat, mais l'attaqua :

« Je vous prierais de ne plus m'envoyer de solliciteurs ! »

Les deux hommes se connaissaient bien et l'avocat se crut en droit de répondre :

« Vous n'avez peut-être pas encore eu votre bock du matin ?

– En quoi cela vous concerne-t-il ? Mais vous ne vous gênez pas pour m'envoyer un pianiste mort de faim qui me demande de lui payer un voyage à l'étranger !

– Ah ! vous voulez parler d'Eyde, je ne comprenais pas à quoi vous faisiez allusion. Il est venu vous voir ?

– Oui, et de votre part encore. Je vous défends de me faire parvenir de tels messages. Vous êtes prévenu !

– Je vous comprends, acquiesça l'avocat. Ce jeune homme est quelque peu insistant, c'est un artiste enragé qui ne connaît pas la patience. Cela dit, je ne vous l'ai pas envoyé, c'est au contraire lui qui m'a parlé de vous.

– Ce garçon s'est jeté sur moi en me demandant où en était sa bourse et quand il l'aurait.

– Il est obsédé, fit l'autre en riant. Mais je respecte sa passion et son désir de poursuivre ses études à l'étranger. Je pense que vous serez d'accord avec moi sur ce point.

– Oui, mais pas à mes frais, enfin ! Vous êtes tous fous, ma parole ! Il m'a clairement dit qu'il venait de votre part. »

L'avocat aperçut Mlle Ellingsen qui approchait, suivie de Mlle d'Espard et de M. Fleming. Du secours arrivait.

« Il ne venait pas de ma part, poursuivit-il. Par contre, lorsqu'il m'a parlé de vous proposer l'affaire, j'ai dû lui répondre quelque chose dans le genre “oui, faites-le, c'est une bonne idée. Ce n'est pas la première fois que M. Bertelsen reçoit une demande de ce genre !” »

Bertelsen se calma quelque peu :

« Mais quel manque d'éducation, cette façon de me bousculer pour me demander ça !

– Bonjour, mademoiselle Ellingsen ! s'écria l'avocat. Nous parlons de M. Eyde, le musicien. »

Bertelsen se tourna, la vit, mais ne la salua pas. Peu après Mlle d'Espard et M. Fleming se joignirent au groupe et ils furent cinq à parler du pianiste. Quelle que fût sa motivation, l'avocat défendit sa cause, fit l'éloge de sa passion et prouva son respect pour lui.

« Qu'en pensez-vous, mademoiselle Ellingsen ?

– Je ne m'attaque pas à sa passion pour la musique, mais à ses manières, interrompit Bertelsen. En quoi me concerne sa bourse, après tout ?

– Allons, ne vous faites pas pire que vous n'êtes. Vous savez très bien que ce n'est pas la première fois que quelqu'un vient vous présenter une requête. Et que je sache, ce ne serait pas non plus la première fois que vous aideriez un jeune talent. Veuillez m'excuser d'avoir dévoilé ce secret en public. »

Bertelsen était désormais tout à fait calmé ; ce sacré avocat avait su faire de lui autre chose qu'un simple marchand de bois. Il jeta un regard discret sur l'assistance, puis baissa les yeux.

« Il joue divinement ! » ajouta Mlle d'Espard.

C'était sans aucun doute la personne qui se connaissait le moins en musique, c'est pourquoi elle en parlait plus que les autres.

« N'est-ce pas ? demanda-t-elle à l'autre femme.

– Oui.

– Mais de quoi s'agit-il exactement ? »

L'avocat répondit :

« Il s'agit d'un voyage, mademoiselle, d'un séjour. A Paris, pour ne rien vous cacher.

– Il s'agit aussi d'une somme qui n'est pas mince », ajouta Bertelsen.

Soudain, M. Fleming s'en mêla.

« Quelle somme, précisément ? »

Tout le monde se tut un instant, puis l'avocat reprit à voix basse :

« Un séjour d'un an, le voyage aller et retour, les frais d'inscription, etc. »

Bertelsen sembla craindre que M. Fleming ne voulût le devancer, et il déclara sans hésiter :

« C'est bon, je vais lui offrir une bourse ! »

Tous le regardèrent. Il rougit, et l'avocat dut lui venir en aide :

« J'étais sûr, tout à fait sûr, que vous le feriez !

– A condition qu'il parte tout de suite, qu'il s'en aille immédiatement !

– Il ne demande que ça, je crois, rétorqua maître Robertsen. Mais pourquoi, au juste ?

– Pourquoi ? Parce que je ne veux pas l'entendre jour après jour me réclamer son argent ; c'est comme si je n'en avais pas les moyens ! Mais il va l'avoir, et tout de suite ; je vais lui faire un chèque.

– Vous êtes formidable, vraiment sensationnel ! Permettez-moi de vous remercier en son nom.

– N'en parlons plus. Dites-moi simplement ce qu'il lui faut pour passer un an à Paris. »

La surprise fut générale. Mlle d'Espard, qui était allée en France, voulut dire quelque chose, mais l'avocat fut d'avis qu'il valait mieux en discuter à l'intérieur.

Ils entrèrent donc dans la chambre de Bertelsen, qui était la plus grande et la plus chère de la maison, avec un petit salon et une alcôve. Aux murs étaient accrochés des tableaux aux cadres dorés ; une tenture dissimulait l'alcôve ; une lampe en bronze avec des pendeloques en cristal était posée sur la table ; des doubles rideaux épais empêchaient la lumière du soleil d'entrer ; sur le tapis qui recouvrait le sol, il y avait une ottomane et des fauteuils en velours.

« Je vous en prie, asseyez-vous, mesdames et messieurs ! » Bertelsen, fier d'occuper la plus belle chambre du sanatorium, fit monter du vin et des gâteaux et se montra généreux avec le musicien auquel il accorda une bourse honnête.

« Je vous reconnais bien là », fit ce roublard d'avocat.

Lorsque tout fut arrangé et le chèque libellé, le petit groupe resta à bavarder ; on aurait dit que ces cinq personnes venaient seulement de se rencontrer.

Naturellement, on discuta des autres clients et malades, et pas en toute innocence. Bertelsen parla notamment sans aucune pudeur de Mylady et de Mme Ruben : ces deux femmes l'avaient frappé, l'une par son dédain, l'autre par son obésité.

« Mon Dieu, dit-il, quelles façons ! C'est comme si nous autres n'existions pas et que seuls ce dédain et cette graisse avaient de l'importance. »

Mlle d'Espard paraissait être la seule à avoir compris la logique des choses et, tout en riant, elle s'écria :

« C'est vrai ! C'est vrai ! »

Bref, Bertelsen et Mlle d'Espard se trouvaient de plus en plus de points communs, qu'il s'agît de goûts, de sympathies, de théâtre, de langues ou de bonnes manières. Ils étaient d'accord sur tout. On apporta encore du vin et d'autres gâteaux, car Bertelsen semblait beaucoup apprécier cette occasion inespérée de recevoir. Bien que l'avocat et M. Fleming consultassent souvent leurs montres, ils furent priés de rester, sous prétexte que Bertelsen le désirait.

« Nous sommes bien ici », dit Mlle d'Espard pour l'appuyer.

La pauvre Mlle Ellingsen était un peu mise à l'écart dans cette grande communion d'idées ; qui sait, peut-être avait-elle eu une discussion avec Bertelsen, sinon comment aurait-il pu l'ignorer de la sorte ? Il était visible qu'il évitait de l'entendre et couvrait ses mots de sa propre voix pour les anéantir. Il ne prenait même pas la peine de la contredire : cela lui paraissait inutile. Loin d'y perdre, Mlle Ellingsen y gagna. En effet, M. Fleming se chargea de lui faire la conversation de façon spontanée et naturelle. Il savait s'y prendre. Mais la pauvre fille n'était pas au bout de ses peines car Mlle d'Espard se mit à parler français avec le marchand de bois, et seul le Seigneur pouvait comprendre ce qu'elle disait. Elle, en tout cas, n'y comprenait rien.

« Que disent-ils, là-bas ? demanda-t-elle avec un sourire, comme si de rien n'était. Quels sont ces secrets ? »

M. Fleming lui rendit son sourire :

« Ils s'entraînent ! »

Était-ce l'œuvre du diable ? Quoi qu'il en fût, l'atmosphère était également tendue entre M. Fleming et son amie ; c'était décidément un mauvais jour pour les couples : les mortifications et les paroles blessantes étaient dans l'air. M. Fleming avait l'intelligence de faire semblant de rien, sans arriver cependant à cacher totalement que l'attitude de Mlle d'Espard l'intéressait. Sacrée fille que cette d'Espard ! Quel tempérament ! Et elle goûtait la compagnie des messieurs. Elle savait approcher son corps de l'homme qui parlait et le lui rendre sensible. Par exemple, elle prenait le chapeau de Bertelsen, le contemplait, pensive, puis le remettait à sa place. Ce faisant elle troublait et intriguait Bertelsen. C'était une partie de son charme.

« Je lis un peu le français, fit savoir Mlle Ellingsen pour ne pas paraître plus bête que les autres, mais malheureusement je ne le parle pas.

– Évidemment, vous connaissez le français, dit l'avocat. Autrement, comment auriez-vous pu être télégraphiste ? »

Bertelsen et Mlle d'Espard se mirent à rire et Mlle Ellingsen fut blessée par cette remarque. Elle leur demanda carrément de quoi ils riaient pour pouvoir rire avec eux, mais n'obtint pas de réponse. Elle se tourna alors vers M. Fleming pour chercher auprès de lui un réconfort. Elle lui apprit qu'elle commençait à regretter son travail au télégraphe. Qu'il ne croie pas que c'était sans intérêt, non, au contraire, elle préférait cette vie-là à l'existence paresseuse du sanatorium. Le télégraphe, c'était la vie dans son essence même, et, tous les jours, on était complice du destin et des malheurs des gens ; oui, le télégraphe était une source de secrets.

« J'ose espérer que vous n'avez pas appris trop de secrets sur mon compte, dit M. Fleming en plaisantant, et, en même temps, son visage quelque peu éteint prit des couleurs.

– Moi aussi », ajouta maître Robertsen.

Elle les rassura d'un geste de la main. Mais ils pouvaient la croire, elle savait pas mal de choses. Des secrets d'État ? Non, bien sûr. Mais sans aller jusque-là, c'était souvent des affaires d'une certaine importance. Il lui était arrivé plus d'une fois d'avoir froid dans le dos dans son rôle d'instrument, d'intermédiaire entre les ambassadeurs et le ministère des Affaires étrangères.

Les deux messieurs lui prêtaient une oreille attentive.

«Toutefois, poursuivit Mlle Ellingsen, le plus intéressant ce sont peut-être les dépêches que les polices de tous les pays s'envoient pour rechercher les assassins, les faussaires, les escrocs et les bandes de malfaiteurs. A ce jeu, on retrouve des nobles, des politiciens français, des banques, du poison, de la politique.»

Les messieurs étaient éberlués: cette Mlle Ellingsen qui, jusqu'alors, n'avait été qu'une grande et belle fille desserrant rarement les dents, était devenue tout à coup radieuse, brillante: elle savait s'exprimer et donnait du poids à ses paroles par de discrets mouvements de ses mains; ses yeux restaient baissés lorsqu'elle racontait, comme si elle cherchait ses souvenirs au fond d'un puits:

«La vie a de ces hasards, continua-t-elle, et le Bon Dieu aussi... Certains font un long voyage avec un billet de chemin de fer, d'autres vont plus loin avec une balle de revolver!»

Elle conta ainsi des tragédies d'amour, reconstitua des destins auxquels le télégraphe avait participé comme témoin ou intermédiaire.

«Prenez par exemple l'histoire des deux étrangers et de la voiture de chasse: deux étrangers arrivent en Norvège, le maître et son valet. Ils veulent chasser et ont apporté leur propre voiture de chasse pour pouvoir voyager seuls dans nos vallées et nos forêts. Quelques jours plus tard, le télégraphe donne l'alarme: "Ayez l'œil sur le maître et son valet!" Ils sont dans une vallée quelconque. Les étrangers prennent généralement nos vallées pour des cachettes et croient que nos contrées sont au bout du monde et nos vallons introuvables. Le maître, son valet et la voiture se trouvent dans le Hallingdal. Une semaine plus tard, un autre étranger arrive: il est à la recherche des deux autres. Il reçoit un ordre télégraphique de son pays: "Laissez courir le maître et le valet, mais retrouvez la voiture!" Notre police l'accompagne et ils mettent la main sur les deux individus, mais pas sur la voiture. L'émissaire envoie alors un télégramme chez lui: "Voiture disparue, prétendument volée par des gitans hongrois." D'où poursuite des gitans qui se trouvent à la limite de Valdres.

Effectivement, la voiture y est également. Les gitans prétendent que c'était un cadeau de l'homme et de son valet. L'émissaire achète alors la voiture et adresse un rapport à ses supérieurs dans lequel il explique que la voiture a été conduite dans un endroit désert, ouverte et fouillée sous toutes les coutures, mais qu'elle est vide. Elle avait été dépouillée avant que les gitans en prennent possession ! Le rapport laissait clairement comprendre qu'elle n'avait pas contenu de bijoux ou de pierres précieuses, mais des documents, rien que des papiers, des petits mots noirs couchés sur du blanc, d'une valeur exceptionnelle, un grand destin où il était question de vie ou de mort. Et voilà que les papiers avaient disparu ! »

Mlle Ellingsen arrêta son récit :

« Je ne vous ennuie pas trop, au moins ? » demanda-t-elle. Que voulait-elle dire par là ? Bien sûr qu'ils voulaient en savoir davantage, car ils avaient tous le souffle coupé par le suspense.

« Oui, mais il n'y a plus grand-chose à raconter, avoua-t-elle. L'émissaire et la police retournèrent à Hallingdal, fouillèrent en vain champs et forêts et durent finalement s'adresser à l'homme et à son valet pour connaître la cachette. Et ils *rachetèrent* les documents. »

L'assistance la contempla, non sans une certaine gêne :

« Ils rachetèrent les documents ?

– Oui. »

Un changement étonnant était survenu chez la jeune femme : elle semblait avoir perdu le fil de son histoire et s'en désintéresser. Que lui arrivait-il ?

M. Fleming avança alors délicatement une question :

« Pourquoi n'arrêtèrent-ils pas immédiatement le maître et son valet ?

– Je ne sais pas, répondit, troublée, la demoiselle. C'étaient peut-être des parents proches des victimes. »

Un silence.

« Mais le valet ? » reprit M. Fleming.

Elle parut sur le point de s'effondrer et fit un effort pour répondre :

« Le valet, oui, le valet… c'était une femme. »

Cette information provoqua un regain d'intérêt et les messieurs ne purent s'empêcher de s'exclamer :

« Ah ! »

Mais ils étaient incapables de saisir le fin mot de l'histoire et se mirent à l'accabler de questions :

« Qu'y avait-il derrière tout ça ? A quoi rimait ce qu'elle venait de leur raconter ? Qu'est-ce que c'était que cette voiture de chasse ? Et pourquoi les comploteurs ne furent-ils pas arrêtés ? »

Mlle Ellingsen ne savait pas. Elle paraissait confuse, éperdue. Tout à coup, elle sembla se souvenir de la solution et affirma d'une manière énigmatique :

« Pourquoi ils ne furent pas arrêtés ? Peut-être parce que leur gouvernement voulait leur laisser la possibilité de se tuer eux-mêmes avec leurs fusils de chasse. »

Évidemment… c'était une solution ! Les messieurs parurent se satisfaire de cette explication. Ils eurent tous pitié de cette pauvre fille qui restait là, plutôt gênée, et commencèrent à parler d'autre chose.

L'avocat ramena la conversation sur Mylady, et demanda à M. Fleming s'il possédait un exemplaire de l'almanach de Gotha.

« Comment ? Pourquoi ?

– Avez-vous l'almanach de Gotha ? Si oui, je vous demanderais d'avoir la gentillesse de voir si Mylady y figure. Personnellement, je ne l'ai pas trouvée. »

M. Fleming se décontracta :

« Je ne sais même pas si j'y figure moi-même, dit-il en riant. On peut être marquis ou marquise sans y être cité. Non, je n'ai pas l'almanach de Gotha. »

La demoiselle était toujours à sa place comme si de rien n'était et M. Fleming lui raconta l'histoire du taureau de la ferme voisine, le taureau de Daniel. L'avait-elle rencontré lors de ses promenades ?

« Non.

– Tant mieux, car il est dangereux, ou tout au moins, il n'est pas sans danger. Évitez-le si possible ! »

Daniel possédait un taureau, une vraie bête sauvage qui mangeait deux ou trois fois par jour. Son cuir était d'un brun luisant, son regard impressionnant, presque surnaturel. Daniel reconnaissait d'ailleurs lui-même que cet animal était devenu mauvais et qu'il ne fallait pas plaisanter avec lui.

Non, elle ne l'avait heureusement jamais rencontré, mais rien que d'y penser, elle en avait froid dans le dos.

« Si ce taureau est un danger en puissance pour les clients du sanatorium, il faut que Daniel s'en sépare, commenta l'avocat.

– Il veut le garder jusqu'à l'automne pour pouvoir le vendre à l'abattoir, fit savoir M. Fleming.

– Je vais envoyer notre Suisse le lui acheter immédiatement, décida l'avocat. Il n'est pas question que nos clients soient terrifiés par cet animal. C'est absurde, à la fin ! »

Maître Robertsen ne pouvait s'empêcher lui aussi de se prendre un peu pour un mécène, un bienfaiteur du sanatorium en quelque sorte, et quand Mlle Ellingsen le remercia par quelques mots aimables, il pensa sans doute qu'une reconnaissance en valait bien une autre ; c'est pourquoi il s'adressa à elle en lui disant :

« Ce que vous nous avez raconté, l'étonnante aventure de la voiture de chasse – c'est curieux que vous n'ayez pas songé à l'écrire.

– Moi ? Non.

– Vous devriez le faire. Il y avait tellement de suspense, d'envol dans votre histoire. N'est-ce pas, monsieur Fleming ? »

M. Fleming était bien d'accord.

La demoiselle sembla reprendre ses esprits. Elle avait peut-être perdu le fil quelques instants et voilà qu'elle le retrouvait. Non, non, ce n'était pas possible d'écrire cela, dit-elle en souriant pour s'excuser ; elle pouvait rester au télégraphe et écouter, oui, mais pas autre chose.

Après, elle réfléchissait à ce qu'elle avait entendu et elle y trouvait de l'intérêt, une nourriture de l'âme, d'une certaine façon.

Elle écrivait donc pour elle-même ?

Oui, reconnut-elle. Elle avait fait quelques essais et possédait pas mal de feuillets noircis chez elle ; elle ne pouvait le nier. Mais comment s'en doutaient-ils ?

Ce n'était pas difficile à comprendre, son récit avait un tel élan !

Mlle Ellingsen fut visiblement heureuse de cette reconnaissance de son talent par un esprit alerte et, un instant, elle oublia les deux autres qui parlaient français, là-bas. Elle réussit même à attirer leur attention en s'exclamant :

« Vous savez, ce qui est intéressant au télégraphe, ce ne sont pas les petits délits mesquins, comment un tel vole un autre sur une livraison de bois, non, tout cela n'est que commerce de bas étage. Mais un beau jour, une rumeur nouvelle surgit : un message vient d'Angleterre, la comtesse de Somewhere a disparu, elle a fui ou a été enlevée, on ne sait pas. » Et elle raconta une autre longue histoire qui se termina, comme la précédente, lorsqu'elle eut un trou de mémoire et ne put poursuivre.

Tout le monde l'avait écoutée. Bertelsen et Mlle d'Espard avaient cessé leur bavardage en français et s'étaient également montrés intéressés. Au début, Bertelsen avait protesté contre ce qu'elle avait dit au sujet des marchands de bois et du vol sur les livraisons ; c'était exclu, on ne pouvait pas tricher dans ce commerce-là. Non, bien sûr, et elle l'avait prié de l'excuser, elle avait dit commerce de bois comme elle aurait dit commerce de bestiaux. Plus tard, Bertelsen l'avait interrompue à nouveau.

« Mais n'êtes-vous pas assermentée ?

– Comment ? Si.

– Je veux dire, n'êtes-vous pas astreinte au secret professionnel ? »

Cette question avait désorienté la jeune femme qui avait bafouillé. Si, bien sûr, elle avait signé une déclaration et jamais de la vie elle ne révélerait un secret touché par ce serment. L'aurait-elle fait ?

« Non, répondit M. Fleming.

– Mais je ne comprends pas, reprit Bertelsen, toujours à l'attaque, je ne comprends pas du tout votre histoire ; votre comtesse était ici, en Norvège ?

– Ici ?

– Il me semblait avoir lu quelque chose du même genre dans un policier. C'est ça, vos souvenirs ? »

Mlle Ellingsen avait protesté avec indignation et était devenue toute rouge.

Pas du tout, elle n'avait pour ainsi dire jamais lu de policiers. Mais les histoires qu'on y rapportait étaient partout de nos jours, elles arrivaient à pénétrer même au télégraphe. Pour ce qui était de son serment elle tenait à rappeler qu'elle n'avait cité ni noms, ni lieux, la comtesse aurait pu être n'importe où. Ils avaient sûrement remarqué qu'elle s'était arrêtée subitement ? C'était exprès, parce que son serment ne lui permettait pas d'aller plus loin.

« Bizarre ! avait enchaîné, sans pitié, Bertelsen, je me souviens qu'en parlant de la voiture de chasse, vous avez cité Kristiania, Hallingdal, etc. »

C'en avait été trop pour Mlle Ellingsen qui avait éclaté en sanglots. Elle n'avait même pas trouvé la force de se lever et de partir et s'était tassée dans son fauteuil en tremblant, presque hystérique, sous le flot des paroles de Bertelsen.

« Bon Dieu ! s'était exclamé celui-ci, ce n'est pas une raison pour pleurer ! Je ne voulais pas – bon, d'accord, j'ai eu tort. Merde, aussi ! Que voulez-vous que je sache, moi, du serment que vous avez prêté et tout le reste ? Mais vous, vous le savez. Je vous demande de ne plus y penser ; je vous en prie très sincèrement. Bon, oublions cela !

– Ça ne fait rien, avait-elle murmuré entre deux sanglots, asseyez-vous, je vous en prie. Tout ça n'a aucune importance, aucune ! Vous ne devez pas me consoler, vous aviez raison en partie, ou peut-être en tout. Seulement, j'ai perdu le fil. Laissez-moi, je ne veux pas vous déranger, dans un instant ça ira mieux. J'ai perdu le fil, le fil... » Les messieurs avaient fait de leur mieux pour qu'elle se reprenne tranquillement. L'avocat avait exprimé son admiration sur la bonne mine de M. Fleming qu'il trouvait radieuse. Quel progrès, et il avait même grossi !

M. Fleming avait répondu que oui, grâce à Dieu, il ne lui manquait bientôt plus qu'une bonne amie ! Mlle d'Espard avait assisté de loin à la scène de tout à l'heure avec une expression mi-surprise, mi-moqueuse. Elle se leva, s'approcha de Mlle Ellingsen et lui parla à voix basse, tout en lui caressant les cheveux.

Les messieurs burent et parlèrent plus fort que nécessaire pour réchauffer l'ambiance. Avec succès, car les dames se joignirent à eux et la fête reprit ; l'on fit apporter à boire et à manger. Tout allait bien désormais, il n'y avait plus de mésentente entre Bertelsen et son amie, il s'était rapproché d'elle et lui parlait gentiment.

Il prit la parole et fit un discours en l'honneur du sanatorium de Torahus ; maître Robertsen joua son rôle en remerciant au nom de l'établissement.

M. Fleming était de plus en plus gai : il s'étira dans son fauteuil, descendit son gilet sur son ventre creux et se frappa la poitrine. Voyaient-ils ce qu'il pouvait faire maintenant ? Quelques semaines auparavant, cela lui aurait été impossible. C'était ça, la santé ! Là-dessus, il pria la compagnie de se joindre à lui pour envoyer un télégramme à sa mère.

Il pensait toujours à sa maison et à sa mère ; ce souvenir l'émouvait et le rendait heureux. Il avait une si bonne mère, personne ne pouvait savoir quelle femme exceptionnelle c'était ! Il commença à rédiger la dépêche en respirant lourdement et les assistants signèrent.

« Merci ! » dit-il.

Cela montrerait à sa mère qu'elle n'avait plus de raison de s'inquiéter pour lui.

Il osa même s'adresser à Mlle Ellingsen comme si l'incident n'avait pas eu lieu et la félicita pour son récit sur la comtesse de Somewhere. Il avait fait cela avec naturel, sans exagération aucune.

« Oh ! j'en sais beaucoup plus, répondit-elle, je pourrais même vous dire comment les choses se sont terminées pour la comtesse, si j'osais. Mais mon serment… vous avez remarqué sans doute que je me suis arrêtée au beau milieu du récit ?

– Oui, et j'admire l'abnégation qui vous a fait interrompre une si bonne histoire avant la fin. »

On entendit le bruit d'une voiture dans la cour et Bertelsen ordonna sur un ton badin :

« Allez ouvrir, maître ! »

Mais comme personne n'était attendu, ce dernier rit et resta à sa place.

« Ne plaisantez pas avec ça, vous savez, depuis que j'ai fait insérer une annonce disant que nous avions un comte et une princesse, on va se bousculer ici ! »

Un nouvel incident survint au même moment : le comte fit un mouvement de la tête comme s'il avait quelque chose en travers de la gorge, sortit précipitamment son mouchoir de sa poche et le tint devant sa bouche ; puis, il l'observa et ce fut comme s'il ne pouvait en croire ses yeux. Il se leva, alla à la fenêtre et regarda encore.

« Qu'y a-t-il ? » demanda Mlle d'Espard avec inquiétude.

Il ne répondit pas.

« Qu'y a-t-il ? » répéta-t-elle.

M. Fleming s'essuya les lèvres et remit son mouchoir dans la poche.

« Ce n'est rien ! » répondit-il finalement en reprenant sa place.

Mais ils avaient tous compris que quelque chose n'allait pas. C'était évident. M. Fleming leva son verre et le vida ; son visage était devenu grisâtre.

« Vous avez une petite tache là, lui dit Mlle d'Espard en lui faisant un signe de la main.

– Où ?

– Là, à la commissure des lèvres. Si vous voulez bien me prêter votre mouchoir…

– Merci, je peux le faire moi-même ! » Il se leva et alla vers le miroir pour se nettoyer. Mlle d'Espard le suivit des yeux ; les autres le surveillaient également. Il n'en faisait aucun cas, parlait sans précipitation et ses mouvements étaient calmes, mais son visage avait perdu toute expression et toute vie. Personne ne laissait paraître qu'ils redoutaient le pire, hormis Mlle d'Espard qui, elle, le fixait avec des yeux terrifiés et alla jusqu'à mettre sa main sur la sienne, dans un geste de tendresse irréfléchie.

« Merci », lui murmura-t-il.

S'il avait existé un malentendu entre eux plus tôt dans la journée, il avait disparu.

« Je vais chercher le médecin, déclara-t-elle.

– Le médecin ? Il parut ne pas comprendre. Pas du tout, ce n'est rien. Mais puisque vous en parlez, peut-être qu'un peu de glace…

– Vous n'allez pas bien ? s'inquiéta l'avocat ; le docteur va venir immédiatement, cela va de soi ! » Il se leva et appela la femme de chambre à laquelle il ordonna de trouver le docteur.

Pendant qu'ils attendaient, ils essayèrent tous de ne pas montrer leur inquiétude. M. Fleming ne voulait pas quitter leur petite fête pour aller se coucher : pourquoi serait-il le premier à s'en aller ? Il eut à nouveau besoin de son mouchoir et alla jusqu'au miroir pour s'essuyer, de la même façon que tout à l'heure, sans émotion aucune ; mais la joie avait abandonné la chambre de Bertelsen. La fête était finie.

Svendsen frappa à la porte et annonça que le consul était en bas et voulait voir l'avocat.

« Qui ?

– Le consul, M. Ruben, si vous préférez, le mari de Mme Ruben. Il vient d'arriver. »

L'avocat ignorait tout de sa venue, mais il se leva aussitôt et pria la compagnie de l'excuser. Il se tourna vers Bertelsen et lui répéta ce qu'il avait prédit peu de temps auparavant :

« Ne plaisantez plus : voilà de nouveaux clients ; voilà qu'arrivent les consuls ! »

Lorsque Svendsen repartit, Fleming le rappela. Le comte avait une mine de déterré, mais il était encore en vie, et avait conservé toutes ses facultés.

Il suivait de près ce qui se passait autour de lui ; il clignait des yeux, respirait et réfléchissait, ouvrait et refermait ses mains selon son gré : il n'était pas encore mort. Il remit le télégramme pour sa mère à l'économe en lui recommandant de le faire partir immédiatement pour la gare.

Ce télégramme ne disait plus la vérité ; désormais, M. Fleming n'avait plus le droit de se vanter d'avoir recouvré la santé. Il envoya pourtant la dépêche. Sa conscience paraissait lui commander d'agir en ce sens.

V

Les gens tournaient en rond. Et la Mort commença à régner arbitrairement.

M. Fleming était alité ; au début, il avait dû se mettre de la glace sur les lèvres et la poitrine pour arrêter les hémorragies ; lorsque celles-ci eurent cessé, il reprit des forces et resta assis dans son lit, tuant le temps à coups de réussites. Mlle d'Espard était allé porter chez Daniel un message de sa part disant qu'il était grippé et ne pouvait venir chercher ses bols de crème aigre, mais qu'il reviendrait dès qu'il irait mieux.

C'est au cours de ce trajet qu'elle rencontra pour la première fois le taureau qui se mit à la suivre en beuglant ; elle rentra haletante au sanatorium.

Le taureau était toujours en liberté dans la propriété car le sanatorium n'avait pu l'acheter à Daniel qui insistait pour attendre l'automne. Il prétendait que la bête serait plus grosse après avoir profité des pâturages d'été et aurait donc une plus grande valeur. Et les jours passaient sans qu'une décision fût prise. Maître Robertsen était reparti à Kristiania où il avait son étude. Même après son aventure avec le taureau, Mlle d'Espard n'obtint pas grande attention, car elle n'était pas particulièrement appréciée des autres clients, bien au contraire : certaines dames furent d'avis que c'était à elle d'éviter le taureau ! Que diable était-elle allée faire là-bas ?

D'autres clients arrivèrent. Après le consul Ruben, deux personnes se présentèrent le même jour, et, à la fin de la semaine, un groupe de six autres qui effectuait le parcours du mont Dovre et avait fait halte à Torahus.

La prédiction de Robertsen semblait se réaliser : en fondant la publicité sur un pianiste à temps complet et des invités de renom comme la princesse et le comte, il arrivait à attirer pas mal de monde. « Où est le comte ? » demandaient les dames. « Et où est la princesse ? » demandaient en chœur hommes et femmes. Le sanatorium du haut de la montagne devenait un endroit mondain et réputé, et le château menaçait d'afficher complet.

Quelle importance, après tout ?

A l'automne, il fallut aménager d'autres chambres pour que l'établissement pût accueillir davantage de clients le printemps suivant. Le nombre de chambres était suffisant mais toutes n'étaient pas terminées ; il manquait des meubles, de l'équipement, certaines pièces n'avaient même pas de chauffage. Ce n'était pas une besogne urgente, dans la mesure où certains clients n'avaient pas le temps, voire pas les moyens, de séjourner longtemps à Torahus, et repartaient au bout de quelques jours ou d'une semaine. Les lits changeaient d'occupants sans qu'ils aient pu refroidir.

Le consul Ruben était venu rendre visite à sa femme. Il était de ceux qui ne pouvaient pas rester, faute de temps... Déjà, le premier soir, dans la chambre de sa femme, il montra des signes d'impatience, demandant des nouvelles de la lady.

« Où est la lady ? »

Mme Ruben, incroyablement grasse et essoufflée, se leva et alla à la porte. Elle était terriblement lourde et ne marchait pas, mais se dandinait comme un pachyderme. Même en descendant un escalier, elle soufflait comme si elle l'avait emprunté en sens inverse.

Elle ouvrit la porte, jeta un coup d'œil dans le couloir et la referma. Le calme régnait.

« On entend tout ici, expliqua-t-elle ; parle à voix basse ! La lady n'est pas une femme quelconque, elle vient lorsqu'elle en a envie, sinon, elle ne vient pas, on ne peut pas la faire demander. »

Le consul était mécontent de tout en général et de cette mise en scène en particulier :

« Pourquoi as-tu fait mettre ce lit supplémentaire ? N'aurais-je pas pu avoir une chambre à moi ?

– A cause des femmes de chambre, répondit sa femme mal à l'aise, je ne savais pas… c'est peut-être complet…

– Foutaises ! On ne respire pas dans ce trou. Qu'est-ce qu'elle désire, la lady ?

– Ce qu'elle désire ? » Mme Ruben lui expliqua que cette femme était arrivée, très gênée, ne dormant plus la nuit, car elle avait eu des malheurs. La pauvre était divorcée ; plus de foyer, plus de racines, nulle part où se rendre.

« Comme tu y vas ! »

La lady était entrée plus d'une fois dans sa chambre, non sans avoir frappé et demandé pardon avec le sourire ; elle ne parlait par ailleurs avec personne. La première fois, Mme Ruben avait été tellement surprise, qu'elle avait oublié de lui faire la révérence.

« D'où vient-elle ? »

D'Angleterre, ne le savait-il pas ? Son mari était un lord, un ministre, un membre du gouvernement.

« Ah ! c'est donc elle, dit le consul, j'ai lu les journaux » ; mais il n'y prêta aucune attention et ne se montra pas très intéressé.

Son épouse dut l'aguicher et parla directement :

« Ce qu'elle veut ? Elle a des ennuis, elle veut de l'argent.

– Comme nous tous, rétorqua le mari.

– Il faut comprendre, elle est sans recours et ne peut plus espérer d'aide de personne. »

Le consul avança le nez et regarda la main de sa femme :

« Une nouvelle bague ? Fais voir ! »

Elle venait justement de se lisser les cheveux avec cette main et il n'avait pu éviter d'apercevoir le nouveau bijou.

« N'est-ce pas qu'elle est délicieuse ? Je ne voulais pas l'accepter, Dieu m'est témoin, mais elle a tellement insisté. Tu as vu l'éclat de cette pierre ? »

Le consul fit un simple signe de tête :

« Alors, elle veut vendre d'autres bagues, c'est ça ? commenta-t-il.

– Tu plaisantes ! lui répondit, froissée, son épouse. Bien sûr que non, elle ne nous proposerait jamais des affaires de ce genre. Elle s'adresse à toi en ta qualité de consul, et rien d'autre, puisqu'elle ne peut ni ne veut aller voir son propre consul qui serait forcément du côté de son mari et du ministère ; c'est évident, tu comprends ?

– Mais elle doit avoir des parents. Son mari l'a répudiée ?

– Je ne sais pas au juste ; en tout cas, elle ne tarit pas d'éloges sur lui.

– Toujours la même chanson !

– Comment ?

– Oui : plus le temps passe après un divorce, et plus on dit du bien du conjoint – quand on commence à le regretter. »

Mme Ruben se vexa à nouveau. Il ne s'agissait pas d'une femme quelconque, mais d'une lady : le consul, lui, croyait que toutes les femmes étaient comme les petites dactylos de son bureau.

« Elle ne dit que du bien de son mari, reprit Mme Ruben, et affirme qu'il a toujours fait ce que l'on attendait de lui et ne l'a jamais vraiment attaquée. Il se contentait de rester indifférent.

– Mais quelles sont donc ces manières ? Et ses parents ?

– Elle avait, paraît-il, tout misé sur la sympathie de la famille du mari, car de son côté elle n'avait personne pour lui venir en aide.

– Elle est donc d'origine modeste ?

– Que veut dire modeste dans un pays comme l'Angleterre, où tout le monde peut épouser n'importe qui, se défendit Mme Ruben. Le roi lui-même peut se marier avec une roturière s'il le désire ; alors il faut croire qu'un lord peut épouser une actrice.

– Parce qu'elle était actrice ?

– Quelque chose comme ça. Danseuse, peut-être.

– De mieux en mieux ! Et maintenant on attend de moi que je fasse valoir mon autorité de consul. C'est exclu, naturellement, cette affaire n'entre pas dans mes compétences. Elle et toi êtes aussi sottes l'une que l'autre, si vous avez cru un seul instant que je pouvais quelque chose. »

Mme Ruben renonça à faire appel à la vanité de son mari. Il aurait dû comprendre que lorsqu'une lady lui demandait son aide, c'était parce qu'elle l'avait choisi parmi tous les autres, c'était la seule explication valable. Elle en faisait ainsi un confident, lui posant gentiment des questions et, pour un instant, descendait à son niveau.

Puisque le consul ne paraissait pas saisir cette nuance, son épouse emprunta une autre voie pour le convaincre :

« Elle a donc besoin d'argent, continua-t-elle tranquillement sans attacher de poids aux objections du consul, et crois-moi elle en aura. Elle a des valeurs inestimables qui lui rapporteront des sommes considérables.

– Quelle somme ?

– Cela dépend du prix que l'on attache à un ministre anglais. Il peut être question de bien-être ou de ruine, de vie ou de mort.

– Comme tu y vas ! Quelles sont ces valeurs qu'elle détient ?

– Des lettres. Des documents. »

Si jamais elle avait attendu beaucoup de cette révélation, elle dut être déçue, car le consul ne leva même pas la tête et fit au contraire une grimace qui aurait pu passer pour un bâillement. Mais elle ne s'avoua pas vaincue pour autant. Si étonnant que cela pût paraître, elle s'était mise dans la tête d'aider l'étrangère et elle était bien décidée à y arriver. Pourquoi cet entêtement ? Cette Mme Ruben souffrait de nervosité chronique, elle disparaissait dans sa propre graisse, son poids considérable lui imposait une vie passive à laquelle elle ne prenait aucun goût : au contraire, elle en souffrait. D'accord. Mais en quoi la lady anglaise la concernait-elle ? Question de sympathie entre gens de la même race ? Qui pouvait le dire ? Mais si c'était le cas, on aurait pu rétorquer que le lord était de la même race et qu'elle le combattait !

« Je ne peux prendre parti uniquement parce qu'elle t'a fait cadeau d'une bague, lui dit le consul.

– Non, bien sûr », lui répondit-elle en faisant à son tour une grimace. La bague n'était rien, elle l'avait aimée le premier jour, puis s'en était lassée.

Mais elle-même n'aurait pu, sans paraître impolie, la refuser avec plus d'insistance qu'elle ne l'avait fait. Et était-il courant de refuser le présent d'une personne de haut rang ? Mme Ruben ne manquait pas de bagues, elle en avait déjà beaucoup et elles la gênaient. Comme il pouvait s'en rendre compte, elle était obligée de les mettre toutes au petit doigt.

« Au fur et à mesure que tes autres doigts deviennent des pouces...

– Quand j'avais dix-huit ans...

– Je connais le refrain, l'interrompit le consul. Mais tu n'as plus dix-huit ans, tu en as largement le double, et à plus d'un sens ; plusieurs fois dix-huit même !

– Lorsque j'avais dix-huit ans, poursuivit sa femme, imperturbable, j'avais des doigts aussi minces que ceux de tes dactylos ! »

C'était la deuxième fois qu'elle faisait allusion aux dactylos et pas seulement en passant, mais de façon bien déterminée, comme s'il s'agissait d'un sujet important. Et pour la deuxième fois, le consul l'écouta avec indifférence, haussant à peine les épaules.

« Ces papiers, dit-il, ces lettres privées – je suis un consul – ces lettres seront synonyme de scandale, de chantage, – non, je n'y touche pas ! »

Sa femme lui fit remarquer que le scandale serait moindre si c'était un grand consul qui s'en occupait de façon discrète, plutôt que la lady elle-même, au risque de perdre son mari.

Était-ce l'expression « grand consul » ou était-ce la justesse des arguments de sa femme ? Toujours est-il que le consul, pour en terminer, demanda où se trouvaient les papiers en question.

Il les étudia jusqu'au petit matin. Souvent, durant sa lecture, il lui arrivait de secouer la tête, ou d'étendre ses jambes comme pour se délasser, ou bien encore de gesticuler, de lever les sourcils.

Bref, la lecture devait être assez distrayante. Cet homme sanguin au cou tassé avait là tout ce qu'il pouvait souhaiter en matière de pensées et de discours intimes, pour ne pas dire scabreux. Pourquoi ce manque de discrétion, pourquoi tant de mots crus dans ces lettres ? Le consul avait plongé dans un égout et l'ex-danseuse avait sûrement dû supporter plus d'une grossièreté du mari, sans pincer le nez. Les lettres venaient des Indes et d'autres pays ; on y traitait à la fois de politique, d'orgies égyptiennes, de conflits personnels avec l'administration, de commerce illicite de marchandises douteuses, de l'achat du titre de lord, de livraisons d'armes – et de tout cela émanait une odeur nauséabonde.

Mme Ruben observait son mari en silence. Les lettres devenaient de plus en plus brèves. On aurait pu penser que l'expéditeur n'avait plus tellement confiance en sa femme, ou peut-être avait-il trouvé une autre personne digne de ses confidences ? Les dernières missives comportaient des allusions au retour à la danse de la lady, à un voyage en Écosse avec le directeur d'un établissement plutôt louche. La lady paraissait avoir nié, mais la lettre suivante maintenait les accusations et se terminait par une rupture. Les deux dernières étaient sans recours. Terminé ! Mme Ruben se rendit compte que l'intérêt de son mari diminuait au fur et à mesure qu'il approchait de la fin. Ce n'était plus de son goût, alors qu'elle éprouvait des sentiments inverses. Le brave lord avait pu débuter avec l'aide de sa femme, la danseuse, et de sa dot : c'était elle qui l'avait lancé grâce à une petite fortune gagnée par la danse, avec ses jambes, et lui, il avait changé cette fortune en réflexion et en action, et cela avait été leur perte à tous les deux. Bah, et puis après ?

Mme Ruben paraissait perdue dans ses propres souvenirs. Était-elle dans la même situation que la lady, rejetée par son mari ? Comment, autrement, expliquer le grand intérêt qu'elle portait au sort d'une étrangère, même en admettant qu'il y eût affinité raciale ? Le consul ne devait se douter de rien : s'il avait seulement levé les yeux, il aurait aperçu le regard de plus en plus haineux de sa femme qui le dévisageait de biais. Son œil de biche prenait soudain une expression de douceur et de traîtrise, signe évident d'une intense activité cérébrale dans sa grosse tête.

« Pouah ! souffla le consul, quel cloaque ! Quel âge a-t-elle ?

– Oui, c'est un cloaque, répondit sa femme.

– Je ne peux pas m'en occuper. »

Elle se tut.

« Si, tu pourrais faire quelque chose si tu le voulais.

– Mais quel âge a-t-elle donc ? répéta le consul, soudain furieux. Pourquoi tant de cachotteries ? »

Sa femme sourit amèrement :

« Quel âge elle a ? Je ne le lui ai pas demandé. Je ne sais pas non plus si elle est jolie, d'après tes critères. Mais ce n'est pas là l'objet de mon intérêt.

– Ni du mien, reprit le consul, très agacé. Ni elle ni ses scandales ne m'intéressent. Au fait, quelle idée as-tu eue de faire mettre un lit supplémentaire dans ce trou ? Heureusement que ce n'est que pour une nuit. Et je ne comprends d'ailleurs toujours pas pourquoi tu m'as fait venir à la montagne. »

Aucun doute n'était permis, sa femme travaillait selon un plan bien déterminé et pour son propre compte ; autrement, elle n'aurait pas parlé comme elle le faisait. Elle semblait en effet décidée à obtenir quelque chose et au beau milieu de son désespoir, sa résolution était ferme. Advienne que pourra !

« Je t'ai peut-être dérangé ? demanda-t-elle. Moi, je n'ai pas été dérangée par ta visite.

– Mais tu ne réfléchiras donc jamais ! Est-ce que tu as tes affaires ici, le courrier, le bureau, un personnel à surveiller ?

– Non, je n'ai rien, à part moi-même, rien que moi. Je suis venue ici un jeudi et t'ai écrit aussitôt, poursuivit-elle sur le même ton pleurnichard, mais sans recevoir de réponse, jeudi après jeudi. J'ai écrit à nouveau plusieurs fois. Rien. Finalement, je me suis décidée à t'envoyer un télégramme.

– Mais tu ne comprends pas que je n'avais pas le temps ? En ce moment, je suis très occupé, les employés prennent leurs vacances l'un après l'autre, il faut faire le travail à leur place et je dois manger, et dormir un peu aussi, si possible.»

Un silence.

«Mais, visiblement, tu ne saisis pas, répéta-t-il en commençant à se déshabiller.

– Si tu le dis, c'est sans doute vrai.

– C'est vrai. Et maintenant il est tard ; couchons-nous. Quant à l'histoire de la danseuse, je ne m'en mêle pas. Tu comprends ça, non ?

– Elle attend une réponse de son mari, répondit-elle après un silence, tout n'est pas encore décidé ; elle est trop en chair pour danser maintenant, et ne peut plus reprendre sa carrière. Elle lui a écrit au sujet d'une petite ferme où on élève des poules et des lapins, pourquoi ne lui répond-il pas ? Le lord est un homme puissant désormais, mais il se tait, et son conseiller juridique est trop paresseux et, de plus, il semble l'avoir quittée pour la partie adverse. A qui veux-tu qu'elle s'adresse ?

– J'y pense : ces lettres, ce sont les originaux ?

– Sûrement, pourquoi cette question ? Pourquoi ne le serait-ce pas ? Pour quelle raison poses-tu cette question ? Tu ne penses pas au moins qu'il s'agit de faux ?

– Non ; couche-toi, toi aussi.»

Sa femme resta assise un bon moment, puis se leva et alla vers son lit où elle s'affaira encore un petit instant ; de son côté, le consul s'était allongé et il respirait lourdement en se retournant sans cesse.

«Tu ne viens pas au lit ?»

Pas de réponse.

Peut-être se rendait-il compte qu'il avait été peu aimable avec elle :

«Viens te coucher, et éteins la lampe, comme ça nous pourrons nous reposer.

– *Tu* auras du repos, oui !» fit-elle, de façon subitement agressive.

Le consul, inquiet, devina que quelque chose n'allait pas : la réponse de sa femme ne permettait aucun doute. Il se mit sur le dos et, pour la première fois, contempla son épouse. « A quoi diable pense-t-elle en ce moment ? Qu'est-ce qu'elle prépare ? » Elle était allée près de son lit, puis s'était dirigée vers lui d'un pas décidé : elle voulait peut-être lui répondre par quelques mots amers qui ne pouvaient plus attendre, oubliant qu'elle tenait un oreiller entre les mains. Que pouvait-il imaginer ? Ce grand oreiller entre ses mains ! Son visage crispé apparut dans la lumière de la lampe : elle louchait comme une démente et semblait hors d'elle, incapable de prononcer un seul mot.

Le consul s'assit brusquement dans son lit, non pour mieux voir, mais sans aucun doute pour se protéger. Au même instant, son visage se glaça, ses mains se crispèrent ; il retomba mollement en arrière et sa tête heurta le chevet du lit. Il ne bougea plus.

Sa femme s'était immobilisée. Elle avait le souffle coupé et il lui fallut du temps pour reprendre ses esprits. Au lieu de chercher une chaise pour s'y affaler, elle demeura là, entêtée, comme si elle avait voulu dire : « Tu vois, c'est bien fait ! » Ce qui venait d'arriver n'était pas de sa faute, ce n'était que justice.

Dans un souci de réconciliation, elle dit à son mari :

« Allez, on arrête. »

Il ne remua ni ne donna signe de vie. Elle insista. Du sang lui coulait d'une oreille, et peut-être de l'autre, celle qu'elle ne pouvait voir ; elle pensa au médecin et jeta un coup d'œil autour d'elle pour s'assurer que tout était en ordre avant son arrivée.

« Réponds donc », dit-elle à haute voix.

Elle réalisa que sa tête était dans une étrange position, repoussée contre la tête du lit, le menton écrasé sur la poitrine, mais elle n'y toucha pas. Au contraire, elle remit son oreiller à sa place, cacha le paquet de lettres sur la table et sortit de son allure éléphantine à la recherche du médecin.

Premier décès au sanatorium de Torahus.

Quelle histoire : un homme arrive avec une brosse à dents et un pyjama, il vient rendre visite à sa femme au sanatorium, il y séjourne quelques heures, puis est frappé par la mort !

Il n'y a pas de quoi s'étonner si sa femme trouve cet événement assez spécieux et le prend presque pour une mauvaise plaisanterie. Son mari aurait pu, avec juste raison, lui répondre qu'il avait eu de bonnes raisons pour mourir : il avait été ennuyé jusque tard dans la nuit avec une histoire de scandale britannique et, fatigué, il avait cru à tort que sa femme avait de mauvaises intentions lorsqu'elle s'approcha de lui un oreiller entre les mains. Il avait dû avoir peur, s'imaginer qu'elle voulait l'étrangler, et son regard d'hystérique lui avait fait perdre la raison – bref, il aurait pu soutenir fermement qu'il était mort par accident.

D'autre part, sa femme devait se dire qu'elle n'avait pas eu de mauvaises intentions et que la catastrophe était un rude coup. Lorsqu'elle se revoyait en pensée avec l'oreiller entre les mains, elle ne pouvait garder son sérieux. De même, il était comique de penser à la hâte avec laquelle son mari se préparait à repartir le jour suivant, et qu'au lieu de cela, il était mort. La vie n'était décidément pas dépourvue d'humour. La mort non plus, d'ailleurs.

Le docteur Øyen et le personnel du sanatorium firent de leur mieux pour étouffer l'affaire, mais sans grand succès. On en parlait dans chaque pièce et l'accident parvint même aux oreilles du comte malade, bien que Mlle d'Espard, qui passait plusieurs heures tous les jours à son chevet, ne lui eût rien dit. Il avait peut-être entendu la nouvelle à travers la cloison séparant sa chambre de celle de la femme qui tortillait sans cesse son mouchoir, ses gants, ses doigts, et parlait désespérément toute seule.

« J'ai une nouvelle à vous apprendre, annonça M. Fleming à Mlle d'Espard. Un des clients de l'établissement est mort il y a deux nuits environ. »

Il avait dit cela calmement, posément, comme s'il se fût agi d'un fait quelconque. Elle se leva, enleva son chapeau et l'accrocha. Tournée vers le mur, elle répondit :

« Ah ? Un client ? Mort ? C'était peut-être une femme ?

– Une femme ? Non, ne s'agissait-il pas d'un étranger, un consul de Kristiania ? Je ne sais pas au juste. Vous n'êtes pas au courant ? C'est lui qui est arrivé le soir où nous étions tous dans la chambre de M. Bertelsen.

– Non, je ne l'ai pas su.

– Bon. Prenez place, mademoiselle. Aujourd'hui, j'ai décidé de ne pas me laisser battre. »

Et ils commencèrent leur traditionnelle partie de bésigue. Un carton posé en travers du lit leur servait de table. Il suivait le jeu avec attention, comptait les sommes avec précision, changeait les chiffres de place sur son papier. Il ne donnait aucun signe de distraction ; depuis deux ou trois jours, il se portait mieux et était presque guéri. Il avait repris goût à la vie et le récent décès dans la maison ne l'affligeait nullement.

Mlle d'Espard était-elle déçue qu'il prît l'annonce de la mort du consul avec tant de flegme ?

Craignait-elle qu'il n'eût point remarqué sa délicatesse ? Ah ! la perfidie humaine ! Pour en savoir plus, elle déclara :

« Quel bruit dans ce sanatorium depuis deux jours, vous ne trouvez pas ?

– Je suppose que c'est à cause de cette mort, répondit M. Fleming avec indifférence.

– Oui, probablement. Et puisque vous l'évoquez, il me semble malgré tout en avoir entendu parler. Mais, s'interrompit-elle, cela n'a aucune importance. Vous avez bien dormi cette nuit ?

– Oui, merci, je dors bien toutes les nuits, désormais.

– Vous avez raison, il était peut-être consul, reprit-elle. Mais il est mort d'une crise cardiaque, pas de maladie.

– Ça revient au même. Faites voir – quatre valets !

– Dire qu'il est mort la nuit de son arrivée ici ! Je n'en aurais pas parlé si vous ne l'aviez pas mentionné le premier.

– Quoi ? Ah ! oui. Je ne le connaissais pas, et vous ?

– Non, ou plutôt, si vous voulez, je savais qui il était. Un homme important de Kristiania. Je connais quelques-unes des dames qui travaillent à ses côtés. Quel affreux destin !

– Vous jouez vraiment les as ?

– Non, pardon ! Le consul Ruben était donc le mari de Mme Ruben, vous savez, la grosse personne qui séjournait ici. Elle est repartie avec le corps.

– Ah ! bon.

– Et Mylady également. Mylady et sa femme de chambre. Comme ça, nous en aurons fini avec le thé et le lunch à toute heure. Et nous pourrons jouer à nouveau du piano… »

Et ils jouèrent à nouveau du piano, chantonnèrent dans les escaliers et essayèrent de rire avec insouciance à table : en vain. Une semaine après le départ des dames avec le cercueil, les clients parlaient toujours du terrible accident. Ce dernier avait eu l'effet d'une bombe dans un groupe de timorés.

« Le premier décès ! » avait dit le Suicidé avec un mouvement de la tête, comme s'il en prévoyait d'autres.

Cet inquiétant personnage ne s'efforçait pas d'améliorer l'humeur ambiante. Aucun des clients ne regrettait vraiment le départ des trois dames, mais elles avaient laissé un vide derrière elles, trois chambres vides. Et après ? Tout était en règle, elles avaient payé avant de partir, aucune d'elles ne s'était enfuie, ce n'était pas leur genre. Même Mylady avait réglé sa note et donné des pourboires si généreux qu'on eût cru une rançon. Le consul Ruben était arrivé muni d'un portefeuille bien garni qu'il gardait à l'intérieur de son gilet, du côté gauche, comme pour protéger son cœur. Ce portefeuille fut bien utile aux dames lors du départ, car Mme Ruben paya pour tout le monde. A quelque chose malheur est bon…

Une semaine plus tard, un nouveau groupe de clients arriva, occupa les chambres vides et envahit littéralement le sanatorium, provoquant même une crise du logement. Cela posa de sérieux problèmes au docteur qui, en compagnie de la directrice et de l'économe, s'efforça de trouver une solution. L'économe fut envoyé en exploration. Il frappa à la porte de la chambre 7. La demoiselle était chez elle. Il venait lui demander si elle accepterait de changer de chambre pour une courte durée.

« Comment ? »

Une autre chambre. Sans chauffage, certes, mais tout aussi claire et agréable. Ils y installeraient un lit de camp. Pouvait-il la lui montrer ?

La demoiselle commença à se tordre les doigts, puis demanda la raison de ce déménagement.

Tout au long de l'après-midi, le sanatorium avait connu un tel afflux de clients que l'on manquait de chambres et que l'on ne savait plus quoi faire.

La demoiselle attrapa ses gants sur la table et se mit à les tortiller. Son fin visage exprimait la surprise et le désarroi. Elle regarda l'économe d'un air méfiant. Ils ne lui auraient jamais demandé ce service, lui expliqua-t-il, si un nouveau groupe n'était venu s'ajouter à l'invasion d'aujourd'hui. En outre, parmi les nouveaux arrivants se trouvait un pasteur accompagné de ses deux fils qui avaient froid : il leur fallait absolument une chambre chauffée.

« Oui, je vois », commenta la demoiselle avec une expression dubitative. Mais elle n'était pas difficile et céda. On ne pouvait pas laisser quelqu'un souffrir du froid.

« N'est-ce pas ! » confirma l'économe. Et qu'elle n'hésite pas à rester dans les pièces chauffées, au salon par exemple. D'autre part, ce ne serait que pour une courte période, promit l'économe en la remerciant vivement. Puis, il lui fit visiter sa nouvelle chambre. Encouragé par ce succès, il alla trouver le Suicidé qui était en train de bavarder avec Moss, l'homme aux pustules, sur la grande terrasse. L'économe avait fait quelques parties de cartes avec les deux copains et pouvait de ce fait se permettre une certaine liberté :

« Je vous apporte de bien mauvaises nouvelles », dit-il sur un ton joyeux. Voyant que le Suicidé n'était pas d'humeur à rire, il demanda, sérieusement cette fois, si les deux messieurs seraient d'accord pour lui rendre, ainsi qu'à la maison tout entière, un grand service ? Les deux hommes le regardèrent.

Pourraient-ils changer de chambre pour une courte durée ?

« Comment ? Pourquoi ? »

Après avoir écouté les explications, le Suicidé refusa net de se montrer conciliant. Quelles façons, quel manque d'éducation ! Moss demanda des éclaircissements et cette fois l'économe parla de trois dames, trois institutrices arrivées dans l'après-midi après tous les autres. Que fallait-il faire ? Trois jeunes et jolies filles venues par la montagne et épuisées par le froid et la fatigue ; elles avaient demandé, presque supplié, qu'on leur donnât une chambre chauffée.

« Autrement dit, on avait pensé me mettre en attendant dans une chambre sans poêle ? interrogea le Suicidé, les lèvres blanches.

– Rien que pour quelques jours. Il y aura certainement des départs sous peu : peut-être le pasteur et ses deux fils qui venaient d'arriver. »

Le Suicidé était furieux, comment pouvait-on se comporter de la sorte ? Était-il tombé dans un repaire de bandits ? Quelle insolence, quel laisser-aller ! Eh, eh, ce Suicidé prouvait qu'il était malgré tout un jeune homme heureux d'être au monde.

« Ne levez pas votre nez si haut, monsieur Svendsen ! Ne lui donnez pas d'ailes et utilisez-le plutôt pour renifler le sol !

– Allons, allons, répondit l'économe sur un ton bon enfant.

– C'est inouï ! continua le Suicidé, qu'une maison de santé veuille me faire crever de froid et me rendre infirme à vie ! »

Moss se mit à rire de l'excitation du Suicidé et de son curieux langage.

« Ma chambre est à votre disposition, Svendsen.

– C'est ça ! cria le Suicidé. J'ai honte pour vous, vous n'êtes qu'une puce invertébrée ! Allez, Svendsen, sa chambre est à votre disposition ! Mais ses pustules vont-elles supporter une chambre glacée ?

– De toute façon, je ne fais pas de feu dans ma chambre, répondit Moss.

– C'est sûrement pour ça que vous avez une tête pareille, vos plaies ne sont peut-être que des engelures. Moi non plus, je ne fais pas de feu, mais si le grand froid arrive demain ou après-demain ?

– Ah ! ah ! ah !

– Oui, ah ! ah, ah ! l'imita le Suicidé. Merde. Un ricanement, c'est une réponse pour vous ? Vous n'êtes qu'une femmelette !

– Donnez ma chambre à ces dames », confirma Moss.

L'économe le remercia et s'en alla.

Un silence.

« Ah ça, je ne veux pas y penser ! s'exclama le Suicidé. Je devrais, moi, attendre qu'un pasteur et ses gosses soient repartis avant de regagner ma chambre ! Pas leur chambre à eux, non, pas la chambre du pasteur, mais la mienne !

– Vous oubliez les trois institutrices.

– Et après ?

– Comment, trois femmes en détresse, et vous ne seriez pas galant envers elles ?

– Non, hurla le Suicidé.

– Remarquez, vous méritez bien une chambre chauffée, mais ces gens du sanatorium ne peuvent pas le savoir. Ils ne doivent même pas être au courant que vous êtes venu ici pour mettre fin à vos jours.

– Ne vous en mêlez pas, je vous en prie ! lui intima le Suicidé sur un ton paternel. Si vous considérez que dans votre état vous pouvez vous permettre d'être galant, libre à vous. »

Moss se tut un instant, puis il reprit :

« Je me demande si, après tout, vous n'y avez pas renoncé. Vous voulez vivre, vous commencez même à songer à la riche veuve.

– Quelle veuve ?

– Mais Mme Ruben, voyons !

– Ah ! Madame Ruben ? » Le Suicidé bâilla et parut las de la dispute ; c'était sans doute la réaction à son énervement de tout à l'heure, et il tomba dans une profonde méditation.

« Oui, elle serait quelqu'un pour vous, insista Moss : dans la force de l'âge, de l'ampleur pour deux, un grand commerce…

– Ce serait plutôt quelqu'un pour vous. Que savez-vous de sa fortune ? Taisez-vous !

– Ces gens-là sont toujours riches.

– Taisez-vous ! »

Moss resta un moment, puis se leva et partit. Le Suicidé le regarda et le suivit. Ils ne pouvaient pas rester longtemps séparés l'un de l'autre. Ils allèrent s'allonger sur une pente ensoleillée et restèrent ainsi sans parler.

Le malheur avait réuni ces deux êtres comme deux naufragés sur une plage. Moss s'endormit. Il avait mis son chapeau sur son visage pour protéger ses plaies des mouches. Lorsqu'il se réveilla, le Suicidé était toujours éveillé.

« Vous vous êtes endormi ? demanda-t-il.

– Oui, le soleil m'a assoupi.

– C'est la fatigue. Nous mangeons très mal, que des conserves ; nous dormons tous debout.

– Je n'y avais pas pensé, répondit l'autre. Vous croyez que nous mangeons des conserves ?

– Pourquoi diable ne nous donnent-ils pas ce fameux taureau ? demanda tout à coup le Suicidé ; j'aimerais bien le savoir. Ne nous l'avaient-ils pas promis ?

– Demandez à l'économe !

– L'économe ! souffla, exaspéré, le Suicidé. Non, venez avec moi, on va aller voir le docteur ! »

Mais Moss ne voulait pas, n'en avait pas la force.

« Je m'affaiblis de jour en jour en raison des conditions déplorables de cette maison, renchérit son ami. Personne ne devrait venir ici.

– Vous comptez repartir ?

– Repartir ? Oui, ça se peut. Pourquoi cette question ? Ne croyez pas que je vais m'en aller tout de suite. Il pourra toujours essayer de me faire partir, l'économe ! Même avec deux pasteurs, il n'y arrivera pas ! Je vais leur montrer, moi ! »

Il vouait une haine et un ressentiment inexplicables et tenaces à ce pasteur dont la venue l'avait fait craindre pour sa chambre.

Les choses n'allèrent pas mieux le soir à table lorsque, par ironie du destin – ou était-ce la malice de l'économe ? – le pasteur et ses deux garçons se trouvèrent placés à côté du Suicidé.

Le pasteur fit un signe de tête à son voisin et celui-ci répondit de la même manière, bien que son salut fût très bref. Quand on arrive le premier quelque part, il ne faut pas laisser trop de place aux nouveaux venus : il faut les saluer avec parcimonie.

L'étranger prononça quelques mots auxquels le Suicidé ne répondit pas ; Moss, qui était de l'autre côté, fit, quant à lui, des reparties aimables et polies.

L'étranger se présenta : son nom était Oliver.

«Le Suicidé ne s'en occupa point et l'appela Jensen.

– Jensen ? demanda l'étranger.

– Ça se prononce peut-être Nikolaisen ? »

L'étranger ne comprenait pas ; son visage se ferma et il mangea en silence.

« Encore heureux qu'on ait reçu des renforts pour avaler les conserves », lui dit le Suicidé.

L'autre ne répondit pas et continua de manger bravement ses boulettes de viande : il avait faim.

« Vous venez de la montagne, mon révérend ? » lui demanda le Suicidé.

L'étranger leva les yeux :

« C'est à moi que vous parlez ? Je ne suis pas pasteur, mais directeur d'école.

– Directeur d'école ? » répéta, désorienté, le Suicidé.

L'homme sortit sa carte de visite et la lui tendit. Frank Oliver, agrégé de lettres, directeur d'école.

« Excusez-moi ! fit, confus, le Suicidé ; c'est cet imbécile d'économe qui a fait de vous un homme d'église. »

En dépit de cette information, le Suicidé ressentait toujours de l'antipathie envers l'étranger, qu'il fût pasteur ou directeur d'école, car, au fond, c'était la même personne qui avait voulu le mettre à la porte de sa chambre. Et pendant tout le séjour du directeur d'école, il trouva plus d'une occasion de lui montrer son aversion. Le pauvre homme ne faisait toutefois de tort à personne, et s'il n'y avait pas grand-chose à dire à son sujet, on ne pouvait non plus en dire du mal. L'érudition et la misère l'avaient amaigri et son pardessus tenait sur ses épaules comme sur un cintre ; il n'avait plus beaucoup de cheveux et sa barbiche était grisonnante. D'accord. Mais ce n'est pas là tout ce qu'on pouvait dire de lui. Sans doute monsieur le directeur possédait-il une richesse intérieure qui lui permettait de garder la tête haute. Il ne se cachait pas et était même naïvement vaniteux. Ainsi, il se dépêchait par exemple de donner son nom et ses titres pour être respecté. Évidemment, le directeur Oliver n'avait peut-être pas atteint le but suprême dans la vie ; mais qui l'a fait ? En revanche, il avait obtenu ce que beaucoup recherchent en vain, et c'est un but en soi, si l'on veut : il était arrivé à un poste dans l'enseignement dont il savait apprécier l'importance.

Tout le monde s'accordait avec lui sur ce point. Quelles avaient été, en effet, sa vocation et son œuvre, sinon l'éducation du peuple ? N'avait-il pas éduqué la classe moyenne dans son école ? Si la jeunesse avait laissé derrière elle l'ignorance, c'était grâce à lui, le porteur de lumière, l'exterminateur d'analphabètes qui illuminait la Norvège de sa science. Quels que fussent la situation ou le lieu, il demeurait toujours lui-même : son destin était tout tracé, son bateau avait touché le port. Dès lors, immuable, il vivait sans problèmes d'une année sur l'autre, les lois du pays lui permettaient de gagner honnêtement son pain quotidien à la tête de l'école. « Si le directeur l'a dit, c'est que c'est vrai ! » affirmait-on. Il avait peut-être été un peu dépaysé dans ce sanatorium qui abritait une cinquantaine de personnes, mais il ne lui fallut pas longtemps avant d'être connu de toutes. On lui souhaitait le bonjour, on l'écoutait attentivement, on se levait pour lui offrir un fauteuil. Pour rentrer dans ses bonnes grâces, on s'occupait même de ses enfants et on leur parlait durant de longs moments.

Mais le Suicidé, lui, l'avait pris en grippe.

« Vous savez que ce pasteur – le directeur d'école quoi – s'est fait passer pour tel uniquement pour avoir la chambre ? dit-il à Moss. Ce n'est pas bête. Mais moi, il ne m'aura pas. »

Il fut à nouveau question d'acheter le taureau de Daniel.

« A quoi bon maintenant ? demanda le Suicidé, alors qu'on ne l'a pas fait plus tôt ? Pour une fois qu'on a des clients qui pourraient supporter les boulettes de viande en conserve – voilà qu'on nous achète le taureau ! »

Il avait totalement changé d'avis. L'achat du taureau ne pressait pas. Il se démena parmi les clients et le personnel pour que l'affaire fût remise. Cela pouvait bien attendre jusqu'au départ du directeur d'école, sinon, une carcasse de taureau ferait long feu ! Quel égoïsme, quel manque d'hospitalité chez le Suicidé ! D'ailleurs, personne ne faisait attention à ses paroles.

« Mais ne deviez-vous pas mourir ? lui demanda l'économe avec un sourire moqueur. Alors pourquoi tant d'intérêt pour la cuisine ? »

Le taureau fut acheté.

S'ils avaient pu prévoir les conséquences de cet acte, ils y auraient renoncé – c'est là leur seule excuse – et ils auraient été déchargés d'une grande responsabilité. Après, il fut facile de raisonner, de se disputer, d'accuser un tel, mais ce qui était arrivé était irrémédiable. Cela ne les empêcha pas d'ailleurs de se tordre les mains en pleurnichant.

Daniel avait accepté de vendre la bête, car quelques centaines de couronnes constituaient beaucoup d'argent pour l'homme de « Torahus, chalet, montagne et forêt », et il en avait besoin. Pour plusieurs raisons, il souhaitait conclure le marché rapidement : l'été se terminait, la récole n'avait pas été des meilleures, le prix était élevé et le taurillon avait grandi et pouvait désormais prendre la place du taureau qu'il voulait vendre.

Deux hommes, le Suisse et le facteur, furent envoyés à Torahus pour ramener l'animal au sanatorium. Ils s'étaient munis d'une corde que le Suisse noua autour du cou et du mufle de la bête.

« Elle n'est pas épaisse, ta corde, observa Daniel.

– Ça ira », répondit le Suisse.

Avant même leur départ, Daniel avait émis des doutes :

« Je me demande si vous arriverez à le conduire jusqu'à la maison. »

Le Suisse, sûr de lui, avait rétorqué que ce n'était pas la première fois qu'il s'occupait d'un taureau. Et, en vérité, ils avaient fait un bon bout de chemin sans ennuis, lorsque subitement le taureau s'arrêta. Il baissa le mufle et secoua la tête. Il avait dû comprendre qu'il n'était plus sur un terrain connu, que ces hommes étaient des étrangers et, que diable, il ne voulait pas se laisser mener par un bout de corde, presque une ficelle ! Mots doux et caresses restèrent sans effet, ainsi que le bâton du facteur. L'animal soufflait. C'était très bien, mais ils ne pouvaient rester éternellement là. Le Suisse en était déjà à jurer sans cesse.

« Essaie de lui taper un peu sur le cul, ordonna-t-il. Attends que je le tienne fermement. Vas-y ! »

Mais cela ne servit à rien et le taureau resta planté sur place.

« Mets-y donc un peu d'énergie ! » s'exclama furieusement le Suisse.

Tout à coup, ce fut l'explosion. Le Suisse se voua au bon Dieu, tandis que le facteur restait, hébété, à contempler le spectacle. L'animal, une force de la nature, bondissait droit devant lui. Il avait quitté le chemin, et percutait arbres et monts. Au début, le facteur s'amusa follement de ce spectacle : le Suisse, tel un hameçon, sautait devant la bête qui l'envoyait en l'air, le rejetait au sol et faisait gicler l'eau des marais. Le facteur riait silencieusement dans son coin. Puis il entendit un appel et il courut dans sa direction. Le taureau s'était arrêté devant un arbre près duquel se trouvait le Suisse, une main prise dans la corde.

« Attends un instant, je vais couper la corde ! dit, effrayé, le facteur en sortant son couteau.

– Non », s'écria le Suisse. Il était courageux et, fou de colère, il grinçait des dents. « Non, tu vas défaire le nœud, il n'est pas question de laisser le taureau s'échapper. »

Une fois libéré, il se mit à trembler de tout son corps ; sa main, toute bleue, était en piteux état et il saignait de deux doigts. Il la secoua en l'air puis se retourna, haineux, vers son compagnon :

« Est-ce que je t'avais dit de lui démolir le cul comme ça ? » l'accusa-t-il.

Le facteur, confus, balbutia :

« Lui démolir le cul ! Euh... Non.

– Idiot !

– T'aurais dû lâcher la corde, répondit le facteur.

– Je ne lâche pas, moi !

– Tais-toi ! Tu ne vois pas qu'on effraie l'animal à crier ainsi ? »

Bien que le Suisse fût obligé de baisser la voix, il n'en était pas moins en colère et invectivait grossièrement son copain.

Des gens apparurent sur la route, des clients du sanatorium au courant du transport de la bête et qui voulaient voir la scène de plus près. Ils étaient nombreux. Parmi eux se trouvaient quelques femmes, Bertelsen, et M. Fleming qui sortait pour la première fois depuis sa maladie. Si le Suisse avait fait preuve de tant d'entêtement en ne lâchant pas la corde, ce n'était peut-être pas uniquement par courage, mais sans doute aussi pour montrer à tous ces spectateurs qu'il était un homme.

« Essayons à nouveau ! » dit-il d'une voix tonnante.

Le facteur murmura quelques recommandations.

« T'es une femmelette ! s'exclama le Suisse. Ne s'agit-il pas d'un taureau, d'un morceau de viande ? Tu veux qu'on y renonce ? »

Le taureau ne bougeait pas.

« Viens ici, commanda le Suisse, maintiens-lui solidement la corde autour du mufle – non, de l'autre côté, imbécile ! Remontons sur la route et ne restons pas ici. »

Le taureau restait à sa place, le mufle au sol, lançant des regards terrifiants de ses yeux injectés de sang, et reniflait de temps en temps. Les deux hommes avaient maintenant une bonne prise. Le Suisse, se tenant d'une main à la corde, alla piquer de l'autre le derrière de la bête avec une épingle – un moyen bien innocent de la faire avancer.

Et ce fut une nouvelle explosion. Cette fois, le facteur ne rit plus, ne s'amusa plus, le sol se déroba sous lui et il fut envoyé en l'air en même temps que son copain. Que sont deux hommes face à la puissance surnaturelle d'un taureau ? Ils se retrouvèrent à terre, oubliés, rejetés, le Suisse tenant encore la corde dans sa main et refusant toujours courageusement de céder, mais la corde était usée et le taureau réussit à se dégager.

L'animal était donc en liberté. Son poil était uniformément brillant et ses cent kilos reposaient sur de petites pattes. Son cou immense avait presque la même épaisseur que le corps et la puissance d'une locomotive.

Une vision de cauchemar.

Une vision, oui, mais que les hommes ne supportèrent pas. Les clients du sanatorium poussèrent un cri et tombèrent presque à genoux : ils avaient peur. L'affolement était général. Malgré son beau poil luisant, l'animal exprimait le froid et le danger ; les gens étaient mal dans leur peau. Dans un premier temps, les seuls à faire un mouvement furent deux petits garçons qui n'avaient pu contenir leur émotion et étaient montés sur un rocher pour mieux voir. Ce fut comme un signal et tout le monde les imita. Là-haut, ils respirèrent et, reprirent courage : ils étaient de nouveau au cirque, en spectateurs.

Le facteur se releva et se tâta le corps pour vérifier que rien n'était cassé. Le Suisse, un peu étourdi, tremblant, inspecta encore une fois la corde, la renoua et repartit en direction du taureau. Il était toujours aussi décidé et paraissait aussi courageux qu'avant. Une femme qui tripatouillait ses gants de toutes ses forces, l'exhorta à renoncer ; il ne l'entendit pas ; mais quand Bertelsen – Bertelsen, le marchand de bois qui possédait une bonne partie du sanatorium – lui demanda d'attendre, le Suisse s'arrêta et l'interrogea :

« Attendre, pourquoi ?

– Attendez un instant, répondit Bertelsen, Mlle d'Espard est partie chercher Daniel à la ferme. »

A ces mots, le Suisse ne voulut absolument plus temporiser, il se foutait de Daniel, il se foutait du taureau : celui-ci *devait* aller au sanatorium. Il se retourna et appela le facteur qui était parti, loin en arrière, rechercher sa casquette perdue lors des ébats ;

ce couvre-chef au cordon doré était le symbole de sa position. Le Suisse attendit un peu, puis le rappela :

« Tu as peur d'un taureau, d'un petit veau ? Il n'a même pas de vraies cornes sur la tête, on dirait des verrues. Chiche !

– Un taureau de trois ans n'est plus un veau, répondit le facteur, amèrement. Je n'y touche plus. Tu es prévenu ! »

Le temps passait, et ils se disputaient toujours. Le taureau commençait à se montrer méchant ; il farfouillait dans les arbustes en se salissant horriblement, frappait le sol de ses pattes antérieures, et grondait comme le tonnerre. Subitement, il aperçut le Suisse et se lança sur lui, avec une violence surnaturelle, son corps vibrant avec la course. Le Suisse se mit précipitamment à l'abri sur le rocher et déclara :

« Si ce type-là ne veut plus m'aider, je suis obligé de renoncer ! Mettez-lui un autre cordon autour de sa casquette et peut-être qu'il osera ! »

Bref, il rejetait toute la responsabilité sur le facteur.

Daniel arriva. Cette Mlle d'Espard était une fille détestable et peu aimée, mais il fallait néanmoins lui reconnaître une certaine présence d'esprit. Elle avait de nouveau fait la seule chose raisonnable : aller chercher Daniel. Il venait, muni d'une corde solide, et s'approchait gentiment, avec des mots tendres, de l'animal. La main tendue en avant, il tentait de lui faire comprendre qu'il allait comme d'habitude le prendre par la douceur, mais le taureau ne changea pas de position et continua de frapper le sol de ses pattes antérieures.

« Vous l'avez humilié, dit Daniel, d'une voix chagrine.

– Tu vas voir si on va le dresser ! » menaça le Suisse.

Le courage ne leur manquait certes point, mais ce ne fut pas possible. Amadouer un taureau en colère ! Il ne suffisait pas de le ficeler, il fallait encore le tirer.

Ils restèrent tous sur place, sans trouver de solution.

« Je crois qu'il va falloir appeler Marta, déclara Daniel, c'est elle qu'il connaît le mieux. »

Marta était la vieille servante de Daniel.

Il fallait aller la chercher. Puisque personne n'en avait envie et que tous prétendaient ne pas connaître le chemin, ce fut encore Mlle d'Espard qui se dévoua. Elle laissa son chapeau sur une branche et descendit du rocher sous le regard effrayé des assistants.

Pendant ce temps, le Suisse se glorifia du fait que Daniel lui-même n'avait pas su maîtriser la bête. Pourtant, personne n'aurait songé à nier le courage du Suisse. Mais à y regarder de plus près, c'était bien lui, et personne d'autre, qui les avait mis dans ce pétrin.

« Silence, le Suisse !

– Je suis en train de me demander si je ne devrais pas aller chercher mon fusil et abattre la bête, dit Bertelsen.

– Si, faites-le ! » s'écria la femme qui triturait ses gants et ses mains.

Bertelsen chercha une voie sûre pour quitter le rocher, mais ne parut pas en trouver : partout, on pouvait être attaqué par cette sale bête. Mlle Ellingsen lui prit le bras et le supplia de renoncer :

« Marta sera bientôt là, heureusement ! »

Daniel fit une nouvelle tentative pour attraper l'animal mais échoua à plusieurs reprises et monta, lui aussi, sur le rocher.

Ils étaient tous là. Le taureau ne s'occupait pas d'eux et s'acharnait sur la terre. Il ne s'interrompait que pour mugir, et reprenait son labeur. On aurait cru qu'il n'était nullement concerné par la grappe humaine qui le contemplait avec intérêt tout près de là. Des cris arrivèrent de la forêt : d'autres clients du sanatorium demandaient s'ils pouvaient approcher.

« Non, non, le taureau est lâché ! répondirent en chœur les réfugiés. Rentrez tout de suite !

– Rentrez tout de suite ! » reprit Bertelsen en les chassant. Ces cris parurent troubler le taureau qui hésita un instant, trembla, puis ce fut l'accident.

La bête eut un grognement bref, effrayant, poussa un cri horrible, et comme si elle avait été piquée, se lança au galop en direction du rocher. Un hurlement unanime s'en éleva, puis tout le monde s'enfuit laissant la petite butte abandonnée, rasée.

Seule, une femme y demeurait encore. Elle ne tordait plus ses gants et resta un instant immobile, puis tituba, avant de tomber. Le taureau la heurta à la gorge et l'envoya, tel un baluchon, au-delà du rocher. Et d'une !

Le Suisse n'avait pas voulu fuir comme les autres et s'était réfugié dans un arbre. Ce sale type avait agi si rapidement qu'il avait dû préparer son coup. Il se trouvait donc en sécurité ; un vrai singe. Mais les choses changèrent lorsque le taureau l'aperçut et s'attaqua à l'arbre qui bientôt commença à céder.

Dès lors, le Suisse n'avait plus aucune chance et on pouvait le considérer comme perdu. Il se mit à hurler, à injurier et maudire l'animal, puis, réalisant sa situation, recommanda, non sans effort, son âme à Dieu en le suppliant de l'aider.

Les réfugiés comprirent et lui recommandèrent de descendre, mais ne voyaient-ils pas que c'était impossible ? Qu'il n'avait aucune issue ? De temps à autre, un mugissement sortait de la gueule de la bête et le tronc branlait de plus en plus. A un moment, le chapeau de Mlle d'Espard tomba de la branche où elle l'avait posé ; le taureau se jeta dessus et le renifla. Le renifla encore. Le chapeau avait sauvé l'homme.

Dès que le taureau avait cessé de s'occuper de lui, le Suisse s'était laissé glisser à terre et avait couru, couru...

Un miracle l'avait arraché à la mort.

Il rejoignit les autres et leur raconta aussitôt les méfaits de la bête :

« Il a tué une femme. Elle est là-haut, sur le rocher, de l'autre côté, morte peut-être, mais il faut aller voir, il faut essayer de... »

Le Suisse avait repris ses esprits en même temps que sa superbe et exigeait qu'on l'aidât à sauver la femme. Il alla jusqu'à prétendre qu'il n'était descendu de l'arbre que pour leur annoncer ça, car autrement il aurait pu y rester !

Daniel partit avec lui. Bertelsen, d'un courage sans bornes, voulut les suivre, mais Mlle Ellingsen l'en dissuada :

« Restez là, attendez ! dit-elle. Je reviens tout de suite ! » Et elle rejoignit les deux autres.

Quel courage ! Elle avait dû penser que son chemisier rouge pourrait détourner le taureau du cadavre.

Cela aurait été bien nécessaire, car le taureau se souvint du corps de sa victime, le retrouva, et s'acharna dessus. Les sauveteurs arrivèrent, poussèrent de grands cris, firent de grands gestes, mais l'animal ne s'en occupa nullement. Il accomplissait sa tâche comme un désespéré, comme en proie à une idée fixe. Puis une voix monta de la route, une voix que la bête connaissait bien : celle de Marta.

Elle lui apportait un seau de pâtée qu'elle lui tendit. C'était gagné. Daniel accourut avec sa corde.

VI

Une époque d'inquiétude et de discorde commença.

C'était inévitable. Un événement si malheureux ne pouvait que faire l'objet de discussions pendant un certain temps. Comment l'accident était-il arrivé ? On pourchassait le docteur pour obtenir gouttes et fortifiants ; le Suisse et le facteur ne pouvaient se montrer sans être rudoyés ; on demanda sans plaisanter à Daniel s'il avait d'autres taureaux du même genre, n'eût été qu'un seul. Était-on dans une maison de fous ? Ne fallait-il pas mettre le corps en bière ? Ne devait-on pas abattre le taureau ? Ne valait-il pas mieux le faire tout de suite ?

Maître Robertsen dut quitter son bureau et ses affaires en ville et remonter à Torahus pour prendre les choses en main. Il travailla dur pour calmer les esprits. Les clients étaient tellement effrayés... Quelle garantie avaient-ils dans un endroit pareil de ne pas risquer leur peau à chaque instant ? Le Suisse était un assassin, c'était entendu, mais Daniel, le propriétaire du taureau furieux, n'était-il pas complice ? Et que dire de l'avocat et du docteur qui avaient fait établir le sanatorium à proximité d'une telle bête ? Qu'était-il devenu, au fait, était-il encore en vie ? Peut-être même était-il en train de ruminer dans l'étable du sanatorium ?

Le Suicidé fit un signe de tête et s'exclama, tel un prophète :

« Second décès ! »

D'un autre côté, ses vœux étaient exaucés ; plus on remettait l'abattage, moins le directeur d'école mangerait de viande fraîche, et si l'on continuait ainsi, on ferait bientôt l'économie du taureau tout entier.

Mais l'avocat perturba ses plans.

Il s'entretint de la situation avec le docteur. Le médecin commençait à être inquiet : deux décès, coup sur coup, dont celui d'un consul très connu – accident ou pas, ça ne faisait tout de même pas une bonne publicité à l'établissement.

« La mort fauche aveuglément », dit l'avocat. Le docteur continua : les nouveaux arrivants avaient réclamé le musicien ; il y avait bien un pianiste ici, ils l'avaient lu dans les journaux ; où était-il ?

L'avocat répondit qu'il ne fallait pas toujours faire confiance à ce que rapportaient les journaux, on y lisait tellement de bêtises.

« Eh bien, nous dirons que notre musicien est en vacances, déclara-t-il, nous l'avons envoyé à l'étranger pour qu'il se perfectionne. C'est simple, il va revenir en pianiste accompli, en vrai maître. D'ailleurs, je n'ai jamais caché que je respectais le désir de partir de ce jeune homme. Tout le monde le sait. »

Les clients avaient également posé des questions sur la princesse. Cela aussi, ils l'avaient lu dans les journaux. Où était-elle ?

« Je l'ignore, avoua Robertsen, peut-être est-elle morte. Ou bien elle s'est sauvée, ou elle a été arrêtée, je ne sais pas. Elle était ici, c'est exact, mais elle en est repartie après avoir réglé correctement sa note. »

Les deux messieurs réfléchirent.

« Mais nous avons le comte ! poursuivit l'avocat.

– Le comte ! fit le docteur, en secouant la tête. Il a été malade, il ne peut pas faire l'objet de la curiosité d'autrui. »

L'autre ne renonça pas :

« Et puis nous avons désormais le directeur d'école, M. Oliver !

– Oui…

– Un homme de réputation nationale, un érudit. Je veux aller le saluer.

– Il ne restera pas au-delà de cette semaine.

– Je vais aller lui parler, rétorqua l'avocat, lui souhaiter la bienvenue et un agréable séjour ici, lui demander s'il voit quelque inconvénient à ce que je mentionne son nom dans nos annonces. Ça fera de l'effet, vous allez voir ! »

Le docteur reprit courage et rit des décisions rapides de son associé. Ils avaient concocté cela en toute innocence, sans faire de tort à personne, et uniquement pour le profit de la maison de santé de Torahus.

« Je suis en train de me demander si le directeur et moi-même n'avons pas passé le baccalauréat la même année, dit l'avocat. Il me semble même que nous étions assez unis à l'époque. »

Le docteur se mit à rire de plus belle.

L'avocat fronça les sourcils :

« En tout cas, on le garde jusqu'à ce que l'on trouve quelqu'un de mieux. S'il est pauvre, il pourra séjourner gratuitement... » dit-il sur un ton sérieux.

Et Oliver et ses deux enfants restèrent trois semaines et plus. Le taureau fut abattu et transformé en nourriture, les conserves remplacées par de délicieux steaks et rôtis, et l'ambiance générale s'en améliora. Le directeur d'école se plaisait bien, prenait du poids, se reposait et lisait les livres français de Mlle d'Espard pour ensuite en commenter le contenu avec elle ; ce fut pour lui un événement rare que de rencontrer une jeune femme si instruite. Dans sa propre ville, il n'y avait pratiquement personne de son niveau avec qui il pût s'entretenir.

Mais le Suicidé grinçait des dents.

Il avait très bien compris qu'ils ne pourraient pas mettre Oliver à la porte : la femme qui lui avait cédé sa chambre était morte et il ne prenait donc plus la place de personne. Cela ne suffisait toutefois pas à diminuer son antipathie et sa mauvaise humeur envers cet homme qui était arrivé en réclamant une chambre chauffée. Est-ce qu'on l'avait invité à venir ? Pourquoi faire tant de chichis autour de sa personne ? Et quel appétit chez cet instituteur !

« Je fais de mon mieux pour éviter cet individu, mais je n'éviterai pas un conflit si l'occasion s'en présente », dit le Suicidé à son ami Anton Moss.

Un jour, le Suicidé alla s'asseoir dans le fumoir et attendit les journaux qui devaient arriver du bureau de poste. Il était coutume que le directeur d'école, étant l'homme le plus cultivé et l'esprit le plus ouvert de la maison, les lût le premier ; tous les clients trouvaient cela normal, mais c'était un motif d'énervement pour le Suicidé. Dès que les journaux furent là, il se dépêcha de les étaler sur la table, en les confondant avec les anciens numéros. Quant à lui, il prit un magazine anglais, auquel on avait abonné Mylady. Tout était prêt. Le directeur d'école arriva.

Immédiatement, ce fut l'incident. Oliver ne trouvait pas les nouveaux journaux et devait comparer les numéros et les dates. Il demanda au Suicidé :

« Quel numéro avez-vous ? »

Le Suicidé fit semblant de ne rien comprendre :

« Moi, quel numéro j'ai ? Je n'ai pas de numéro, mais des lettres ; mon nom est Magnus. »

Oliver poursuivit ses recherches en murmurant sans cesse :

« Jamais vu une chose pareille !

– Qu'y a-t-il ? demanda le Suicidé.

– Ce qu'il y a ? s'exclama, agacé, l'autre. Pourquoi avez-vous mélangé ainsi tous les journaux ? »

Et le Suicidé lui posa cette question étonnante :

« Vous avez trouvé cela tout seul ? »

L'autre se tut. Il avait dû comprendre qu'il avait à faire à un fou. Il s'assit et commença à feuilleter les quotidiens sur lesquels il avait pu mettre la main.

Mais le fou ne paraissait pas vouloir s'en aller. Oliver compara tous les journaux plusieurs fois, sans trouver ce qu'il cherchait ; justement le magazine anglais qu'il voulait se trouvait entre les mains du fou comme s'il avait deviné que c'était celui-là que l'autre attendait. C'était justement le jour où arrivaient les périodiques étrangers qu'Oliver aimait tant; leur lecture constituait sa plus grande joie, son dada depuis sa jeunesse.

« Auriez-vous la gentillesse d'échanger votre journal contre le mien ? » demanda-t-il finalement, ne pouvant plus tenir.

Aucune réponse.

« J'ai en effet observé que vous ne lisez pas, vous ne tournez pas les pages. »

Mais même ce franc-parler fut sans effet.

Mlle d'Espard entra dans la pièce et salua respectueusement :

« Bonjour, monsieur le directeur ! »

Celui-ci fit tout de suite allusion aux journaux, au désordre, à ses recherches répétées.

La jeune femme commença aussitôt à les ranger. Cela lui prit quelques instants. Elle était toujours aimable, accommodante, douée pour tout. Elle s'avança vers le Suicidé et lui dit d'une voix basse et suppliante :

« Vous ne voudriez pas me prêter votre journal un petit instant ? »

Cette sale fille était mal vue des autres femmes, d'accord, mais elle se rattrapait avec les hommes qu'elle savait prendre, en effet. Elle était là, toute grâce, si près du Suicidé qu'il sentit son souffle sur lui.

« Mais vous n'avez peut-être pas terminé ?

– Non, lui répondit-il en le lui tendant, d'ailleurs je ne lisais pas. Je ne saurais pas le lire. »

Le directeur d'école, exaspéré, devint mauvais – bien qu'il eût obtenu son cher journal :

« Vous ne sauriez pas le lire ? Cela signifie que vous ne lisez pas l'anglais ? Mais, dans ce cas, pourquoi l'avoir gardé si longtemps ? Je ne comprends pas.

– Si je vous répondais que j'ai une mauvaise vue et que c'est la raison pour laquelle je n'ai pu lire, ce ne serait pas vrai. J'y vois assez bien, mais mon ami Anton Moss, par contre, a une mauvaise vue.

– Oui et après ? rétorqua Oliver, sans comprendre.

– C'est tout. Il a des boutons sur le visage et ses yeux commencent à être attaqués. »

Le directeur d'école renonça. Un instant il regarda, interrogatif, Mlle d'Espard.

« Je suis sûre qu'il connaît l'anglais ! affirma-t-elle.

– Absolument pas ! » confirma-t-il.

Oliver et la jeune femme commencèrent à lire.

L'érudit avait été dérangé dans sa routine quotidienne et en était déconcerté. Il ne pouvait contenir son agacement :

« Comment peut-on ne pas connaître l'anglais ? dit-il à Mlle d'Espard. S'il ne connaît pas l'anglais, il ne doit connaître aucune autre langue non plus. Mes petits garçons pratiquent déjà pas mal de langues.

– Ils ont aussi la chance d'être les enfants du directeur Oliver ! répondit-elle.

– Vous savez, ce n'est pas tout le monde aujourd'hui qui considère que c'est une chance d'être une personne cultivée et de savoir parler des langues étrangères. »

Ils reprirent leur lecture. Ces mots aimables l'avaient amadoué et, voyant le pauvre ignorant seul dans son coin, sans journal, il en eut pitié.

Il était directeur d'école, autrement dit un enseignant, et il lui fallait se comporter comme tel. Bien sûr, tout le monde n'avait pas la même chance à la naissance, ses enfants en avaient eu plus que d'autres ! Il prononça quelques mots de ce genre puis se remit à lire.

La demoiselle écrivit quelques phrases sur un papier qu'elle passa à Oliver. C'était peut-être du français.

« Ah ! fit celui-ci avec un signe de la tête, je vois. »

On aurait cru qu'il avait reçu une information importante, qu'il venait enfin de comprendre quelque chose. Il se leva, prit une chaise tout près du Suicidé et lui adressa gentiment la parole :

« J'y pense – comme vous le savez, je suis dans l'enseignement – si vous voulez, je pourrais vous apprendre un peu les langues pendant que je suis ici. Qu'en dites-vous ? »

Le Suicidé le contempla.

« Écoutez, le directeur d'école n'est pas un homme difficile, et si vous étiez dans ma ville, je vous donnerais des cours particuliers gratuits. »

Le Suicidé ne se laissa pas surprendre :

« Ce n'est pas au pied de la lettre, je suppose, il doit y avoir une raison cachée, un sens profond.

– Mais pas du tout ! répondit, en souriant, son interlocuteur. Il n'y a aucune malice, je serais simplement heureux de vous apprendre ce que vous ignorez.

– Ces journaux qui vous ont mis tellement en colère tout à l'heure, dit subitement et de façon effrontée le Suicidé, savez-vous que nous les trouvons tous les matins dans le désordre qui vous a tant agacé ?

– Est-ce possible ? » s'exclama Oliver, très étonné. Il lança un coup d'œil à Mlle d'Espard et lui demanda :

« C'est vrai que je laisse les journaux en désordre ? Si oui, c'est une faute grave de ma part. »

Mlle d'Espard l'excusa auprès du Suicidé :

« Le directeur est un homme de culture, il ne peut pas être tout à fait comme nous autres, vous savez.

– Si, si, protesta Oliver, je vais vraiment... ça ne se répétera pas...

– Cette femme qui est morte, continua implacablement le Suicidé, vous savez, celle que vous avez chassée de sa chambre, vous lui avez rendu la vie impossible. Elle désirait mourir.

– Je ne comprends pas de quoi vous parlez. Quelle femme ?

– La demoiselle. On lui a donné une chambre sans chauffage et elle a voulu mourir. Le taureau n'a fait que l'achever. »

Mlle d'Espard se mit à rire aux éclats ; on ne pouvait pas le prendre au sérieux, non, vraiment il allait trop loin, c'était trop gros ! Mais il restait tout aussi sérieux, tout aussi implacable, et ne paraissait pas vouloir renoncer. Qu'espérait-il de son attitude désagréable ? Elle ne lui serait d'aucun profit, les autres étant de plus en plus indulgents envers lui, souriant de ses paroles et lui donnant raison. Finalement, il se leva et partit.

« Ainsi, il est un peu bizarre, un peu excentrique ? Vous avez bien fait de m'en avertir. Et *suicidant** avec ça ! dit le directeur en relisant le mot de Mlle d'Espard. Voyez-vous ça !

– Oui, mais ce ne sont peut-être que des discours en l'air, le docteur n'y croit pas.

– J'ai été gentil avec lui, non ? »

Lui qui avait été si aimable, lui proposant des cours et tout et tout...

« Oui, mais vous avez remarqué qu'il a refusé, il a dit non. Je connais ça. Que voulais-je dire ? N'est-ce pas que c'est une chose formidable de connaître des langues étrangères ? Si vous m'aviez écrit en norvégien, il aurait pu le comprendre.

– Oui, répondit-elle, plus d'une fois j'ai été heureuse de savoir le français.

– Mais tout de même, insista tristement le directeur, il n'a pas voulu de mes leçons particulières. Ces gens-là, il n'y a rien à en tirer, j'ai essayé, mais ils ne veulent pas apprendre ; ils n'apprécient pas.

– Exactement ! acquiesça-t-elle de façon exagérée, comme s'il avait prononcé une vérité éternelle.

– Ah ! si vous saviez combien de tentatives j'ai faites dans ce sens-là, même parmi mes proches ! Je vais vous dire : j'ai un frère qui habite la même ville que moi. Il est forgeron. Un bon forgeron et une bonne tête à sa manière, mais terriblement ignorant et sans éducation. Nous n'avons rien de commun, vous pouvez imaginer à quel point nos intérêts sont différents et nous ne nous voyons pour ainsi dire jamais. Je ne voudrais pas l'accabler, loin de là, car il ne me déshonore pas ; il gagne très bien sa vie, possède une petite fortune et est estimé de tous, mais nous ne nous fréquentons pas. Lorsqu'il fut élu maire de la ville, je lui envoyai ma carte, mais il ne me remercia même pas. Nous nous sommes parlé une ou deux fois, dont une à l'occasion d'un prêt qu'il devait me procurer. Il le fit, effectivement, mais comme il l'aurait fait pour

*. En français dans le texte (*N.d.T.*).

n'importe qui. Aucune ardeur ; au contraire, il hésita. Dès que ses enfants étaient confirmés, il leur faisait quitter l'école, malgré leurs dons ; j'aurais voulu, moi, qu'ils poursuivent leurs études pour s'élever dans l'élite sociale. Mais non. Et mon cher frère Abel me fit un discours, oui, un discours. "S'élever !", sifflait-il. Quel était mon travail à moi ? Quelque chose de froid, de mort, de glacé, l'enseignement des langues et des mots difficiles aux enfants, toutes choses pas naturelles, mais bien vues. Que de temps perdu pour les enfants durant leur jeunesse !

« Comme si vraiment ils perdaient leur temps, vous comprenez ? Et ne croyez pas qu'il plaisantait, il le pensait réellement. D'après lui, je travaillais, moi, dans un système complètement aberrant ; mes collègues et moi étions érudits, mais aveugles. Et le vide et le creux de nos esprits ne nous étonnaient même pas.

"– Qu'est-ce que tu recherches ? me demanda-t-il. Qu'il y ait un jour une rue Oliver dans notre ville ?" J'étais condamné à vivre dans la pauvreté de l'âme et du corps, toute ma vie. "De l'âme", dit-il ! »

La jeune femme claqua des mains.

« Oui, poursuivit Oliver avec un sourire, j'ai eu des ennuis, vous savez. Et c'est le maire qui m'a dit ça, lui qui doit être écouté de la population, c'est au conseil municipal qu'il a appris à s'exprimer, et les gens trouvent qu'il dit des choses pleines de bon sens. La deuxième fois que je lui ai parlé, ce fut à l'occasion de mon agrégation, j'avais encore besoin d'un petit soutien. Il ne comprenait toujours rien : "Agrégation, qu'est-ce que c'est que ça ? C'est encore quelque chose de mort". "Non, lui dis-je, c'est vivant, c'est de la recherche, de la science, c'est immortel !" Et après, était-ce une découverte ? Et il commença d'énumérer : était-ce quelque chose de vivant, de l'engrais artificiel, un message des étoiles, des poissons des fonds marins, de la musique, un insecticide pour les rosiers – il aime les fleurs et s'occupe beaucoup de son jardin – bref, était-ce quelque chose qui avait à faire avec l'amour et les joues roses ? C'était là la seule langue qu'il comprît. "Non, répondis-je, perdu devant mon frère le forgeron comme si j'avais été un petit écolier, non, ce n'était rien de tout ça, c'était une thèse de philosophie sur la *batrachomyomachie*, c'étaient des recherches de linguistique, des découvertes, un peu de tout: *margites*, *homonymi*, etc. 'Mais pourquoi ?' dit-il. 'Pourquoi ? dis-je, qui peut répondre à une telle question ? Mais ne comprends-tu pas que si ce n'était pas Homère qui écrivit ce livre, ça aurait pu être Pigres de Carie ?' Non, il ne le comprenait pas. C'est encore des histoires mortes", dit-il. Pour lui tout était inutile. "C'est de l'argent gaspillé", me déclara-t-il lorsqu'il m'en prêta. Je ne répondis pas, j'ai pris la résolution de ne plus jamais discuter avec lui, c'est sans espoir. Il me parla encore de donner mon nom à une rue de la ville après ma mort, mais je lui répondis que ce ne serait peut-être pas nécessaire, car il était possible que j'aie un jour un monument à Kristiania même.

– Oh ! oui. Vous l'aurez sûrement ! s'exclama Mlle d'Espard.

– Ce sera à la postérité de juger, de mes contemporains je n'attends pas grand-chose. Voilà donc les deux fois où j'ai parlé avec mon frère Abel. Puis, un beau jour une serrure de porte se coinça chez nous et j'appelai mon frère pour qu'il l'arrange. Je lui dis que c'était sans doute un cas difficile, la clef ne tournait plus dans le bon sens. Croyez-vous qu'il vînt personnellement ? Il envoya un jeune apprenti, même pas un des anciens ! Bon, le garçon a réussi, il a démonté et réparé la serrure, vous savez ces gars-là n'ont appris qu'à se servir de leurs mains, c'est tout ce qu'ils savent faire. Mais mes deux enfants – qui connaissent les langues et les mathématiques – ils étaient censés le regarder travailler ! Aucune délicatesse chez ces gens-là. En plus, toute la ville soutient mon frère, le forgeron, plutôt que le directeur d'école. Quand on parle de nous, c'est "quelle différence entre ces deux frères, l'un est sensé, l'autre cultivé !" Comme si être cultivé était la moindre des deux qualités ! ajouta le directeur en souriant.

– Oui, n'est-ce pas ! dit Mlle d'Espard en lui rendant son sourire.

– Hélas ! ce n'est pas la compréhension qui m'accueille dans ma propre ville, je vous assure que des fois c'est déprimant ! »

Il hocha la tête à plusieurs reprises et ajouta :

« Évidemment, je lui rendrai son argent très prochainement !

– Naturellement.

– Oui. J'espère que ces messieurs de la science comprendront que je mérite une bourse. »

Pauvre Oliver, que d'injustices dans sa vie, que d'incompréhension ! Il était dans le vrai, c'est évident, mais son bon droit devait céder la place à l'opinion inculte du peuple. Devait-il s'avouer vaincu ? Non, il était obligé de rester droit, de faire valoir ses idées, et on pouvait, dès lors, mieux comprendre pourquoi il exagérait un peu les notions de langues et de mathématiques de ses enfants, car en réalité ils n'en avaient pas beaucoup, ne voulaient pas étudier et passaient leurs journées dans la forge de l'oncle ou en quête d'aventures. Pas drôle l'existence du directeur, il n'obtenait pas les fruits que ses efforts auraient dû lui valoir.

M. Fleming entra, fatigué et abattu, mais souriant. Il était poitrinaire, malade, certes, mais habillé comme un gentleman :

« Bonjour, mademoiselle, dit-il avant de s'incliner devant le directeur.

– Nous sommes en train de bavarder, lui expliqua Mlle d'Espard. M. Oliver a eu la gentillesse de me parler des conditions de vie dans sa ville. »

M. Fleming s'assit et jeta un regard vers la table :

« Du nouveau dans les journaux, ce matin ? demanda-t-il.

– Non, rien, je crois, lui répondit Oliver. D'ailleurs, je n'ai pas encore pu tout lire.

– Sachez que le directeur a été dérangé par notre ami le Suicidé, l'informa Mlle d'Espard. Il était assis là en train d'accuser M. Oliver d'avoir été le complice du taureau dans l'accident dont la jeune femme a été victime. »

Ils sourirent et parlèrent de l'affaire, puis en vinrent à débattre de l'accident lui-même et le directeur s'étonna qu'un animal à quatre pattes eût pu de cette façon assaillir le rocher. M. Fleming, qui avait des notions d'élevage, expliqua : l'animal avait des sabots en corne et pouvait par conséquent s'accrocher plus facilement, d'autant plus qu'il avait une vitesse folle et que celle-ci l'avait propulsé sur le rocher en quelques secondes.

« Vous y étiez aussi ?

– Non, répondit M. Fleming, Mlle d'Espard m'avait envoyé à la maison avant.

– Vous n'étiez pas encore assez remis, murmura-t-elle.

– J'avais tellement peur pour mes petits, déclara le directeur, mais que faire ? Remarquez que je les ai punis comme de juste depuis, mais enfin... J'espère toutefois qu'ils auront appris et éviteront par la suite tous les dangers. Dans la mesure du possible.

– Ils ont été très courageux, répondit Mlle d'Espard, car ils sont montés les premiers sur le rocher et ont montré le chemin aux autres. Sans eux, ça aurait pu être pire. En fin de compte, on a perdu une femme et un chapeau. »

A cette remarque frivole, le visage de M. Fleming s'assombrit et il lui proposa :

« Nous partons ?

– Savez-vous que M. Fleming m'a promis un nouveau chapeau ? fit-elle remarquer en se levant. Je suis très curieuse de le voir. Bon, en route ! Nous allons à la ferme de Daniel pour le bol de crème aigre de M. Fleming », expliqua-t-elle. Et ils s'éloignèrent.

A peine avaient-ils quitté l'enceinte du sanatorium que l'ambiance changea du tout au tout. Le silence s'installa entre eux. Les hommes ne savent pas toujours jouer des mêmes cordes ; il arrive qu'une se casse, et qu'ils jouent sur la dernière. Mais pourquoi Mlle d'Espard, qui avait toujours une grande facilité pour parler de tout, ne disait-elle rien ? Cela devait intriguer M. Fleming. Quant à lui, il était généralement assez silencieux, ce n'était pas de lui que venaient les flots de paroles, les torrents verbaux ; il aimait bien écouter et participer discrètement au dialogue par un mot ou une phrase pertinente. Qu'il fût taciturne, d'accord, mais Mlle d'Espard !

Finalement, elle dit ce qui ne pouvait plus être tu : c'était sans doute la dernière fois qu'elle l'accompagnait à la ferme.

L'effet fut immédiat :

« Comment ? Vous partez ? » questionna-t-il. Quelle surprise, il n'y était nullement préparé !

Oui, elle avait été par deux fois rappelée au bureau.

« Ah ! je ne savais pas qu'il y avait eu une première fois, dit-il, songeur.

– Non, pourquoi aurais-je... vous n'étiez pas bien – ce n'était pas une chose à vous dire non plus... »

Il n'en fut que davantage pensif et ils se turent de nouveau. Le temps était superbe, c'était un été de la Saint-Martin, il y avait une jolie vue sur la vallée là-bas, au fond. Ils étaient jeunes, ils aimaient la vie, et malgré cela, pas un mot n'était échangé entre eux.

Mlle d'Espard avait gardé pour elle avec flegme un événement important. Deux semaines plus tôt, on lui avait enjoint de revenir à son travail, mais elle n'était pas partie, elle n'avait pas pu abandonner un homme malade ayant besoin de sa compagnie. Alors, quelques jours auparavant, elle avait reçu son congé. Elle avait pris cela en adulte, et pour une raison mystérieuse n'en avait dit mot à M. Fleming ; en outre, pas plus tard que ce matin, elle avait su oublier ses propres ennuis pour prêter une oreille attentive aux propos de M. Oliver. Quelle fille ! Ce n'était vraiment pas le genre à bouder ! Mais désormais son argent diminuait et il lui fallut avouer la vérité.

« On peut vous prévenir trois fois, vous envoyer trois avertissements ? demanda M. Fleming. Il espérait peut-être un sursis.

– Non, répondit-elle, c'est fini, c'était la dernière.

– Rien à faire donc, vous partez demain ?

– Oui, demain. »

De nouveau, le silence. M. Fleming s'arrêta, comme si ce n'était plus la peine pour lui de continuer.

Elle lui vint en aide :

« Quelle est cette maison ? Elle n'y était pas avant. Allons voir. »

Ils étaient arrivés près d'une masure que Daniel avait bâtie pour y abriter le foin ; celui-ci étant tout frais, ils allèrent s'y reposer. La cabane n'avait pas de porte et le soleil les réchauffait à travers la large ouverture ; des petits moineaux entraient et sortaient à la recherche de moustiques. Des souvenirs montèrent peut-être à l'esprit de M. Fleming, car il devint triste, mélancolique, et commença à parler de sa maison qui n'était pas grande, pas vraiment un château, seulement une ferme, sans aucune richesse donc...

« Je crois que vous voyez les choses un peu trop en noir, dit-elle pour le rassurer.

– Oui, peut-être. » En tout cas, il y avait quelques arbres, une petite forêt, ça sentait bon le foin, on entendait le bruit d'un ruisseau enjambé par une planche sur laquelle il s'était couché plus d'une fois pour pêcher à l'aide d'une épingle en guise d'hameçon.

Souvenirs d'enfance, tristesse, chagrin et poésie chez un jeune tuberculeux en voyage d'un pays à l'autre. Il murmura qu'il lui faudrait rentrer au pays, mais qu'il préférait rester encore quelque temps à la montagne pour essayer de guérir. Souvent, il avait été déprimé et découragé à cause de sa santé, mais Mlle d'Espard l'avait toujours soutenu et lui avait rendu l'espoir. Oui, il lui en était reconnaissant ; il lui savait gré de tout ce qu'elle avait fait pour lui et ne comprenait pas comment il aurait pu tuer le temps sans elle.

Elle l'écoutait avec plaisir ; la conversation devenait intime, tendre, ils s'ouvraient l'un à l'autre, se souriaient, et tombaient d'accord sur tous les sujets. Lorsqu'il se rappela qu'elle le quitterait le lendemain, il s'assombrit à nouveau et afficha une mine contrite.

« N'allons-nous pas chercher votre bol de crème aigre ? » lui demanda-t-elle.

Non, franchement, il se fichait de tout à présent.

« Bêtises ! Je ne vous reconnais pas. »

Un silence. Chacun pensait à ses propres ennuis – ou, qui sait, ils pensaient peut-être la même chose ? Soudain, pour lui venir en aide, elle déclara :

« C'est pour moi que vous vous inquiétez ? Ne vous en souciez pas. J'ai suffisamment d'argent pour partir d'ici. »

Il répondit, étonné, que, mon Dieu, ce n'était pas ça. L'argent ? Non. Il pouvait lui en donner. Mais que ferait-il quand elle ne serait plus là ?

Un autre silence. Elle contempla les doigts maigres de M. Fleming d'où la bague risquait presque de tomber. Ils ne lui servaient à rien, pensa-t-elle, ils ne savaient pas frapper, pas attraper un objet, ils étaient sans défense et auraient eu surtout besoin de caresses. Elle regarda les chaussettes de soie sur ses mollets et se souvint de sa chemise de nuit si belle lorsqu'il était alité et qu'il changeait même s'il y avait seulement dessus une tache de café aussi minuscule qu'une tête d'épingle. Les comtes, c'était comme ça.

Par deux fois, il lui avait fait des avances et montré un peu plus que de l'amitié et ses yeux étaient devenus tendres, emplis de désir. Mais c'était sous l'emprise de la maladie, maintenant, elle pouvait mieux l'en excuser, d'ailleurs, elle-lui était bien plus attachée que cette fois-là.

« Je ne sais pas ce qu'on va devenir, dit-elle. Peut-être que je pourrais rester ici... »

C'était dit de façon délicieuse et confidentielle.

« Vous pourriez arrêter de travailler en ville ? lui demanda-t-il sans ambages.

– Oui.

– Mais alors, faites-le ! Je m'occuperai du reste. »

Cette décision les revigora tous deux ; il en oublia toute convenance et devint très aimable, lui enleva des brindilles de paille de dessus la poitrine et les genoux, la caressa, la câlina, puis l'étreignit dans ses bras... Certains qualifient ça de « plein gré »...

Puis, ils allèrent chez Daniel. Leur joie s'était atténuée, ils parlaient à voix basse, ne plaisantaient pas et regardaient le sol.

Une fois à la ferme, cela alla mieux ; ils furent bien accueillis, il but son bol de crème. La vieille servante commença par en refuser le paiement excessif, pour enfin l'accepter, et remercier M. Fleming en lui serrant la main.

Le visage de M. Fleming exprimait la satisfaction. Sur le chemin du retour, ils repassèrent devant la petite cabane et il proposa :

« Rentrons nous reposer encore un peu ! »

La jeune femme baissa les yeux et le suivit...

A partir de ce jour, ils allèrent quotidiennement à la ferme prendre son bol de crème et le remède à sa maladie. Tout allait à merveille. M. Fleming se portait tellement mieux que son humeur s'améliorait et que ses joues reprenaient des couleurs ; en même temps, il montrait de l'intérêt pour tout ce qui se passait autour de lui, posait des questions sur les nouvelles dans les journaux et se jetait lui-même sur les dépêches.

Le docteur agit de nouveau avec autorité et le salua de loin avec son chapeau dont la plume balayait le sol.

Le médecin ne voyait pas d'inconvénients à ce que le patient bût du vin à table, et celui-ci s'en régala, souvent même en dehors des repas. Cela n'avait aucune importance car il ne criait pas, se comportait correctement, seul son regard se figeait un peu et paraissait suivre une ligne droite. Mlle d'Espard lui tenait compagnie.

Un beau jour, M. Fleming s'inquiéta de la bonne réputation de son amie et lui demanda qu'ils se fissent accompagner par Mlle Ellingsen, comme ça ils seraient trois, et les vieilles filles de pasteurs ne pourraient rien trouver à redire.

C'était sans doute sagesse de la part de M. Fleming ; peut-être était-ce aussi le besoin de varier un peu. Cette vie à deux, inséparables comme ils l'étaient devenus, lui pesait sans doute au fur et à mesure qu'il guérissait et avait moins besoin des soins de la demoiselle ; ces derniers temps, elle le fatiguait même un peu avec son « parler français ». Naturellement, il connaissait bien cette langue et comprenait tout ce qu'elle disait, le contraire eût été impensable ; toutefois, il lui arrivait d'être agacé par l'insistance qu'elle montrait à faire usage de son savoir et il l'était surtout lorsqu'elle lui posait une question directe dans la noble langue et attendait une réponse. Dans ce cas, il ne répondait pas du tout, prétextant qu'il ne comprenait pas le français – ce qui provoquait l'hilarité générale.

Mlle d'Espard avait pris l'habitude de se plier à sa volonté et accepta par conséquent sa proposition d'emmener une tierce personne. Elle s'étonna tout de même un peu, se demanda ce que cela signifiait – et pourquoi justement Mlle Ellingsen ? Elle était grande et belle, d'accord, mais ses yeux étaient bridés ; ce n'était pas si joli après tout, non ? Et en fin de compte, pourquoi une tierce personne ? Mlle d'Espard ne fit cependant aucune remarque et alla chercher la personne en question. Elle n'en pensait pas moins pour autant : elle ne plaisantait pas, était fidèle, ne flirtait pas, ne buvait pas, et au contraire passait la majeure partie de son temps à regarder boire M. Fleming – que pouvait-il lui reprocher ? Mais un comte devait avoir ses raisons. D'ailleurs, Mlle Ellingsen ne resterait pas longtemps au sanatorium, peut-être repartirait-elle en fin de semaine. Venez donc, mademoiselle Ellingsen, approchez, je vous en prie ! Un verre de vin ? Des chocolats ? Avec plaisir. Mais que tu sois plus jolie que moi, que tu sois une beauté, alors là, non. En outre, tu te mets à pleurnicher pour te rendre intéressante chaque fois que tu racontes une histoire et ne sais plus t'en sortir.

Ils furent donc trois, puis quatre lorsque le chevalier servant de Mlle Ellingsen, Bertelsen, se joignit à eux. Et ce fut l'occasion de jouer au bésigue. Désormais, ils purent occuper un coin du fumoir sans être mal vus de qui que ce fût. Tout se passa bien. Ils se reprochaient tous de n'y avoir pas pensé plus tôt, trinquaient, passaient des moments agréables ensemble.

Bertelsen, le marchand de bois, n'était pas réellement noble, non, mais il était riche ; il avait reçu sa formation à l'étranger, à Southampton et au Havre, et il était, par ailleurs, le propriétaire du sanatorium de Torahus. Par conséquent, il avait le droit d'agir à sa guise. Mais, au fait, n'avait-il pas aussi un protégé, un musicien à Paris ? Bref, Bertelsen ne leur fit pas honte. Il exigea d'offrir une tournée de vin. Parfois, Oliver les honorait de sa présence et buvait un verre de vin en leur compagnie, bien qu'il fût quelqu'un tout ce qu'il y avait de bien. Alors, on délaissait les cartes, le directeur d'école prenait une chaise et avait la parole. Car, attention, ce n'était pas un homme de lettres quelconque, il était spécialiste, il connaissait des choses rares. Cet être ne riait jamais et était tellement saturé de connaissances et de ce que certains appelleraient la « non-nature », qu'il ne voyait plus le monde qui s'amuse et remplit les autres de joie. Mais il avait des mérites, il avait travaillé toute sa vie, avait subvenu aux besoins des siens, ne s'était jamais écarté du droit chemin et n'avait jamais bu ni fait une partie de bridge. Et ses enfants étaient élevés dans le même esprit : le matin, à l'aide de son canif, il découpait dans un vieux journal quatre morceaux de papier de même taille pour un usage bien précis. Une fois, les enfants avaient demandé pourquoi il y en avait juste quatre et le père leur avait répondu :

« Il ne m'en faut pas plus, quatre c'est suffisant et que ce soit une règle pour vous aussi ! »

Non, décidément, il ne gaspillait pas, se contentait toujours du tabac le moins cher, de la nourriture simple que sa femme lui préparait à la maison et de vêtements rapiécés. Le respect qu'imposait son nom lui suffisait. Des collègues jaloux avaient passé au peigne fin sa thèse d'agrégation. Avec beaucoup d'éloquence et de conscience, il avait revu toute sa position face à la recherche. Il avait chancelé, mais il était resté debout et pouvait se dire à lui-même : « Je me suis demandé si j'étais érudit ; mes nombreux ouvrages en sont la preuve. Et prenez ma thèse, il y a deux pages de bibliographie ! » Son doute avait vite été dissipé.

Quand il arrivait dans ce petit groupe, il était, au début, enfermé dans sa propre assurance et son grand savoir. Il pouvait se mesurer à n'importe qui et, s'il ouvrait la bouche, les autres devaient se taire. Il se faisait comprendre sans peine, connaissait la signification de chaque mot du dictionnaire et ne les employait jamais à tort, pas même ceux d'origine étrangère. C'était déjà pas mal parmi les clients occasionnels d'un sanatorium, mais ce n'était pas tout. Dans le doute, on pouvait s'adresser à lui pour avoir le jugement d'une autorité en la matière. C'était le summum. Et il répondait avec plaisir, heureux d'enseigner la « langue », rayonnant de satisfaction. Il lui arrivait aussi parfois de parler de lui-même, mais toujours de façon innocente et réservée, car il n'était exigeant que dans les limites du raisonnable. Il se posait maintenant des questions sur le Suicidé : cet homme devait après tout connaître l'anglais, car il l'avait surpris en train de lire un numéro d'une vieille revue anglaise chez l'économe. Quelle raison avait-il eue de mentir ? Le Suicidé avait quelque chose de mystérieux, ils l'avaient tous compris.

« Oui, fit Mlle d'Espard, cet homme est capable de n'importe quoi. »

Et cette phrase ayant fait l'unanimité des présents, Bertelsen se sentit obligé d'en rajouter et d'exagérer un peu :

« Il en sait sûrement plus que nous ne croyons. Seulement, il est un peu bizarre. Je suis pratiquement certain qu'il connaît aussi le français et les autres langues ! »

Oliver prit peur, il s'en voulut d'avoir proposé des leçons au Suicidé et se demanda comment réparer son erreur ; il en devint très nerveux et les autres essayèrent de le calmer, de lui faire comprendre qu'il n'avait rien fait de mal. Pour lui changer les idées, ils commencèrent à discuter d'autre chose, des événements du jour, des livres, de la mode, de l'éducation, des instituts de jeunes filles à l'étranger. Le directeur d'école redevint lui-même et se prononça :

« Qu'il y ait des progrès ? Mais oui, indubitablement ! Aucune comparaison n'est possible avec le passé. Est-ce qu'il existait des sanatoriums et des hôtels à la campagne quand j'étais petit ? Bientôt, il y en aura un sur chaque rocher ! J'ai l'impression que nous vivons dans le futur, dans cent ans ; nous commençons à approcher des conditions suisses. Qu'y avait-il autrefois comme écoles ? En quoi consistait l'enseignement ?

Et qu'avons-nous maintenant ? Pas de quoi s'étonner que nous soyons considérés comme un des peuples les plus avancés du monde. Nous avons des médecins, des prêtres, des hommes de loi, des professeurs que plus d'un pays doit nous envier, notre science s'approprie tout de suite les inventions des grandes nations que nous suivons d'assez près. Oui, il y a du progrès. Prenez par exemple les deux jeunes femmes que voici : elles ont toutes les deux profité de l'enseignement. Une des choses les plus réjouissantes de notre développement, c'est justement cette amélioration de la condition féminine. La femme peut désormais s'élever au sein de la société à côté de l'homme et choisir son mode de vie tout autant que lui. Une fois, deux journalistes m'ont présenté comme un homme réactionnaire, un pédant qui ne s'intéressait qu'aux choses du passé. Vous riez, mais ils l'ont fait, je vous assure. Surtout un nommé Reinert, le fils du sacristain de notre ville ; il ne pouvait me pardonner mon agrégation. Nous étions autrefois copains d'école et d'université, mais j'ai toujours été un peu en avance sur lui, et cela le vexait. Il coûtait cher à son père qui, ruiné, dût emprunter de l'argent sur la bête qu'il abattrait à Noël pour pouvoir assurer tout le nécessaire au fils. Bref : le garçon ne travaillait pas comme il aurait dû, et il lui fallut deux ans de plus que moi pour réussir à l'examen, alors qu'il avait eu mon exemple pour le guider. Maintenant, il est professeur adjoint dans une petite ville de la côte ouest et ne sera sans doute jamais rien d'autre. Il fut quand même suffisamment jaloux et bilieux à mon égard pour m'attaquer. Il a écrit que j'avais fait étalage de deux pages de bibliographie dans ma thèse pour la seule et unique raison que je voulais paraître très instruit et que la plupart des sources citées n'avaient rien à voir avec le sujet. Je répondis calmement et consciencieusement à ces critiques et ajoutai qu'il paraissait aveuglé par une haine personnelle envers moi. Alors, il se fit assister par un collègue. Un pas grand-chose non plus, un radical, un débauché, et ce fut lui qui m'accusa de ne m'occuper que de vieilleries au sein de la science et de suivre un raisonnement aberrant. Moi ! Moi, qui me suis toujours dévoué pour faciliter l'accès à tous à l'enseignement supérieur. Je peux dire, sans hésitation, que j'ai à ce sujet la conscience la plus tranquille au monde. J'avais même à une époque donné des conférences pour mes concitoyens ; ça ne marcha pas, il est vrai, mais ce ne fut pas de ma faute. Imaginez-vous que j'étais en train de parler de l'histoire grecque et que je nommais Thucydide. Voilà qu'un imbécile au fond de la salle m'interrompt en criant :

"Tu cites Dide ?"

"Je n'avais donc plus rien à faire, l'auditorium tout entier était sous l'effet du jeu de mots, je descendis de la tribune et renonçai à ma conférence. C'était sans espoir. Mais, n'est-ce pas, cet incident aurait été évité si mes auditeurs avaient eu une formation plus poussée et avaient su qui était Thucydide. Davantage d'enseignement, toujours davantage ! C'est pourquoi toute ma vie j'ai travaillé pour l'instruction du peuple, j'aimerais que chaque domestique ait son baccalauréat et devienne quelqu'un de cultivé. C'est aussi la raison qui me pousse à applaudir les opinions progressistes sur le thème de la femme, par exemple. Qu'elle s'éduque, qu'elle partage les responsabilités et jouisse des droits de l'existence ; elle est, comme l'a dit un Anglais célèbre, le double de l'homme. Et il devrait en être ainsi sur toute la ligne. Des écoles et des cours pour grands et petits, pour hommes et femmes, toutes sortes d'écoles, d'instituts. Et c'est ce qui est en train d'arriver. La femme peut désormais choisir son avenir, les étudiantes sont très nombreuses ; nous avons des écoles pour chaque formation, des écoles industrielles, de dessin, de commerce, des cours de langues, des séminaires, des établissements spécialisés où même les idiots apprennent à lire, des institutions où des manchots peuvent faire de l'artisanat à l'aide de leurs orteils ; des écoles, encore des écoles..."

Oliver était bien parti, mais il fut subitement interrompu : devant les fenêtres apparurent le Suicidé et Anton Moss qui prirent place chacun dans un fauteuil en rotin. Ils semblaient avoir froid. Le directeur les aperçut, recula et s'exclama :

"Ah ! les voilà, ces deux-là !"

Bertelsen proposa de les inviter à entrer et à boire un verre de vin. Mlle d'Espard partit les chercher. Elle paraissait née pour ce genre de mission : le groupe vit clairement l'étonnement des deux copains à cette invitation ; ils se consultèrent, tandis que Mlle d'Espard restait souriante, la tête inclinée. Finalement, ils pénétrèrent tous les trois dans la pièce.

On leur fit place. Ils reçurent un verre de vin, on leur proposa des cigares, et des cendriers furent déplacés à leur intention ; mais les invités ne se firent point remarquer. Bertelsen avait peut-être attendu une certaine distraction de la part du Suicidé, des discours saugrenus, expression de son cerveau capricieux. Rien. Son camarade Anton Moss paraissait mal à l'aise dans cette ambiance de qualité et essayait de cacher les chiffons qui entouraient ses doigts. Comme il voyait mal, il renversa son verre.

"Cela n'a aucune importance", dit Mlle d'Espard.

Tout le monde était aimable, le directeur surtout, et il voulut entamer la conversation :

"Ces messieurs n'auraient pas vu par hasard mes petits garçons au cours de leur promenade ?

– Si, répondit le Suicidé, ils partent à la pêche.

– Naturellement ! Ah ! ces petits lacs de montagne sont dangereux, pleins d'embûches, d'après ce que je sais. Je leur ai interdit d'y aller, mais... Ils étaient seuls ?

– Non, ils étaient accompagnés par un homme qui se disait gendarme. Un homme jeune.

– Évidemment, ils sympathisent avec tout le monde.

– Un gendarme ? Mais que cherchent les hautes autorités de la police dans notre coin ? plaisanta Bertelsen.

– Il nous a demandé qui habitait ici, et mon ami et moi le lui avons dit."

M. Fleming respirait à un rythme accéléré. Quand tous les regards se tournèrent vers lui, il se baissa subitement sous la table pour arranger un lacet de sa chaussure.

"Non, ce n'est rien", dit-il à Mlle d'Espard qui avait peut-être craint une nouvelle hémorragie.

Il devait y avoir quelque chose tout de même. M. Fleming souffrait, son sourire était celui du désespoir. Il tomba dans un silence total.

“Si vos petits enfants sont accompagnés par la police vous ne devez pas vous inquiéter, dit Mlle d’Espard.

– Je ne suis pas tranquille”, répéta, têtu, le directeur d’école.

Il se leva, remercia et rappela encore une fois qu’il le leur avait formellement interdit.

“Comme il se préoccupe de ses enfants ! observa Bertelsen après son départ.

– Cela ne m’étonne guère, fit Mlle d’Espard, il doit être un père exemplaire.

– Oui et un grand homme, ajouta Bertelsen. Pensez à tout ce qu’il connaît !”

M. Fleming se leva ; les deux camarades prirent son geste pour le signal du départ, et se levèrent à leur tour pour partir après avoir remercié. Pas très gais ces garçons… Et le Suicidé ? Était-il simplement amusant ou un peu fou ? Apportait-il avec lui un souffle ardent ? Ou planait-il comme un bel oiseau ? Son ami était bien plus sympathique, mais ses plaies, ses boursouflures, quelle horreur ! Bertelsen alla jusqu’à sous-entendre qu’il n’osait même pas nommer la maladie dont pouvait souffrir Anton Moss.

“Ses yeux se referment, sa bouche se tord.

– Bonne journée !” souhaita le comte en s’en allant. Mlle d’Espard le suivit peu après. Effectivement, il l’attendait, elle lui était à nouveau nécessaire, indispensable même, il avait besoin de ses soins. Bien sûr, il y avait quelque chose, M. Fleming était visiblement inquiet, lui d’habitude si calme. Maintenant il faisait une tout autre tête, et il voulait être consolé. Ils montèrent l’escalier et entrèrent dans sa chambre.

“Ce n’est rien, une mauvaise journée, dit-il.

– Vous n’êtes pas encore très fort, l’excusa-t-elle.

– Non.”

Il porta la main à la poche de sa veste :

“Tenez, pour le cas où il m’arriverait quelque chose, on ne sait jamais…

– Dépêchez-vous de guérir, plutôt !

– Ce n’est pas ça. Enfin, oui aussi. Si vous saviez comme j’ai envie de vivre… Je me ferais esclave ou assassin pour rester en vie. Mais là n’est pas la question. Si, un peu, malgré tout. Je parle de façon incohérente, mais c’est ça. Si on m’enferme, je meurs.”

Elle ne comprenait pas très bien :

“Mais on ne va pas vous enfermer ! Que sont ces bêtises ?

– J’ai reçu un avertissement tout à l’heure. Voyez-vous, je n’ai pas que des amis, quelques ennemis me recherchent au pays. Puis-je avoir confiance en vous ?

– Oui”, répondit-elle à voix forte, en éclatant de rire.

M. Fleming n’aurait pu trouver meilleure confidente, car Mlle d’Espard n’avait rien d’une petite fille.

“Je ne suis pas innocent, dit-il avec un sourire pitoyable.

– Moi non plus. Personne, d’ailleurs.”

Il vit qu’il pouvait parler et se lança dans des explications. Ce n’avait pas été un faux pas, loin de là, ce fut une action délibérée : il aurait recommencé si nécessaire. Tout débuta quand la mort se mit à ses trousses. Ce fut si inattendu, si douloureux ! Il saignait, tombait. Pourquoi ? Il n’avait plus l’espoir de vivre s’il n’agissait pas rapidement. Le comprenait-elle ?

“Oui.”

Il agit donc et si astucieusement que seule une révision minutieuse des comptes aurait permis de prouver une erreur d’écriture à un endroit donné, un zéro, presque rien. Il partit ensuite pour ce sanatorium. Était-ce le bon endroit, y trouverait-il ce qu’il recherchait ? Il avait connu des hauts et des bas, Dieu lui était témoin, et il était peut-être entré dans un cul-de-sac. Et tout ce temps, il avait eu en lui cette préoccupation, jour et nuit, comme un poids, une torture. Lorsqu’il demandait s’il y avait du nouveau dans les journaux, lorsqu’il examinait les dépêches, ce n’était pas sans raison. Il ne devait pas le faire trop clairement, pour ne pas éveiller les soupçons. Donc, que personne ne devine son secret.

Il vivait sur des charbons ardents.

Cet aveu n'abattit pas Mlle d'Espard. Cette âme petite, mais courageuse, ne voyait pas les choses en noir, au contraire, elle essayait de prendre les événements avec discernement et riait innocemment. Et cette façon gaie de l'écouter déjà le ranimait, le pauvre, il se sentait moins seul, protégé par elle. Il poursuivit son récit : S'il avait guéri, si les forces lui étaient revenues, il se serait constitué prisonnier et aurait accepté sa peine, par Dieu, avec plaisir, le cœur en fête !

"Donnez-moi du temps ! s'écria-t-il. Laissez-moi guérir, ne m'achevez pas avant d'avoir essayé cette cure !" Elle n'avait pas tout compris, certaines parties de son discours lui étaient encore obscures et il avoua sans hésiter : non, il n'était pas un aristocrate finlandais, il était de la campagne, de la terre, d'un petit patelin avec un cheval et quatre vaches, c'est pourquoi il avait tant besoin de grand air. Mais il avait passé six ans dans une banque, six années sans un seul jour de bonheur ; il était paysan et savait exactement comment était fait un taureau, bref, ses racines l'avaient attiré vers ses origines. Ce n'était donc pas par hasard s'il avait cherché refuge à la ferme de Daniel. Ses petites maisons, les bols de crème aigre, la peau de Sète sur le lit, n'étaient-ce pas ses remèdes à lui ?

– Si.»

C'est ça qui le guérirait, que diable. Mais ces idiots ne pouvaient pas le comprendre et le prendraient à la première occasion. Non, il n'avait rien d'un monsieur, il n'était jamais allé dans un grand hôtel à Paris, il n'avait même jamais mis les pieds dans cette ville, contrairement à ce qu'il avait prétendu. Il n'y avait pas dissipé une fortune, non, il était venu ici chercher le grand air, la montagne et le ciel. Pourquoi, dès lors, jouer le rôle d'un comte ? Ce ne pouvait être difficile à comprendre : à cause de la protection que ce titre lui procurerait. On ne soupçonnait pas un Fleming aussi facilement qu'un Axelson.

« A la maison, nous étions le matin et l'après-midi dans l'étable, deux fois par jour. Mon père est mort. Ma mère s'appelle Lisa.

Elle est heureuse comme une déesse de savoir que son fils se porte mieux ici à la montagne, elle est très fière de moi et a toujours été très contente que je travaille dans une banque. Puisse-t-elle seulement mourir à temps et ne pas apprendre la catastrophe ! »

Mlle d'Espard commença à trouver la chose assez sérieuse, mais elle déclara, malgré tout :

« Allons, allons, ne vous laissez pas abattre ainsi ! »

S'il était certain qu'un jour ou l'autre il serait arrêté, ce n'était qu'une question de temps, un mot prononcé tout à l'heure avait eu sur lui l'effet d'une étincelle.

M. Fleming ressortit son portefeuille et y prit une espèce de lettre, une grosse liasse :

« Je veux être prêt, dit-il, c'est de l'argent, que dois-je en faire ? Le brûler ?

– Vous n'y pensez pas !

– Non, je n'y pense pas. Mais le temps presse et je n'arriverai pas à le mettre en sécurité, peut-être que quelqu'un est déjà à l'extérieur en train de me guetter. Vous voyez ce que je veux dire.

– Je vais le cacher.

– Vous acceptez ? Vous osez ? »

Pour toute réponse, elle rejeta la tête en arrière et sourit.

« Le fait est que vous n'êtes pas complètement en sécurité non plus, je l'ai compris il y a quelques jours seulement. Nous nous sommes tellement fréquentés qu'un soupçon pourra aisément se déplacer de moi sur vous. C'est d'ailleurs cette seule raison qui m'a poussé à vous demander d'attirer Mlle Ellingsen à nous, et avec elle le grossiste Bertelsen. »

Mlle d'Espard prit la grosse enveloppe sur la table et la cacha sur sa poitrine.

« Pour l'instant ! » dit-elle.

Bon, oui, naturellement, il aurait pu brûler l'argent, poursuivit-il. Mais peut-être ne mourrait-il pas, peut-être survivrait-il à la détention, sa maladie était lunatique, on avait vu les développements les plus inattendus. S'il survivait à l'incarcération…

Mlle d'Espard répondit par un signe de tête qui signifiait que ce n'était pas la peine d'en dire davantage, elle-même aurait bien apprécié de trouver un petit magot en sortant de prison.

« Il y a une deuxième chose que j'aimerais vous dire, continua-t-il. Pour vous protéger, étant donné nos relations suivies, je nierai évidemment tout. Compris ! Je nierai absolument tout. Je serai condamné, mais je n'arrêterai pas de nier. Que puis-je faire d'autre ? Ce n'est pas non plus vraiment un crime que j'ai commis, je voulais simplement me donner les moyens de vivre.

– Oui. »

Ils étaient si unis dans cette affaire qu'ils ne comptèrent pas l'argent ; aucune somme ne fut mentionnée. Lorsqu'elle quitta la chambre, elle avait ôté de la poitrine de M. Fleming l'un des deux poids qui l'accablaient. Et de manière si naturelle... Aussitôt sortie, elle frappa à nouveau à la porte de sa chambre, entra et dit :

« Ce n'était pas le gendarme qui était là, mais le sous-brigadier. »

M. Fleming craignit peut-être qu'elle fût descendue se renseigner auprès du personnel avec des questions imprudentes, mais elle le rassura tout de suite par un sourire complice :

« J'ai demandé où étaient les enfants d'Oliver.

– Bon, le sous-brigadier de gendarmerie, et après ?

– Celui qui a pris sa petite amie à Daniel. »

M. Fleming y réfléchit : gendarme ou sous-brigadier, ce n'était quand même qu'une question de temps. On était mercredi, il fallait qu'il parte.

M. Fleming n'avait rien à craindre dans l'immédiat, le sous-brigadier était rentré de la pêche et avait déjà quitté le sanatorium pour rentrer chez lui ; Mlle d'Espard l'avait vu en personne. Quoi qu'il eût pu croire, le hasard l'en avait écarté. On parlait beaucoup de ce sous-brigadier parmi les clients : il était tombé à l'eau et en était ressorti trempé de la tête aux pieds, la casquette au cordon doré et le lion d'or de l'insigne aussi mouillés qu'une serpillière.

« Que vous est-il arrivé ? lui demanda-t-on. Parmi les curieux se trouvait Mlle d'Espard.

– Ne m'en parlez pas, répondit-il, un accident, j'ai glissé sur un rocher et suis tombé, jusqu'au fond de l'eau ! » Il ne put cacher non plus que les enfants lui avaient sauvé la vie.

Drôles d'enfants ! Au début, ils lui avaient jeté un bâton, un bout de bois, mais voyant qu'il n'arrivait pas à se dégager de la vase, ils avaient plongé et l'avaient tiré de là. Quels garçons, ces fils du directeur d'école, des aventuriers, peut-être, mais de vrais hommes ! Ils étaient déjà au lit, pendant qu'on faisait sécher leurs vêtements. M. Fleming et Mlle d'Espard purent souffler. Ils burent du vin, furent de meilleure humeur, étalèrent leurs jambes et gigotèrent. Ils avaient l'humour noir. Elle se moqua de sa peur du gendarme : un pêcheur qui était tombé à l'eau la tête la première. Bon Dieu !

M. Fleming se laissa gagner par sa gaieté et répondit, toujours plus téméraire :

« Pour cette fois il a dû faire demi-tour !

– Il a dû rentrer comme un chien mouillé, je l'ai vu !

– Au fond, dit-il, il a fait preuve de bonne éducation. S'il m'avait mis aux poignets des menottes mouillées, elles auraient abîmé mes manchettes. »

Elle s'extasia sur son humour. Puis elle recourut à sa plaisanterie habituelle quand elle voulait amuser quelqu'un : se moquer des Norvégiens qui employaient à contresens des expressions françaises.

« Il ne faut pas me parler français, dit-il avec un sourire. Pour diverses raisons ! »

Plus tard dans la journée, il lui demanda de lui rendre une partie de l'argent. Il en avait besoin. Il défit le corsage de la jeune femme et ce geste devint bientôt une étreinte passionnée, une vague de tendresse, de baisers et de larmes presque hystériques. La tension nerveuse les avait attendris tous deux. Si elle avait été déçue en apprenant qu'il n'était ni propriétaire terrien ni comte, elle avait eu au moins l'intelligence de le dissimuler. Ainsi, étaient-ils encore plus unis depuis son aveu. Il était malgré tout un homme d'excellente éducation. Et puis, il portait une bague de prix et possédait une enveloppe pleine d'argent. A ce sujet, il lui recommanda encore une fois d'être prudente et de brûler les billets en cas de danger.

« Jamais de la vie ! »

Ils prirent congé de façon plus que solennelle ; il l'avait voulu ainsi. Ils s'aimaient. Ils s'embrassèrent et échangèrent des promesses pour la vie.

« Bonne nuit ! »

Cette bague, il aurait pu lui en faire cadeau, mais c'eût été compromettant.

De nouveaux baisers et d'autres « Bonne nuit ». Finalement, ils se quittèrent sans qu'il eût touché à l'enveloppe. Celle-ci n'avait peut-être été qu'un prétexte.

Le lendemain matin, elle alla à la porte de sa chambre et écouta. Ses bottes étaient dans le couloir. Elle frappa délicatement et, comme à l'accoutumée, attendit qu'il lui ouvrît et se recouchât. Rien. Elle frappa à nouveau. Toujours pas de réponse. Elle vérifia alors si la porte était fermée. Elle ne l'était pas. Elle entra : personne. Tout était en ordre, le lit fait. Au mur étaient accrochés des vêtements, par terre deux valises dont les clefs étaient dans les serrures ; seul un sac avait disparu. Mlle d'Espard regarda autour d'elle et comprit. Elle s'était peut-être même attendue au spectacle qui s'offrait à elle. Elle commença par s'enfermer à clef dans la chambre, chose qu'elle avait souvent faite lors de la maladie de M. Fleming. Lorsque la femme de chambre frappa dans le courant de la matinée, elle lui expliqua dans l'entrebâillement de la porte que M. Fleming s'était de nouveau enrhumé et qu'il fallait monter les repas pour eux deux dans sa chambre. Quand le plateau arriva, elle ouvrit à peine la porte pour le prendre. Il ne lui restait plus qu'à manger un peu dans chaque assiette. Elle fit durer cette situation trois jours. La nuit, elle fermait la porte à clef de l'extérieur et partait dormir dans sa propre chambre, puis le matin, elle reprenait sa place dans celle de M. Fleming.

Et les bottes restèrent dans le couloir.

Elle s'interrogeait : quel serait l'aboutissement de cette situation ? Elle n'était nullement découragée, au contraire, et jouissait presque de sa captivité et de sa crainte ; d'autre part, elle se sentait également heureuse de la richesse subite que représentait la liasse de billets dont elle était dépositaire. En attendant d'avoir le champ libre, elle l'avait cachée dans le dossier d'un fauteuil.

Si seulement M. Fleming était arrivé à partir par le train ! Si seulement il y était parvenu sans défaillance ! Il n'était pas encore très solide et s'essoufflait rapidement. Son seul espoir résidait dans son désir de survivre, dans cette énergie passionnée qui s'emparait de lui face au danger. Qui sait ?

Un jour, elle vit par la fenêtre que le sous-brigadier de gendarmerie montait de nouveau au sanatorium. Ses vêtements étaient secs, cette fois, et la casquette avait retrouvé sa forme. Venait-il pour de bon ? Il dut être rassuré, car après avoir déjeuné, il quitta les lieux. « On n'embête pas un monsieur alité avec un rhume », pensa Mlle d'Espard.

Le troisième jour, deux événements se produisirent : tout d'abord, le facteur lui apporta un grand paquet. Il contenait le chapeau que M. Fleming lui avait promis. Il ne l'avait pas oublié ! Elle respira, soulagée : c'était la preuve qu'il était bien arrivé à Kristiania. D'autre part, le fait qu'il se fût occupé d'une bagatelle semblable attestait qu'il n'était pas en danger pour l'instant. Elle en fut tellement heureuse qu'elle ouvrit immédiatement le carton et fit des essayages dans cette chambre où elle était censée garder un malade. Un cadeau superbe, un bijou, mais beaucoup trop onéreux.

Le deuxième événement d'importance fut le retour de Me Robertsen au sanatorium de Torahus. Sa venue devait signifier aussi la « libération » de Mlle d'Espard. L'avocat avait dû être mis au courant par le personnel des visites répétées du sous-brigadier et des raisons de celles-ci. Il monta aussitôt et frappa à la chambre de M. Fleming en s'annonçant avant même que la porte fût ouverte.

Mlle d'Espard ouvrit. Elle avait pris, avec courage et même un peu de culot, une résolution, qu'elle sut parfaitement mener à terme.

L'avocat jeta un coup d'œil dans la pièce et ne sembla pas s'étonner outre-mesure.

« Mais… où est le malade ? demanda-t-il, les sourcils froncés.

– Je l'ignore, lui répondit-elle en le fixant droit dans les yeux.

– Bien. Mais qui peut me le dire ?

– Lui-même, peut-être. Je vous en prie, asseyez-vous.

– Que signifie tout ceci ? Le comte s'est enfui ? »

Elle n'en savait rien. Tout ce qu'elle savait, c'était que ce matin, quand elle était entrée, le comte n'était plus là.

« Savez-vous ce qu'il a fait ? lui demanda-t-il.

– Moi ? Non, comment le saurais-je ? Il a fait quelque chose de mal ?

– Pas que je sache. Il a réglé sa note et n'est plus ici. Pensez-vous qu'il ait pu partir pour la ferme de Daniel après s'être disputé avec vous ?

– Nous ne nous sommes jamais disputés, dit-elle sèchement. Et il n'est sûrement pas chez Daniel.

– Ne vous fâchez pas, je plaisantais. Je pensais simplement que vous aviez pu tout bêtement ne pas être d'accord sur un sujet.

– Non, rien de ce genre. Nous ne nous connaissions pas si bien, nous étions seulement bons amis.

– Je suis fâché de ce qui vient d'arriver, expliqua-t-il. Il est peut-être parti se promener un peu et reviendra bientôt ? Un établissement comme le nôtre souffre de chaque irrégularité, cela vient à se savoir dans les journaux et dans la population, et nous donne mauvaise réputation.

– Oui.

– N'est-ce pas, vous me comprenez, mademoiselle ?

– Oui, je pensais la même chose, c'est pourquoi je suis restée ici enfermée jusqu'à votre arrivée. »

Il lui lança un coup d'œil : elle ne devait pas être complice.

« Il se peut que le gendarme vienne vous interroger, la prévint-il. D'ailleurs M. Fleming va peut-être revenir, ses bagages sont là, c'est bon signe.

– Oui.

– Mais nous allons tout de même fermer ses valises à clef en attendant. S'il est dans une mauvaise passe – je ne dis pas qu'il y soit, je ne le crois même pas. Mon Dieu, si je croyais un seul instant que le comte Fleming ait des explications à fournir à la justice, je serais le premier à le dénoncer. Mais à mes yeux, c'est l'aristocrate sans tache. D'autre part, il peut être également recherché à tort, et dans ce cas, cela retombe malheureusement sur le sanatorium. Je n'aimerais pas qu'il soit pris ici. Attendons, pour voir. »

L'avocat avait de bonnes raisons de se montrer prudent. L'établissement, ce sanatorium flambant neuf, avait déjà connu des accidents : d'abord deux décès compromettants, puis une princesse anglaise, femme de ministre, que soudain plus personne ne connaissait. La maison ne supporterait pas une nouvelle secousse, à cause, cette fois, d'un comte finlandais. L'avocat ne reprocha par conséquent pas à Mlle d'Espard d'avoir pu aider M. Fleming à fuir ; ce genre d'affaires n'était pas son style. Il était l'hôte, une espèce de directeur pour tous, et il lui fallait sortir de l'impasse.

Il réfléchit un instant avant de déclarer :

« Vous ne l'avez pas trouvé ce matin, il peut donc avoir huit heures d'avance. C'est peu, je n'aimerais pas le voir reconduit ici – s'il ne revient pas de lui-même, j'entends. Mais disons huit heures d'avance. Le train du matin est parti à six heures quinze. J'attendrai – sauf, bien sûr, s'il réapparaît de lui-même – j'attendrai jusqu'à demain avant d'agir.

– Oui, approuva-t-elle.

– C'est ça, jusqu'à demain. Mais vous savez ce que je ferai à ce moment-là, mademoiselle ? demanda-t-il d'une voix décidée. J'irai personnellement chez le gendarme pour l'en informer. Cela nous évitera sa visite ici, ce sera bien plus agréable pour tout le monde. Tout compte fait, ni le gendarme ni le village n'auraient intérêt à nous faire du tort, car nous sommes de gros contribuables, nous procurons du travail aux paysans, nous leur achetons leurs récoltes et leurs bêtes et faisons la renommée de toute la contrée.»

VII

Le directeur d'école était reparti avec ses enfants, le grossiste Bertelsen et Mlle Ellingsen l'avaient imité. L'automne approchait. Les vacances se terminaient pour les estivants de la montagne.

Mais il restait encore des clients, des petits rentiers, des veuves de pasteurs, des femmes de petits commerçants qui souffraient toujours de nervosité et ne voulaient guère s'en remettre. Il y avait aussi quelques jeunes sportifs qui s'étaient blessés en cours d'entraînement et étaient venus se soigner. Somme toute, il restait, comme on le voit, encore suffisamment de monde. En outre, il arrivait de temps à autre des clients de passage qui prenaient la place des précédents. Ce n'était, il est vrai, que des visiteurs de courte durée qui marchaient d'une montagne à l'autre et ne s'arrêtaient en général qu'une nuit. Ils ne pouvaient par conséquent faire l'objet de publicité dans les journaux, mais ils étaient néanmoins les bienvenus : le sanatorium faisait davantage de bénéfice avec eux qu'avec les pensionnaires.

Des premiers clients, il en restait deux, inamovibles : le Suicidé et son ami aux pustules. Ils n'étaient pas très bien vus, l'un pour son moral, l'autre pour son physique, mais ils demeuraient fidèles envers et contre tout.

D'ailleurs, ils ne gênaient personne, ne faisaient guère de bruit et ne se mettaient pas en vedette ; des messieurs sans importance, des messieurs minables. Pour eux, les journées se suivaient, tristes et monotones ; ils lisaient les affiches sur les poteaux, étudiaient les prévisions météorologiques, jouaient aux cartes, le soir, en compagnie de l'économe et du Suisse, prenaient leurs repas en présence de gens qui souffraient de leurs nerfs et se soignaient sur le tard avec des pilules et des sels.

C'était là leur vie.

Ces derniers temps, toutefois, le Suicidé avait entrepris une nouvelle activité : il s'était lancé dans les promenades et dans l'alpinisme pour se maintenir en forme. Quel drôle d'homme... Lui qui depuis sa tendre enfance ne paraissait se soucier que de la préparation de son suicide, il commençait à changer d'avis. N'avait-il pas clairement dit qu'il avait remis son acte parce qu'il n'avait pas trouvé un moyen de se supprimer qui ne déshonorât pas le meurtre ?

Cette affirmation ne l'avait certes pas empêché de manger, de s'habiller et d'agir comme par le passé, mais il était devenu le témoin lucide de l'absurdité de son attitude et s'en était voulu, crachant de dégoût sur lui-même.

Tout ça avait changé, désormais. Était-ce l'effet du grand air au sanatorium de Torahus, ou une sagesse nouvelle l'avait-elle pénétré ? Il était devenu plus facile à vivre, plus conciliant envers lui-même et les autres ; il s'effaçait lorsqu'il croisait quelqu'un dans l'ouverture d'une porte et se mettait à parler de son suicide avec quelques doutes. Si Anton Moss, son ami, le raillait sur ce point, il prétendait que les opinions de l'homme, quelles qu'elles fussent, n'étaient jamais que passagères.

Excellent. Un homme sauvé pour lui-même et pour les autres. Comme on pouvait être vivant, oui, immortel même ! Si l'on n'était pas vraiment chanteur, on pouvait néanmoins monter sur la montagne et chanter à gorge déployée ; cela ne dépendait que de la durée de cet état euphorique.

« Vous êtes marié ? lui demanda, méfiant, son camarade.

– Marié, moi ? Non.

– Vous l'avez été ?

– Mais en quoi cela vous regarde-t-il ? répondit fraîchement le Suicidé. Je ne vous demande pas si vous avez une maladie innommable. »

Moss s'avoua vaincu.

« En tout cas, vous paraissez l'avoir surmonté, reprit-il peu après, si je comprends bien. S'il fallait se suicider à cause d'une femme…

– Je ne vous ai pas demandé conseil », lui rétorqua le Suicidé, surpris par cette remarque.

Un silence.

Les lèvres du Suicidé tremblaient et il parut sur le point de craquer, comme pris au piège.

« D'où tenez-vous cela ? fit-il, furieux. Vous écoutez aux portes, peut-être ? Les femmes de chambre vous ont dit que je parle dans mon sommeil, c'est ça ? Il y en a de bonnes, je vous jure ! »

Il faut dire que le Suicidé était un homme sans façons : s'il avait un secret, il voulait le garder pour lui. Il ne pensait pas, en effet, à prendre l'allure d'un homme à la destinée tragique, ruiné par la Bourse ou trompé par sa femme. Pourquoi, dès lors, ne tenait-il pas bon ? N'avait-il pas failli craquer, peut-être ? Il recommença à parler sur un ton sage et philosophe, avec même une pointe de bravoure quelque peu forcée.

« Vous avez raison, qui diable pourrait se suicider pour les beaux yeux de sa femme ? Se tuer pour se venger d'une femme, c'est se faire du tort à soi-même. Certes, ça lui fera quelque chose sur le moment, mais peu après cela lui sera bien égal : elle mangera, boira, surveillera sa coiffure, pensera à ses bijoux. Plus tard encore, elle éprouvera même un sentiment de fierté : elle aura été digne d'un coup de revolver ! Elle se trouvera intéressante, car quelqu'un se sera tué pour elle. Comprenez-moi bien, je ne parle pas d'une femme en particulier, mais des femmes en général.

– Naturellement ! » acquiesça Moss.

Il n'avait cependant pas pu éviter d'entendre dans la voix de son ami une intonation nouvelle. Moss avait une mauvaise vue, certes, mais son ouïe était excellente. Il craignait peut-être qu'on en vînt aux confessions et aux sentiments et enchaîna sur un ton de plaisanterie moqueuse : il ne fallait pas dédaigner complètement le suicide, il pouvait avoir de la valeur en tant que vertu et en tant qu'exercice physique…

« Vous n'êtes qu'un singe », répondit le Suicidé en lui lançant un regard torve.

Leurs échanges de vues avaient repris de plus belle et ils s'envoyaient des piques à cœur joie. Mais Anton Moss, nettement inférieur à son copain, sortait le plus souvent vaincu de ces logomachies.

« Vous avez perdu une jolie somme hier soir encore, dit-il.

– Oui, et vous avez payé pour moi.

– Parce que ça m'a énervé de vous voir jouer si bêtement. Perdre en faveur du facteur – c'est peut-être parce qu'il a un cordon doré autour de sa casquette ! Vous perdez surtout en sa faveur, d'ailleurs.

– Cela ne devrait pas vous faire de peine. Il n'a pas les moyens de perdre.

– Ah ! c'est pour ça ?

– Vous êtes encore d'une bêtise sans bornes. Ce n'est absolument pas pour cette raison.

– Je suis bête ? Vous voudriez peut-être que j'aie honte de ne pas avoir été à votre hauteur, avec votre idée fixe ?

– D'ailleurs, vous n'avez pas toute votre tête ! s'exclama le Suicidé d'un air dégoûté. Et vous ne parlez même plus de manière intelligible. Votre bouche est de travers.

– Ah ! ah ! ah ! » fit Moss. Il ne parvint pas à rire et prononça simplement ces syllabes. « Quelle est encore cette plaisanterie ? » Toutefois, il avait été humilié et sa réponse fut déplorable : « Je me plais ici, je prends du poids, alors que vous, vous vous creusez, vous ne tenez plus debout, le vent pourrait vous faucher ; je suis même étonné que vous ne portiez pas un chapeau de paille.

– Et puis vous êtes toujours mal rasé », insista le Suicidé. Moss dut s'avouer vaincu, il était vrai qu'il n'avait pas une apparence très soignée, car en plus de ses plaies, des touffes de barbe apparaissaient ici et là sur son visage, ce qui le mortifiait énormément ; il évitait même de regarder les gens en face. Il répondit :

« Votre humeur, votre esprit me font froid dans le dos. Vous pourriez aussi bien vous lancer dans le commerce des bestiaux. Je ne peux plus me raser, ma peau se perce. Mais je coupe souvent ma barbe, cela revient au même, je fais ça de très près avec des ciseaux de brodeuse. N'importe qui comprendrait cela. »

Ce fut au tour du Suicidé de se méfier des pleurnicheries.

« Taisez-vous, fit-il, ou bien on va en venir aux larmes ! »

Un ricanement fut la réponse de Moss.

Ils tombèrent tous deux dans le silence, réfléchissant chacun de son côté et toussotant de temps à autre avec un hochement de tête pour paraître virils.

« Il fait froid aujourd'hui, reprit le Suicidé. Bientôt nous aurons de la neige. Que voulais-je dire ? Après tout, ça m'est égal – mais vous faites semblant de comprendre les mystères de la vie : est-ce que vous vous comprenez vous-même ?

– Moi-même ? Non. Je serai bientôt aveugle, c'est tout ce que je comprends.

– Vous dites : qui diable pourrait se suicider pour les beaux yeux de sa femme ? D'accord. Mais si vous étiez impartial, vous comprendriez que votre discours est superficiel. S'agit-il seulement de la femme et du mari, par exemple ? Et l'enfant ? Comprenez-moi bien, je parle de l'enfant en général. »

Moss l'arrêta d'un simple mouvement de la tête :

« Je ne sais pas de quoi vous parlez, tout cela m'est indifférent. Je ne veux pas être obligé de discuter avec vous.

– Si vous voulez ! » Comme mû par un besoin impérieux, le Suicidé poursuivit : « Nous disons donc un enfant, fille ou garçon, une fille si vous voulez. Si elle a, mettons, trois mois, vous ne me ferez pas croire qu'elle ne vous étonnera pas, si vous la voyez. Et la mère ? Que fait la mère trois mois après ? Hein ? L'enfant, lui, est là, dans son lit, s'accrochant à vos doigts, sans lâcher prise. Vous pensez que vous pourrez lui échapper ? Je parle en général, bien entendu... »

Ils furent interrompus : quelqu'un vint raconter un événement qui s'était passé dans la nuit : la Mort était revenue, tel un homme en traîneau. Pas un grand accident, ni une perte pour l'humanité, non, et cela n'empêcha pas le Suicidé de poursuivre ses promenades en montagne.

« Un nouveau décès ! » fut son seul commentaire.

Ce qui ne fit qu'augmenter le malaise dans l'établissement.

Bizarre que cela fût arrivé uniquement parce qu'une des femmes de chambre du sanatorium s'était assise toute seule dans une des pièces vides du premier étage.

La directrice la trouva cachée dans le noir. Le soir, quand tout le monde était parti se coucher, la directrice faisait une ronde, entrait dans les chambres inoccupées, grattait une allumette, jetait un coup d'œil et repartait. Ainsi, elle avait trouvé la femme de chambre dans le noir, la porte ouverte, comme si elle avait quelque chose à faire dans la pièce. Elle ne pleurait, ni ne chantait, au contraire, elle faisait le moins de bruit possible et écoutait ; elle osait à peine respirer pour ne pas être remarquée.

La directrice fut tellement surprise, que tout ce qu'elle put dire fut :

« Ah ! te voilà, toi ? »

La fille lui fit un signe de la main pour qu'elle entre. Elles écoutèrent toutes les deux : il y avait du bruit dans la chambre voisine, on entendait des pleurs et des plaintes. « C'est Mlle d'Espard, se dit la directrice, elle est peut-être souffrante ?

« Il y a longtemps que cela dure ? chuchota-t-elle à la fille.

– Ce soir, un bon moment, et c'est comme ça chaque soir depuis une semaine. Elle ne mange plus et vomit tout ce qu'elle avale. »

La directrice sortit dans le couloir, frappa à la porte de la chambre de Mlle d'Espard et lui demanda :

« Quelque chose ne va pas, mademoiselle ?

– Moi ? répondit une voix gaie, non, j'étais simplement en train de lire un livre français à haute voix.

– Excusez-moi dans ce cas », lui dit la directrice, surprise par cette réponse. Puis, à l'adresse de la femme de chambre :

« Vous, je vous conseille d'aller au lit immédiatement ! »

La nuit suivante, la fille revint ; elle avait dû entendre des plaintes exprimées trop clairement en norvégien pour être lues dans un livre français ; sa curiosité avait été excitée et elle se doutait de quelque chose. Elle reprit donc sa place dans la chambre vide et se laissa emmitoufler par l'obscurité. Subitement, Mlle d'Espard apparut à la porte, habillée de blanc, une allumette à la main...

La fille laissa échapper une exclamation, leva un bras devant son visage, trébucha en passant devant la demoiselle et chancela dans le couloir. Dans l'escalier de service on entendit une chute et un cri, puis plus rien...

Mais ce décès – si accidentel et si peu important qu'il fût – parut néanmoins effrayer Mlle d'Espard. Cette jeune femme qui avait travaillé comme dactylo dans un bureau ne supportait plus aucun choc, elle avait suffisamment d'ennuis... Son séjour au sanatorium de Torahus n'était plus synonyme de vacances et de plaisir, et elle soupçonnait les femmes de chambre de guetter ses malaises ; elle ne supportait plus la nourriture, demandait des plats excentriques, du hareng fumé sur des biscottes, par exemple, ou une assiettée de petits pois crus. Et voilà que par-dessus le marché les filles se mettaient à l'espionner du couloir et des chambres voisines. C'était insupportable ! Elle était franchement abandonnée, trompée, son ami était parti, l'avait laissée supporter son fardeau toute seule. Son fardeau ? Quel fardeau ? Qu'une fille de salle se soit cassé le cou ? Non, du tout. Puisque personne ne lui posa de questions sur cet accident sans importance, elle ne révéla pas non plus la part qu'elle y avait prise. Oui, bien sûr, elle avait entendu un cri pendant qu'elle lisait un de ses livres français, mais c'était tout. Elle sortit pour enterrer un certain paquet d'argent dans un endroit sûr. Jusqu'à présent, elle s'était contentée de surveiller de près un fauteuil au dossier rembourré. Elle n'avait jamais jusqu'à ce jour touché à l'enveloppe, par honnêteté et respect envers son ami malade, M. Fleming, peut-être aussi par amour, qui sait ? Par espoir de le revoir ? Un peu de tout cela, sans doute.

Les promenades en montagne du Suicidé n'avaient pas échappé à son attention. C'est pourquoi elle voulait être certaine qu'il fût loin avant de se lancer dans son expédition secrète. Elle trouva un bon endroit, il n'en manquait pas, surtout vers la propriété de Daniel, près de la petite cabane qu'elle connaissait si bien...

Elle tenait la grande enveloppe dans sa main et la soupesait lorsqu'elle eut l'idée de l'ouvrir pour jeter un petit coup d'œil au contenu avant de la cacher sous la pierre. Elle n'y avait jamais pensé auparavant, car la tension sous laquelle elle vivait depuis la disparition de son ami, sans compter ses propres soucis, ne lui avait pas donné l'occasion d'une telle curiosité. Dans l'enveloppe, elle trouva une lettre qui lui était adressée. Les billets étaient pour elle, il lui avait promis de l'aider après qu'elle eut perdu sa place au bureau par sa faute. Quant à lui, il avait suffisamment d'argent. Il fallait qu'elle fasse très attention et qu'au besoin elle brûle les billets...

Mlle d'Espard porta la main à ses yeux. Que d'émotions dans sa petite tête : dans les minutes qui suivirent, toutes ses peines avaient disparu. Comme c'était chic et délicat de sa part, qu'il fût comte ou autre chose ! Pour elle, l'enveloppe qu'elle avait portée sur sa poitrine n'était pas du recel, mais un cadeau d'adieu, le souvenir d'un noble. Elle compta les billets, non, elle ne les compta pas, mais en estima le montant ; ils étaient bons, ils étaient gros, ils étaient nombreux, il ne s'agissait certes pas de ces sommes qu'il lui était arrivé de transcrire au bureau, mais tout de même de quelques milliers, de plusieurs milliers ; bref, la richesse. Il y avait aussi des petites coupures, comme s'il avait voulu lui éviter d'avoir à faire de la monnaie. Il avait pensé à tout.

Elle réfléchit. Avait-elle encore, après cela, des raisons de se tordre les mains et de geindre la nuit ? Oui, toujours la même raison, c'était là le problème. Mais l'argent était tout de même bon à prendre et elle eut une idée subite. Elle se leva impulsivement, remit le magot sur sa poitrine, et, après quelques petites tracasseries avec les agrafes de son corsage, quitta les lieux. Elle aurait sûrement préféré rentrer tout de suite et discrètement au sanatorium, quand Daniel apparut. Il avait à la main une corde et une vieille jupe de Marta dont il se servait pour rentrer le foin de la cabane ; il la salua de loin et elle fut obligée de lui parler un instant. Ce furent de véritables retrouvailles, car Daniel était très heureux de la rencontrer.

Il y avait si longtemps qu'il ne l'avait pas vue, lui dit-il. Il avait cru qu'elle était partie.

Mais le comte, où était le comte ?

Le comte, lui, était parti. Peut-être reviendrait-il, mais pour l'instant l'air de la montagne était trop frais pour ses poumons malades.

« Je comprends ! » fit Daniel. Donc elle était seule, toute seule ? Ce ne serait pas long, il en était sûr.

Sans façons, elle dégrafa son corsage, d'où elle sortit l'argent devant les yeux incrédules de Daniel. Elle en tira un billet de dix couronnes qu'elle lui tendit avec ces mots :

« C'est pour vous, il me l'a demandé. Je suis bien contente de vous avoir rencontré.

– Mais non, protesta Daniel en reculant de quelques pas. Ce n'est pas possible ? De la part du comte ?

– Oui, de sa part. Oh ! Il a pensé à tout le monde. »

Ils parlèrent ainsi un moment de lui. Un homme formidable. Marta ne l'oubliait pas un seul jour. Quel dommage qu'un si brave homme fût souffrant...

« Vous pourriez peut-être m'aider à agrafer mon corsage dans le dos, lui dit-elle, je n'y arrive pas. »

Il laissa tomber la corde et la jupe et répondit :

« Je ne sais pas si je vais savoir – quelque chose d'aussi délicat... »

Ça marchait. Elle sentit les mains de Daniel dans son dos et entendit les agrafes s'accrocher. Elle nota qu'il avait naïvement peur d'être trop brusque.

Ils firent un bout de chemin ensemble jusqu'à l'abri à foin ; Mlle d'Espard jeta un regard à l'intérieur et dut se faire certaines réflexions. Elle y avait passé plus d'un moment en compagnie de son ami ; il l'y avait embrassée et caressée. Ils avaient tous deux eu peur des suites possibles, mais cette idée ne les avait nullement empêchés de renouveler les motivations de ces craintes. Ce n'était ni un sport ni un pari, mais l'effet du sang en ébullition, de la bêtise et de l'orgueil, comme cela existe depuis la nuit des temps, et peut-être aussi quelque chose de doré, de l'amour, un peu de tout, sans doute.

« Au revoir », dit-elle, et elle laissa Daniel travailler.

Rentrée au sanatorium, elle fit ses valises, ramassa ses romans français et ferma le tout à clef ; puis, elle demanda la note, la régla avec des billets préparés à cet effet, après l'avoir fait rectifier car on lui avait compté un jour en moins ; elle distribua également des pourboires généreux. L'argent sur sa poitrine lui était d'un soutien mystérieux, presque tout-puissant.

Le docteur arriva. S'il avait compris plus qu'il ne fallait, il n'en montrait rien ; au reste le docteur Øyen ne comprenait pas grand-chose.

« Toi aussi, Brutussa ! » s'exclama-t-il en riant, et pour une raison ou une autre, il fut très satisfait de son mot et en rit joyeusement. Il n'était pas réellement étonné par son départ, car il commençait à faire froid à la montagne et il aurait bien fait de même. N'avait-elle rien oublié, un livre peut-être ?

Oh ! si c'était le cas, cela n'aurait aucune importance, elle reviendrait rapidement. Elle allait simplement faire un saut à Kristiania et laissait sa valise au sanatorium.

« Comme vous avez raison, mademoiselle, lui dit-il, agréablement surpris, vous serez la bienvenue à votre retour ! Vous nous êtes particulièrement chère, car vous avez été de nos tout premiers clients. »

La directrice arriva à son tour. Les mêmes phrases, la même politesse. En s'en allant, Mlle d'Espard passa, sa mallette à la main, par le salon. Avec préméditation. Elle savait intimement que les autres femmes ne l'avaient jamais particulièrement appréciée et elle tenait encore une fois à leur montrer son indifférence. Elles n'auraient pas à avoir de mauvaises pensées sur son compte, elle tenait à se montrer ! La témérité peut souvent être comparée à la prudence. Elle traversa le salon comme si elle avait été à elle seule une procession entourée d'admirateurs et se gratta une oreille avec le petit doigt. Elle était tout ce qu'il y avait de plus hautain.

Dans le train elle redevint une inconnue.

Dès son premier jour à Kristiania, elle revit ses anciens admirateurs du bureau où elle avait travaillé. Les retrouvailles s'accompagnèrent d'amabilités et d'invitations dans les garçonnières où elle était souvent allée autrefois. Oui, merci, elle viendrait, mais d'abord elle avait un tour à faire en ville.

Elle s'arrangea aussi pour rencontrer Bertelsen, le marchand de bois. Ce monsieur l'avait regardée d'un bon œil au sanatorium, et même appréciée. Une fois, sous l'effet du vin, il lui avait fait du genou sous la table. Elle lui demanda des nouvelles de Mlle Ellingsen. Oui, il la voyait assez souvent, elle se portait bien, merci. A son tour, il s'enquit de M. Fleming. Mais pourquoi n'iraient-ils pas plutôt dans un café pour bavarder au lieu de rester ainsi dans la rue ?

D'accord, à condition qu'il appelle Mlle Ellingsen. Il le lui promit et ils allèrent ensemble dans un café. Bertelsen raconta que Mme Ruben avait beaucoup maigri ; elle pouvait marcher désormais.

« Vous vous souvenez d'elle ? Aujourd'hui, elle est méconnaissable, que ce soit dû au chagrin de la perte du mari ou à autre chose. Mais vous vous rappelez aussi Mylady, la femme du ministre anglais ? J'ai appris de Suède que tout n'était que mensonge et qu'elle est en fait un dangereux escroc ! Mais écoutez, mademoiselle, pourquoi n'irions-nous pas chez moi en auto ? Nous y serons mieux.

– Oui, si vous voulez téléphoner à Mlle Ellingsen.

– Mlle Ellingsen, oui… non, elle est de garde, elle ne pourra pas se libérer… »

Chose étonnante, Mlle d'Espard parut contrariée. Elle n'éprouvait pas une passion pour Mlle Ellingsen, mais à cette annonce, elle pâlit de rage parce que Bertelsen l'avait trompée, s'était moqué d'elle. Elle était devenue si irritable ces derniers temps, il ne lui fallait pas grand-chose pour se mettre en colère ; elle devait être dans un état particulier. Comment ? Mlle d'Espard ne comprenait pas ce qu'il lui proposait. Elle n'était plus une écolière, mais ce qu'il lui proposait était ce qu'elle supporterait moins que toute autre chose en ce moment, elle crachait sur sa proposition de faire un tour en voiture. Naturellement, il ne lui fallut pas longtemps pour retrouver sa bonne humeur et le remercier de son invitation, mais ils se séparèrent devant le café, chacun prenant sa direction.

L'après-midi, elle rendit visite à Mlle Ellingsen qu'elle trouva inchangée, toujours romantique, pleine d'histoires invraisemblables et poétiques, la tête emplie d'une douzaine de contes passionnants qu'elle voulait écrire, qu'elle était en train d'écrire. Cela donnerait sûrement quelque chose, tout le monde le disait. L'embêtant était qu'elle était assermentée, et qu'elle devait en tenir compte.

Mlle d'Espard aurait aimé demander à cette femme qui avait tant appris au télégraphe, si elle n'avait pas entendu parler d'un réfugié, un aristocrate malade, mais n'osa pas. Heureusement, il n'était sans doute pas encore arrêté, peut-être réussirait-il à partir sur un transatlantique en direction de l'Australie ou de l'Amérique du Sud...

Mlle Ellingsen aimerait-elle venir ce soir dans la garçonnière du chef de bureau ?

Certainement, merci ; et Bertelsen, viendrait-il ?

Bertelsen, oui, elles l'appelleraient.

Le soir venu, Mlle d'Espard vint la chercher et elles prirent une voiture pour se rendre à l'appartement. Mais là non plus, aucune joie ; les anciens camarades qui s'étaient réunis étaient toujours les mêmes, alors qu'elle, Mlle d'Espard, avait changé. Bon Dieu, quel intérêt avaient pour elle leurs histoires d'affaires, ou le fait que le directeur faisait la cour à la nouvelle secrétaire !

« Elle parle français ? demanda Mlle d'Espard.

– Il y a français et français. Ce n'est pas comme quand vous vous y mettez, mais enfin... »

Elle sourit à cette réponse, quoique au fond cela lui fût indifférent.

« Elle a déjà obtenu une augmentation de salaire. »

Indifférent. Mlle d'Espard avait d'autres chats à fouetter. Il lui fallait à tout prix ne pas sombrer et pour cela elle ne devait renoncer à aucun sacrifice.

Prenez Mlle Ellingsen, elle est tranquille, évidemment elle n'est pas non plus dans une situation qui réclame une décision rapide, où il en va de toute sa vie. Elle est là, grande et jolie, un vrai bijou, mais ne fait rien pour paraître car elle n'en a pas besoin. Les messieurs apprécient beaucoup sa compagnie au début, son regard un peu bridé lui donne un charme particulier, elle a une bouche ravissante, de beaux cheveux châtains et cependant elle ne participe pas, ne se laisse pas aller, n'est pas vivante. Elle est mécanique : remontez-la et elle se mettra à parler, donnant libre cours à son imagination débridée jusqu'à ce que celle-ci tombe en panne. Mais elle sait aussi inventer jusqu'à s'en faire briller les yeux et rougir les joues. C'est juste. La mécanique peut s'emballer. Puis s'embrouiller et s'arrêter. Et ensuite, les larmes.

« Espèce de hareng saur ! » pensa Mlle d'Espard d'elle tout en lui disant :

« A votre santé, mademoiselle Ellingsen !

– A la vôtre ! »

Mlle d'Espard ne s'occupait que de ses propres ennuis et dévisageait l'un après l'autre, d'un œil attentif, les différents copains. Ils étaient tous plus ou moins chauves, usés par les écritures devant un bureau, fanés par ce gagne-pain minable, ce travail sans valeur ; le chef de bureau était le pire de tous ; ce coureur vieillissant se moquait de sa propre calvitie et se passait la main sur le crâne en disant :

« C'est héréditaire. »

Beau garçon, chevalière sur l'index, considéré par ses semblables comme un bon vivant et dragueur toujours en activité.

D'autre part, il vivait confortablement par rapport à sa situation : deux pièces, séparées par des tentures. Mais pour Mlle d'Espard, il ne représentait pas l'homme, il était trop libre, sans attaches, sans base. Elle abandonna.

« Ne devrions-nous pas téléphoner ? murmura Mlle Ellingsen.

– Téléphoner ? Ah ! vous voulez dire à Bertelsen ? Si. » Mais Mlle d'Espard se préoccupait d'elle-même, tout le reste était sans importance. Elle reporta son attention sur un des employés de bureau, un des plus jeunes parmi les assistants, d'apparence ordinaire, mais avec tous ses cheveux. C'était un garçon de la campagne, un homme de la terre. Il travaillait dans l'entreprise depuis sept ans. Désormais, son salaire était suffisant, mais pas assez important pour lui permettre de mettre de l'argent de côté. Elle savait qu'il spéculait un peu en dehors du travail ; un bûcheur, paysan jusqu'au bout des doigts.

Reconnaissant au chef de bureau de l'avoir invité ce soir, il voulait à tout prix se bien tenir, buvait peu et se montrait respectueux. Les heures s'égrenèrent. Il y eut des sandwiches, des alcools, de la bière, des parlotes et du whisky, des pipes et des cigarettes – tout cela n'aurait point déplu à Mlle d'Espard en d'autres circonstances, mais en ce moment elle avait suffisamment de tracas pour ne pas se laisser charmer. Lorsqu'on apporta du café avec de la Bénédictine, elle fut à peine en mesure de faire rire la compagnie avec ses habituelles expressions françaises employées à contresens.

Mlle Ellingsen lui demanda à nouveau :

« Ne pourrions-nous pas aller téléphoner ?

– Téléphoner ? Si. Mais je ne sais pas si Bertelsen connaît tous ces messieurs ?

– Bertelsen n'aime pas que je sorte sans lui », rétorqua, abattue, Mlle Ellingsen.

Mlle d'Espard se montra conciliante et demanda à haute voix :

« Serait-il possible d'user du téléphone un instant pour appeler Bertelsen ?

– Bertelsen ?

– Oui, vous savez bien Bertelsen, de Bertelsen et Fils. C'est lui, le fils.»

Tout le monde le connaissait, y compris le chef de bureau.

«Je vous en prie, l'appareil est par là.»

Elles passèrent de l'autre côté des tentures et commencèrent à téléphoner. Bertelsen n'était ni au bureau, ni chez lui, il devait être dans quelque bistrot. Mlle Ellingsen fut découragée.

«Allez donc vous asseoir, je vais m'en occuper, on finira bien par le dénicher!»

Elle la repoussa et appela l'employé de bureau, le paysan:

«Venez donc me donner un coup de main, vous étiez si doué au téléphone, si ma mémoire est bonne.»

Ils continuèrent tous les deux dans la pénombre de la chambre et lorsqu'ils eurent enfin trouvé Bertelsen, Mlle d'Espard commença à s'épanouir, mit les bras autour du paysan et lui caressa les cheveux.

Que diable, il n'avait jamais imaginé – jamais cru que…

Si, elle ne l'avait jamais oublié.

Il était confus, intimidé presque, la singularité de cette révélation subite le rendait perplexe; il l'embrassa, bien sûr, non sans méfiance. Comment, Mlle d'Espard, que même le chef de bureau convoitait!

«Non, il faut rejoindre les autres!» dit-il.

Mais il savait maintenant qu'elle pensait à lui, que franchement elle n'avait pu l'oublier. Qu'en disait-il? Il ne l'aurait jamais cru. Jamais. Et il n'en était pas digne, lui un sans grade, un petit bureaucrate sans avenir…

Il y avait quelque chose d'autre. Elle ne voulait pas lui en dire davantage. Une petite fortune, un héritage de sa famille en France, autrement dit un cadeau tombé du ciel! Cependant, pour ménager ses arrières, elle conclut en disant:

«Vous n'auriez pus dû m'embrasser si vous ne m'aimiez pas. J'ai un de ces mal de tête!»

Lorsqu'ils rejoignirent les autres, le paysan était déconcerté, troublé, alors que Mlle d'Espard s'en sortait magistralement, peut-être par nécessité. Elle mit une main devant ses yeux et s'exclama :

« Ah ! Cette lumière ! Oui, nous vous avons trouvé Bertelsen, mademoiselle, il viendra rapidement ! »

Et il arriva effectivement après avoir quitté la réception où il se trouvait, dit-il. Il était enjoué, bavard, assez étourdi ; il avait dû faire halte dans plusieurs bistrots depuis midi. Dès son entrée, il fit des avances à Mlle d'Espard, profitant du fait qu'il la connaissait depuis le sanatorium. Ce comte n'était vraiment pas le type qu'il lui fallait, il avait un pied dans la tombe et peut-être même n'était-il pas un vrai aristocrate. Énervée, elle lui répondit qu'il n'était sûrement pas de la noblesse des planches, ça non.

Le marchand de bois prit cette remarque grossière avec calme et la désarma aussitôt : il ne fallait pas cracher sur les planches, sur l'argent, sur la fortune. Quant à lui, il avait été d'un certain soutien pour ses amis, et il avait aussi – dût-il le rappeler lui-même – un protégé à Paris, un musicien...

« Mais oui, nous le savons bien, s'écria-t-elle en regrettant déjà son animosité. Vous avez été formidable !

– N'exagérons rien, répondit Bertelsen, vous me faites rougir.

– Absolument pas ! » Et dans son besoin de réparer sa gaffe, elle poursuivit sur le même ton :

« D'ailleurs je sais que ce n'était pas la première fois que vous faisiez montre de générosité. »

Bertelsen regarda tous les assistants d'un air étonné :

« Elle délire ! dit-il. Mais au fait, je ne pense rien de mal de votre comte, Mlle d'Espard, un monsieur parfait, nous avons souvent fait une partie de cartes et pris un verre ensemble ; aucun doute : c'est un gentleman. Dommage qu'il soit malade. Vous êtes fiancée avec lui ?

– Moi ? Non, vous pensez !

– Je pense que si. Mais quoi que vous disiez ou fassiez, c'est moi qui vous aime. »

Cette réplique fit rire toute l'assistance ; seule, Mlle Ellingsen se rembrunit, attristée.

Bertelsen parlait un peu de tout, évoquant à nouveau Mme Ruben, qu'il avait rencontrée récemment, elle avait dû suivre un traitement, elle avait beaucoup changé. Une femme riche, terriblement riche et belle dans son genre, des yeux superbes, en forme d'amande.

« Vous avez entendu les nouvelles concernant maître Robertsen ? Il s'appelle Rupprecht maintenant, il a présenté une requête au roi pour pouvoir changer de nom. Un guignol. Est-ce que j'ai demandé au roi de m'appeler Bertillon ? *Jamais*[1]. »

Bertelsen buvait sec. Il était assez costaud pour bien supporter la boisson et ne pas tomber à la renverse, mais il tonnait pour faire valoir sa richesse et n'était pas qu'une cause de distraction pour les autres. Mlle d'Espard ne se gênait pas pour ignorer ses discours car elle voulait qu'une partie de son attention revînt à Mlle Ellingsen, mais Bertelsen ne marchait pas. Tout à coup, il enleva la clef de son appartement de son porte-clefs et voulut la lui donner. Il ne se contrôlait plus, en un mot il était soûl.

« C'est pour moi ? demanda-t-elle.

– Je vous la *donne*.

– Mais pourquoi ? Je n'en veux pas. »

Le chef de bureau lui vint en aide :

« Attendez, donnez-la-moi, M. Bertelsen doit avoir pas mal d'argenterie chez lui. »

Tout le monde éclata de rire.

Mlle Ellingsen, belle et grande, se tenait dans son coin, sans dire un mot. Si elle n'avait pas honte, c'est qu'elle supportait n'importe quoi ! Immuable, elle traversait la vie la tête haute, n'entendait pas, ne voyait pas, intouchable, intacte, ennuyeuse et sublime. Elle devait aussi savoir faire du crochet et jouer du piano. Sa passion avait été consumée par la littérature et les ragots du télégraphe, les rêves et les illusions.

« Espèce de hareng saur ! » pensa Mlle d'Espard qui ajouta à haute voix :

1. En français dans le texte (*N.d.T.*).

« A votre santé, mademoiselle Ellingsen ! Vous êtes si silencieuse !

– A la vôtre ! »

Bertelsen ne se résignait pas ; il s'accrochait à Mlle d'Espard, devenait familier et l'appelait Julie, en essayant de prononcer son nom à la française.

Mlle d'Espard changea subitement de place et dit, impitoyable :

« Monsieur Bertelsen, vous vous trompez, ce n'est pas à moi qu'il faut faire du pied ! »

Mais rien n'y fit, il ne désarmait pas.

Finalement, elle se leva et proposa au paysan qui avait tous ses cheveux :

« Il est tard, voudriez-vous m'aider à trouver un taxi ? »

Il consulta du regard le chef de bureau, son supérieur, et repartit derrière les tentures. Mlle d'Espard, comme possédée par un besoin hystérique de se marier, l'attaqua tout de suite et lui posa carrément la question. Il en fut gêné, elle le dérangeait alors qu'il essayait de téléphoner, et il dut composer une nouvelle fois le numéro. Il essaya de lui faire comprendre qu'il n'avait rien contre elle, qu'au contraire cela lui plairait bien, mais enfin elle était trop bien pour lui, elle s'en rendrait vite compte...

Elle comprit que tous ses efforts seraient vains et lui demanda sèchement :

« Vous avez pu avoir un taxi ?

– Il vient tout de suite ! » Il paraissait perplexe :

« Je ne sais que dire, mais en tout cas, je suis heureux pour vous que vous ayez fait cet héritage. Je vous souhaite bonne chance, de tout mon cœur !

– Merci, dit-elle. Vous ne me croyez pas, et ça m'est égal, mais touchez là, un instant ! »

Elle lui laissa frôler son corsage et il s'exclama :

« Mon Dieu ! Mais vous avez tout ça sur vous ? Il faut vite porter ça à la banque ! Il y a combien ? »

C'était le moment tant attendu ; elle ne se tairait pas toujours, ne supporterait pas tout :

« Vous aimeriez bien le savoir, hein ! » Et, prise d'une colère subite, elle lui jeta au visage :

« Vous aimeriez bien le savoir, n'est-ce pas ? Eh bien, vous pouvez l'oublier ! Vous croyez peut-être que je vous aurais embrassé tout à l'heure si je n'avais pas été soûle ! Allez vous faire foutre ! »

Cela ne lui suffit pas. Elle continua, mais, rusée et vive, elle agissait maintenant pour minimiser sa défaite : elle paraissait réciter un texte et l'inondait d'un flot de mots français qu'il ne comprenait pas, elle parlait, gesticulait ; qu'il prît cela au sérieux ou pas, elle n'arrêta pas, même après avoir rejoint les autres de l'autre côté des tentures.

Des yeux interrogateurs la fixaient.

« Mais répondez donc, pourquoi ne dites-vous rien ? » demanda le chef de bureau au paysan.

Elle expliqua :

« Je l'ai demandé en mariage et il a refusé. Vous venez avec moi, mademoiselle Ellingsen ? » Elle s'avança vers l'hôte de la soirée, le chef de bureau, le remercia, salua les autres, même le paysan à qui elle tendit la main avec ces mots :

« Merci pour cette soirée ! Vous partez avec moi, mademoiselle Ellingsen ?

– Oui... je ne sais pas...

– Vous voyez bien que Bertelsen est endormi.

– Oui, mais...

– Voilà la voiture ! Au revoir tout le monde ! et merci pour cette agréable soirée ! »

Une fois dans l'auto, elle ne put se contenir davantage et éclata en sanglots. Elle se fit conduire à son hôtel, demanda qu'on la réveille le lendemain matin et alla se coucher. Bien sûr, il ne fut pas question pour elle de dormir longtemps ; elle était affolée, tremblante à la pensée de son avenir. Son voyage à Kristiania semblait avoir été inutile et elle pleurait, torturée par des pensées épineuses. Quelle réception, ce soir ! Elle avait peut-être fait du tort au paysan chevelu, mais elle avait eu nettement l'impression de son avidité ; il en avait eu après son argent ; il avait voulu savoir combien elle pouvait le payer. Et plus tard, quand l'enfant aurait été né et l'argent placé dans une affaire quelconque, que se serait-il passé ? Ne se serait-il pas alors montré sous son vrai jour ?

Elle était profondément malheureuse, pleurait, plantait ses doigts comme des griffes dans le tapis ; elle passa en revue la liste de ses connaissances masculines, plusieurs fois, sans s'arrêter à aucune d'entre elles. Elle aurait pu se marier avec M. Fleming, oui, mais elle aurait été mêlée à ses affaires ; il avait clairement laissé entendre qu'il voulait lui épargner ce sort. Si seulement il savait ce qu'il ne lui avait pas évité ! A tout cela, s'ajoutait le fait que son allure en avait souffert ; d'un bond, elle se leva et alla à la glace : elle avait enlaidi ces derniers jours, son visage devenait grisâtre et empâté. Le mieux était de fuir au plus tôt. Ici, il n'y avait même pas une forêt, une cachette sûre pour son argent, et ça grouillerait de curieux si jamais elle essayait de dissimuler sa fortune.

Le lendemain matin, après une nuit blanche, elle se retrouva, plutôt soulagée, dans le train. Elle avait agi sans préparatifs, son voyage n'avait pas de but, mais elle voulait à tout prix quitter Kristiania. La meilleure solution était peut-être de rejoindre le sanatorium de Torahus une nouvelle fois. Pourquoi ? Dieu seul le savait. Là, au moins, il y avait une forêt. Elle se laissa conduire par son manque de volonté, par la sagesse inhérente à toute chose, par son intuition.

Son retour était loin d'être triomphal : elle rentrait après une expédition qui n'avait rien donné et les autres clientes de l'établissement pouvaient en être satisfaites ; elles étaient moins nombreuses, d'ailleurs, et elle fut frappée par un détail qui lui avait jusque-là échappé : il n'y avait plus grand monde et l'endroit commençait à donner une impression de vide. La neige et le froid avaient fait leur apparition, mais aucune vie, aucune compétition de ski, aucun enfant n'égayaient les lieux. Çà et là, on pouvait voir des traces de pas : des gens s'étaient approchés d'un poteau pour lire une affiche ou un bulletin météorologique.

Elle regagna son ancienne chambre et déballa ses romans français bon marché à couverture jaune ; ses bagages, son orgueil d'autrefois, tout ça lui était égal à présent, ne lui procurait plus aucune joie, ne la soutenait plus.

Et elle vécut de nouveaux jours et de nouvelles nuits d'angoisse...

VIII

Le docteur avait consulté l'économe afin de mettre sur pied des distractions pour les clients, quelque chose d'attrayant, une piste de ski dans la descente, des compétitions de patinage sur un des lacs. Oui, entendu, ce serait fait. Mais Svendsen, l'économe, un ancien matelot, ne connaissait rien aux sports de terre ferme et dut se renseigner auprès du facteur et du Suisse pour en savoir plus. D'abord, les trois hommes recherchèrent une piste de ski, et ensuite, lorsque la glace fut suffisamment prise, ils préparèrent une patinoire. Ce fut l'occasion pour maître Robertsen de donner encore une preuve de son amabilité et de son hospitalité : il fit envoyer au sanatorium plusieurs paires de ski et de patins qui seraient à la libre disposition des clients. Dans une lettre accompagnant l'envoi, et qui fut affichée sur un poteau, il conseillait spirituellement de casser plutôt les skis que les cous. La lettre était signée Rupprecht.

Les demi-malades et les clients qui n'avaient rien d'autre à faire pour tuer le temps, commencèrent à observer les préparatifs ; les plus jeunes et les plus hardis y participèrent même ; seules, les vieilles femmes ne pouvaient s'y joindre : elles pouvaient à la rigueur faire de la luge, mais comme elles n'étaient plus des petites filles, leurs luges devaient être de préférence des traîneaux.

« Well, nous allons nous procurer un traîneau comme il faut », dit Svendsen.

Il n'y avait pas encore assez de neige pour faire du ski, mais le lac, après cinq nuits de gel, était prêt pour le patinage. Seul l'endroit où le ruisseau coulait vers la ferme de Daniel était encore dangereux.

Les clients durent se procurer des vêtements d'hiver et certains préférèrent partir. Le château et les deux annexes devinrent encore plus déserts. En homme aisé, le Suicidé s'était fait envoyer un manteau et un pardessus, mais n'ayant pas besoin des deux, il fit cadeau du dernier à Moss qui n'avait rien.

« Pourquoi ne partez-vous pas ? demanda le Suicidé.

– Je vais bientôt partir, répondit Moss.

– Moi aussi. »

Ni l'un ni l'autre ne le firent ; ils avaient sûrement de bonnes raisons pour cela : le Suicidé avait dû venir ici pour éviter sa propre maison ; quoi d'autre ? Pouvait-il dès lors y retourner ?

Ils regardèrent les patineurs ; c'était leur genre d'occupations. Depuis que sa vue avait baissé, Moss marchait avec une canne, en traînant les pieds ; néanmoins, il suivait fidèlement son ami partout, même dans les montagnes et sur la patinoire.

Les principaux patineurs étaient le Suisse et le facteur ; de temps à autre, ils prenaient une dame entre eux et se laissaient glisser ; plus tard, ils réussirent à convaincre d'autres clients de tenter leur chance ; la jeune veuve d'un pasteur, un petit commerçant, mirent eux-mêmes leurs patins et se lancèrent tout seuls. Partout sur le lac résonnaient cris et exclamations, bruits de chutes et de chocs.

Le soir venu, sur la route du retour, le Suicidé et Anton Moss rencontrèrent Mlle d'Espard. Elle s'était emmitouflée avec tous les vêtements qu'elle possédait, l'un par-dessus l'autre, mais ses jambes étaient mal couvertes.

Les deux amis la saluèrent. Ils avaient appris à l'apprécier depuis le jour où, quelques semaines plus tôt, elle les avait invités à prendre du vin et des gâteaux en bonne compagnie.

« Il fait froid sur la glace, dit le Suicidé en lançant un coup d'œil à son équipement.

– Oui, je sais, je n'ai pas les vêtements qu'il faudrait, mais... »

Moss déboutonna sa veste et commença à l'enlever.

« Qu'est-ce que vous faites ? s'écria-t-elle.

– Vous n'en voulez pas ?

– Non que diable... Non merci.

– Mais je rentre, insista-t-il.

– C'est pareil. D'ailleurs, je rentre aussi. C'est bête, j'aurais dû ramener des vêtements chauds de Kristiania, et j'ai oublié. Mais je viens d'écrire pour qu'on m'envoie un manteau et des bas d'hiver. »

Ils se mirent en route. Elle leur fit savoir, sans ambages, qu'elle s'embêtait à mourir, la montagne était déserte, monotone et triste. Ces messieurs ne devaient pas s'en aller ?

Oh ! si. Ils allaient partir. Il n'était cependant pas certain que la vie fût meilleure ailleurs.

« Non », confirma-t-elle. Et elle ajouta, comme par expérience, que de toute façon il ne servait à rien d'être morose, les choses ne s'arrangeraient pas pour autant.

Les deux copains en déduisirent qu'elle s'ennuyait de M. Fleming, le comte, et comprirent qu'elle passait un mauvais moment. Moss baissa les yeux et dit, pour la réconforter :

« Au diable la morosité ! »

Il paraissait pourtant être celui qui avait le moins de raisons d'être gai, et Mlle d'Espard eut tellement pitié de lui qu'elle fit semblant d'être entièrement d'accord :

« Vous avez tout à fait raison. Ça ne sert à rien de bouder, de rester dans sa chambre à faire de l'introspection. Quel sens y a-t-il à cela ? »

Le Suicidé, lui, fut plus critique :

« Ça dépend, après des heures de réflexion, on arrive parfois à trouver une solution brillante. Je ne sais pas. »

Ils étaient arrivés. Les deux hommes n'étaient pas à dédaigner, ils ne se soûlaient pas, ne lui faisaient pas bêtement la cour et avaient quelque chose dans le ventre. Les jours suivants, elle rechercha souvent leur compagnie, car qui se ressemble s'assemble.

Elle s'était trouvée dans le malheur et les deux amis n'étaient pas désagréables : ils la réconfortaient avec une certaine supériorité d'esprit et un langage fleuri. Il lui arrivait de rire de leurs mots. Quels têtus, bien qu'ils fussent aussi frappés par le destin, chacun à sa façon ! D'ailleurs, le Suicidé était loin d'être fou. Fou, lui ? Pas le moins du monde ! Il savait comprendre les dessous cachés d'une question et y répondre en toute logique. Anton Moss était plus calme, plus renfermé, sympathique et beau garçon, n'avaient été ses plaies qui le défiguraient et sa cécité naissante.

A part cela, il ne lui manquait rien. Sacrés garçons, drôles de garçons : ils faisaient grand bruit avec leurs plaisanteries, leur humour noir, mais ça leur remontait le moral. Ils n'arrivaient pas cependant à repousser les assauts des contrariétés – que Dieu nous protège des mousquetaires ! Étaient-ils courageux, pouvaient-ils trancher les soucis avec un sabre ? S'ils avaient envie de quelque chose, pouvaient-ils l'acheter sans réfléchir, louer ou voler l'objet ? Non. Étaient-ils à la mesure de leur existence, maîtres des événements ? Attendaient-ils avec impatience une situation critique, agissaient-ils avec bravoure ? Non. Non, tous deux étaient abattus, chacun à sa manière, car ils étaient obligés de simuler jusqu'au sommeil et à l'appétit. Mais quelle force en eux pour porter leur fardeau…

Un événement devait rapprocher encore davantage Mlle d'Espard d'eux. Le gendarme arriva, ou plutôt le sous-brigadier, que tout le monde appelait en fait « gendarme ». C'était le jeune, celui qui s'était marié avec l'amie de Daniel ; un registre sous le bras, il revint donc s'entretenir avec la directrice et l'économe, et voulut avoir des informations plus précises sur M. Fleming.

La directrice ne savait rien, l'économe non plus. Et puis, qu'y avait-il avec M. Fleming ?

Quelque chose semblait ne pas aller bien pour lui. On l'avait arrêté.

« Que Dieu nous bénisse ! »

Et le brigadier avait reçu l'ordre de faire une enquête sur son dernier domicile qui se trouvait être le sanatorium de Torahus.

Maître Robertsen avait dit en son temps que M. Fleming avait laissé deux valises. Où étaient-elles ? Au grenier. L'économe l'accompagna et l'officier put ainsi en inspecter le contenu : des vêtements, dont certains de prix, en soie, mais, en dehors de cela, rien.

Le gendarme referma, scella même les serrures, mais laissa les clefs dessus. Et il écrivit quelque chose dans le registre.

Deux valises pleines de vêtements n'étaient rien par rapport à une assez grosse somme d'argent que M. Fleming aurait empruntée ou volée dans une banque de Finlande. Où était l'argent ?

La directrice et l'économe l'ignoraient. Le docteur fut convoqué ; il ne le savait pas non plus.

M. Fleming n'avait donc rien laissé en consigne, n'avait pas déposé quelques milliers de couronnes dans le coffre de l'établissement ?

« Non. »

Le gendarme écrivit.

Le docteur fut interrogé plus précisément en sa qualité de médecin traitant du fuyard. Le sous-brigadier n'apprit rien de plus que ce que tout le monde savait : M. Fleming était poitrinaire, sujet à de légers mieux, mais lors d'imprudences, il s'enrhumait, rechutait et remontait péniblement la pente vers une nouvelle amélioration. Par moments, c'était un malade imaginaire, à d'autres, il était excessivement optimiste ; il buvait un peu de vin, mais cela ne portait pas sur une grande somme, ce que la comptabilité de la maison prouverait sans peine.

En outre, le docteur n'avait pas vu son malade durant son dernier rhume, c'était Mlle d'Espard qui l'avait soigné et qui par conséquent l'avait vu en dernier. Le gendarme notait. Lorsqu'il eût terminé avec le Finlandais, il posa des questions sur Mlle d'Espard.

« Voulez-vous que j'aille la chercher ? proposa la directrice.

– Elle habite ici ? Attendez ! Dans ce cas, je préfère aller directement la voir dans sa chambre. »

Mlle d'Espard fut visiblement surprise qu'un homme muni d'un registre et coiffé d'une casquette au galon doré entrât chez elle après avoir frappé. Il n'enleva sa casquette qu'après s'être assuré de l'effet produit par ses galons. Après quelque hésitation, elle le reconnut.

« Pardonnez-moi, mademoiselle, je voudrais vous demander ce que vous savez sur M. Fleming, qui habitait ici il n'y a pas longtemps. Je suis dans l'exercice de mes fonctions.

– M. Fleming – oh ! Il est mort ?

– Non, non ! Ça me serait bien égal. Non, c'est autre chose. »

Mlle d'Espard n'avait pas toujours été sûre d'elle, mais, avec le temps, elle avait appris à prendre des décisions rapides et à se servir de sa ruse ; elle était très forte dans l'art de se reprendre. Elle s'expliqua :

« Il est toujours déplaisant d'apprendre la mort de quelqu'un, c'est ce que je voulais dire.

– Vous le connaissiez, je crois. Vous êtes la dernière à l'avoir vue avant sa fuite ?

– Il s'est enfui ?

– Avant qu'il s'en aille, je veux dire. Vous pouvez me répondre ?

– Je le connaissais, si on veut. Il était souvent malade et je lui tenais compagnie, donc je le connaissais un peu.

– Pas plus ? Pas autrement ? » Le gendarme ouvrit son registre et fit semblant d'y chercher un renseignement :

« J'ai eu l'impression que vous étiez pour ainsi dire toujours avec lui, est-ce exact ? C'est ce que l'on m'a dit. »

Elle eut un sourire pâle, mais un sourire tout de même, et dit :

« Vous voulez savoir comment je le fréquentais ? Je crois pouvoir répondre quotidiennement, mais pas toute la journée, nous étions tous deux clients du sanatorium, nous bavardions, c'est tout.

– Vous étiez sa confidente ?

– Nous conversions. Je suis davantage française que norvégienne et, en homme du monde, M. Fleming me parlait en français, expliqua-t-elle.

– Ah ! fit le gendarme quelque peu interloqué par cette réponse qui l'impressionna beaucoup. En français ? »

La demoiselle lui montra ses livres :

« Je ne lis pratiquement que des ouvrages français. M. Fleming et moi-même parlions des livres que nous lisions : c'est ce que vous entendez par confidences ?

– Ici c'est moi qui pose les questions, mademoiselle, rétorqua, froissé, le gendarme, je suis ici pour faire une enquête.

– Je vais répondre, déclara-t-elle.

– Merci. Il se trouve donc que M. Fleming a été arrêté.

– Qu'a-t-il fait ?

– Voyons : faux, vol dans une banque ou quelque chose dans ce genre. Il s'agit d'une somme importante. Voilà. Et maintenant je voudrais vous demander si vous savez où il a caché l'argent ?

– Moi, dit-elle en riant fort, puis elle renifla. Vous avez cherché dans ses poches ? »

Rouge de colère, le gendarme s'écria :

« Vous feriez mieux de répondre à ma question ! »

Elle ne put s'empêcher de rire à nouveau, sans crainte cette fois, et s'exclama :

« Excusez-moi, mais c'est *si* comique ! »

Sa gaieté avait dû paraître forcée et il eut un soupçon.

Bref et incisif il attaqua :

« Où est l'argent ? »

Et elle l'avait à même la poitrine, et la porte était fermée ! D'accord, l'argent était sur elle, il ne faisait presque qu'un avec son corps, se moulant sur lui et y reposant depuis quelques semaines au chaud. Mlle d'Espard avait du courage ; elle comprit que la situation devenait critique mais ne fuit pas. La question directe du gendarme l'avait blessée au plus profond d'elle-même. Il n'avait pas à s'en étonner. D'un geste rapide, elle lança la clef de sa valise sur la table, se leva d'un bond et s'écria :

« Je vous en prie ! Fouillez ma chambre et ma valise ! Ce n'est pas moi qui vous surveillerai. »

Et elle ouvrit violemment la porte et sortit en courant. Elle se rua dans le couloir, descendit l'escalier à toute vitesse et se précipita sur la véranda. Le Suicidé et Anton Moss étaient là.

Chemin faisant elle avait dégrafé son corsage dans le dos et attrapé la grande enveloppe qu'elle leur tendit, très agitée, avec ces mots :

« Le gendarme est là, il veut la prendre ! Cachez-la : ce sont des lettres du comte, de M. Fleming, rien que des lettres... »

Moss, qui était le plus proche d'elle, prit l'enveloppe. Il n'y voyait pas clair, mais suffisamment pour noter qu'elle était pourchassée, que son corsage était défait et que sa voix était empreinte de panique. Il ouvrit sa veste et son gilet, cacha la liasse et se reboutonna.

Elle se laissa tomber dans un fauteuil en rotin avec un grand soupir.

« Que se passe-t-il ? demanda le Suicidé.

– Si je le savais ! C'est M. Fleming. Il doit de l'argent, il s'est approprié une somme qui n'est pas à lui, mais que voulez-vous que j'en sache, moi ! Et voilà que le sous-brigadier exige que je lui dise où il a caché cet argent !

– Il vous a fouillée ? demanda le Suicidé, incrédule.

– Oui. C'est-à-dire, il en avait l'intention. Mais il n'aura pas le paquet... les lettres, n'est-ce pas ?

– Non ! » dit Moss, impassible.

Le Suicidé était également gagné à sa cause. Il affichait une mine impayable quand il s'adressa à son ami :

« Prêtez-moi votre canne, Moss ! Il me la faut en cas de coup dur !

– Je suis désolé, je ne puis m'en passer. Moi d'abord !

– Ah ! merci, merci ! s'exclama-t-elle en riant et pleurant à la fois. Je ferais tout ce que vous me demanderez pour vous remercier. »

Elle avait dû, en fin de compte, craindre que son propre *courage** ne lui fît défaut. On est doué, d'accord, mais on ne résiste pas aussi longtemps quand on est soi-même diminué par le chagrin et les contrariétés. On n'est plus, alors, qu'un oisillon qui se cache dans le buisson. Pour l'instant, elle était à l'abri chez les deux malades, deux pauvres êtres, eux-mêmes en perdition. Ils se trouvaient là parce qu'il leur était indifférent d'être ici ou ailleurs, et s'ils vivaient jour et nuit, personne ne leur avait demandé leur avis sur la question.

Le Suicidé était d'humeur belliqueuse :

« Où est ce type ? » demanda-t-il.

Elle pleurait et riait à la fois de gratitude envers cette force de la nature qui traitait un policier de « type » et lui expliqua :

« Il est dans ma chambre. Je l'ai autorisé à fouiller la chambre et la valise, je lui ai laissé la clef. »

Les deux camarades la trouvèrent sensationnelle, brillante. C'était bien fait pour ce type ! Ils ne dirent rien mais leurs mouvements de tête étaient éloquents. Quand, finalement, le Suicidé prit la parole, ce fut pour faire part de ses scrupules à laisser un étranger seul dans sa chambre avec une valise ouverte :

« Je crois que je vais y faire un saut ! » dit-il, et il se leva.

Elle l'attrapa par la manche et l'exhorta à n'en rien faire.

« Il ne trouvera rien, il n'y a rien. » Elle ne put s'empêcher de rire encore, de hurler un peu d'excitation à l'idée géniale du Suicidé qui soupçonnait la police. La police ! Petit à petit, elle se calma, se décontracta. Elle s'appuya contre le dossier du fauteuil pour cacher son corsage ouvert dans le dos. Moss et son ami pensèrent qu'elle avait froid. N'aurait-elle pas mieux fait de rentrer ? Mais non, elle voulait attendre le policier, le voir repartir, elle n'avait pas froid ! Elle avait la conscience tranquille, elle ne se sauvait pas !

Le gendarme arriva. Paisible, intimidé. Son coup d'éclat n'avait rien donné.

*. En français dans le texte (*N.d.T.*).

« Vous m'avez mal compris, vous n'auriez pas dû partir ainsi, mademoiselle », dit-il.

Elle le regarda sans répondre.

« Je n'ai évidemment pas fouillé votre chambre ; la clef de votre valise est là où vous l'avez laissée. J'ai simplement inscrit votre déposition dans le registre. »

Elle se tut. Mais elle avait peur que ses amis parlent, qu'Anton Moss se frappe la poitrine en disant :

« Voici les lettres du comte à la demoiselle, venez les chercher, si vous en avez le courage ! »

Le Suicidé rompit le silence :

« A ce qu'il paraît, c'est dangereux d'avoir vécu sous le même toit que le comte Fleming, et de lui avoir adressé la parole.

– Quoi ? balbutia, surpris, le gendarme.

– Je suis un de ceux qui lui ont parlé.

– Moi aussi, ajouta Moss sans lever les yeux.

– Non, laissez ! s'exclama Mlle d'Espard, effrayée.

– Vous avez dit comte ? Il était comte ? demanda le gendarme.

– Vous ne savez même pas ça ! » s'exclama le Suicidé, interloqué par tant d'ignorance.

Que le gendarme ait cru ou non que Fleming était comte, il comprenait maintenant que ses interlocuteurs ne lui étaient pas très favorables et déclara pour en finir :

« J'ai terminé ma mission ici ! » Il fit une révérence, le salut militaire, la main sur sa casquette au galon doré, et s'en alla.

Sa sortie était sans reproche. Elle lui valut la considération des assistants. De plus, l'homme devait gagner ses galons – Mlle d'Espard l'avait appris par Daniel. Il voulait essayer de gagner une circonscription pour pouvoir être gendarme et faire de sa femme quelqu'un d'important. Tout se tenait.

Lorsque Moss tendit la grosse enveloppe, il dit en plaisantant, les yeux fixés, à terre :

« Vous pourrez me la confier quand vous voudrez ! Je la garderai avec plaisir, elle me donne le sentiment d'avoir quelque chose ! » Il souriait de ses lèvres tristes en prononçant ces mots.

Ce sourire fit de l'effet sur Mlle d'Espard : il était si pathétique. Déjà bouleversée par diverses émotions, elle aurait pu en ce moment se jeter contre la poitrine de cet homme à la peau malade et la caresser :

« Que puis-je faire pour ces messieurs, en contrepartie ? » demanda-t-elle.

N'étant pas des gentlemen, ils ne surent lui donner la réponse qui eût convenu et repoussèrent sa proposition d'un geste. Moss, dans sa gaucherie, alla même jusqu'à dire :

« C'est nous qui vous remercions ! »

Plus tard, Mlle d'Espard revint souvent voir les deux amis pour bavarder avec eux. Elle savait parler aux hommes et, eux de leur côté, savaient la réconforter sans qu'elle s'en rendît compte. Elle voulut en apprendre davantage sur les plaies de Moss, mais il refusa d'en parler, détournant la conversation. Elle aurait pu lui proposer n'importe quel médicament, il aurait repoussé son offre. Les jours passaient. Les amis la réconfortaient, certes, mais le temps passait quand même, les heures s'envolaient et elle n'avait pas un instant à perdre. Elle les rejoignait, agitée et déconcertée, dans le fumoir où elle les entendait se disputer et s'accuser mutuellement de toutes sortes de malheurs. Ils s'étaient bien entraînés et savaient s'attaquer de la façon la plus humiliante. Jamais de sa vie elle n'avait entendu des disputes aussi violentes, sous le couvert de la plaisanterie.

Mais plaisantaient-ils vraiment ?

Voilà que Moss se moquait ouvertement du Suicidé parce qu'il était encore en vie :

« Vous n'avez pas le courage de vous liquider.

– Attendez que je réfléchisse un instant, je vais essayer de vous expliquer les choses », répondit l'autre.

Mlle d'Espard, gênée, rougit. Quelle serait la réplique suivante ?

Moss poursuivit sans hésiter :

« Le fait est que vous n'avez pas encore compris que vous êtes inutile, que vous êtes superflu sur cette terre. »

Cela dut faire mal, car le Suicidé riposta :

« Ne le croyez pas, mademoiselle, ce n'est pas ça que je n'ai pas compris. C'est autre chose. Je ne peux pas comprendre pourquoi je devrais me forcer à quitter cette vie.

– En effet », lui accorda-t-elle. Elle ne saisissait pas pourquoi Moss insistait toujours aussi lourdement :

« Ce n'est pas uniquement ça. Vous n'osez pas ! »

Un silence.

Moss le taquina encore en choisissant délicatement chaque mot :

« S'il le faisait cette nuit, il se réveillerait demain matin au ciel, une harpe entre les genoux. »

Mlle d'Espard ne pouvait admettre que de tels mots pussent être proférés.

De quel bois était fait ce Suicidé pour qu'il n'attaquât pas à son tour ? Il riait, c'était entendu, mais elle le trouvait beaucoup trop patient.

Ce n'était pourtant que la première manche ; la suivante fut pour le Suicidé. Le pitoyable Anton Moss faisait tout pour provoquer la méchanceté.

« On n'imaginerait jamais qu'un aveugle puisse avoir tant de bile en lui ! attaqua le Suicidé.

– Je ne suis pas aveugle !

– Vous n'y voyez plus assez pour lire.

– Ah ! oui ? »

Moss se leva pour aller chercher un journal sur la table et prouver par là qu'il pouvait encore lire ; mais il heurta une chaise et tomba.

Le Suicidé remit la chaise sur pieds.

« Pour sauvegarder le mobilier, je suggère que vous alliez dans la cour », déclara-t-il.

La jeune femme s'en mêla :

« Le pauvre, il n'a pas vu la chaise, c'est tout !

– Non, mais j'y vois assez pour lire, réaffirma Moss. Quelle diffamation !

– Voyez-vous ça ! s'exclama le Suicidé, vous venez de vous arracher l'infect chiffon que vous avez autour du doigt. Le voilà. Non, asseyez-vous, mon ami, je vais le ramasser, vous n'y voyez pas. Allez, remettez-le autour de votre doigt ! Il faut tout vous dire, vous êtes comme un enfant, j'ai honte de vous. Et ce doigt que vous gardez pendant à la main comme s'il était votre fiancée ! Coupez-le donc avec des ciseaux ! »

Moss se mit à rire.

Tout bien considéré, leurs rapports ne devaient pas être simples. Ils paraissaient lutter pour ne pas sombrer ; cela s'était fait d'un commun accord, aurait-on dit, l'un souffrait moralement, l'autre physiquement.

Leur jeunesse, à tous deux, était gâchée.

Et comme ils se battaient ! Le Suicidé réprimanda l'autre sur son apparence et commença par les vêtements :

« Votre gilet est devenu jaune et rouge dans le dos et on ne peut plus le qualifier d'uni ; ceci n'a pu échapper à votre regard perçant.

– Vous mugissez, vous mugissez, répondit Moss, vous êtes si malade de la vie, que plus rien n'est bon pour vous. Il faut une grande tolérance envers soi-même pour critiquer ainsi les autres.

– Oui, mais mon cher, vous êtes dangereux à regarder ! Vous n'êtes pas d'accord, mademoiselle ? ajouta le Suicidé, profondément blessant.

– Non, mais je vous en prie tous les deux, écoutez-moi... » dit-elle pour essayer de s'interposer.

S'adressant à Moss, le Suicidé poursuivit :

« Et si vous essayiez de vous poudrer ? Mais vous êtes peut-être trop religieux pour cela ? »

Moss rit de nouveau.

La demoiselle ne put s'empêcher de sourire à cette remarque, mais en même temps, elle claqua des mains et s'exclama :

« Mon Dieu, vous êtes fous, tous les deux ! »

Ils se disputaient ainsi de longs moments, faisaient une petite pause et attaquaient de nouveau. Bien sûr, ils étaient malheureux, profondément et aveuglément frappés par le destin ; ils n'avaient jamais une blague gaie à la bouche, jamais un sourire qui ne fût aigre-doux. Ils devaient se maintenir dans l'amertume pour ne pas pleurnicher, grincer des dents, éclater en sanglots.

Il faut noter – détail significatif – que si le Suicidé s'adressait souvent directement à la jeune femme, pour qu'elle participe à leur divertissement, Moss, lui, n'aurait jamais pris une telle liberté. Il restait la tête penchée, cachant son affreux visage. Il arrivait aussi à ces trois personnes de bavarder comme si de rien n'était, comme si aucun d'eux ne souffrait. Chacun oubliait alors un instant ses déboires et parlait sans malice. Ces moments-là étaient importants pour Mlle d'Espard, car elle avait changé aussi, les circonstances l'avaient rendue plus taciturne : elle avait commencé à réfléchir sérieusement. Comme tout évoluait rapidement ! Par exemple, M. Fleming. Il était là peu de temps auparavant, respecté de tous, avec sa bague en brillants, ses sous-vêtements en soie, un comte, un homme libre, et il était en prison ! Elle-même, Julie d'Espard était à peine sortie de sa misère qu'elle y retournait, et un échelon plus bas encore ! Que devait-elle faire ? Rester à craindre pour la lettre et l'argent qui lui avaient été confiés et en même temps souffrir d'une peine cachée qu'elle n'osait même pas s'avouer ? Ses ennuis personnels étant si graves, elle ne pensait que rarement à M. Fleming ; il disparaissait petit à petit de son esprit. Il lui faisait pitié. Elle souhaitait qu'il eût la chance d'échapper à sa condamnation, ou la force de la supporter, mais ne lui accordait plus ni fidélité ni tendresse. Personne ne pouvait s'en étonner. Elle était loin d'être sans cœur, mais elle ne pouvait, en pareille circonstance, se laisser aller à l'amour. Le Suicidé et son copain étaient de bons amis pour elle.

Ils parlaient de l'éducation, de l'enseignement. Elle cita M. Oliver. Le Suicidé fit une grimace.

« Il avait deux charmants petits garçons, dit Anton Moss.

– Oui, mais lui-même ? demanda-t-elle.

– Un homme fabriqué de toutes pièces par les hommes », intervint le Suicidé. Dès lors, il fut presque le seul à parler.

Le marchand de bois Bertelsen aurait dû être présent, lui qui eût tant aimé assister aux crises d'un dérangé, il aurait dû, car il aurait entendu de ces théories ! Des évidentes, des peu habituelles, des douteuses, un beau mélange, folie et vérité pêle-mêle. Oliver, l'homme qui avait des dictionnaires à la place du cerveau. De ce chaos surgissait un paumé : où est sa nourriture, où est son biberon ? Un égaré qui croyait qu'on pouvait devenir homme par les livres – et le caractère, et la personnalité ? Que ne peut-on apprendre à un perroquet, que ne peut lire un homme durant sa vie ! Mais il ne devient homme que de par sa caste, comme Oliver était de la caste des linguistes : il connaissait la philologie et rien d'autre.

Cela toucha personnellement la demoiselle qui rétorqua, comme une lycéenne :

« Mais les langues, ce n'est tout de même pas le pire, j'aurais beaucoup aimé en parler un plus grand nombre.

– Pourquoi ? A quoi bon ?

– Pourquoi ? Mais pourquoi apprend-on les langues ? Pour élever son esprit, pour pouvoir suivre la littérature des pays étrangers, pour devenir quelqu'un de cultivé.

– Je n'arrive même pas à suivre de près notre propre littérature, fit-il.

– Oh ! la nôtre... » répondit-elle, comme d'habitude.

Il devint tout à coup désagréable, agressif, excité, comme si sa cause était trop bonne pour être gaspillée :

« Langues, littérature étrangère, bon sang ! Rien que dans les langues nordiques, nous avons un million de volumes, que nous délaissons allégrement pour lire les "étrangers". Et si les nôtres étaient tout aussi bons ? Et si, par hasard, ils étaient meilleurs, plus accessibles surtout ? Et pour ce qui est du développement intellectuel qui devrait résulter de l'étude des langues... Regardez notre philologue, le directeur d'école : un type commun, ordinaire, en rien différent des autres, pas pire non plus – ce n'était d'ailleurs pas non plus son intention – mais en quoi était-il meilleur ? Planait-il plus haut, sa vie intérieure était-elle plus profonde, était-il plus sage, plus calme face aux contrariétés, plus heureux, plus béni des dieux ? Que non ! Il ne fallait rien attendre de lui, son intérieur était bourré de pacotille, de mots, rien que de mots.

– Comme vous y allez !

– C'est incompréhensible, n'est-ce pas, si l'on juge d'après l'estime dont l'entoure la masse ? Les hommes aperçoivent cette figure invraisemblable qui s'est bourré le crâne avec des dictionnaires, renforçant par là son idiotie, et ils l'applaudissent : "Essaie d'apprendre encore deux dictionnaires, rien que deux, voilà, bravo, on te récompensera !" Et tout cela pour qu'il puisse ouvrir un débit appelé école, et vendre aux enfants des hommes sa camelote.

– Quel est le sens de vos mots, ne faut-il pas de professeurs de langues ? Ne faut-il pas enseigner les langues dans les écoles ?

– Peut-être que non, peut-être pas du tout, qu'en pensez-vous ? Et si les gains étaient inférieurs aux mises ? La vie est si brève, il n'y a pas de temps pour des singeries. L'apprentissage des langues n'est ni pour vous ni pour moi, mais pour les spécialement doués, ceux qui ne peuvent dans la vie que se spécialiser, devenir traducteurs, interprètes, *drogmans*. J'excepte évidemment les génies linguistiques, les découvreurs, je ne parle que de nous, les pauvres automates dociles. On commence à douter de l'intérêt réel d'enseigner le piano à tout un chacun ; cela ne signifie pas que le musicien n'a pas été touché par le doigt de Dieu. Non ?

– Mais que restera-t-il de l'école sans les langues ?

– Comme vous avez raison : que restera-t-il de l'esclavage ? Des dates insignifiantes sur les rois et les guerres, des exercices de gymnastique au lieu d'un travail utile, un jeu de mathématiques pour les enfants de douze ans. Il en restera suffisamment. Qu'est-ce que l'école ? C'est l'enseignement quotidien d'une mère, l'apprentissage journalier d'un père ; l'école des livres, par contre, est une invention, une institution faite pour compliquer volontairement la vie et la rendre plus difficile à partir de la sixième année. Le livre, la parole imprimée au profit de tout un chacun emplit le monde d'insatisfaction et de malheur, d'éducation superficielle, bref, de civilisation.

– Mais n'est-il pas étonnant que tous admirent celui qui sait quelque chose et surtout celui qui a appris le plus, l'érudit ?

– Vous voulez dire, est-ce que cela ne devrait pas me rendre circonspect ? Oh ! non. On admire n'importe quoi, du cheval qui gagne une course au champion de saut à ski – dans les deux cas, mon estime se confond avec la compassion pour l'animal. Nous cédons notre siège à un boiteux, nous écoutons patiemment le discours sans intérêt d'un bègue, nous tenons la porte à une femme comme si elle n'avait pas de mains... »

Il s'arrêta.

« Oui, et ensuite ? dit-elle.

– C'est tout, je dis cela comme ça. Il y avait une fois un virtuose, un flûtiste, qui jeta la musique par-dessus les moulins et se mit à faire des bulles de savon dans sa flûte. Ça aussi, je le dis comme ça. »

Il s'arrêta de nouveau. Elle se tut également.

Moss brisa le silence :

« Vous êtes en grande forme ! »

Le Suicidé le regarda et, pensif, cligna des yeux.

« Vous étiez tout à fait captivant, par moments, on aurait cru entendre des vers », ajouta Moss.

Mlle d'Espard sourit encore une fois : le Suicidé ne paraissait pas écouter. Moss renonça à le faire parler, il se leva, regarda un instant par la fenêtre et sortit.

Il commençait à faire nuit. Un changement parut intervenir dès qu'ils furent en tête-à-tête. La fille qui savait si bien parler aux hommes pencha la tête de côté et commença à méditer tout ce qu'il avait exprimé ; en tout cas elle en donna l'impression.

Cet homme n'était visiblement pas dément et c'était déjà une bonne chose. Certains détails lui avaient montré qu'il ne se refusait pas le nécessaire, il achetait ce qu'il lui fallait – de quoi pouvait-il donc bien souffrir ? Avait-il un commerce en ville ou vivait-il de ses rentes ? Et, surtout, qu'est-ce qui s'était brisé dans sa vie ? Elle aurait aimé savoir de quelle manière un malheureux renonçait au suicide.

Elle s'abaissa à lui demander de lui pardonner si elle l'avait embêté avec ses remarques stupides ; elle n'avait pas de connaissances très approfondies, elle n'avait réellement pas voulu...

Non, non, c'était à elle de l'excuser ! Grand Dieu, se moquait-elle de lui ?

« Je me suis souvent demandé pourquoi vous êtes ici, au fond, dit-elle fermement dans son norvégien approximatif.

– Pourquoi je suis ici ?

– Pourquoi restez-vous si longtemps, au moins. Vous n'êtes pas malade, il ne vous manque rien, les vacances sont terminées depuis un bon moment. Pardonnez-moi, ce n'est pas par curiosité.

– J'ai probablement mes raisons.

– Oui, naturellement.

– Et vous, pourquoi êtes-vous ici ? »

Elle s'avança subitement dans son fauteuil et s'inclina :

« Mon Dieu, mais vous avez raison, je n'aurais jamais dû vous poser une question pareille !

– Aucune importance, dit-il, effrayé. C'est-à-dire, c'est moi qui n'aurais pas dû vous interroger. N'y pensez plus !

– J'avais cru, j'avais espéré que vous qui êtes si doué, si supérieur, vous auriez pu me montrer le chemin. Me donner un conseil, je ne saurais dire. Vous m'avez déjà aidée une fois. »

Il comprit qu'elle faisait allusion à la visite du gendarme et au paquet de lettres et en déduisit que ses ennuis étaient d'ordre sentimental et rien d'autre.

« Nous ne devons pas perdre courage, la consola-t-il. Vraiment pas. Lorsque nous rencontrons le destin, nous devons lui céder le passage.

– Oui, mais ça fait mal.

– C'est vrai, nous lui cédons le passage plus ou moins poliment, mais il faut le faire. Et après tout, est-ce que ça vaut la peine d'en souffrir ? Pour certains, les choses s'arrangent rapidement.

– Pas pour moi ; ça ne fait qu'empirer.

– Mais non ! » Pour lui remonter le moral, il se sentit obligé de se découvrir un peu : ça irait mieux, elle verrait bien.

Quelle importance qu'un comte disparaisse, et peut-être pour peu de temps, et qu'il soit mêlé à de petites histoires d'argent et ne paie pas ses dettes sur-le-champ ? Son nom n'était-il pas une garantie suffisante, sa richissime famille n'interviendrait-elle pas ? Les créanciers n'auraient plus qu'à demander pardon ! C'était bien pire pour d'autres !

« Vous passez aussi par une mauvaise période ?

– Pas très bonne, oui. Mais enfin... »

Et cette malheureuse petite femme arriva à émouvoir le Suicidé sur son propre sort et à faire trembler ses lèvres. Il fit des allusions qu'il n'aurait – en d'autres circonstances – jamais laissé échapper de sa bouche. Il y prit goût et eut du mal à retenir ses larmes. Sale fille, elle arrivait à déloger de lui la fermeté si péniblement acquise en compagnie de Moss !

De son côté, Mlle d'Espard avait-elle une raison cachée pour rester là à l'écouter ? Qui sait, elle était très déprimée, désespérée même, on pouvait donc lui pardonner.

Quand elle lui demanda s'il avait un foyer, une femme et des enfants qui l'attendaient et lui écrivaient régulièrement, il nia de façon brusque et répondit qu'elle avait de drôles d'idées, que voulait-elle dire par là, comment avait-elle pu s'imaginer une chose pareille ?

« Ce n'était qu'une question, bête sans doute.

– Pas vraiment bête non, du tout, protesta-t-il.

– Mais si, insista-t-elle, elle aurait dû comprendre d'elle-même, bien sûr, qu'un homme qui séjournait si longtemps à la montagne, n'avait laissé aucun être cher derrière lui.

– Et pourquoi pas ? fit-il. Que savons-nous des autres ? » Peut-être avait-il laissé femme et enfants. Il irait même jusqu'à dire que c'était justement une bonne raison pour un homme d'aller se cacher à la montagne.

« Je ne parle pas pour moi-même, se dépêcha-t-il d'ajouter, mais de n'importe qui. C'était une supposition. »

On ne pouvait le nier, elle arrivait à le faire parler toujours davantage.

Il faisait attention à ne s'exprimer qu'en termes généraux, et pensait sûrement en son for intérieur qu'il parvenait à bien se cacher ; il lui expliqua pourquoi un homme pouvait se réfugier à la montagne :

Il aurait pu lui arriver – ou plutôt cela aurait pu arriver à n'importe qui – que le Diable prît possession d'une femme mariée. Et après ? L'enfant est oublié, la maison est oubliée, la femme ne rentre plus. Il ne faudrait pas non plus l'accabler, elle aurait pu avoir ses raisons, une nature incontrôlée, un amour irrésistible, cela s'est déjà vu. Mais l'enfant reste là, il peut être adorable, cela n'y change rien, c'est peut-être une petite fille, elle a peut-être déjà des cheveux, cela s'est vu, ce n'est pas rare.

Le temps passe, un hiver mettons, puis l'homme n'en peut plus, il s'enfuit. Voyez-vous ça ! Il part sur un bateau pour l'Australie – personne n'irait se réfugier à la montagne pour ce genre d'affaires. Si c'est un homme simple, pas très futé, il décidera peut-être de prendre l'affaire en main et d'abréger ses souffrances. Voilà ce que pourraient être ses soucis en Australie. Laissez-le donc acheter le pistolet. Le pistolet ? Il l'a peut-être acheté depuis longtemps ; il repose peut-être, huilé, briqué, à portée de sa main. Pourquoi, dès lors, ne s'en sert-il pas ? Voyez-vous, mademoiselle, cet homme est peut-être humain, nous sommes tous humains, il lui reste peut-être encore des racines qui l'attachent à la vie, il peut être amoureux aussi, malgré tout, et il peut se déchirer de chagrin pour l'enfant à l'idée de mourir ? Ne devrait-il pas vivre pour le protéger ? Et il reste confus, perdu…

Le Suicidé se cachait derrière les mots :

« Tout cela on me l'a raconté, cela me paraît incompréhensible. L'enfant, quelle importance ? Je n'ai jamais entendu dire qu'un homme s'intéressait aux toutes petites filles. Et si j'en avais une, comment l'appellerais-je ? Non, je vous remercie ! » termina-t-il sur un ton excessivement dur.

Moss était sur le pas de la porte.

Moss avait presque perdu la vue, mais il lui restait l'ouïe et le toucher. Le pauvre Suicidé avait peut-être réclamé en vain un peu de compréhension et, lorsqu'elle vint à lui, il ne put plus contenir son émotion. Moss s'en moqua et dit :

« Pardonnez-moi si je viens troubler vos larmes !

– Mes larmes ? répéta le Suicidé, et il éclata de rire. Vous avez toujours le coup d'œil juste ! » Mais le Suicidé ne devait pas être très sûr de lui et redoutait sans doute un surcroît de moquerie lorsqu'il serait à nouveau seul avec son copain, et il ajouta :

« Je me demande ce qui se passerait si je faisais apporter un verre plein à ras bord devant vous ! Je peux vous offrir quelque chose, mademoiselle ?

– Non merci, merci beaucoup ! »

Mlle d'Espard n'avait vraiment plus envie d'entendre parler des soucis des autres, elle en avait suffisamment elle-même. Elle retourna dans sa chambre, s'allongea sur le lit, lut un peu, mais ne put trouver le repos. Elle réfléchit, soupira, se sentit mal. Le Suicidé n'aurait pas non plus été un homme pour elle : il était pris, marié, amoureux. L'heureux homme ! Elle eut l'idée de faire un nouveau voyage en catastrophe à Kristiania ; pourquoi, elle l'ignorait, mais à quoi bon rester là ? Dans son abandon, un seul détail la consolait : la liasse de billets qu'elle portait sur la poitrine. Elle la soutenait, lui permettait de trouver les forces nécessaires pour descendre à l'heure du dîner, l'aidait à passer les soirées – avant les nuits.

Une femme de chambre venait l'aider le matin à agrafer son corsage dans le dos : elle travaillait rapidement, ses mains étaient froides, et elle tirait sur la chemise comme si elle savait quelque chose sur la demoiselle : qu'elle avait commencé à beaucoup manger, qu'elle grossissait. C'était absolument faux, mais les insinuations étaient claires, dissimulées sous des petits rires : était-il possible de grossir lorsqu'on ne se nourrissait que de petits pois crus et de hareng fumé sur des biscottes ? L'insolente ! Mlle d'Espard s'attendait à d'autres insinuations de sa part. Pour les prévenir, elle s'exclama :

« Je fais de si mauvais rêves ces nuits-ci !

– Je comprends ça, répondit la fille, vous gémissez, et on dirait que vous parlez dans votre sommeil.

– Cela ne veut rien dire. »

La fille se tut.

« On dit de telles bêtises durant un cauchemar, on peut citer des noms et des chiffres, des sommes d'argent, n'importe quoi. Mais cela ne veut rien dire, vous savez. »

La fille ne répondit pas. Que signifiait son mutisme ? Fallait-il la payer pour qu'elle soit persuadée ?

Une fois la fille partie, Mlle d'Espard ouvrit la fenêtre et jeta un coup d'œil dehors : la neige qui tombait à gros flocons avait tapissé le champ, poudré la forêt. « La Cime », la montagne située tout près du sanatorium, paraissait s'enfoncer dans le sol. Mais le monde enneigé n'était pas uniformément silencieux, on entendait des déflagrations feutrées ébranler l'air. On tirait dans les champs, d'abord un coup, puis un autre ; Daniel devait être en train de chasser la perdrix pour le sanatorium. « Daniel est à la chasse, Daniel est sain et fort, il a surmonté son chagrin d'amour. » Elle se rappela avoir vu deux fusils accrochés au mur chez lui. Elle descendit affronter les autres clients et une nouvelle journée. Sa vie n'était pas facile.

Puis, soudain, une idée simple et évidente lui vint à l'esprit. Comment n'y avait-elle pas pensé avant ? Elle allait se rendre à l'adresse indiquée dans l'annonce du journal qu'elle avait sous les yeux, séjourner dans un endroit paisible, chez une dame accueillante, serviable, à trois heures de la capitale. Enfin sortie de ses difficultés, sauvée ! Elle pouvait se payer le séjour, et elle en avait le temps, elle n'était pas pressée, elle pouvait partir avant ou après Noël. Définitivement sauvée !

Après cette longue période de sombre désespoir, une joie subite la traversa. Elle était à nouveau jeune et riante. Céder le passage au Destin ? Quelle sornette ! Elle prenait le destin à la gorge et le pliait à sa guise.

« Donnez-moi un tube de vaseline, demanda-t-elle au docteur.

– Pour quoi faire ? C'est dangereux, vous savez, répondit-il pour rire.

– C'est pour tartiner mes galettes, précisa-t-elle sur le même ton.

– Je vous en crois bien capable, s'il est vrai que vous mangez du hareng fumé sur des biscottes.

– Oui, et demain je vais saupoudrer mes tomates d'échardes de bouleau. »

Ils rirent aux éclats de ces plaisanteries. Le docteur n'avait pas beaucoup de travail, les malades se faisaient rares et il appréciait cette occasion de bavarder un instant.

« Asseyez-vous, mademoiselle !

– Pas le temps. Au fait : qu'est-ce qu'il a au visage, Anton Moss ?

– Moss ? Il va bientôt nous quitter.

– Mais de quoi souffre-t-il ? »

Le docteur fit semblant de chercher des papiers sur la table et répondit :

« Atrophie de l'épiderme. Vous partez déjà ?

– Pouvez-vous le soigner ?

– Pourquoi cette question ? Il s'en va bientôt. »

Mlle d'Espard regagna sa chambre et s'enduisit le visage de vaseline. Elle avait bien délaissé ses soins ces dernières semaines, c'était une honte : la peau était flasque, traversée de petites rides dues aux soucis. Quelle déchéance ! On allait s'en occuper, car après le voyage chez la dame « complaisante » de l'annonce, il faudrait à nouveau être un bon parti. Dès ce jour, elle entendait soigner sa beauté.

« Entrez ! »

C'était la femme de chambre.

La demoiselle la regarda, étonnée :

« Mais vous êtes déjà venue agrafer mon corsage ?

– Oui, mais je m'en vais. Je n'ai pas voulu le dire ce matin, je ne reste plus.

– Bon.

– J'ai pensé que si vous aviez été satisfaite de mes services, vous deviez aussi savoir que je n'ai rien dit ni sur vous ni sur quoi que ce soit.»

Était-elle folle ? Mlle d'Espard retrouva son courage, renvoya sur-le-champ la fille et, tremblante de colère, reprit son massage. C'était donc là le sens de ses allusions éhontées de ce matin, elle avait voulu l'amadouer pour être mieux récompensée. Mais n'avait-elle pas donné des pourboires tous les mois au personnel ? C'était un monde ! Il s'agissait surtout de ne pas se laisser faire et de se montrer supérieure. Elle pensait faire valoir certaines exigences désormais : elle allait faire des remarques sur différents points : la cuisine et le service au sanatorium laissaient à désirer, et que dire du blanchissage scandaleusement mal fait et qui coûtait un prix fou, de l'air du salon que les vieilles veuves de fonctionnaires empoisonnaient de leur odeur de misère ?

La demoiselle n'allait plus supporter n'importe quoi, elle n'y était plus contrainte, car une issue s'était présentée à elle et elle avait su prendre le destin à la gorge et en avoir raison. Elle voulait se donner du bon temps. Café au lit ? Plus que ça : café et petit déjeuner au lit. C'était ainsi dans les romans français qu'elle lisait. Elle voulait se gâter un peu, elle l'avait bien mérité après tout ce qu'elle venait de vivre.

Et elle voulait aussi retrouver sa beauté. Aucun doute, le massage faisait déjà de l'effet.

« Écoutez, mes amis, dit-elle à Moss et au Suicidé, j'ai fait de si beaux rêves ces derniers temps que je ne fais plus la tête. Il y a toujours une solution, n'est-ce pas.

– Ah ! oui ? demandèrent-ils, étonnés.

– Des solutions à tout. Allons faire de la luge pendant qu'il neige ! »

Moss était prêt, lui qui était si gâté, alors que le Suicidé, plus indécis, hésitait :

« Nous allons mouiller nos bottes.

– Et ensuite ? Elles sécheront bien.

– Et nous n'avons pas de vraie luge. »

Moss répondit qu'il y en avait une, juste assez grande, ce n'étaient pas les luges qui manquaient.

« Vous avez la réputation d'être un sportif dynamique ! » murmura le Suicidé en lui lançant une œillade agacée. Ils s'habillèrent et sortirent. La neige tombait, très dense, et l'air paraissait tout blanc ; même « la Cime » était difficilement visible. Ils allèrent jusqu'à la luge, montèrent et se laissèrent glisser. Cela ne se passa pas sans violence. Le Suicidé tenait la barre et la jeune femme était entre eux. La neige les emmitouflait dans une obscurité blanche et ils ne pouvaient y voir que les yeux presque clos. Mon Dieu que c'était bon et désespéré à la fois !

Ils remontèrent. La luge était lourde, mais à trois cela allait.

« Au diable les boudeurs ! » dit la jeune femme, qui lança des jurons de joie.

Ils redescendirent à la même vitesse folle. Elle gardait les bras autour de Moss et s'abritait derrière lui ; ils étaient fous de se lancer ainsi, de voler ainsi, mais c'était si grisant, si exaltant.

Après quelques descentes, le Suicidé voulut arrêter.

« Mais pourquoi ? demanda-t-elle.

– Je n'en peux plus. Continuez si vous voulez. »

Était-il fatigué ou jaloux de voir Moss assis à l'avant, les bras de la demoiselle autour de lui ? Après tout, nous sommes tous humains.

« Je n'en peux plus ! répéta-t-il.

– C'est bien dit, reconnut Moss. Encore heureux que vous le reconnaissiez ! Vous êtes épuisé, c'est ça ?

– Je vous dis merde, Moss, répondit-il très énervé. Si je veux rentrer, je rentre. Il n'y a pas de quoi se moquer de moi. Adieu ! »

Les mots n'ayant aucun effet, le Suicidé les quitta, et Moss resta seul avec Mlle d'Espard pour manipuler le traîneau. Ce fut beaucoup plus lourd et fatigant.

Ils étaient arrivés au sommet quand il lui demanda, hésitant :

« Vous voulez conduire ? »

Non, elle ne savait pas, ne voulait pas conduire.

Il hésita encore.

« Vous n'y voyez pas ? Vous êtes aveuglé ? » s'inquiéta-t-elle.

Il se reprit :

« Aveuglé ? Pas le moins du monde. Mais la neige me fait mal aux yeux.

– Je vais regarder à votre place et vous préviendrai », le rassura-t-elle.

Et ils prirent le départ.

Mais une fois à l'avant, la demoiselle ne put plus ouvrir les yeux à cause de la neige qui volait en tempête et Moss y voyait trop mal pour apercevoir les dangers à temps. Ils passèrent ainsi plus ou moins bien sur des troncs, sur des arbustes, puis, au beau milieu de la descente, ils furent soudain jetés en l'air. Elle cria, mais à la vitesse vertigineuse où ils allaient, ils butèrent contre un obstacle. La luge se brisa et ils furent éjectés.

Moss se releva, ôta la neige de ses yeux, regarda autour de lui, et trébucha. La luge était cassée, bon, mais la demoiselle, là-bas, ne se relevait pas, ne bougeait pas. Que lui était-il arrivé ? Il alla l'examiner, la souleva. Elle retomba en arrière. Son menton était en sang. Il l'appela : pas de réponse.

Il la porta jusqu'à la maison. Chemin faisant, elle reprit connaissance. Elle réussit à monter les marches, mais il fallut la soutenir. Elle était blessée, son menton était fendu en une vilaine blessure.

Le docteur fut convoqué.

IX

Le médecin eut du travail. Il s'appliqua à recoudre la demoiselle.

Il avait également reçu la réponse de l'hôpital au sujet de Moss : on l'attendait. Très occupé, le docteur se sentait indispensable à lui-même et aux autres. Il n'était d'ailleurs pas méchant, et avait pitié de Moss qu'il garda plus qu'il n'aurait fallu. Que ce fût une bonne ou mauvaise chose de sa part, il était incapable de renvoyer quelqu'un, car il avait bon cœur et ne savait pas faire de peine aux autres. D'ailleurs, le sanatorium avait besoin de tous ses clients.

Il dénicha Moss et le prépara à apprendre la chose :

« Mon cher Moss, j'ai enfin de bonnes nouvelles pour vous. »

Moss pâlit sous ses plaies et baissa la tête :

« Ah ! bon.

– C'est d'accord. Il faut dire que ma dernière lettre à l'hôpital était assez ferme. »

Moss parut prendre assez mal la nouvelle :

« Merci ! » dit-il, très abattu.

Pour le consoler, le docteur ajouta :

« C'est ce qui pouvait vous arriver de mieux, vous serez bien servi, bonne cuisine, soins appropriés, et des copains, comme ici. Dans quelque temps, d'ailleurs, vous serez guéri, on aura trouvé un médicament, un sérum, la science progresse à pas de géant de nos jours.

– Quand dois-je partir ? demanda le malheureux.

– Quand vous serez prêt. Mais, mon cher, ce n'est pas une question d'heures. Prenez tout votre temps. Et comme je viens de vous le dire, la science fait des miracles aujourd'hui, on va découvrir un sérum qui vous rendra à la vie ! »

Moss alla voir le Suicidé. Il s'assit près de lui comme si de rien n'était. Ils n'avaient cessé de se disputer depuis l'affreux accident de luge sur la piste. Ils recommencèrent. Chose étonnante, c'est Moss qui ouvrit le feu ; on aurait cru qu'il en avait besoin.

« Vos bottes étaient mouillées ? demanda-t-il.

– Comment ?

– L'autre jour, sur la piste.

– Taisez-vous ! répondit le Suicidé.

– Vous reconnaîtrez que vous avez été lâche de nous abandonner ainsi. »

Le Suicidé mordit à l'hameçon :

« Je suis parti parce que vous vouliez vous caresser. C'était dégoûtant à voir ! »

Moss ricana.

« Et hier vous prétendiez que j'avais voulu tuer Mlle d'Espard !

– Voulez-vous me dire ce qu'il en est ? Elle est rentrée mourante, vous la portiez dans vos bras. Elle est encore alitée.

– Non, elle s'est levée et sera bientôt aussi valide qu'avant, le consola Moss.

– En tout cas, vous avez réussi à la défigurer à vie ; vous avez vu le trait rouge sur son visage ? Tout le monde ne se fiche pas de son apparence, et je ne fais allusion à personne... »

Moss se tut.

« Ce n'est même pas un trait régulier, c'est une cicatrice tordue, effrayante, et tout ça parce que vous n'aviez pas d'yeux pour voir. C'est minable. »

Que d'enfantillages et de bêtises ! Les deux camarades étaient en petite forme. Moss n'arrivait pas à lancer de bonnes piques aujourd'hui, et il ne put que rétorquer :

« Continuez, je serai bientôt d'attaque ! »

Cette logomachie dura jusqu'après midi ; les journées étaient courtes désormais et il faisait nuit à quatre heures. Le Suicidé exigea de Moss qu'il l'accompagnât, comme d'habitude, dans sa promenade en montagne.

Leurs fréquentes randonnées avaient tracé une piste dans la neige gelée, ce qui facilitait la marche.

Le Suicidé avançait le premier, Moss le suivait avec une canne ; il semblait ne rien voir du tout. L'après-midi était claire, la pleine lune reposait là-haut sur sa soie bleue, telle une pièce d'or de cent couronnes. Quelques nuages vers l'ouest. Temps variable, avait annoncé la météo : on avait affiché un triangle au-dessus d'un carré. Pour le Suicidé, c'était facile de monter jusqu'à « la Cime ». Jour après jour, il s'y était entraîné et avait pris des forces. Il commençait à éclater de santé – on se demandait bien pourquoi.

Il se moqua de Moss qui marchait péniblement à l'aide de son bâton.

« Vous portez une casquette en cuir aujourd'hui ? »

L'autre l'informa qu'il l'avait achetée à l'économe car elle était plus chaude aux oreilles qu'un chapeau.

« Mais en quoi cela vous concerne-t-il ?

– Combien l'avez-vous payée ?

– Presque rien. Je l'aie eue pour soixante öre. C'est assez bien pour moi.

– Moi, je ne la porterais pas.

– Non, vous voulez vous pendre le visage découvert – pour ne pas déshonorer le meurtre.

– Il vous reste encore de la bile bien que votre visage soit tout bouffé ! »

Moss continua d'avancer, mais le Suicidé était loin devant lui lorsqu'il se rendit compte qu'il était tout seul.

Il aperçut son copain qui tâtonnait avec sa canne et lui cria :

« Ce n'est rien, juste une crevasse, sautez-la !

– Je n'y vois plus, où êtes-vous ? »

Le Suicidé fit demi-tour et s'exclama avec impatience :

« Quelle est cette nouvelle trouvaille ? Vous êtes passé par cette minuscule crevasse tous les jours.

– Aidez-moi, tendez-moi la main ! »

Le Suicidé lui répondit :

« Je n'aime pas vous toucher, vous devez le comprendre. Vous n'êtes qu'une grande plaie ! »

Puis, à contrecœur, il aida son ami à franchir la crevasse.

« Je ne comprends pas, dit Moss, c'est comme si tout était flou autour de moi. Ça, c'est un rocher ? » demanda-t-il en le frappant avec son bâton.

« – Naturellement.

– Et il me semble qu'il est gris. J'y vois encore pas mal. »

Le Suicidé ne voulut pas craindre le pire :

« Vous êtes donc aveugle de façon spirituelle, dit-il. Venez, continuons notre marche. »

Ils reprirent leur escalade. Le Suicidé se rendait bien compte que son ami n'arrivait plus à s'orienter ; il sortait du chemin, tombait, se relevait, avançait de nouveau en tâtonnant.

« C'est bizarre, tout à l'heure, je suis resté là-bas parce que je n'y voyais plus du tout, affirma Moss.

– Ça va mieux, maintenant ?

– Beaucoup mieux, nettement mieux. J'ai été aveuglé par la réverbération sur la neige. »

Pourtant, Moss tombait souvent. Il trébucha, et s'excusa aussitôt :

« J'ai dû buter sur quelque chose. Mais j'y vois aussi bien qu'avant, je vous assure. Cet arbre, c'est bien un petit bouleau, non ? Je le vois bien.

– C'est-à-dire... c'est un aulne, un petit aulne. »

Moss eut un petit rire gêné :

« Je voulais dire un aulne, bien sûr. »

Ils étaient arrivés au sommet de « la Cime » et, comme d'habitude, ils s'assirent chacun sur une pierre pour reprendre leur souffle. Un nuage passa devant la lune.

« Je ne comprends pas pourquoi je fais ces promenades, déclara Moss.

– Pour la même raison que moi, je suppose, répondit le Suicidé, pour rester en bonne santé.

– La santé... Ma santé me suffit.

– On dit au contraire que vous n'allez pas très bien, que votre maladie serait assez sérieuse. »

Moss éclata de rire et rétorqua sur un ton moqueur :

« Balivernes, balivernes de médecins que tout cela ! »

Il avait encore le moral, mais au bout d'un moment, il ne rit plus avec autant d'assurance. Le Suicidé comprit que ça n'allait pas lorsqu'il vit la façon dont Moss cherchait la canne qu'il avait posée tout près de lui.

« Il vaut mieux rentrer », dit-il en se levant.

Moss resta assis et répondit :

« Mais il y a le clair de lune.

– Pour l'instant, la lune a disparu.

– Oui, je le vois bien. Allez de l'avant, je préfère attendre encore un peu.

– Dans ce cas, j'attendrai aussi. »

Ils restèrent encore un petit moment.

« Venez donc ! lui dit le Suicidé.

– Que voulez-vous ?

– Ce que je veux ? Rentrer, bien sûr.

– Mais allez-y, vous entendez ! Que vous êtes bête, vous comprenez bien que je ne peux pas marcher. »

Le Suicidé hésita un instant :

« D'accord, je m'en vais, mais vous viendrez avec moi !

– Vous avez davantage d'imagination que moi, à ce que je vois, rétorqua Moss.

– Taisez-vous ! cria le Suicidé en le prenant par l'épaule. Je dois vous accompagner, cela s'impose.

– Ce n'est pas difficile pour vous, vous pouvez marcher, tandis que moi, je suis dans le noir le plus total.

– Bêtises ! l'interrompit le Suicidé, c'est noir pour moi aussi, complètement noir même.

– Je ne le crois pas.

– Vous ne le croyez pas ? Je vous expliquerai tout ça en route. »

Il aida son ami à se relever et le tint par la manche de son pardessus ; ils reprirent leur marche. Cela prit du temps, mais ils arrivèrent finalement à la crevasse. Là, Moss fit un faux pas ; il tomba dedans et il fut difficile de l'en sortir. Une fois que ce fut fait, ils allèrent s'asseoir pour se reposer.

« N'ayez pas pitié de moi et ne soyez pas écœuré par mon apparence, murmura Moss, mais je vous le dis tel quel : je n'y vois plus. Ça doit être la nuit.

– Dans ce cas vous êtes aveugle, fit le Suicidé.

– C'est bien ce que je pensais, acquiesça Moss avec un mouvement de la tête. Il se trouve que j'ai raison.

– Il n'y a vraiment pas de quoi se vanter, fit le Suicidé.

– Si, parce que j'ai raison et que ce n'est pas à dédaigner. Il faut me rendre cette justice.

– Le docteur sait de quoi vous souffrez ?

– Naturellement. Il m'a prévenu depuis longtemps déjà qu'il fallait que je parte. Il m'a trouvé une place à l'hôpital.

– Il y a longtemps de cela ? Dans ce cas, pourquoi n'êtes-vous pas parti ? »

Aucune réponse.

« Je ne comprends pas que vous ne soyez pas parti. »

Moss était un peu aigri :

« Vous êtes profondément ridicule ! Pourquoi ne partez-vous pas, vous aussi ? De quoi souffrez-vous ? Vous devriez aller dans un asile, je crois, vous êtes un malade mental.

– Pas du tout ! Absolument pas !

– Si. Et en quoi ma maladie vous concerne-t-elle ?

– Je ne suis pas dément, ce n'est que de la dépression, du chagrin moral.

– Ah ! répétez-moi ça ! Comme s'il existait des chagrins corporels ! Vous voulez vous pendre et vous devez être interné.

La différence entre vous et moi c'est que vous, il vous faudra passer un examen d'entrée, moi non. Vous devrez prouver que vous êtes *suffisamment* fou.»

Un silence.

«Je suis fatigué de vous traîner, mais il faut vous ramener», déclara le Suicidé, impitoyable, en tirant son camarade après lui.

Ils arrivèrent en bas et s'arrêtèrent à nouveau. Moss essuya sa sueur avec la manche de son par-dessus ; il était très faible.

«C'est la dernière fois que je vous traîne avec moi, lui fit savoir le Suicidé, que ce soit bien clair.

– Oui, d'ailleurs je pars demain.»

Ils repartirent.

«Demain déjà ? Vous partez demain ?

– Oui, demain.

– Quelle précipitation ! Mais ça m'est bien égal.»

Pas de réponse.

«Vous avez pensé à moi dans ce contexte ? Non, bien sûr.

– Vous ? Vous, cela m'indiffère.

– Voilà, voilà votre profession de foi !

– Vous, vous vous entêtez à faire vos promenades quotidiennes pour prouver que vous êtes incapable de vivre. Vous pensez que c'est important pour vous d'être à un endroit donné et vous restez là, assis, clignant des yeux, méditant, ne faisant ni le bien ni le mal, mais, sacré bon Dieu, vous ne produisez rien qui soit nécessaire, que sais-je, une prédiction, une valeur universelle, le pain quotidien pour un moineau ou un conte pour enfants…

– Taisez-vous ! Ce sont des mots que j'ai dits en d'autres circonstances et que vous avez appris par cœur.

– Oui, c'est ça. Vous avez dit tout ça sur moi.

– Vous êtes minable, petit, dit le Suicidé. Vous faites collection de ce que vous entendez dire aux autres, des paroles que les autres jettent après usage, vous ramassez une ou deux bribes de phrases et vous les mâchez ; “le suicide déshonore le meurtre”, dites-vous. C'est heureux que vous partiez. J'en ai plus que marre de vous.

Bien sûr, on peut parfois penser au meurtre au lieu du suicide. J'ai entendu parler d'un homme qui voulut tuer sa femme – il l'aimait d'ailleurs. Mais ce sera pour une autre fois. Bref, après il voulut se suicider aussi.

– Fin de l'histoire.

– Non, il y avait un enfant. Ils avaient un enfant, d'après ce qu'on m'a dit.»

Ils avancèrent sans parler.

«La vie n'est pas facile!» dit Moss.

Cette preuve d'amitié et de compréhension acheva le Suicidé mais il se reprit et riposta agressivement:

«Qu'en savez-vous? Taisez-vous, vous n'articulez même plus correctement.»

Le silence les sépara de nouveau. Moss tomba, et son visage fut couvert de neige.

«Vous n'y voyez plus du tout? demanda le Suicidé.

– Si, un peu. Mais c'est la réverbération sur la neige qui m'aveugle.

– Vous êtes incurable?

– Moi?» aboya Moss en s'arrêtant. Subitement, son orgueil craqua, il baissa la tête et tout son corps acquiesça.

L'instant suivant, il se redressa et répondit:

«Vous voulez nous empêcher de rentrer à la maison ce soir, c'est ça?»

Avant d'atteindre le sanatorium, Moss s'arrêta encore une fois et soupira:

«C'est encore loin?

– Non. Vous ne voyez pas les lumières?

– Si, bien sûr. J'ai demandé ça comme ça.»

Le Suicidé fit halte à son tour et lui dit d'une voix étrange:

«Si vous pouviez, je dis bien si vous pouviez – voilà…

– Quoi, qu'est-ce que c'est?

– Qu'est-ce que c'est? l'imita méchamment le Suicidé. Vous devriez le comprendre de vous-même. Je voulais seulement vous dire que pour ma part, je ne le sais pas. Il est possible que ce soit d'un secours pour vous, mais moi je n'ai jamais été soulagé en priant Dieu. Je ne vous conseille ni dans un sens ni dans l'autre.

– Prier Dieu ? demanda Moss, désorienté.

– Et après ? Vous êtes trop important, peut-être ? » s'exclama furieusement le Suicidé.

Moss dut sentir dans la voix de son ami combien il était faussement décontracté et près du désespoir. Il en fut ému lui-même et ne put répondre.

Le Suicidé continua :

« J'ai entendu dire que certaines personnes ont été plus heureuses après ça, qu'elles sont mortes plus sereinement.

– Fermez votre gueule ! » s'écria Moss.

Il s'agissait pour le Suicidé de cacher sa faiblesse et de se montrer à nouveau supérieur. Il reprit un ton badin pour dire qu'il n'était jamais arrivé à passer deux minutes en compagnie de Dieu. Non, Dieu ne venait pas lui rendre visite par le vasistas...

Le lendemain matin, le bruit courut que Moss s'en allait ; même Mlle d'Espard l'apprit et elle le fit demander – on peut s'interroger sur ce qu'elle pouvait bien lui vouloir. Mlle d'Espard était déprimée et défigurée, oui, mais elle avait sincèrement pitié du pauvre Moss et désirait lui rendre tous les services possibles. Moss dut avoir de mauvais pressentiments car il entra en tâtonnant dans la chambre de la jeune femme et resta pantois, se croyant responsable de l'accident sur la piste. Elle eut les larmes aux yeux en le voyant. Les derniers mois avaient métamorphosé ses traits : il était méconnaissable ; elle le prit par la main et le fit asseoir sur une chaise. Non, il n'était pas coupable, comment avait-il pu penser cela ! Au contraire, elle lui était reconnaissante du bon temps qu'ils avaient passé ensemble au sanatorium :

« J'ai souvent pensé à vous, je suis très malheureuse de vous voir souffrir ainsi. Mais il doit bien y avoir un remède, vous ne croyez pas ? Vous êtes jeune et fort, vous vous en sortirez très bien.

– On m'a dit que vous aviez une très vilaine cicatrice.

– Non, ce n'est vraiment pas une très vilaine cicatrice, regardez vous-même.

– Oui, je vois. En travers du menton. Quel affreux accident ! »

Elle ne supportait pas de voir Moss oppressé par un sentiment de culpabilité et se fit une joie de le consoler :

« Taisez-vous ! Vous ne devez vous occuper que d'une seule chose : guérir. Je vous en prie, ma petite cicatrice rose ne me gêne nullement ! Tenez, c'est pour vous. Mettez ça dans votre poche. Et pas de remerciements !

– Qu'est-ce ? demanda Moss. De l'argent ?

– Mais non, presque rien ! cria-t-elle, exaltée. Vous me feriez plaisir…

– Merci, dit-il, je n'ai pas besoin d'argent.

– Cela pourra vous être utile ; regardez, ce n'est vraiment pas grand-chose…

– Mais, mademoiselle, je n'en ai pas besoin !

– Je ne vous comprends pas, dit-elle, déçue.

– Je suis de ceux qui sont pris en charge par l'administration, expliqua-t-il. L'administration payera ma place.

– Ah ? demanda-t-elle naïvement. Quelle place ? Un emploi ?

– Oui, un emploi facile. Je dois simplement porter une cliquette et crier : Impur ! Impur ! »

Elle le regarda, terrifiée, et chuchota :

« Vous êtes un… » Elle ne termina pas sa phrase.

Moss acquiesça de la tête et sortit à tâtons de la pièce…

Le Suicidé fut sans doute celui qui prit le plus mal le départ de Moss. Il voulut aussi lui glisser de l'argent dans la poche, mais il n'y arriva pas et commença à l'attaquer de plus belle. Il le traita de tous les noms, l'accusant des pires maux :

« Je ne comprends pas quelle était l'intention de Dieu en vous mettant au monde. Et si je vous qualifie d'homme, c'est uniquement pour ne pas dépasser les bornes, car ce n'est pas du tout ma pensée profonde.

– Allez-y ! l'incita Moss.

– Non, je n'en ai pas envie », répondit le Suicidé. Il était dans tous ses états. Sa voix devint rauque et il dépassa toutes les limites :

« Comme je l'ai toujours dit, vous êtes galeux, méchant et entêté. Je ne serais pas surpris d'apprendre que vous vous réjouissez de quitter un monde que vous ne pouvez plus voir alors que nous autres sommes condamnés à la voir, cette belle nature. Cela vous ressemblerait bien. Et où allez-vous maintenant ? Cela dépend bien sûr de ce que vous avez commis, qui sait, on vous conduit peut-être directement en prison.

– Vous insinuez que j'ai fait quelque chose de mal ? rétorqua Moss, menaçant.

– Ce que vous voudrez, tout ce que vous voudrez.

– Dans ce cas, il faudra vous battre ! déclara Moss en dressant ses poings entourés de chiffons.

– Balivernes ! Je ne vous adresserai plus la parole. En vous se cache un grand singe. Mais ne croyez pas que je ne vous comprenne pas, vous êtes aussi simple et naïf qu'un enfant et votre force n'est qu'artifice. En quoi cela vous gênerait-il d'avoir un sou en poche ?

– Je n'ai pas besoin d'argent.

– Ah ! oui, et vous vous achetez une casquette en cuir usé pour soixante öre…

– Vous m'enviez ce couvre-chef bien chaud, voilà tout.

– Foutaises ! Votre sang-froid est fabriqué de toutes pièces, vous vous complaisez à bluffer comme si vous étiez inattaquable ; mais oui, à vos propres yeux vous êtes un grand homme. Personnellement, je vous qualifierais plutôt de pauvre type plein d'orgueil. Comment je le sais ? Par votre attitude paumée, infantile ; vous voulez littéralement souligner votre bravoure. Vous croyez que je ne vous ai pas compris ? Vous n'êtes que dissimulation et bravade… »

Le facteur qui devait conduire Moss lança des appels devant la fenêtre et Moss chercha la porte en tâtonnant. Le Suicidé lui vint en aide. Au dernier moment, il lui tendit même la main, mais Moss ne la vit pas et dit au revoir en l'air.

« Au revoir, Suicidé ! » parvint-il tout juste à émettre.

Comme si c'était une bonne sortie ! Il fallait reconnaître que le Suicidé avait été bien plus mordant que d'habitude et l'avait ainsi aidé à passer le cap difficile des adieux. Sur les marches du perron, la directrice lui souhaita bon voyage et prompte guérison. Le docteur se tenait près du traîneau ; il parla à voix basse à Moss et l'aida à se couvrir.

« Bon courage, Antonius, dit-il en le quittant, et souvenez-vous de ce que je vous ai dit !

– Oui, merci ! » répondit Moss.

Il neigeait. Il s'essuya les yeux. Un flocon, sans doute… Et Moss partit coiffé de la casquette en cuir de l'économe et vêtu du pardessus du Suicidé – il allait s'enterrer vivant. On comprenait qu'il hésitât à quitter et Torahus et la vie…

Et voilà que tout parut s'arranger pour le mieux, sauf pour Mlle d'Espard. Elle était guérie, n'était plus alitée, mangeait un peu, dormait mieux et parlait de temps à autre avec le médecin. Mais elle n'était pas de bonne humeur, loin de là. Le trait qui barrait son menton ne l'avantageait pas.

Elle demanda au docteur si à son avis il disparaîtrait un jour.

« Mais oui, ça partira », dit-il.

En attendant, elle se massait le visage du bout des doigts avec de la vaseline.

Mais un beau jour…

Tout commença par un agréable réveil après une bonne nuit de sommeil et elle s'habilla bien : c'était dimanche. Il faisait beau. Tout de suite, après le petit déjeuner, elle sortit sur les pistes enneigées et prit des couleurs aux joues ; plus tard, elle lut les journaux, puis remonta dans sa chambre. Depuis longtemps, elle n'avait pas vu les choses d'un aussi bon œil. C'était dimanche et l'on servait des plats meilleurs que les autres jours : perdrix et pudding de groseilles. Il restait si peu de clients qu'ils se retrouvaient tous autour de la même table, où, à un bout, le docteur faisait office d'hôte ; il avait la directrice en face de lui et à ses côtés les veuves de pasteurs et les petits commerçants avec leurs femmes.

Soudain, Mlle d'Espard fit un bond sur sa chaise.

« Qu'y a-t-il ? » s'enquit le docteur auprès des autres clients.

Personne ne répondit.

« Mais qu'est-ce qu'il y a, mademoiselle ? »

Le docteur se leva et voulut aller l'aider, mais elle s'enfuit d'un pas lourd, et fit claquer les portes au passage. Elle tenait une main devant sa bouche.

« Rage de dents ! » commenta en souriant le docteur, et il pria les autres de poursuivre le repas.

Mlle d'Espard entra en trombe dans sa chambre. Sa main tremblait. Elle ouvrit la bouche et alla chercher le plomb dans lequel elle avait mordu. Elle trouva la dent : une dent cassée. Une dent de devant. Sa beauté... Mon Dieu ! Elle se précipita vers le miroir et vit le trou, le trou affreux. Sur le coup, elle ne fit rien d'autre, mais petit à petit, elle essaya différentes manières de sourire, d'ouvrir la bouche, de rire ; une colère irrépressible s'empara d'elle et lui fit pousser une bordée de jurons. Ses petites mains se transformèrent en griffes qui fendirent l'air. Fallait-il s'attendre à autre chose ? A quoi lui avaient servi ses séances de massage et ses soins pour la cicatrice rose sur le menton ? A quoi bon tous ses projets, l'adresse de l'annonce et l'espoir d'un bon parti ? Tout tombait à l'eau.

Et elle qui avait voulu saisir le destin à la gorge et lui tordre le cou ! N'était-ce pas une façon diabolique de la frapper ainsi, toujours au visage ! Son visage étant abîmé, elle n'avait plus aucun espoir ; que lui restait-il à faire ? Lorsque enfin elle se calma, la liasse qu'elle portait sur la poitrine la réconforta un peu. C'était un soutien. Tant qu'elle la posséderait, elle ne serait ni affamée ni sans logis. Elle examina la dent dans sa main et s'aperçut qu'elle était cariée ; cela n'avait été qu'une question de circonstances et le plomb du fusil de Daniel l'avait achevée comme l'aurait fait une croûte de pain ou un os. Une fois la colère passée, elle réfléchit posément à la façon dont il lui faudrait dorénavant rire et sourire de sa bouche défigurée. Piètre résultat.

Dans le courant de la journée elle passa en revue toutes les solutions possibles : faire un nouveau voyage à Kristiania, renoncer à tout, partir en Finlande, mais rien ne l'apaisa ; elle ne voyait aucune issue et s'abandonna à un sombre désespoir.

La jeune femme passa une nuit blanche. Toutefois, le lendemain matin, son expression était ferme et décidée. Elle n'avait pas fait de grands projets mais elle avait pris une résolution ; ni le comte ni ses richesses ne lui seraient plus utiles.

Elle passa par le fumoir, ramassa quelques vieux journaux, les mit sous son bras et s'en alla vers la forêt. Ce n'était peut-être pas très honnête de sa part de vouloir aller chez Daniel pour se plaindre d'une rage de dents et de ses nombreux soucis, mais elle avait une bonne excuse et peut-être aussi une idée derrière la tête. Pas pire que les autres, sans doute. Daniel était homme à comprendre bien des choses, il avait connu des hauts et des bas dans sa vie, il avait perdu la ferme de son père, sa bonne amie, il connaissait donc l'importance de la consolation, des bols de crème aigre et du courage. C'était lundi. Daniel était sûrement en plein travail.

Effectivement, elle le rencontra à mi-chemin, près de la petite cabane dans la forêt ; il ramenait le foin à la maison et comme il y avait de la neige, il le transportait sur un traîneau. Une chance, qui sait, un signe du destin qu'elle le trouvât si tôt.

Ils se saluèrent et furent heureux, comme d'habitude, de se revoir. Cela faisait si longtemps qu'elle n'était pas venue, on ne la voyait plus guère…

Elle lui tendit les journaux. Mission accomplie. Il aurait peut-être envie d'y jeter un coup d'œil, un soir ? Il la remercia et lui en parut franchement reconnaissant. Lire était sa plus grande joie, il aurait dû s'abonner à un journal, mais il n'en avait encore rien été, affirma l'hypocrite qui devait à peine savoir lire. S'il voulait, il pourrait en avoir tous les jours du sanatorium. Elle les lui apporterait avec plaisir. Quand tous les clients les avaient terminés, on les brûlait.

« Brûlait ?

– Oui. Des journaux en toutes les langues ! »

Il n'avait jamais rien entendu de semblable ! Mais là-bas, au château, ils étaient riches, si riches.

« Tandis que moi, dit-il, je suis encore mon propre cheval.

– Oui, je vous comprends, ça ne doit pas être facile tous les jours. »

Il ne se plaignait pas. Il n'aurait aucun mal à se procurer un cheval s'il voulait, il avait du crédit partout au village ; il pourrait en avoir un sur l'heure.

« C'est formidable. »

Sur l'heure. Mais il préférait attendre le printemps.

« C'est une grande force que d'être toujours de bonne humeur comme vous, Daniel.

– Mais, chère amie, fit-il, très en verve, j'ai mes deux bras, une maison, des bêtes, je vends un taureau de temps à autre, je chasse le lièvre et la perdrix. Au printemps, j'aurai un cheval, j'assainirai les marais et sèmerai le blé. »

Elle saisit l'occasion pour lui montrer sa bouche : un de ses plombs lui avait brisé une dent, c'était du beau, n'avait-il pas honte ?

Il leva les bras au ciel en signe de consternation et de malheur, mais voyant qu'elle l'avait bien pris et ne lui faisait aucun reproche, il reprit courage. Vraiment, ça ne se voyait pratiquement pas, cela ne la changeait guère, elle était toujours aussi belle, aussi ravissante…

« Mon Dieu, ravissante ? Mais regardez, ça aussi c'est nouveau. Une belle cicatrice, n'est-ce pas ? »

Elle lui raconta en détail l'accident survenu sur la piste de luge et Daniel hocha la tête :

« C'est moi qui aurais dû conduire !

– Oui.

– La prochaine fois, vous m'appellerez. Je viendrai avec ma propre luge. »

Son ingéniosité et son langage fleuri la firent sourire et elle parut se consoler.

« Ce n'est pas affreux lorsque je souris ? demanda-t-elle en lui prenant le bras.

– Comment ? Cette petite dent en moins ? Je suis sûr à cent pour cent que je ne m'en serais pas rendu compte si vous ne me l'aviez pas dit. Il n'y a aucun trou. »

Elle eut un petit rire.

« D'ailleurs, je pense que vous devez être tout aussi bonne à embrasser qu'avant, ajouta-t-il, très excité.

– Allons ! » dit-elle en feignant de le frapper.

Ils entrèrent dans la cabane ; il y avait du soleil et on aurait dit qu'un mur de poussière les abritait, tel un paravent. Tout paraissait préparé, convenu d'avance. Lorsqu'il l'embrassa, elle cria un peu en disant :

« Que vous êtes collant, vous !

– Je n'avais pas de mots pour exprimer ce que j'éprouvais. »

Elle se releva et le regarda : une fois bien lavé, il ne devait pas être laid, sa grande bouche n'était pas mal du tout.

« Et maintenant, il faut m'enlever toutes ces brindilles !

– Oui, si vous me donnez encore un baiser ! »

Elle lui sourit et répondit :

« Après, peut-être. »

Mais il ne s'exécuta pas et, en la tirant par le bras, essaya de la ramener contre lui. Il n'y parvint pas, car il en faisait trop et elle ne voulait pas précipiter les choses. Quel coquin ! Ce n'était qu'un fripon et il fallait le mater. Bien qu'elle n'eût plus la même apparence qu'avant, elle voulait se faire prier et le faire plier un peu. Elle sortit de la cabane et secoua sa robe ; lui, pour avoir sa récompense, la suivit et l'aida à enlever les brindilles. Mais il cessa très vite.

« Non, non, vous n'auriez pas dû ! s'écria-t-elle. Allons ! Je vous l'avais promis, mais ce n'était pas à vous de le prendre.

– Il n'est pas trop tard pour m'en donner encore un.

– Vous êtes trop gourmand ! Je vous apporterai d'autres journaux demain. J'ai une rage de dents épouvantable, Daniel ; je souffre horriblement.

– Ce n'est pas bon les rages de dents, acquiesça-t-il, j'en ai eu deux. Marta en a tout le temps et elle peut supporter ça pendant des semaines sans rien dire, mais moi je n'ai jamais pu m'y habituer.

– Et si vous aviez tous les autres maux que j'ai...

– Que diable, il y a remède à tout, sauf aux rages de dents.

– C'est la pire douleur que vous connaissiez ?

– Oui. »

Elle énuméra d'autres peines : soucis, insomnie, destin... Il n'approuva pas. Comment, en quoi était-il fait, n'était-il jamais malheureux ? Si, un an auparavant il l'avait été. Mais la vie, cette lutte permanente, les angoisses ? Non, il ne comprenait pas ce genre d'abstractions. Il essaya de la faire rentrer dans la baraque, mais elle fit semblant de n'avoir pas entendu. Bien sûr, c'était un galopin, elle le voyait bien. Il la fixa sans cligner des yeux ; elle baissa alors les siens, et, lorsqu'elle releva les paupières, il la transperçait encore du regard. Il n'était conscient que d'une seule chose : elle était mignonne et bien faite, elle savait s'y prendre et son corps se laissait faire. Il en jouissait d'avance, tout excité, chaud comme un four.

Au fond, la force de son désir était la vertu de son vice. Elle recula, quelque peu effrayée. Il avait un regard d'anthropophage, ses gestes étaient empressés, ses narines palpitantes, ses dents blanches brillantes de candeur. Son cœur se souleva un peu.

« Il faut que je parte, dit-elle.

– Non ! » protesta-t-il.

Mais rien n'y fit, elle était déjà loin et il comprit qu'elle s'en allait pour de bon.

« Ne partez pas, ne partez pas ! » cria-t-il.

Elle lui fit un salut de la main.

« Vous ne reviendrez jamais ?

– Si, demain. Je vous ai promis d'autres journaux... »

Le lendemain matin.

Ce n'était peut-être pas très honnête de retourner à la baraque, mais il y avait un sens à cela. Autrement, pourquoi serait-elle allée tâter le terrain la veille ? Mlle d'Espard n'avait plus beaucoup d'issues possibles.

Elle était donc là, être humain sur la terre, une vagabonde, une petite fille, une vie égarée, une graine. Elle n'était pas trop déprimée, et faisait attention à ne pas sortir du chemin et à ne pas prendre de neige dans ses bottes. Il faisait beau, comme la veille. Elle portait le paquet de journaux sous le bras. Elle savait ce qui l'attendait dans la cabane. Elle y allait. Certains qualifient cela de « plein gré ».

Il n'avait pas de traîneau aujourd'hui, et c'était peut-être exprès pour ne pas vider la baraque de tout le foin, ou quelque chose dans le même genre. Il était un peu mieux habillé et s'était lavé soigneusement.

Ne voulant risquer un nouvel échec, il s'y prit avec plus de délicatesse, sans l'approcher. Ce fut même elle qui entra s'asseoir la première. Mais qu'il vienne aussi, lui dit-elle, s'il promettait d'être sage. Oui, oui, il serait sage !

Ils parlèrent des journaux ; elle lui montra un ou deux articles qu'elle lui conseillait de lire.

« Oh ! Ce sera chouette ! » dit-il.

Vraiment, il se tenait bien, elle lui avait donné une bonne leçon. Il se tenait même tellement bien que lorsqu'elle murmura qu'il était temps de rentrer, il ne l'avait pas encore entourée de son bras. Il n'était pas tout à fait lui-même, parlait beaucoup trop, sans naturel, plaisantant à tort et à travers.

« J'ai eu de la peine pour vous hier, déclara-t-elle pour couper court, quand je vous ai quitté brusquement. Je vais le faire maintenant, je veux dire, ce que vous m'avez demandé…

– Le baiser ?

– Oui, ce que vous vouliez hier. J'ai eu de la peine pour vous… »

La tension retombée, elle fondit en larmes. Elle n'était plus à la hauteur. La petite fille avait porté des semaines durant un chagrin secret, et maintenant ses forces l'abandonnaient. Elle éclata en sanglots, se releva, et se laissa aller à pleurer à chaudes larmes.

Il ne comprenait pas ce qui se passait, ignorant ce qu'était l'hystérie, et il lui demanda ce qui n'allait pas, tout en la tapotant gentiment.

« Allons, pourquoi pleurez-vous ?

– Je ne pleure pas, je hu-hurle ! » cria-t-elle dans un rire convulsif.

Il la coucha dans le foin et ils roucoulèrent jusqu'à ce qu'il ressentît à nouveau en lui la folie de la veille.

Elle lui céda à nouveau.

Quel gamin ! Il parla d'elle, lui dit qu'elle était sensationnelle, unique ! A vrai dire, il était assez difficile, mais un corps comme le sien !

« Ne pouvez-vous pas vous taire ! » s'écria-t-elle en se cachant le visage.

Non, il ne pouvait pas se taire, cette aventure inespérée avec une dame de la ville, une dame bien, l'avait perturbé ; il en avait l'eau à la bouche. Il poursuivit ses louanges. Mais attention, il était aussi plutôt satisfait de sa propre personne et se gonflait comme un coq tout en parlant.

« Vous ne comprenez pas que cela pourrait mal tourner ?

– Mal ? » Ah ! bien sûr, mais non, elle ne devait pas se soucier de ça. Pourquoi diable cela finirait-il mal ?

« Les suites ! Les conséquences ! » s'exclama-t-elle, exaspérée.

Il se montra frivole et ne voulut pas en parler sérieusement :

« Maintenant vous allez être sage et ne plus y penser ! la consola-t-il. Que Dieu nous protège si un malheur arrivait. Dans ce cas, mes deux bras n'y suffiraient plus. Mais je vais vous dire : nous ne sommes sur cette terre que des plumes au vent selon la volonté de Dieu. Il n'y a rien à faire. Pour toute ma ferme, je ne voudrais pas qu'il vous arrive malheur à cause de moi, c'est pourquoi il ne faut pas y penser comme ça, je vous en prie. »

Quel tas de bêtises, de balivernes ! Elle ne voulait sans doute pas approfondir le sujet, mais par prudence, elle préférait y faire allusion ; comme ça, plus tard, ce ne serait pas une trop grande surprise. Elle pensait à tout. Ses discours n'avaient pas été sans la réconforter un peu. Elle avait besoin de son amitié et sa façon limpide d'examiner les choses lui faisait du bien, ses épaules étaient larges et bonnes. Il pourrait sans doute la prendre dans ses bras comme une enfant et la porter jusqu'à sa ferme. Dans tous les cas, il constituait un bon soutien.

« Si c'est vous qui le dites, je suis rassurée, déclara-t-elle. Puisque vous voulez m'aider.

– Oh ! mais... mais je ferais tout ce que vous voudrez, faites-moi confiance ! Il ne vous arrivera rien, c'est moi qui vous le dis !

– Il le faut, Daniel, je n'ai que vous...

– Mon Dieu ! Vous viendrez me voir, moi et personne d'autre, qu'il s'agisse d'aller sur la piste de luge ou n'importe où. »

Non, ça n'allait pas, il ne réfléchissait qu'à moitié. Elle voulut en terminer et lui dit au revoir. Pour l'instant, elle allait s'offrir un bon sommeil – elle voulait manger et dormir. Que s'était-il passé ? Le travail de séduction avait été accompli avec succès et le bonheur était assuré. Dans une semaine ou deux, elle ferait un nouveau petit pas de loup en avant !

Elle rentra plus sereine qu'elle n'était sortie, libérée d'un poids qui l'opprimait depuis longtemps. La petite fille ne s'était pas avouée vaincue et avait fait de son mieux, avait tout préparé, tout arrangé, avait agi en dépit du destin. Ce qu'elle obtiendrait par cette manœuvre ne serait pas volé...

Les jours passèrent. Le calme qu'elle s'imposa lui fit du bien et son teint devint moins terne ; le soir, avant de s'endormir, elle levait les yeux dans le noir, l'âme en paix : Daniel ne s'était point rendu compte de son état, c'était certain. Chaque fois qu'il la voyait, il appréciait davantage ce qui restait de Julie d'Espard. D'ailleurs, elle n'était pas une ruine, loin de là, son corps était toujours impeccable et elle pourrait toujours se faire mettre une dent sur pivot à la place de celle qui était tombée ; elle ne serait pas la seule... Au sanatorium, on attendait maître Rupprecht. L'économe et la directrice auraient bien aimé préparer et embellir l'intérieur et l'extérieur de la maison, faire dégager la neige des chemins et surtout se procurer de la nourriture fraîche – à l'instigation du Suicidé, un nouveau complot s'était tramé contre les conserves.

La directrice exigea des truites, des truites fraîches. L'économe n'était pas pêcheur, il avait été matelot, mais maintenant qu'il occupait une fonction supérieure… bref, il alla consulter Daniel à ce sujet. Et Daniel fit des trous dans la glace du lac et pêcha toute la journée. C'est là que Mlle d'Espard vint le trouver avec sa mauvaise nouvelle : ça tournait mal, elle en était sûre, d'ailleurs elle en avait eu le pressentiment dès la première fois. Ne se rappelait-il pas le lui avoir entendu dire ?

Que pouvait-il répondre ?

« Hum. Oui ? Ah ! bon. »

Chaque fois que Daniel avait tiré sa ligne, de l'eau s'en était écoulée, qui petit à petit s'était transformée en glace dangereusement fragile autour du trou. Il la pria de ne pas trop s'approcher.

« Qu'est-ce que ça ferait ? Tu ferais mieux de m'y jeter. »

Il posa son attirail, la prit dans ses bras et alla la mettre en sûreté. En même temps, il lui posa un gros baiser sur le front.

« Que Dieu te bénisse ! » lui chuchota-t-elle, sourire et larmes mêlés, les bras autour de son cou.

Il n'était pas mécontent d'avoir eu cette idée d'un si bel effet sur elle. Il gonfla la poitrine et dit :

« Voilà comment on résout ça !

– Tu peux le dire, toi, mais moi, que dois-je faire ?

– Ne pleure pas, ne pleure pas ! On trouvera bien !

– Merci ! Je suis si heureuse que tu veuilles m'aider !

– T'aider ? N'ai-je pas dit : "Viens me trouver ?" On est deux et on trouvera bien une solution. Si tu savais tout l'argent que je gagne avec ma pêche sur la glace, jour après jour…

– L'argent, j'en ai un peu aussi. »

Il hésita. Certes, il avait vu l'enveloppe qu'elle portait sur elle quelques semaines auparavant, et en y réfléchissant bien, il l'avait aussi senti, à l'instant, lorsqu'elle était dans ses bras.

« Quel est le problème, alors ? » dit-il à haute voix.

Elle céda.

« Rien, peut-être, acquiesça-t-elle.

– Prends soin de ta santé ! lui lança-t-il lorsqu'elle partit. Ne mets pas de neige dans tes bottes ! »

Ça s'était bien passé, Daniel était réellement un chic type, il s'était comporté comme l'aurait fait un Français distingué sorti de ses romans, un monsieur sans tache. Même son insouciance était charmante. Elle alla souvent le voir sur la glace pour bavarder un peu ; parfois il changeait de place et perçait un nouveau trou. Ensuite, il monta au lac supérieur. Il n'en tira pas une pêche miraculeuse, certes, mais pour lui qui n'avait pas de grandes prétentions, cela constituait un bon salaire. Sa bonne humeur ne le quittait pas :

« Cela suffit à payer le café à Marta, disait-il, et pour un jour d'hiver ce n'est pas un mauvais gain ! »

Elle lui demanda combien lui rapportait chaque poisson, mais il ne sut répondre, ce n'était pas rien en tout cas, ça dépendait de la taille du poisson, du poids, et, de toute façon, il faisait toujours un bon profit. Bref, il se vanta quelque peu : l'essentiel pour lui était de couvrir les sorties d'argent par les rentrées et non de laisser les sorties dépasser les rentrées !

Les clientes du sanatorium préparaient quelque chose ces temps-ci. Elles se réunissaient pour faire des cachotteries et l'une d'elles prenait des notes sur un papier. Chaque fois que Mlle d'Espard passait, elles se taisaient. Cela lui était indifférent, complètement égal ; elle était suffisamment grande dame pour savoir les ignorer toutes. Mais à la longue, elle trouvait pénible d'être ainsi mise à l'écart. Elle essaya de faire quelques avances, proposa de prêter ses livres français. En vain. La solitude commença à lui peser : l'homme, comme le corbeau, ne la supporte pas sans peine. Elle avait Daniel, qui était sur la glace, mais pour monter l'y retrouver le chemin était long et froid. Le Suicidé n'était pas d'une compagnie très intéressante depuis le départ de son ami ; le pauvre homme avait repris sa bouderie et ne se promenait plus dans la montagne.

Il avait également abandonné le jeu de boules.

La demoiselle fut donc ravie par l'arrivée de l'avocat.

Il était si sociable, si gentil, toujours prêt à rendre service, et comme Mlle d'Espard faisait partie des tout premiers clients du sanatorium, il s'occupait d'elle avec une attention toute particulière, au grand déplaisir des autres qui l'enviaient.

Il lui apporta des nouvelles de M. Fleming dont certains détails qu'elle ignorait : on l'avait arrêté à Kristiania même et, comme il était poitrinaire, on lui avait accordé l'hospitalisation, en attendant que les formalités concernant son extradition fussent réglées. Il payait toujours tout lui-même et se comportait en gentleman. L'étonnant c'était l'indifférence que les autorités finlandaises montraient à l'égard de ce faussaire. Elles avaient même insisté pour qu'il fût bien traité et Dieu seul savait qui il était au fond et quel crime il avait bien pu commettre, ajouta l'avocat pour terminer. Peut-être rien de mal, peut-être s'agissait-il d'un malentendu qui pourrait facilement être éclairci.

« Ni vous ni moi, mademoiselle, ne le savons.

– C'est vrai.

– Que voulez-vous qu'on sache des clients d'un sanatorium ? Nous ne leur faisons pas passer un interrogatoire, nous les prenons pour ce qu'ils affirment être. Ils nous arrivent de l'est ou de l'ouest et repartent Dieu sait où ; la plupart de ceux qui nous quittent ne reviennent pas et la vie se referme sur eux. Dans un sanatorium on entre et on sort, un séjour n'est pas une vie ; nous procurons repos et distraction, à certains même santé et vie, mais ils ne restent qu'un temps limité. Peut-être avons-nous quelques fois abrité des aventuriers, et après ? Nous ne sommes pas la police. Parfois nous parvient un article de journal nous rappelant un de nos visiteurs. Vous vous souvenez de la princesse ?

– Oui.

– Je veux dire la lady du ministre anglais ? On murmure maintenant qu'elle n'était ni lady ni princesse. Elle aurait été démasquée. Cela ne nous concerne pas. Elle est venue avec une interprète et une femme de chambre pour un temps donné, ne nous a pas porté préjudice, et la facture a été réglée. Que finalement ce soit Mme Ruben qui l'ait payée, c'est son affaire et pas la nôtre ; si Mme Ruben l'a fait, c'est qu'elle devait avoir de bonnes raisons. A propos, elle a beaucoup maigri.

– On me l'a dit.

– Elle est beaucoup plus mince, plus jolie, c'est un plaisir à voir. Je ne serais pas surpris d'apprendre que c'est son séjour à Torahus qui en est la cause. Moi-même, je renais littéralement chaque fois que je viens. N'est-ce pas, que cet endroit respire la santé ?

– Oui.

– Quoique vous n'ayez pas tout à fait maigri, vous. Vous auriez même plutôt pris du poids.

– Je suis comme avant, affirma-t-elle, rouge comme une pivoine.

– Peut-être un peu plus à l'aise, un soupçon. Et c'est très bien ainsi : amaigrissement pour les gros et prise de poids pour les maigres. C'est l'eau d'ici qui en est responsable ; je vais la faire analyser. J'ai tant de choses à faire ; par exemple le drapeau. Pensez : nous avons été sans drapeau tout ce temps. Je l'ai oublié cette fois encore. Nous avons deux mâts : un sur le toit et l'autre là-bas sur le terrain, et pas de drapeau. Mais à Noël, il *faudra* en avoir un. Au fait, j'ai invité M. Oliver à venir passer les fêtes ici. Vous vous entendez bien avec lui, je crois.

– Oui.

– Je l'ai donc invité à venir ici pour Noël. Je tiens beaucoup à lui, c'est une personnalité dans le pays, un grand nom. Lorsqu'il est rentré chez lui cet automne, il a écrit un article très élogieux sur notre maison de santé à la montagne et sur notre action. C'est paru dans une gazette locale, mais je serais heureux de le voir publier quelque chose dans un grand journal ; et je pense que lui-même en serait ravi.

– Nous avons eu la visite du sous-brigadier, dit-elle. Il est venu il y a quelque temps nous interroger.

– Au sujet de M. Fleming. Oui, je l'ai su. Malheureusement je n'étais pas là pour l'éviter. J'espère qu'il s'est conduit avec respect ?

Il ne manquerait plus que ça ! D'ailleurs, je vais faire un saut chez le gendarme, j'exige que nos clients soient laissés en paix.

– Puisque vous parlez de M. Fleming, il ne serait pas mort, par hasard ? Il est encore en vie ?

– Je l'espère bien, répondit l'avocat toujours aussi aimable envers tous, même envers un faussaire absent. Je n'ai rien entendu, mais je souhaite vivement que le séjour ici lui ait été profitable et qu'il se porte mieux. Il est extrêmement sympathique et attrayant ce jeune homme, noble, des manières exquises. Notre sanatorium lui ouvrira toujours ses portes s'il veut revenir. Dans l'ensemble, nous avons eu de la chance avec nos clients, tous des gens charmants que je serais heureux d'accueillir à nouveau. Quant à la princesse, elle nous a fait une excellente publicité, et elle sera toujours la bienvenue si elle le désire. Une prestance, un *air**... Je ne sais pas si vous y attachez de l'importance, mais moi j'avoue que cela m'attire beaucoup. Qualifiez-moi de guignol si vous voulez !

– Mais cela en a pour moi également.

– Naturellement. Vous qui êtes française... Oui, la princesse n'était pas mal. Elle s'adressait au docteur, à moi, à nous tous comme si nous étions ses serviteurs. Mais une *lesson* en "princesserie" ne fait pas de mal. Le docteur Øyen m'avait demandé s'il devait aller lui rendre visite avec des gants, mais j'ai trouvé cela exagéré, il aurait pu avoir besoin de lui prendre le pouls et dans ce cas, les gants l'auraient gêné. Non, il ne faut pas être servile. Il faut garder sa dignité. Pourtant, je regrette encore aujourd'hui que nous n'ayons pas eu de drapeau lorsqu'elle est arrivée. »

Certes, maître Rupprecht avait des côtés puérils, il avait appris quelques tours, avait un rien de snobisme et de distinction naïve, propres à son milieu. Mais ce qu'il y avait en lui à la base, possédait une grande valeur : sa bonhomie, son amabilité, ses dons exceptionnels d'hôte. Il ne manquait pas non plus d'un certain tact naturel ; ainsi, il fit semblant de ne pas remarquer, par discrétion, le visage défiguré de Mlle d'Espard.

*. En français dans le texte (*N.d.T.*).

Lorsque enfin elle lui en parla, il se pencha en avant pour mieux voir.

« Il faut vraiment que vous m'en parliez..., dit-il.

– Oh ! fit-elle, quelle délicatesse !

– Vraiment, il faut que vous le fassiez remarquer ! Je n'y vois pas aussi bien qu'avant mais si vous mettez le doigt dessus, je le vois, bien sûr. La cicatrice ne vous change vraiment en rien. Vous n'aurez pas besoin désormais de mettre des mouches.

– Oh ! répondit-elle en souriant, il faudra plutôt que j'arrête d'en mettre.

– Un trait comme celui-là n'est pas laid. Comment est-ce arrivé ? »

Quand il eut appris l'accident sur la piste, il se préoccupa aussitôt de prévenir de semblables accidents dans le futur. L'été venu, il faudrait débarrasser la piste de toutes les pierres et roches qui gênaient, et, pour commencer, à Noël, il ferait ajouter de la neige, mettre des piquets de chaque côté de la piste. Tout serait arrangé.

« Noël n'est pas loin, dit-il pour conclure, vous serez des nôtres, j'espère ?

– Sans doute.

– Je le souhaite vivement ! Vous êtes parmi nos plus chers clients. Je serai moi-même présent ; il y aura beaucoup de monde, j'ai déjà pris pas mal de contacts. Nous ferons aussi dégager la neige du premier lac pour qu'on puisse y patiner. Je pense que nous arriverons à faire une fête pour tout le monde. Nous ferons de Torahus quelque chose de grand, d'unique, et nous ne reculerons devant aucun sacrifice tant que je serai directeur. La prochaine étape sera l'électricité. Ça viendra. Au printemps, on aménagera les chambres qui ne sont pas terminées et nous ferons apporter d'autres meubles. Ce ne sera pas tout. Il faudra ensuite agrandir. Il s'est trouvé que le sanatorium était trop petit, il faudra prévoir grand. C'est tout un monde en miniature qu'il faut organiser... »

DEUXIÈME PARTIE

X

On apporta un grand paquet pour le Suicidé : c'était Anton Moss qui lui renvoyait le pardessus, accompagné d'une lettre dans laquelle il expliquait qu'il pouvait s'en servir sans crainte : il avait été désinfecté.

« Et un grand merci pour me l'avoir prêté ! », ajoutait-il.

Cette lettre n'était sûrement pas de la main de Moss, mais il avait dû la dicter lui-même : les expressions étaient bien les siennes et chaque ligne était empreinte de son ironie habituelle. Ainsi, il conseillait au Suicidé de se remarier ou de se faire missionnaire.

« Il a perdu la raison ! » commenta celui-ci.

Si étonnant que cela pût paraître, il fut réellement blessé par les propos de son vieil ami ; sa lettre lui fit proférer des énormités comme au temps où il était là et où ils passaient la majeure partie de leur temps à se disputer. Il alla chercher Mlle d'Espard et la pria d'écouter ce qu'il avait l'intention de répondre, point par point, à son camarade. Ah ! cet aveugle, ce cadavre allait en avoir les oreilles qui lui tinteraient ; d'ailleurs il lui écrirait pour de bon ce qu'il pensait, en toutes lettres, par Dieu, il le ferait, il enverrait une lettre bien sentie à ce chien galeux. Il n'aurait pas le dernier mot, non. Mlle d'Espard le pria de modifier quelques phrases, quelques tournures, mais il refusa et trouva, en riant aux éclats, des surnoms encore plus injurieux : colin-maillard, pestiféré…

Le Suicidé passa deux jours à rédiger sa réponse et une fois le brouillon terminé, il était encore tellement exaspéré qu'il dut faire de longues promenades en montagne pour se calmer. L'expression « se remarier » paraissait l'avoir touché plus que toute autre.

« Que diable, est-ce que cet imbécile sait si je suis marié ou non ! Je ne lui ai jamais fait de confidences ! Vous partez en promenade, mademoiselle ? Si vous n'y voyez pas d'inconvénients, je ferai un petit bout de chemin avec vous ; je vais jusqu'à "la Cime". »

La jeune femme allait voir Daniel qui était à la pêche. Elle avait dû interrompre ses visites pendant quelques jours pour qu'elles ne fussent pas trop rapprochées, mais les autres femmes du sanatorium l'isolant volontairement, elle s'était vue contrainte de reprendre ses promenades sur la glace.

Ah ! ces vieilles dames indignes ! On apprit qu'elles préparaient un ouvrage, une broderie multicolore sur feutrine verte. Mlle d'Espard l'avait aperçue par hasard un jour qu'elle passait devant la chambre de l'une d'elles : la femme de chambre avait déplié l'ouvrage et l'admirait, porte grande ouverte. En un clin d'œil, elle comprit tout : elles avaient fait des cachotteries pour un tapis de table ! Les notes qu'avait prises la vieille fille, c'était la quantité de feutrine verte, de soie, de doublure et de franges nécessaire. C'était là la raison pour laquelle elles se réunissaient à tour de rôle dans leurs chambres, où elles cousaient, buvaient du café et lisaient à haute voix.

Mlle d'Espard ne put s'empêcher de sourire : c'était donc là l'objet de ces réunions dont elles l'avaient exclue avec tant de plaisir ! De toute façon, elle ne savait ni broder ni tenir une aiguille, elle n'avait jamais appris. Par contre, elle connaissait beaucoup d'autres choses, la dactylographie, le français ; bref, elle avait pris soin de son esprit. Mais dans ces conditions, dans ce milieu si mélangé, cela ne lui servait à rien : ici, l'ouvrage féminin était prisé plus que tout et elle était, elle, une femme moderne.

Lorsque l'avocat repartit, elle fut à nouveau réduite à la compagnie de Daniel ; c'était d'ailleurs celle qui l'intéressait le plus en ce moment. Où en étaient-ils ? Où en était-elle ? Aucune question directe, aucune réponse, aucune décision. Voulait-elle de lui ? Le savait-elle seulement ? Oui, naturellement, c'était son intention, après tout ce qu'ils avaient connu ensemble. Elle n'était pas sans avoir de l'affection pour lui et elle arriverait peut-être à l'aimer davantage avec le temps. Il n'était pas dépourvu de qualités et il était beau garçon.

Et surtout, avait-elle le choix ? Désormais, il lui faudrait se contenter du propriétaire d'un chalet d'alpage. Elle passa par le premier lac. Des hommes du sanatorium et du village en dégageaient la neige pour aménager la patinoire. Les garçons du village, des jeunes pour la plupart, étaient assez mal élevés et chuchotaient en riant sur son passage. Cela ne l'amusait pas du tout et elle fut soulagée en voyant Daniel. Il était pareil à lui-même, prêt à l'aider. Lorsqu'il apprit que les villageois s'étaient mal tenus devant elle, il voulut immédiatement abandonner son travail et aller leur dire deux mots.

« C'est toute cette racaille qui traîne au magasin, dit-il ; je suis certain que c'est eux. Tu ne veux pas que j'aille leur parler ? De toute manière, Helmer pourra s'en charger, je le lui dirai. »

C'était Helmer son voisin. Ils se connaissaient depuis l'enfance ; Helmer était un cœur d'or et son meilleur ami. Daniel lui raconta en riant qu'une fois il l'avait même empêché de mettre le feu à une maison. Cela s'était passé deux ans plus tôt, lorsqu'il avait été trompé par sa bonne amie qui avait pris un autre galant, le sous-brigadier de gendarmerie. Et Daniel, après avoir bu quelques verres, avait voulu se venger et mettre le feu à sa maison. Si Helmer n'avait pas été là, Dieu seul sait ce qui…

« Tu l'aurais fait ?

– Oui. » C'était peut-être de la vantardise, mais il acquiesça.

« N'oublie pas ce qu'elle m'avait fait, pourquoi s'est-elle moquée ainsi de moi ? demanda-t-il. N'étais-je pas d'une ferme tout aussi bien que la sienne ? Mais maintenant tout ça m'est égal, elle m'indiffère ! »

Il en fit toute une histoire et développa le sujet sur un ton mi-sérieux, mi-badin ; elle en déduisit que son discours avait un double sens et comprit qu'elle était désormais la seule à occuper ses pensées. Elle lui demanda, au hasard, ce qu'il ferait si elle tombait à l'eau. Pour toute réponse, il posa encore une fois son attirail, la souleva et la déposa loin de là après lui avoir donné un baiser. Aucun doute, c'était un brave garçon ; elle serait en sécurité auprès de cette poitrine large comme une porte.

« Daniel, fit-elle sur un ton pleurnichard, si tu m'aimais, ne fût-ce qu'un peu, tu me demanderais en mariage sur-le-champ !

– Quoi ? »

Devant sa surprise, elle eut peur d'avoir tout gâché et fit marche arrière, assez déçue. Daniel se mit à rire :

« Mais je t'ai dit ça comme ça ! Mon Dieu, tu as cru que j'étais sérieuse ? C'était *en l'air**. Tu ne comprends pas le français, c'est vrai ! Comment dire ça en norvégien ?

– Est-ce que je pourrais te demander ta main ? Est-ce que tu accepterais ?

– Ça dépend, je ne sais pas.

– J'entends, si je te le demandais sérieusement ?

– Je répondrais probablement que nous devrions y réfléchir tous les deux. »

Un silence.

« Je ne pense pas que tu accepterais, reprit Daniel à voix basse, non, je ne le crois pas.

– Pourquoi pas ? Ce qu'il y a eu entre toi et moi ne pourra être effacé. »

Il commença à se douter de quelque chose et lui demanda sans ambages :

« Mais quelle est ton intention ? Tu veux vraiment de moi ? Non, n'est-ce pas ? »

Un silence.

« Tu vois bien ! fit-il, gêné, en hochant la tête avec le sourire.

*. En français dans le texte (*N.d.T.*).

– Si, je le veux, répondit-elle. C'est la seule solution à présent, tu sais. Je veux bien de toi. Et toi, tu n'as qu'une issue : m'accepter. Vraiment, Daniel, après ce que tu m'as fait... »

Il ne paraissait pas y avoir beaucoup pensé et s'être imaginé une telle possibilité. Il n'aurait jamais cru... Comme une fois auparavant, il fut surpris, et un flot de bêtises sortit de sa bouche : Julie était une dame, une vraie, la femme la plus exceptionnelle qu'on eût jamais vue. Il n'avait pas cru, c'était trop...

« Tais-toi ! Pour toi, tout ça ne servira à rien, je ne sais même pas traire les vaches.

– Je le ferai, moi.

– Par contre, je pourrai t'aider à donner le foin aux bêtes.

– Mais non. Bon Dieu, tu ne t'imagines pas que je t'engage comme servante !

– Oh ! tu en auras vite assez de m'avoir pour la décoration.

– Et Marta ? L'hiver, tu sais, je ne touche à rien, c'est elle qui fait tout. Mais dis-moi, honnêtement, as-tu bien réfléchi, est-ce ton dernier mot ? »

Elle lui expliqua encore une fois que c'était leur seule issue.

Il se frotta le menton sur la poitrine, médita, sourit et secoua la tête, incrédule :

« Si jamais ça se fait, j'en connais au village qui en seront pas mal étonnés, Héléna et les autres. »

C'était ce à quoi il pensait surtout : sa victoire sur le village. Et il recommença à parler d'Héléna avec ses expressions saugrenues et incisives. N'était-il pas issu d'une ferme et d'une famille aussi bien que la sienne ? Grand bien lui fasse ! N'avaient-ils pas été unis dès la plus tendre enfance ? Ils avaient été tout comme des gens mariés par amour. Et lui, il n'avait pas manqué de la caresser et de l'embrasser, que la demoiselle le sache bien, seulement, il n'avait pas pu supporter l'idée qu'elle le quitte pour un autre. Ah ! il aurait dû la faire brûler cette fois-là, consumer chaque cheveu de sa tête ! Il n'aurait dû rester d'elle que des cendres, même pas !

« Chut ! » fit-elle pour le calmer. Il ne fallait penser qu'à eux deux, à présent.

Mais elle dut convenir que l'annonce de leur union serait du plus bel effet, presque un miracle ! Daniel rit et battit des mains.

Elle ne le comprenait pas toujours. Parfois, il lui paraissait insouciant et léger, et cependant il était dur à la tâche et d'une grande volonté, autrement dit le bon et le mauvais se mélangeaient en lui, comme en nous tous. Lorsqu'il lui proposa d'arrêter de pêcher et de la ramener à la ferme dans ses bras une fois pour toutes, il devint un « monsieur » selon son cœur.

« Pas de folies ! Mais tu n'as pas complètement tort. »

Elle aurait la nouvelle bâtisse toute à elle, insista-t-il, lui et Marta n'y mettraient jamais les pieds. Elle aurait des bols de crème aigre, de la viande, des pommes de terre et des œufs...

En rentrant au sanatorium, elle trouva à nouveau que tout s'était bien passé, et si elle n'était pas euphorique, elle était au moins satisfaite, d'humeur agréable. On l'avait aidée à reprendre le dessus. Lorsqu'elle était partie, il lui avait lancé :

« Mais toi, mademoiselle, laisse-moi seulement te poser une question : c'est vraiment ta décision, tu es sûre de toi ? »

C'était certainement la troisième fois qu'il lui posait la même question et qu'elle lui assurait que oui.

Qu'eût-elle pu répondre d'autre ? Elle était suffisamment intelligente pour voir les avantages qu'elle tirerait de la ferme de Torahus. Elle était déchue et avilie ; un jeune homme lui offrait une maison et un foyer selon ses moyens, et elle ne pouvait pour l'instant espérer obtenir mieux. Mais il ne fallait pas s'y tromper, si elle acceptait, c'était surtout par nécessité...

Noël arriva, et le soir du réveillon tous les clients du sanatorium se trouvèrent réunis. Il n'y avait pas de sapin, puisqu'il n'y avait aucun enfant, et les étrennes étaient exclues de ce rassemblement hétéroclite. Cependant, les messieurs s'étaient groupés pour offrir une jolie broche en émail de couleur, au bord doré, à la directrice. A la fin du dîner, le docteur prononça un discours et remercia au nom de la directrice pour le beau bijou que ces messieurs – admirateurs mariés ou célibataires, peut-être même prétendants – avaient apposé sur sa poitrine. Ensuite, il s'adressa aux dames pour les remercier du présent aussi important qu'inattendu qu'il avait reçu. Il était visiblement ému, ses yeux brillaient, et il avait du mal à trouver ses mots. Une telle preuve d'amitié, de la part des dames ne pouvait que le rendre heureux et plein de gratitude – le geste avait d'ailleurs fait naître une certaine envie chez les messieurs présents. Ce cadeau, réalisé avec art et bon goût par leurs petites mains douces, illuminerait désormais son existence, cette nappe superbe ferait de sa table un autel et de sa chambre un royaume.

« Mesdames, mon cœur joyeux vous remercie ! »

Il parla ensuite de Noël et de tous les clients qui avaient eu le courage et la bonne idée de passer l'hiver à la montagne.

« Que cela vous profite à tous ! »

Voilà donc à qui était destiné le fameux tapis de table : au docteur. Mlle d'Espard ne put retenir un sourire, car elle se savait exclue des remerciements chaleureux, débordants, du médecin. Tout cela lui parut quelque peu surfait et excessif. Le docteur Øyen n'était pas spécialement apprécié des clients en général ; certes, il était gentil et avait bon cœur, mais il était un peu farfelu et ne faisait pas l'objet d'une estime démesurée. C'était sûrement les veuves de pasteurs qui avaient eu la bonne idée de lui faire ce présent. Noël les obsédait et, voulant à tout prix faire preuve de générosité, elles avaient choisi le docteur. Il en avait été heureux et sincèrement touché, et c'est les larmes aux yeux qu'il les avait remerciées pour le « tapis de son autel ». Après le repas, on distribua le courrier : une profusion de cartes, quelques journaux, un livre. Parmi les envois, il y avait également un rouleau posté à Paris, un cadeau pour le sanatorium, la *Marche de Torahus* composée par le pianiste Selmer Eyde, le protégé de Bertelsen. Grandiose !

Le jeune artiste n'avait pas oublié Torahus dans la grande capitale ! Une femme qui était professeur de musique fut conduite au piano pour la jouer, mais elle dut y renoncer : il lui fallait du temps pour l'apprendre. Par contre, elle joua quelques chants de Noël que toute l'assistance reprit en chœur. On servit du café et des gâteaux, du vin et des friandises et, plus tard dans la nuit, le docteur fit un autre discours, en l'honneur cette fois des maisons, des foyers aux carreaux illuminés, des yeux émerveillés des enfants, des mères – les mères, mesdames et messieurs, qui, en cette période de Noël, travaillent jour et nuit pour tout préparer.

« A la santé des foyers et des mères ! »

Émues, les mères burent et remercièrent.

Une heure plus tard, le réveillon était terminé.

Le docteur insista pour que les malades des nerfs aillent se coucher de bonne heure et que les autres, les couche-tard, suivent le règlement affiché dans le couloir. Le Suicidé, l'économe et un petit commerçant gagnèrent donc l'annexe pour jouer aux cartes.

Le Suicidé passa devant Mlle d'Espard qui lui dit :

« Alors, joyeux Noël, monsieur Magnus ! »

Ce n'était sans doute qu'un mot en passant, mais il lui répondit froidement :

« Pourquoi dites-vous cela ? »

Elle l'avait visiblement froissé. Elle enchaîna :

« Avez-vous reçu beaucoup de cartes ?

– Et vous, mademoiselle ?

– Non, deux seulement.

– Qui voulez-vous qui m'envoie ses vœux ? Je ne connais personne.

– Dans ce cas, pardon ! »

Il regretta ses paroles et s'excusa :

« Écoutez, ma chère… ! En fait nous pourrons en parler une autre fois. Allez-y, dit-il à l'adresse des autres joueurs, je vous rejoins tout de suite ! Non, je n'ai pas reçu de cartes, mais je ne m'y attendais pas non plus. C'est une tradition imbécile. Je regrette simplement d'en avoir envoyé une, c'est ce que j'ai fait de plus idiot. Et savez-vous à qui ? A Moss, cet animal puant.

– A Moss ?

– Cela vous étonne ? Ne m'avait-il pas renvoyé le pardessus accompagné d'une lettre ?

– Vous avez donc répondu à sa lettre ?

– Non, je lui ai envoyé une carte que j'ai achetée au magasin du village. Elle aurait pu représenter une bougie éteinte ou un bonhomme au nez rouge, cela aurait été plus approprié, mais c'était un écureuil. Je ne l'ai pas choisie, j'ai simplement pris celle qu'on m'a donnée.

« Pensez donc, un écureuil ! Quoi de plus insensé ? Vous savez comment on les représente : assis, la queue parallèle au dos, comme s'ils étaient dans un bol. J'aurais aussi bien fait de lui envoyer une maison rouge dans la neige ou un enfant Jésus. Mais un écureuil, quelle innocence !

– Ne croyez-vous pas, répondit-elle, qu'il va se poser des questions ? Cela lui fera passer le temps. Le pauvre garçon : aveugle et abandonné.

– Comment ? Oui, vous avez raison, il méditera là-dessus. "Un écureuil", se dira-t-il, "pourquoi ? Quelle signification cachée y a-t-il là ?" Écoutez, mademoiselle, que diriez-vous de vous habiller chaudement et de venir faire quelques pas au clair de lune ?

– Mais on vous attend dans l'annexe pour jouer.

– Aucune importance : ils peuvent jouer avec le facteur ou le Suisse. »

Ils sortirent.

« Plus j'y pense, plus je trouve que le coup de l'écureuil est très réussi, déclara le Suicidé. Je vous remercie, mademoiselle, de me l'avoir signalé. Vous avez tout de suite saisi que cela le désespérerait. Il demandera sûrement à quelqu'un ce que représente la carte. "Un écureuil", lui répondra-t-on. Et le noir, l'incompréhension, l'envahiront. Je vois d'ici sa tête... »

Il continua de parler.

« Il a suffisamment de noir comme ça, lui fit-elle observer. Je suis heureuse que vous n'ayez pas envoyé de réponse à sa lettre.

– Qui a dit que je ne le ferais pas ? Il l'aura, je vous le garantis. A votre avis, je ne devrais pas ? Pouvez-vous me dire pourquoi je ne répondrais pas à sa lettre ? »

Ils poursuivirent leur chemin. La route avait été bien déblayée et ils pouvaient marcher côte à côte. Par deux fois, elle lui rappela qu'ils devaient aller se coucher, mais il lui rétorqua qu'il ne considérait pas minuit ou deux heures du matin comme des heures tardives : souvent, même quatre ou cinq heures était tout juste tard pour lui ; de nouveau il dormait mal. Le Suicidé était plus refermé sur lui-même, il se sentait moins courageux, et il était reconnaissant à la demoiselle de bien vouloir l'accompagner quelques instants et d'abréger ainsi sa vie d'une petite heure. Ainsi serait-il plus près de la mort, lui laissa-t-il entendre.

Il lui fit part des idées assez sombres qu'il avait sur l'existence ; il perdait son temps, il était arrivé sur le versant nord de la vie, son cœur ne chantait plus et ses vêtements craquaient de toutes parts. Soudain, il se tourna vers elle et lui demanda avec curiosité :

« Et vous ?

– Comment ?

– Avez-vous l'impression de perdre votre temps ici ?

– Peut-être. Mais n'importe comment, je déménage après les fêtes.

– Non ? Maintenant, après Noël ? »

Cette nouvelle le consterna, comme si c'était lui qu'elle abandonnait. Et lui, qui avait perdu l'habitude de discuter depuis le départ de Moss, se ranima et donna libre cours à sa loquacité :

« Quelle mauvaise surprise ! Vous allez loin d'ici ? Cela ne me concerne nullement remarquez, mais êtes-vous sûre que vous serez mieux ailleurs ? Pour ma part, je ne suis pas certain que partir change quelque chose ; c'est d'ailleurs ce qui me retient ici. Au fond, quelle importance a pour les hommes le lieu où ils se trouvent ? Aucune. C'est du moins mon avis. Regardez la pleine lune, nous la trouvons belle, mais elle est inutile, toute bête, elle n'a ni rime ni raison. Et il en est de même pour tout et pour tous. Où que l'on soit, on meurt. Mais, n'est-ce pas : “En cette nuit, un Sauveur nous est né.” Je ne dis pas cela pour blasphémer, il se peut bien qu'il y ait du vrai là-dedans, je veux dire dans cette histoire de Sauveur et de salut – salut d'une existence que nous avons reçue et non choisie –, salut d'une vie qui nous a été imposée sans qu'on l'ait demandée.

« Mon dieu que tout cela est mystérieux, mais je ne sous-entends pas que ce soit incroyable pour autant, certains ont la foi justement parce que c'est peu crédible. Nous sommes conduits la corde au cou vers la mort et nous avançons de plein gré, sans savoir que nous allons à notre perte. Nous entendons parler de la signification profonde de la vie, mais sans la voir, sans la comprendre. Je ne sais pas ce qui est juste ; certains sont sérieux et ne se moquent pas de la vie. Mais nous sommes perpétuellement en marche, et ce que l'âge, le temps n'arrivent pas à désintégrer est métamorphosé jusqu'à devenir méconnaissable. Après avoir marché un certain temps, nous continuons un peu, un jour, une nuit, et le lendemain, au petit matin, l'heure arrive et nous sommes tués, oui, tués. C'est le roman de la vie, dont la mort est le dernier chapitre. Tout est si ténébreux. Au fond, nous n'aurons été que des mines attendant l'étincelle qui allumera la mèche. Et après l'explosion nous restons silencieux, plus silencieux que le silence : nous sommes morts. Nous essayons, bien sûr, de résister tant qu'il en est encore temps, d'y échapper en allant de tous côtés. Ainsi, nous arrivons à ce sanatorium qui paraît être une maison hantée, possédée par la mort et où chacun, l'un après l'autre, courbe l'échine et est emporté dans son cercueil. Nous fuyons – comme vous avez l'intention de le faire, mademoiselle – nous allons ailleurs, comme si cela servait à quelque chose ! On nous recherche partout et partout on nous retrouve : nous sommes coincés. On peut changer de garnison, pas de maître. Mais, mon Dieu, quel combat pour essayer de résister à la mort. Lorsqu'elle entre par la porte, nous nous dressons sur la pointe des pieds et nous lui soufflons dessus avec rage, et quand elle nous prend par le bras, nous la frappons. Naturellement, il ne lui faut guère de temps pour nous jeter au sol tout couverts de bleus. Et l'on nous enterre. Pourquoi tout cela ? Pour laisser le champ libre à la mort des autres ! Mais nous voilà vite avec les yeux bouffés par les vers, trop morts pour pouvoir les chasser. N'est-ce pas vrai, ce que je dis ? Et ce n'est encore qu'un début. Je n'ai parlé que de la mort aimable qui exerce son activité en se promenant, en cueillant par-ci par-là ; mais cela ne lui suffit pas toujours. C'est au cours des guerres, des tremblements de terre et des épidémies qu'elle devient reine et avance le pouce tourné vers le sol : la mort ne s'ébat qu'au milieu des vivants... »

Un bruit lointain, à peine perceptible, monta du village. Sans doute un jeune pasteur qui avait eu l'idée de sonner les cloches pour faire plaisir à ses paroissiens. Le vent ayant tourné légèrement, plusieurs coups rapprochés leur parvinrent distinctement. C'était beau et surprenant ; c'était la nuit de Noël, en toute innocence, en toute misère.

Le Suicidé fit un mouvement brusque ; il essayait de cacher son émotion. Surtout, ne rien laisser paraître ! Pour elle, la diversion était la bienvenue. Elle frissonna et s'exclama :

« Il est minuit ! Il faut absolument que je rentre ! »

Ne voulant pour rien au monde avoir l'air touché, il poursuivit son discours d'une voix quelque peu altérée :

« Remarquez, la mort, ce n'est pas si mal, ce n'est pas toujours sanglant, on n'est pas forcément maltraité par elle. On peut même rester intact avec à peine quelques marques ; peut-on en demander davantage ? C'est surtout chez les riches et les puissants que l'on en fait tout un plat ; les pauvres, eux, ont moins à lui reprocher, et il leur arrive même de la réclamer "donnez-nous la mort, que vienne le dernier chapitre !"

– C'est bien vrai. Vous avez raison. Bonne nuit, monsieur Magnus !

– Ah ! vous voulez rentrer ? Pardonnez-moi, mademoiselle, murmura-t-il devant la porte, sans doute avais-je espéré une petite carte – vous comprenez, c'est Noël – un petit signe de vie.

– Oui, oui.

– Je veux dire, ils auraient pu se souvenir. Si j'ai envoyé une carte pour Noël, ils auraient pu y répondre. Mais non. Bah ! je ne les accuse pas. Il est facile d'oublier une bagatelle pareille si l'on a, par exemple, une maison à tenir.

– Je croyais que vous n'aviez envoyé qu'une carte à Moss ? demanda-t-elle, soudain intéressée.

– Non, j'en ai envoyé une autre aussi, reconnut-il. Mais ne vous imaginez pas que j'y attache de l'importance, elle ne représentait que des fleurs.

– Dans ce cas, vous ne pouvez espérer une réponse avant le Jour de l'An.

– J'y ai pensé. Mais pourquoi voulez-vous qu'il y ait une réponse à ma carte ? Pourquoi sa carte à elle n'arriverait-elle pas en même temps que la mienne ? Non, elle a oublié, voilà la vérité. Ou est-ce qu'à votre avis, elle l'a fait exprès ?

– C'est peu probable.

– En effet. Et je n'exclus pas la possibilité d'avoir une carte pour le Jour de l'An. D'ailleurs, je préfère les cartes du Jour de l'An à celles de Noël. Je ne sais pas si vous êtes de mon avis ?

– Si, vous avez raison.

– N'est-ce pas ! Les cartes de Noël sont une foutaise. C'est bien pour les enfants, mais pour les grandes personnes… »

Lorsqu'elle fut rentrée, il resta un long moment près de l'escalier. Le bruit des cloches avait cessé, et il n'entendait plus que le murmure de la montagne. La pleine lune l'éclairait : son visage avait de nouveau l'expression déchirée du début de son séjour au sanatorium, une expression de doute et de souffrance…

Le lendemain de Noël, maître Rupprecht arriva en compagnie de quelques clients, dont un ingénieur. Le jour suivant, Bertelsen, Mme Ruben et Mlle Ellingsen arrivèrent à leur tour, suivis de quelques nouveaux munis de skis et de patins. Ce ne fut pas vraiment une invasion : une dizaine de personnes pas plus, en tout et pour tout. L'avocat était d'avis que d'autres viendraient, mais il ne fallait pas oublier non plus que Torahus était une maison récente et qu'on ne pouvait par conséquent s'attendre à afficher complet le premier Noël.

On hissa le drapeau, et la *Marche de Torahus* fut jouée en l'honneur de Bertelsen, le mécène qui avait permis à un jeune artiste de produire cette œuvre. Bertelsen était d'ailleurs venu pour une raison bien précise : il voulait étudier la possibilité de faire installer l'électricité. En quoi cela le concernait-il ? En rien. De la part de ce jeune richard, ce n'était qu'envie de se mêler de cette affaire, pour laquelle l'avocat avait convoqué un ingénieur afin de prendre les mesures nécessaires et de calculer le débit de la chute d'eau. Lorsque Bertelsen arrivait à Torahus, il en faisait un peu trop, jouant les propriétaires et allant jusqu'à prétendre qu'il venait pour manger un peu de l'avoir qu'il possédait dans l'établissement. Pour la même raison, il refusait de payer la note de son précédent séjour. L'avocat fut un jour obligé de mettre les choses au point.

« Je ne suis pas au courant de cet avoir que vous dites posséder ici. Vous faites erreur. Ce que vous possédez, c'est un paquet d'actions dans la maison, c'est tout.

– Vous voulez les acheter ? » demanda Bertelsen.

L'avocat répondit qu'il n'en avait pas les moyens, mais qu'il n'excluait pas d'en avoir un jour la possibilité.

« Oui, mais maintenant ?

– Maintenant, je ne peux pas. Pourquoi voulez-vous vendre tout de suite ? Vous n'avez pas besoin d'argent, au moins ? »

Bertelsen plissa le front et répliqua avec suffisance :

« Grâce à Dieu, non ! »

Il faut bien reconnaître que Bertelsen n'était pas un personnage très sympathique, tout le monde était d'accord là-dessus. Par exemple, il critiqua la *Marche de Torahus* et souhaita être remboursé des frais occasionnés par son protégé.

« Cet endroit me coûte beaucoup trop cher », disait-il.

Personne n'ignorait que son commerce était une affaire en or et il donnait mauvaise impression en regrettant ainsi une dépense de quelques milliers de couronnes pour un artiste. Quelles pouvaient bien être ses raisons ? Un des petits commerçants présents – il s'appelait Ruud – n'était plus très sûr de la richesse de la maison Bertelsen et Fils :

« Je connais le vieux Bertelsen, affirmait-il, un homme solide ; mais le fils, je ne sais pas, il ne me reconnaît pas, ne veut pas me saluer, même s'il n'est pas sans savoir qu'il y a quelques années j'aurais pu infliger un sale coup à son père et que je ne l'ai pas fait. J'ai entendu dire, concluait M. Ruud, que le dernier achat de troncs d'arbres aurait fait du tort au crédit de la société.

– Mais ils sont tout de même propriétaires de valeurs sûres ? faisait remarquer quelqu'un.

– Ce n'est pas certain, répondait l'autre. Le tout est de savoir si le jeune homme n'a pas acheté en trop grande quantité ; ensuite, tout dépend de la conjoncture. Évidemment, si l'Angleterre entreprend une nouvelle guerre quelque part dans le monde, la cote du bois grimpera et la maison Bertelsen et Fils pourra remonter la pente. Ils sont peut-être encore en mesure d'y arriver, je n'en sais rien. En tout cas, il serait dommage qu'une si grosse affaire soit obligée de réduire ses activités, et peut-être même de les abandonner, parce qu'une scierie et deux usines de meubles et de défibrage sont en jeu. Il faut espérer qu'il n'y aura pas d'accident, termina Ruud, il en va du pain quotidien de plusieurs familles, vous savez. »

Le jeune Bertelsen ne laissait rien paraître de tout cela et se conduisait comme à l'accoutumée, parlant avec dédain de la Bourse et des actions du sanatorium, ce qui n'était sans doute que l'effet d'une mauvaise humeur passagère. Mais il n'avait pas la sympathie des autres clients ; certains même lui auraient plutôt souhaité une bonne secousse. Il n'était ni laid ni sot, quoique très peu attrayant d'aspect et de manières. Sa seule façon d'agir avec Mlle Ellingsen était répugnante. Était-il fiancé avec elle, ou non ? Les clients des premiers temps se souvenaient bien de la manière dont il avait mis la main, à peine arrivé, sur la plus jolie femme de l'endroit et comment il l'avait accompagnée dans d'innombrables promenades en forêt. A présent, elle paraissait presque ne plus exister pour lui, alors qu'elle était irréprochable dans sa dévotion. Elle refusait souvent une conversation ou les avances d'autres messieurs pour lui rester fidèle, mais cela ne semblait nullement l'impressionner. Il faisait semblant d'être très occupé par les affaires du sanatorium et fourrait effectivement son nez partout où c'était possible. Toutefois, il trouvait le temps de se consacrer à une autre dame. Laquelle ? Mlle d'Espard qu'il avait autrefois courtisée ? Non point, elle n'avait visiblement plus aucun intérêt pour lui, que ce fût à cause de la modification de son aspect ou d'autre chose. Non, celle qu'il convoitait était Mme Ruben. Mlle Ellingsen les avait parfois surpris le matin dans des endroits inattendus, en train de prendre le thé avec des gâteaux. Mme Ruben l'interpella une fois, un peu gênée et intimidée :

« Je suis heureuse que vous soyez là, mademoiselle Ellingsen, nous avons trouvé une petite place ici, comme vous voyez ! »

Et Bertelsen d'ajouter :

« Je ne vous ai vue nulle part. Où étiez-vous ? Voulez-vous sonner pour qu'on vous apporte une tasse ? »

Il ne faudrait pas croire cependant que Mme Ruben essayait d'accaparer le jeune grossiste et de le garder pour elle. Au contraire, elle était peu disposée à un flirt. Mais au fait, que venait-elle faire ici, dans la maison où son mari, le consul, avait trouvé la mort ? Une mort bizarre, mystérieuse... Cet événement affreux l'avait-il attirée à nouveau, était-elle comme les papillons qui ne peuvent se détourner de la lumière ? Quoi qu'il en fût, elle avait demandé qu'on lui redonnât la même chambre qu'avant, comme si elle désirait s'abandonner à son chagrin. Elle avait beaucoup maigri. On se demandait même ce qu'elle avait pu faire de toute sa graisse, son corps était mince et svelte à présent. Son visage, en revanche, avait souffert et paraissait terne et fatigué. Lorsque le Suicidé la revit pour la première fois, il dit à Mlle d'Espard :

« Vous avez vu ?

– Comment ?

– Je veux dire, vous avez vu comme elle a maigri, on croirait un ballon qui a crevé. »

Cependant, Mme Ruben avait toujours les mêmes yeux, délicieux, en forme d'amande.

Elle avait repris son ancienne chambre et revivait chaque nuit la mort tragique de son mari, ce qui expliquait peut-être que dans la journée elle acceptât la compagnie des autres. Bertelsen et elle étaient tous deux dans les affaires et avaient par conséquent plus d'une chose à se dire. Elle ne semblait pas être spécialement séduite par lui – peu de gens l'étaient – mais il était connu en ville, jeune, et en bonne santé, et il fumait d'agréables cigares ; il n'était pas de ceux qui ont les doigts jaunis par les cigarettes. Bertelsen, de son côté, pouvait avoir de bonnes raisons de préférer Mme Ruben à d'autres. Certes, elle avait la peau flasque et était franchement décharnée, comme quelqu'un de sous-alimenté. Mais Bertelsen n'était peut-être pas en ce moment à la recherche de boutons de rose et il avait pu s'intéresser à ses dons pour les affaires ou à son objectivité, pour ne pas parler de sa fortune. Dieu seul pouvait le savoir.

Ils étaient donc trois depuis que Mlle Ellingsen s'était jointe à eux.

« Vous avez été interrompue au beau milieu de votre discours sur la princesse », reprit Bertelsen.

Mme Ruben retrouva avec plaisir le fil de son récit ; elle parlait de Mylady :

« Comme je vous l'ai dit, je lui ai prêté de l'argent sur la bague : il s'agissait d'une somme importante, mais cela m'était bien égal si je pouvais la garder...

– Vous avez pu l'avoir ?

– Vous voyez bien, elle n'est plus là, dit-elle en montrant ses mains tannées.

– Où est-elle ? On l'a volée ?

– Elle a disparu. Mais, au fond, je me fiche pas mal de la bague ! »

Un silence.

« C'était absolument honteux, poursuivit-elle. J'avais voulu lui venir en aide et j'étais allée jusqu'à me fâcher avec mon mari à cause d'elle. J'étais de bonne foi. J'avais cru tout ce qu'elle m'avait raconté sur son mari, sur le paquet de lettres qu'elle montrait en gesticulant, sur la petite ferme dont elle avait envie ; mais tout n'était que mensonge et escroquerie. La bague, dites-vous ? Si seulement elle ne l'avait pas reprise, pas volée. Je ne nie pas que c'est pour ce bijou que j'ai tout fait, un anneau magnifique, rare, je m'en suis rendu compte immédiatement, je n'avais jamais vu un tel éclat dans une pierre. Je me demande où elle se l'était procurée. Et elle vint me la prêter. Remarquez, j'avais d'autres bagues à moi, mais pas une pareille à celle-là. Elle ne m'en fit pas cadeau et la déposa chez moi uniquement pour que je lui procure de l'argent. "C'est bon", lui dis-je, et je fis tout ce que je pus. Mais cela ne suffit pas, elle avait besoin d'une certaine somme. "Bien, répondis-je, mais je crains que mon mari ne refuse de m'acheter une bague pour une telle somme." "Dans ce cas, donnez-lui ces lettres, me dit-elle, et il comprendra. Elles peuvent valoir un million de vos petites couronnes, mais trouvez-m'en rien que dix mille, vingt mille !" "J'en parlerai avec mon mari", répondis-je. "Tout de suite !" me pressa-t-elle. "D'accord, je vais lui télégraphier." Le bijou était à mon doigt, j'avais enlevé deux bagues pour lui laisser la place qu'il méritait et je ne le quittais même pas la nuit. Pourtant, je vous le répète, je n'étais pas très chaude. Mon mari arriva, et il dut penser que j'avais suffisamment de bagues comme ça, ce en quoi il avait parfaitement raison, mais le pire c'est qu'il soupçonna les lettres d'être des faux et refusa d'intervenir en sa qualité de consul. Si au moins je l'avais écouté à ce moment-là ! Il lut les lettres en hochant la tête et nous en parlâmes tard dans la nuit ; finalement il eut sommeil et se coucha. Lorsqu'à mon retour, j'allai m'allonger, j'entendis un bruit sourd ; c'était sa tête qui cognait contre le chevet du lit. Il ne bougeait plus, il était mort.

– Crise cardiaque, affirma Bertelsen avec un mouvement de tête.

– Oui. J'étais donc toute seule. Naturellement, il me fallut me faire une raison : mon mari avait un cou trop court et ça devait arriver un jour ou l'autre ; le hasard avait voulu que ce fût cette nuit-là. Et j'avais la bague. Je n'y tenais pas, bien sûr, comme à la prunelle de mes yeux, mais par précaution je dormais avec chaque nuit. Ensuite, je payai pour la dame et son accompagnatrice et nous partîmes. Elles vinrent habiter chez moi à Kristiania et je réglai plusieurs achats pour elles, je payai, payai sans arrêt, mais la bague était si belle et je la voulais... Toutefois, il me fallut quand même lui faire entendre que cela ne pouvait durer éternellement. “Comme vous voulez, fit-elle, mais les lettres ?” “Je ne saurais pas m’en occuper, répondis-je, et mon mari est mort.” Elle insista en disant que les lettres valaient bien un million, et qu’elles étaient de la main de tel ministre et politicien anglais. Je n’en doutai point, mais je n’aurais pas su les exploiter comme il aurait fallu. Je me comportai bien avec elle, cette voleuse ; j’allai même chez des bijoutiers faire estimer le bijou ; ils furent d’avis que je pouvais continuer encore un peu mes largesses car il était d’une grande valeur, et ancien avec ça. Puis je mis le holà, et refusai de payer davantage. Elle le comprit. Et voilà que je fus prise par surprise : un matin, alors que je faisais ma toilette, je fus appelée au téléphone ; c’était, me dit-on, Mme Stern. J’enfilai un vêtement et descendis ; mes bagues étaient restées sur la table de nuit. Personne au bout du fil. Je rappelle Mme Stern, non, elle ne m’avait pas téléphoné, j’appelle le central, aucune explication là non plus. Mais tout cela m’avait pris du temps et, lorsque je remontai dans ma chambre, la bague avait disparu ! Les autres y étaient, mais pas celle-là ! Est-ce que par hasard je l’aurais eue sur moi en descendant ? Je redescendis et cherchai : pas de bague.

« Je remontai et cherchai : rien. Je n’y comprenais goutte. J’appelai Mylady ; elle vint et m’écouta attentivement. Lorsque je lui demandai si elle l’avait prise, elle me répondit avec un sourire : “Vous plaisantez.” Mais sa femme de chambre, l’interprète, aurait peut-être pu la trouver, dis-je.

« Elle réclama aussitôt Mary, mais elle n’était pas à la maison, elle était partie en ville.

– C’est bien ce que j’avais pensé ! s’exclama Mlle Ellingsen. Elle avait suivi avec un intérêt passionné ce récit qui confinait en quelque sorte à son propre domaine, celui des histoires policières et de fiction, et elle y était à son aise.

– Elles étaient complices, bien sûr, déclara-t-elle, c’est la fille qui était partie téléphoner de l’extérieur. »

Mme Ruben hocha la tête :

« Probablement. Mais la bague était perdue.

– Qu'avez-vous fait ensuite ? demanda Bertelsen.

– Ce que j'ai fait ? J'ai enfin compris et chassé les voleuses de ma maison.

– Où sont-elles allées ?

– Que voulez-vous que j'en sache ? Sans doute poursuivre leurs escroqueries ailleurs !

– C'est inouï ! Vous les avez dénoncées, au moins ?

– Non. Je n'ai pas le temps d'aller à la chasse ; et d'ailleurs, je ne voulais pas de scandale. »

Il y eut un silence.

« Ah ! fit Mlle Ellingsen pour se mettre en valeur, je pourrais en dire des choses sur ces deux dames, n'était mon serment. »

Bertelsen l'écouta avec dégoût et riposta :

« A quoi bon ? Vous ne feriez pas revenir la bague et tout le reste est sans intérêt. »

Riche d'un savoir secret sur les grandes duchesses et les marquis, elle poursuivit :

« Je ne suis pas certaine que mes renseignements ne serviraient pas à retrouver le bijou, mais je dois garder le silence.

– Non, intervint soudain Mme Ruben, ce qu'il faudrait c'est que le sanatorium me rembourse une partie de l'argent que j'ai dépensé pour payer le séjour de ces deux femmes.

– Oui, peut-être, dit Bertelsen un peu surpris.

– C'est tout ce que je demande.

– Mais ce ne serait pas assez ?

– Ce serait déjà quelque chose, un tiers de mes dépenses tout de même. Les deux autres tiers, je me les suis garantis avant de les mettre à la porte.

– Comment ? demanda Bertelsen.

– J'ai repris les objets qu'elles avaient achetés à Kristiania.

– Excellent ! Et elles ont accepté ?

– Bien obligées. Mais elles avaient la peau dure. Imaginez une femme qui, sans se cacher, vole une bague sur une table de nuit :

une femme de ce genre n'a pas de scrupules. Elle a très bien compris que je savais qui l'avait volée, mais elle a nié sans le moindre signe de honte.

– On croit rêver !

– Vous pensez que le sanatorium pourrait accepter ma requête ? demanda Mme Ruben.

– Je m'en charge, déclara fermement Bertelsen.

– Vous voulez bien ? dit-elle avec un sourire de reconnaissance. Ah ! je savais bien que si j'en parlais avec vous qui avez une telle position ici... N'est-ce pas, quand le sanatorium de Torahus accueille des "princesses" de ce genre, ce n'est pas aux clients d'en faire les frais.

– Je m'en charge », répéta Bertelsen. Il regarda sa montre et les pria de l'excuser : il allait faire un tour « d'inspection » et monter aux lacs voir les possibilités d'installation du courant électrique. « Il faut faire quelque chose de bien de cet endroit ; cela nous coûtera de l'argent, mais tant pis ! »

Bertelsen aurait pu s'épargner cette peine, car l'avocat, le docteur et l'ingénieur étaient partis sans lui – ce qui le surprit et le vexa. Il ne manquerait pas de rendre la pareille à l'avocat à la première occasion...

Vers midi, le sanatorium fut ameuté par la disparition du Suicidé. Il ne descendit pas déjeuner, et ne fut pas retrouvé pendu dans un grenier. Le docteur, qui avait toujours affirmé qu'il ne mettrait jamais ses plans à exécution, n'était plus aussi sûr de lui. Après le repas, il se mit en route avec des hommes pour battre la forêt. Ce diable de Suicidé avait dû dénicher une idée compliquée du genre se tirer une balle dans la tête et ensuite s'enterrer dans la neige.

Ils le cherchèrent jusqu'au coucher du soleil dans la forêt enneigée, en criant, jurant et menaçant. Sa chambre fut fouillée pour la énième fois : ses habits étaient là, certains pendus au mur, il y avait quelques livres, deux volumes d'histoire sur la table – il n'était donc pas parti. Où donc était-il ? Mlle d'Espard eut la bonne idée de téléphoner à la gare. Bizarre, cette fille : elle savait garder son sang-froid en toute circonstance ; effectivement, Magnus, le Suicidé, avait pris le train du matin.

Mlle d'Espard avait su ramener le calme dans la maison et tous la remercièrent du plus profond de leur cœur ; certaines parmi les femmes qui l'avaient autrefois tenue à l'écart ne purent s'empêcher d'éprouver un sentiment de honte. Quoi qu'on pût dire, elle leur avait au moins évité une nuit blanche. Oliver déclara tout net que ses nerfs n'auraient pas supporté l'idée d'un pendu dans la forêt, si près du sanatorium.

« Nous autres intellectuels ne sommes pas tout à fait comme les autres, ajouta-t-il, nos nerfs sont délicats. Les longues années passées à étudier nous ont marqués et nos nerfs sont des plus fragiles, des moins solides.

– Mais vous avez une mine resplendissante, le complimenta Mlle d'Espard.

– Je ne suis pas malade, mais anéanti – comme dirait mon frère, répondit-il. Certains n'emploieraient pas le même mot pour cela, mais mon frère dit “anéanti”. Il a ses expressions.

– Et comment vont les choses dans votre ville, monsieur le directeur ?

– Pas mal. Comme d'habitude dans une petite cité, si vous voulez. Nous vivons dans des conditions modestes mais nous essayons selon nos faibles moyens d'élever le niveau général. Tout intérêt supérieur a disparu ; j'ai péniblement obtenu de mon club qu'il m'abonne à quelques journaux étrangers, c'est tout. »

Mlle d'Espard avait changé sans doute : la vie du directeur d'école et les événements de sa petite ville ne la passionnaient plus autant qu'avant ; elle resta indifférente à la nouvelle que son club l'abonnerait à des journaux étrangers.

Ce fou de Suicidé l'aurait-il contaminée avec ses discours irrespectueux sur l'inutilité des études de langues et de l'éducation en général ? Elle n'était plus comme avant, elle était vaincue : elle allait devenir la femme d'un fermier dans un chalet d'alpage.

Mais Oliver ne renonçait pas ; elle l'avait gâté une fois en lui prêtant une oreille attentive et il continua à l'entretenir des faits, grands et petits et de sa ville. Avec un sourire indulgent, il raconta que lorsque *Fia*, le vapeur de la ville, entrait au quai, avec le drapeau en berne pour un matelot pris par les vagues, tous les habitants étaient consternés ; mais le plus grand des scientifiques pouvait mourir qu'ils n'en feraient pas un deuil.

« Bien sûr, le matelot a de la famille chez nous et Dieu sait que ce n'est le cas d'aucun grand homme : les conditions n'y sont pas favorables. Donnez-leur un Italien qui joue de l'orgue de Barbarie et un singe, ou mieux encore, donnez-leur un manège de chevaux de bois sur la grande place ! C'est pénible de travailler dans ces conditions, la résistance passive est partout ! A l'automne, quand je suis rentré de vacances, il y avait des canonnières au large et un dîner avec bal était prévu pour les officiers. C'est le maire qui aurait dû donner cette réception, mais le maire, mon bon frère Abel, dut sentir qu'il lui manquait un peu de ce que nous autres possédons, et ce fut Scheldrup Johnsen, le consul, qui en fut chargé. Ce scandale honteux aurait pu être évité. C'est pourquoi je téléphonai à mon frère pour lui offrir mon grand appartement ; ma femme s'occuperait de la réception et je lui proposai de prononcer le discours. Mon frère me répondit par un éclat de rire : "Décidément, tu sera toujours le même !" "Oui, heureusement !" répondis-je.

« "Tu n'es qu'un petit morveux !" rétorqua-t-il. Voilà son langage. Je raccrochai. Qu'en dites-vous, mademoiselle ? Je lui propose mon aide et voilà comment je suis reçu ! Mais il y eut une suite, reprit-il. Aux élections, mon bon frère le forgeron gagna de justesse ; encore un petit incident comme ça, et c'est Scheldrup Johnsen qui prendra sa place à la mairie !

– Incroyable ! fit-elle.

– Oui, je vous assure, ça lui arrivera et il ne l'aura pas volé. Je connais suffisamment l'ambiance qui règne dans ma ville pour pouvoir l'affirmer. » Il fit un signe de tête, sûr de lui.

La jeune femme eut un mouvement, comme pour s'en aller. Mais Oliver était lancé. Il ne pouvait oublier l'affreux événement et il enchaîna :

« Si on avait écouté mon frère, il n'y aurait eu ni dîner ni bal ; mais les bonnes familles ne l'auraient pas accepté, et c'est pourquoi il faut considérer que ce fut une chance pour nous tous que le consul nous tirât de là. Il n'est pas à proprement parler cultivé, non, mais il a certaines connaissances linguistiques et une bonne éducation ; en outre, c'est un homme riche.

– Ah ! oui, commenta-t-elle.

– Et c'est lui qui sauva la face de toute la ville cette fois-là. Ce fut d'ailleurs l'avis des électeurs : sans le consul, nous aurions passé pour des rustres, tout le monde s'en rendait compte. Au fond, ils ont tous l'envie de monter en grade, le désir de s'élever un peu, même les mieux nantis. Mon frère, soutenu par les couches inférieures de la population, a beau se moquer de nous qui avons passé notre temps et usé nos forces à apprendre et à étudier, il a bien besoin de nous lorsqu'il s'agit de représenter, d'obtenir un renseignement dans un livre ou de répondre à une lettre de l'étranger ; dans ces cas-là, ils viennent tous nous trouver. J'en connais plus d'un exemple. Et c'est d'autant plus irritant quand on est rejeté et combattu au sein même de son propre milieu. Il y a quelque temps, un professeur suédois – je ne citerai pas de nom – fit de son mieux pour briser tout le respect pour l'éducation et la science que nous autres avons accumulé durant des générations. Je ne vois pas quelle satisfaction il peut tirer d'une telle attitude. Il dit que les enfants ne doivent pas passer leur temps entre six et vingt ans à réciter des leçons. “Ce n'est pas cela qui en fera des hommes”, écrit-il. Dans ce cas, moi, je ne comprends pas ce qui est nécessaire à la jeunesse. Et vous ?

– Non, répondit-elle.

– Et voyez-vous, il trouve aussi que les livres de classe sont trop épais et trop riches en connaissances ; les enfants, d'après lui, apprennent tellement de choses par cœur qu'à la fin ils ne savent plus rien du tout. C'est absolument incroyable ! N'est-ce pas tout le contraire : plus on apprend par cœur et plus on sait ? Il se prononce contre les conférences de vulgarisation scientifique, les universités populaires et donc, en fait, contre l'instruction du peuple. Les énormes progrès de la science et de la technique seraient responsables du respect superstitieux que nous avons pour tout ce qui a trait à la science. Il dit bien : “respect superstitieux” ! Les enfants, selon lui, devraient travailler au lieu d’apprendre par cœur tout un tas de matières mortes. Comme si apprendre par cœur n’était pas un travail ! J’en ai passé des heures à apprendre par cœur ! s’exclama-t-il avec sincérité. Ce professeur se trompe lourdement. Le progrès ne va-t-il pas justement vers un élargissement de l’éducation, une augmentation du nombre d’écoles, un accroissement des matières pour les garçons comme pour les filles ? Et cet homme seul aurait raison face à nous tous ? Mais il a eu la réponse qu’il méritait ! Cela vous intéresse de savoir comment ?

– Oui, si cela ne vous dérange pas.

– Du tout. Voilà : je ne sais pas si vous vous souvenez de la discussion acharnée dans les journaux à propos de la formation supérieure des femmes, il n’y a pas longtemps. Vous connaissez ma position à ce sujet : je suis un humaniste libéral pour qui la femme a, autant que l’homme, droit à tout enseignement. Les lecteurs écrivirent pour donner leur avis, et je ne crus pas bon de m’abstenir du débat ; on attendait peut-être cela de moi, j’ai un nom, après tout. Je pris donc la plume et n’y allai pas par quatre chemins : des écoles, encore des écoles ! écrivis-je. Des voix s’étaient élevées pour demander plus d’éducation physique que de formation intellectuelle. “Pure démagogie”, répondis-je. Je ne dirai jamais un mot contre le travail manuel, ainsi je pense que les femmes devraient apprendre le jardinage ; mais les verbes coudre, cuisiner, danser et faire du sport sont pour beaucoup d’entre elles devenus des verbes principaux, ce qui fait d’elles des êtres superficiels et futiles. Le travail des mains c’est bien, mais il passe après celui du cerveau ! Pour l’instant, je ne veux pas m’étendre sur ces quatre verbes, écrivis-je, mais je considère que l’éducation des jeunes filles est en danger. Je ne parle pas de celles qui fréquentent des écoles d’hommes et passent leur baccalauréat pour entrer dans les diverses administrations, non, je pense et je m'adresse aux autres. A quoi bon donner de l'instruction aux femmes dont la fonction sera de faire marcher une maison et de tenir un ménage ? L'esprit avant tout ! répétai-je, non sans un certain effet. Il faut leur donner une formation complète en langues, littérature, art et histoire de l'art, ainsi que les bases rythmiques de la musique. Pourquoi ? Parce qu'autrement, elles seront totalement perdues face aux étrangers. Les jeunes filles de notre époque ont un grand besoin d'aller à l'étranger, et les facilités pour s'y rendre sont grandes maintenant, mais elles manquent souvent de connaissances pour profiter pleinement de leur séjour... Voilà l'essentiel de mon article, naturellement je ne vous en ai donné qu'un résumé très partiel, incomplet, mais j'employai des mots très habiles pour contrer le professeur suédois qui, je l'espère, aura réfléchi. Il n'a pas essayé de me répondre, que je sache.»

Il se tut un instant.

« Qu'en dites-vous, mademoiselle ?

– Cela m'est difficile de répondre, je n'ai pas qualité pour juger...

– Bien dit. Si tout le monde répondait de votre façon, la décision serait laissée à des gens qui, comme moi, ont travaillé la question depuis trente ans et sont censés la connaître. Et encore, vous, vous avez une expérience pratique, et malgré cela vous ne me contredisez pas. N'est-ce pas, vous avez un avantage sur les autres femmes en général, vous avez une supériorité du fait que vous avez appris le français. Quel intérêt aurait eu pour vous le séjour en France si vous n'aviez pas connu la langue ? On n'apprend jamais trop, on ne travaille jamais assez un texte, ce n'est pas possible, malgré ce que prétend le professeur suédois. Il s'est trompé.»

Il se tut de nouveau.

« M. le directeur n'a pas amené ses enfants, cette fois ? demanda Mlle d'Espard.

– Non, ils sont venus cet automne, et il ne faut pas trop les gâter. Ils doivent apprendre, toujours apprendre pour se frayer un chemin dans la vie. Ils n'ont malheureusement pas les mêmes dons que j'avais, moi, étant petit, mais cela peut évoluer. »

Les journées n'étaient pas bien gaies pour Mlle d'Espard. C'était Noël, mais un Noël sans joie. Elle se sentait déracinée, perdue. Même le sanatorium lui donnait un sentiment d'inconfort. Les plantes fleuries achetées l'année dernière ne se fanaient pas, mais elles ne lui procuraient plus de plaisir ; le grand phénix du salon était gris de poussière et les pointes de ses feuilles avaient été coupées.

Bien qu'elle ne fût pas une femme d'intérieur, elle savait comme tout le monde arranger certaines choses ; ainsi, elle arrangeait avec complaisance les journaux dans le fumoir, plaçait toujours une petite branche verte au-dessus de la glace de sa chambre. Elle avait bien sûr ses livres français aux couvertures jaunes, mais rien n'ornait les murs, à part ses robes.

Elle ne pouvait rester éternellement dans sa chambre. Où aller, pourtant ? Voir le directeur d'école, encore et toujours ? Après tout, ce n'était pas plus embêtant qu'autre chose. Contrairement aux prévisions de l'avocat, les nouveaux clients n'étaient pas nombreux. Il avait bien fait de la publicité dans les journaux pour les pistes de ski, la patinoire, la vie au grand air, mais cela n'avait réussi à attirer que des jeunes gens en pantalons norvégiens et au langage « vachement chouette ». Il y avait aussi un jeune journaliste venu écrire des articles sur la Noël à la montagne. Personne en fait n'était intéressant pour Mlle d'Espard. Bertelsen ne s'occupait pas d'elle, Mme Ruben n'avait jamais été vraiment son amie et Mlle Ellingsen ne se faisait plus remarquer. Il ne restait donc que Daniel et sa ferme.

Le soir de Noël, elle était allée rendre visite à son amoureux et avait donné un grand billet rouge à Daniel et un jaune à Marta* ; ils en avaient été très agréablement surpris et avaient promis d'acheter des souvenirs inoubliables avec cet argent. Daniel avait

*. Les billets rouges valent 100 couronnes et les jaunes 10 (*N.d.T.*).

l'intention d'aller au village dès le lendemain acheter un cheval de trois ans chez Helmer son excellent ami. S'il le faisait maintenant, en plein hiver, c'était parce que les chevaux étaient bien moins chers en cette saison, les fermes manquant de fourrage alors que lui en avait suffisamment depuis la vente du taureau.

Lorsqu'elle revint le voir entre Noël et le Jour de l'An, il était en effet parti acheter la bête ; depuis des jours il marchandait et ce n'était pas encore fini, puisqu'il n'avait pas encore obtenu le prix qu'il voulait. N'ayant pas le courage de l'attendre davantage, elle rentra au sanatorium bavarder avec M. Oliver.

Le docteur, l'ingénieur et l'avocat revenaient d'une nouvelle expédition. Le médecin, tout excité, balaya le sol avec les plumes de son chapeau : ils auraient la lumière électrique.

« N'est-ce pas, monsieur l'ingénieur ? »

Chaque fenêtre de Torahus, chaque chambre serait illuminée.

« De "la Cime" nous pourrons voir en bas tout un ciel d'étoiles. Le docteur débordait de gentillesse et de bonne volonté.

– Malheureusement, je ne resterai pas longtemps, je serai sans doute partie avant que l'électricité ne soit installée.

– Comment ? Vous nous quittez ? interrogea l'avocat. Cela me peine beaucoup.

– Cela nous peine tous », ajouta le docteur.

Oliver hocha la tête et fit chorus.

« Le séjour me revient trop cher à la longue, expliqua Julie d'Espard, je pars après les fêtes du Jour de l'An.

– Vous rentrez à Kristiania, peut-être ?

– Non, j'irai habiter chez Daniel, dans sa ferme. »

Silence général.

« Vous pourrez rester là-bas ? s'enquit le docteur.

– Pourquoi pas ? J'aurai sa nouvelle maison et la nourriture à volonté. »

L'avocat fut le premier à reprendre ses esprits :

« N'importe comment, vous ne serez pas loin de nous, vous serez toujours à la montagne, mademoiselle. Revenez chaque fois que vous en aurez envie ! »

Bertelsen venait d'arriver. Ruud, le petit commerçant, était assis dans un coin et lisait un journal. Peut-être ne s'occupait-il pas de ce qui se disait ; peut-être, au contraire, écoutait-il chaque mot. C'était difficile à dire : Ruud était toujours si discret, si silencieux… Bertelsen était de mauvaise humeur, car ces messieurs étaient partis voir les lacs sans lui ; il avait tout de même dans la maison des intérêts qu'il lui fallait sauvegarder. Où prendraient-ils l'argent nécessaire aux installations ? demanda-t-il.

« On trouvera bien une solution, fut l'avis de l'avocat. Vous nous aiderez, et d'autres aussi. Ce n'est pas l'argent qui nous fera reculer.

– Moi, je ne marche plus, déclara Bertelsen, j'en ai assez. On m'a déjà imposé un protégé qui me coûte une fortune et j'ai dû racheter une grande quantité d'actions. Je n'irai pas plus loin.

– C'est ennuyeux, répondit l'avocat, aimable et conciliant. Mais vous ne désirez pas, je pense, vous défaire de vos actions ?

– Fichtre si ! Trouvez-moi un acheteur et je m'en débarrasse sur-le-champ !

– Vous avez les papiers sur vous ? poursuivit calmement l'avocat.

– Ici ? Non, mais je suppose qu'il n'y a pas d'acheteur non plus.

– Ne croyez pas ça.

– Ah ! fit Bertelsen quelque peu embarrassé, je n'ai pas les actions ici, tout ça est dans mon coffre, que je ne peux bien sûr pas transporter avec moi quand je voyage.

– Mais vous pouvez faire envoyer les lots ici ?

– Oui, évidemment. Allons, ça ne presse pas, je suis ici pour fêter Noël, pas pour affaires. »

Durant cet échange, Ruud était resté bien tranquille dans son coin, dissimulé derrière son journal ; il toussota un peu, posa le journal et quitta le fumoir.

« C'est lui qui veut les racheter ? interrogea Bertelsen en hochant la tête dans sa direction. Il vous a fait une proposition ? »

L'avocat répondit évasivement, mais toujours aussi poliment, que si la transaction se faisait, ce serait par son intermédiaire, avec une commission. Il n'en dit pas plus, sans toutefois nier qu'il les achèterait pour M. Ruud, cet épargnant si bien élevé qui n'avait pas bougé de son coin.

C'était un sale coup pour Bertelsen. Le pire était qu'il venait de perdre l'emprise qu'il avait eu sur le sanatorium et l'avocat et que désormais il ne pouvait plus insister pour qu'on remboursât Mme Ruben. Il convoqua l'avocat en tête-à-tête et lui présenta le problème en toute amitié, sur un ton redevenu cordial, le priant de se montrer bienveillant envers Mme Ruben. L'avocat l'écouta, il était toujours l'hôte, la vieille connaissance, l'ami presque de son interlocuteur. Était-ce à lui de faire les frais des escroqueries dont les clients avaient été victimes ? Il craignait qu'il fût impossible de gérer un sanatorium sur ces bases-là.

« Non, monsieur Bertelsen, vous m'excuserez, mais ce n'est point faisable. »

Bertelsen comprit que tout était perdu, qu'il passerait pour quelqu'un qui n'a aucune autorité sur les lieux lorsqu'il apprendrait la nouvelle à son amie. Il paraissait particulièrement contrarié que cela arrivât juste à ce moment-là ; on aurait dit que quelque projet avait été détruit.

L'avocat sembla réfléchir, sans doute pour laisser le temps à son refus de produire l'effet voulu, puis il cligna des yeux et dit :

« Où cela nous mènerait-il de tenir de la sorte un établissement ? Les choses seraient différentes si la dame en question pouvait éventuellement compenser cette faveur par une autre ; on y réfléchirait. »

Était-ce une chose qui lui tenait beaucoup à cœur ?

Bertelsen répondit que Mme Ruben était richissime et qu'il n'était point question pour elle de récupérer ces centimes. Mais il devait aussi comprendre qu'elle fût ennuyée d'avoir perdu la bague et qu'elle voulait surtout, par le remboursement des frais occasionnés par les deux femmes, rétablir le *statu quo ante* en elle-même, en son propre cœur ; autrement dit, elle désirait retrouver l'époque d'avant la bague.

« C'est une bonne analyse, déclara l'avocat. Ce que vous dites mérite qu'on y réfléchisse. Croyez-vous qu'elle accepterait de se faire interviewer ?

– Interviewer ?

– Elle est devenue si mince, si jolie, un vrai lys, une beauté. Pensez-vous que ce changement puisse être attribué à son précédent séjour à Torahus ? »

Bertelsen en eut le souffle coupé.

« Je veux dire, est-ce que cela peut s'expliquer par les bienfaits de son dernier séjour ici ? Est-ce que celui-ci lui aurait permis de retrouver son allure de jeune fille ?

– Je ne sais pas.

– Oui mais moi, je n'exclus pas cette éventualité. Pas plus que le docteur Øyen d'ailleurs, ni d'autres médecins que j'ai consultés à ce sujet. »

Bertelsen entrevit là une issue honorable :

« Je vais le lui demander, proposa-t-il.

– Oui, faites-le. Dites-lui que c'est l'eau d'ici dont l'effet est bienfaisant, conjointement à l'air et à la vie saine, bref que c'est notre cure de santé qui donne de si bons résultats. Dites-le-lui, elle est intelligente et ne trouvera pas ça insensé.

– Et si ce n'était pas le cas ? Si elle s'était laissée maigrir délibérément ?

– Voulez-vous dire que dans ce cas, il n'y aurait pas lieu d'accorder une interview ? Mais si elle s'est laissée maigrir de cette façon, d'autres pourront en faire autant tandis que notre eau prodiguera ses bienfaits. Je ne vois pas ce que ça change. Si le sanatorium n'était pour rien dans le rajeunissement de la dame, son interview permettrait de faire de la réclame pour notre belle maison de repos à la montagne. Ce qui, en soi, vaut la peine d'être fait. Mais nous pouvons aussi citer des cures extraordinaires : les nerfs de M. Oliver, l'état mental de Magnus, le Suicidé, les poumons du comte Fleming, etc. Si l'on y ajoute l'amaigrissement de Mme Ruben, d'autres gens pourront en profiter également.

– Qui voudrait l'interviewer?

– Nous avons ici en ce moment un monsieur qui écrit pour trois journaux, un de Kristiania, un de Stockholm et un de Copenhague, trois grands quotidiens.

– J'en parlerai à Mme Ruben, répéta Bertelsen.

– Dites-lui aussi que ce sera un plaisir pour le sanatorium de prévenir ses moindres désirs et de lui faire oublier la fâcheuse aventure dont elle a souffert à cause de ces voleuses.»

XI

Les hommes grimpent et se traînent de-ci, de-là, parfois de concert, parfois en se battant pour passer les premiers. Il leur arrive aussi de piétiner les cadavres des autres. Comment pourrait-il en être autrement ? Ne sommes-nous pas des hommes, après tout ?

Maître Rupprecht ne souhaitait la mort de personne. S'il avait, par hasard, eu raison du marchand de bois, il ne voulait pas pour autant l'humilier, et il fit de son mieux, au contraire, pour minimiser sa victoire. « Par ici les actions ! », oui, mais il ne prenait aucun plaisir à répondre avec fermeté à un client et ne s'en frottait jamais les mains.

Ruud vint lui demander comment s'était passée la négociation. L'avocat ne put rien lui apprendre d'autre que ce qu'il avait lui-même entendu dans le fumoir.

Le petit commerçant trouvait suspect que Bertelsen hésitât tellement à produire les actions. Elles n'étaient peut-être pas disponibles ?

« Comment ?

– Elles peuvent avoir été mises en dépôt. Il a pu les donner en garantie pour emprunter des liquidités. »

L'avocat souhaita que la maison Bertelsen et Fils n'en fût pas là.

Ainsi était l'avocat : débonnaire, conciliant et toujours accommodant. Il préférait voir les clients de l'établissement d'accord entre eux, plutôt qu'en train de se tirer dans le dos.

Il n'était pas non plus vital pour Ruud de posséder ces actions. Ce petit commerçant n'était pas mauvais homme, ce n'était ni un bandit ni un démon, loin de là. Il marchait les yeux au sol et s'il lui arrivait d'y voir une épingle, il ne manquait pas de la ramasser et de la poser spectaculairement sur la table près de la personne qui l'avait laissée tomber. Sa barbe grise était bien coupée et il portait au doigt la bague des francs-maçons. Il était assez riche pour être honnête. Pourquoi voulait-il ces actions ? Sa fortune avait une importance suffisante pour lui permettre de tapoter son portefeuille lorsque l'occasion s'en présentait, et de remettre à sa place cet orgueilleux de Bertelsen qui refusait de le reconnaître et de le saluer en dépit de sa respectabilité. Par contre, il n'aurait jamais souhaité de mal au père de celui-ci, qui une fois était venu lui demander une petite faveur et l'avait obtenue. Tel était Ruud, le petit commerçant.

Mais maître Rupprecht était le plus fort. Sa bonne volonté les battait tous. Il organisa une gentille réception dans le salon, avec un petit quelque chose à boire et à manger, et invita tous ceux qui passaient à s'asseoir et à se servir. C'étaient les vacances de Noël, et, par conséquent, personne ne devait bouder dans son coin. Il obtint du professeur de musique qu'elle jouât la *Marche de Torahus* et tint ensuite un discours en l'honneur du pianiste absent, qui jouait comme un dieu. Bien que ce garçon se fût lié à Torahus, le désir de partir se perfectionner à l'étranger l'avait emporté, attitude que l'avocat avait respectée dès le début sans malheureusement avoir eu les moyens de lui venir en aide. Puis était arrivé l'homme qui en avait eu le désir et la possibilité, et le jeune artiste avait été sauvé et envoyé au loin. Pour cette grande et belle action, l'avocat leva son verre en l'honneur de Bertelsen, fit une révérence, et but. Tout le monde l'imita. Que signifiait cette mise en scène ? Eh bien, rien de mal ; il avait simplement voulu faire plaisir à Bertelsen, lui rendre hommage. C'était Noël, Bertelsen était son client et, en outre, il avait été remis à sa place.

Le même jour, l'avocat eut également l'occasion de consacrer un peu de son temps à Mlle d'Espard :

« C'est ennuyeux que vous désiriez nous quitter, mademoiselle. Vous faites partie de nos tout premiers clients et nous tenons tous beaucoup à vous. »

Pour toute réponse elle sourit.

« Mais vous n'allez pas changer d'idée ? Vous partez, c'est irrévocable ?

– Oui.

– Sinon, je vous aurais fait une proposition : vous avez dit que votre séjour ici vous revenait trop cher à la longue. Nous pourrions trouver un arrangement si vous décidiez de rester.

– Merci, mais il faut que... c'est irrévocable, comme vous dites.

– Compris, fit l'avocat avec un sourire, "la jeunesse veut voler de ses propres ailes". Mais sachez que vous serez toujours la bienvenue dans notre nid ! » Il continua de faire le tour des clients, échangeant un mot avec chacun, puis il fit une ronde, inspecta jusqu'aux étables et aux écuries, et s'entretint avec le personnel. Il se montrait avec les employés comme avec n'importe qui doux et généreux. L'économe le rejoignit et lui présenta une affaire franchement comique. Comment en effet aurait-on pu qualifier autrement sa requête ? il venait solliciter le titre de... directeur.

« Directeur ? fit l'avocat. Il jeta un regard sur Svendsen, mais n'oublia pas que c'était Noël et que le vieux marin n'avait peut-être pas toute sa tête.

– C'est ça, confirma Svendsen. Chacun veut savoir si je suis le directeur des lieux. Je réponds non. "Mais où est le directeur ?" me demande-t-on. Et je ne sais jamais ce qu'il faut leur dire.

– Ah ! oui, je vois. L'avocat réfléchit à la question et poursuivit :

– Mais pourquoi les gens désirent-ils voir le directeur ?

– Ça, je l'ignore. Mais prenez le Suisse, il est le maître de l'étable, et le facteur, il a un cordon doré autour de sa casquette.

– Vous avez raison. Mais je ne sais pas... non, je ne crois pas que vous puissiez être directeur, Svendsen. Je crains vraiment que non. Mais n'oubliez pas que c'est vous qui parlez anglais, qui avez voyagé, et que vous venez tout de suite après le docteur dans la hiérarchie de notre établissement.

– Ce n'était qu'une simple question, rétorqua sèchement Svendsen en se préparant à partir. Il était probablement un peu froissé. Ne voulant pas lui faire de peine, l'avocat ajouta :

– Voyez-vous, Svendsen, vous êtes l'économe de toute la maison et c'est un homme comme vous qu'il faut à nos clients. Si vous deveniez directeur, où trouverions-nous quelqu'un d'aussi doué que vous pour vous remplacer ? Vous y avez pensé ? »

Tel était l'avocat.

Il parvint également à un arrangement avec Mme Ruben. Elle se laissa interviewer et vit ses dépenses pour Mylady remboursées. L'interview était très bien réalisée. Il n'y avait aucune exagération, simplement des allusions à l'eau de Torahus, ce merveilleux amaigrissant. Pas d'affirmation, mais des mots glissés, en passant, dans une conversation avec un journaliste, avec la presse. Mme Ruben et Bertelsen étaient satisfaits et l'avocat ne paraissait pas mécontent non plus. Son amabilité de chef et d'hôte était un don du ciel. Lorsque le Suicidé revint, l'avocat ne lui fit aucun reproche pour la peur qu'il avait fait naître derrière lui en partant. Non, il fut aimable, un sourire plissa ses yeux, et il le fit vite entrer pour qu'il se restaure un peu.

« Depuis quand voyagez-vous ? Depuis ce matin ? Et vous êtes monté à pied de la gare ? Je vais donner des ordres pour qu'on vous apporte immédiatement des plats chauds. »

Le Suicidé était de retour. Introuvable pendant quelques jours, il revenait aujourd'hui, à l'aube de la nouvelle année, comme s'il avait souhaité l'entamer à la montagne. Il était silencieux et déprimé, tournant même le dos pour éviter de saluer les gens. On aurait dit qu'il avait honte de quelque chose, qu'il se cachait. Il n'avait pas été aussi abattu depuis longtemps et il paraissait revenu aux premiers temps de son séjour au sanatorium, lorsqu'il réfléchissait sans cesse à son suicide. Pour faire un petit effort et se montrer sous un jour meilleur, il monta tout de suite à sa chambre, se rasa, et orna sa boutonnière d'une fleur d'aster qu'il avait dû garder dans sa poche. Il descendit et on lui servit à manger. Il demanda à la serveuse d'excuser son retard.

Le repas fut court. Il aurait pu l'être encore plus si le docteur n'était venu s'asseoir en face du Suicidé. Le médecin n'était pas plus méchant que l'avocat, ce n'était pas dans sa nature ; bien au contraire, il était facile à vivre. Il l'informa qu'ils auraient bientôt la lumière électrique.

« Ah ! fit le Suicidé.

– Un bain de lumière, que dis-je, un incendie ! »

Ils iraient tous à « la Cime » lire le courrier à la lueur de celui-ci.

« Oui.

– Allons, monsieur Magnus, cela vous intéresse sûrement davantage que vous ne voulez le montrer.

– Cela ne m'intéresse pas du tout.

– Et ce soir nous pourrons nous souhaiter la bonne année au son de la *Marche de Torahus*, continua le docteur, qui, devant le silence de son interlocuteur, reprit :

– Vous savez que l'été prochain nous serons obligés d'agrandir ? Il est réjouissant de constater que notre maison, si récente, est déjà trop petite. Nous n'allons pas uniquement aménager les chambres qui ne sont pas terminées. Nous allons construire. Il s'est avéré l'automne dernier que nous n'avions pas suffisamment de places. »

Le Suicidé gardait toujours le silence.

« Vous avez remarqué le drapeau ?

– Oui.

– Vous voyez, petit à petit on améliore ; nous serons un des premiers sanatoriums du pays. Nous ferons aussi élargir la route qui mène à la gare afin que les automobiles puissent y circuler. Nous recevrons des personnalités de haut rang, des maîtres avec chevaux et valets, des gens riches, de ceux qui réservent plusieurs chambres.

– Vous comptez vivre vieux, si je comprends bien », dit le Suicidé d'un ton lugubre.

Le docteur ne s'attendait visiblement pas à une telle repartie. Il répéta :

« Vivre vieux ? Oui, que puis-je espérer d'autre ? Que l'on vive vieux ou non, il faut faire de son mieux le temps que l'on est sur cette terre.

– Qui dit ça ?

– Moi. Ce n'est pas en pure perte, d'autres viendront après nous.

– Qui mourront à leur tour.

– Exact, qui mourront à leur tour. C'est ainsi.

– Mais à quoi bon tout ça ?

– C'est dans l'ordre des choses, c'est la vie qui est comme cela.

– Non, la mort », rectifia le Suicidé.

Le docteur fit en son for intérieur quelques concessions pour ne pas irriter cet homme qui venait de rentrer, et dit en souriant :

« Oui, peut-être... Comme quelqu'un qui en saurait long sur la question.

– A quoi cela aboutit-il ? insista le Suicidé. Quand tout ça finira-t-il ? Pourquoi cette destruction éternelle ne s'arrête-t-elle jamais ? Quelle en est donc la signification ? La continuité dans la folie ? »

Il avait terminé son repas et s'apprêtait à partir, lorsque le docteur le retint, prolongeant leur discussion :

« Vous n'avez pas profité de votre excursion.

– Qu'en savez-vous ?

– C'est une déduction de médecin.

– De médecin ! lança le Suicidé. Vos malades digèrent bien ?

– Vous revenez plus abattu que vous ne l'étiez en partant. Vous auriez mieux fait de rester avec nous.

– Les sels se débitent bien ?

– Non, dit le docteur. Maintenant, monsieur Magnus, vous allez faire un effort et essayer d'être sain et gai comme nous autres. Ça ne sert à rien de bouder ainsi. Prenez donc un verre et laissez-vous aller ! Vous étiez si bien avant de partir, que s'est-il passé, vous avez rencontré quelqu'un ?

– La vie, répondit le Suicidé, ce qu'on appelle la vie.

– La vie ! répéta le docteur. Prenez la vie pour ce qu'elle est. La vie est grande, magnifique, nous devrions être heureux de l'avoir, et penser qu'à chaque jour suffit sa peine.

– Bla, bla, bla. J'ai déjà entendu ça quelque part. Vous est-il jamais arrivé de vous arrêter en cours de route et de réfléchir sérieusement ? Vous avez peut-être vu l'angoisse et le désespoir chez un autre, sur son visage, dans ses yeux, mais l'avez-vous connu en vous, dans votre cœur ? Avez-vous jamais crié au milieu de la mer ?

– Je n'en ai jamais eu le temps, je travaille, mon métier de médecin m'occupe suffisamment.

– Oui, nous avons tous nos petites occupations, vous la vôtre, moi la mienne. Mon Dieu que d'énergies gaspillées ! Mais tôt ou tard, elles nous conduiront à la mort inévitable. Celui qui n'y réfléchit pas est un imbécile. Il se croit supérieur seulement parce qu'il refuse d'y penser.

– Mais à quoi cela nous mène-t-il, d'y penser ?

– A la mort.

– Et si nous l'oublions ?

– A la mort.

– Alors ?

– L'un a donc une joie imbécile supplémentaire que l'autre ne lui envie point. »

Le docteur médita en silence :

« Il a la joie de vivre sa vie jusqu'au bout, ce n'est pas si imbécile que ça », remarqua-t-il.

Le Suicidé fit semblant de ne pas avoir entendu :

« Vous avez dit tout à l'heure "l'ordre des choses". Avez-vous déjà vu cet "ordre des choses" nous inciter à la joie lorsque nous faisons le bien ? Non, il est toujours pareil, l'ordre des choses : aveugle, irréconciliable et insensible.

– Mais, bon Dieu… ! commença le docteur, pour s'arrêter aussitôt.

– Médecin, disiez-vous. Vous construisez, vous agrandissez l'hôpital, pourquoi ? Nous arrivons de l'est ou de l'ouest, certains de très loin, nous appelons tous la guérison, mais personne n'est soulagé, car la mort viendra fatalement nous chercher, tous autant que nous sommes. »

Le docteur ne put s'empêcher de sourire et de dire gaiement :

« On croirait une citation de la Bible : l'est et l'ouest... »

Le Suicidé devint mauvais et parla sans détour :

« M. le docteur a posé beaucoup de nouvelles affiches durant mon absence ? "On est prié de marcher sans bruit après dix heures du soir pour ne pas déranger les victimes de la vie qui dorment !" "On est prié de faire attention aux lumières, de bien les éteindre pour éviter que les demi-morts ne soient brûlés !" »

Le rire qu'émit le docteur manquait de sincérité.

« Mais je vais vous dire, répondit-il, ce que ce même médecin va faire : il va monter au lac vers minuit et essayer sa nouvelle paire de patins. Voilà ce qu'il va faire, le docteur. Il trouve qu'il ne peut inaugurer la nouvelle année de façon plus gaie et plus saine. Vous devriez venir ! Il y aura sûrement un peu de lune.

– Il y a une pancarte dans l'entrée qui me dit que je ferais mieux d'être au lit à dix heures.

– Le docteur vous en dispense en cette nuit de réveillon... »

Le Suicidé monta dans sa chambre, se coucha et dormit, ou fit semblant de dormir, jusqu'à ce que la cloche sonnât pour annoncer le réveillon. Il s'habilla et redescendit. La maison était là, au grand complet, tout le monde portait un habit de fête ; le Suicidé avait toujours sa fleur, plutôt défraîchie maintenant, à la boutonnière.

A table, le médecin prononça un autre discours. Infatigable, il remercia tous les convives pour l'année passée et leur en souhaita une nouvelle encore meilleure. Il n'y avait rien à dire, les mots étaient bien choisis et personne mieux que le docteur Øyen n'aurait pu les prononcer. Ses paroles furent bien accueillies. Pour faire un peu d'humour et se mettre en vedette, il ajouta, au grand amusement de tous, que le directeur, maître Rupprecht, aurait indubitablement prononcé un meilleur discours ; il suffisait de regarder ses mains pour comprendre quels mots ronds et doux il aurait employés.

Plus soucieux de l'agrément des clients que de la vanité du directeur, il annonça qu'on écouterait de la musique, dont la *Marche de Torahus*, puis que ce serait la distribution du courrier qui s'était accumulé les derniers jours. Point final.

Ils passèrent tous au salon pour le café et les gâteaux.

Le professeur de piano se mit à jouer, et tout le monde entonna la chanson du Jour de l'an. Puis le courrier fut distribué : petits messages venus d'ailleurs, un paquet de cartes postales et de lettres que la directrice avait tenu à ne donner que maintenant ; pas grand-chose en somme, mais chaque envoi était le bienvenu. Le docteur reçut deux cartes, Ruud une lettre, Mme Ruben cinq cartes, Mlle d'Espard ne reçut rien.

« Monsieur Magnus ! » appela la directrice. Cela attira l'attention générale. Le Suicidé s'avança. Une carte. Il la contempla avec curiosité sous tous les angles, la regarda de biais comme pour vérifier s'il n'y en avait pas deux, et retourna dans son coin, le front plissé. Le reste du courrier était pour le personnel : chaque femme de chambre reçut plusieurs cartes, dont certaines qui n'étaient pas arrivées à temps pour Noël. Il y avait aussi des *cards* d'Amérique. La directrice eut enfin les mains vides. On parla un peu, on joua encore de la musique, l'ingénieur récita de mémoire quelques vers. C'était bien dit et l'on en redemanda. Encore, encore ! Il déclama tout ce qu'il savait et passa ensuite aux tours de cartes. Tout le monde s'étonna qu'il ne fût jamais monté sur la scène et il répondit qu'il en avait eu envie, mais... Il s'arrêta.

« Être un bon ingénieur n'est pas mal non plus ! » dit l'avocat pour arranger les choses.

Finalement, chacun se retira.

Il était environ dix heures, une heure décente pour aller se coucher. Mlle d'Espard sortit avec le Suicidé.

« Nous avons fait aussi une promenade le soir de Noël », remarqua-t-elle.

Elle lui parla un peu, pour lui remonter le moral.

Le disque de la lune était à demi visible, mais elle n'éclairait guère car l'air était dense. Arrivés au premier banc, ils s'assirent. Elle montra quelque curiosité quant à son excursion. Où était-il allé, comment cela avait-il marché ? Mais il parla d'autre chose, de l'agrandissement du sanatorium, d'Oliver, qu'il haïssait toujours autant, et de Mlle d'Espard elle-même. Il sembla s'intéresser beaucoup à elle, même s'il ne lui posa aucune question directe. Sans doute était-elle sa pareille dans le malheur, sans doute quelque chose n'allait-il pas bien pour elle non plus. Lorsque, d'elle-même, elle lui annonça son départ pour la ferme de Daniel, il hocha la tête et se montra satisfait.

« Ce n'est pas ce qui pouvait vous arriver de pire ! fut son avis.

– Non, le séjour ici me revient cher, à la longue ; chez Daniel, j'aurai la nouvelle maison pour moi toute seule.

– Bien sûr que c'est cher, ici. J'avais également l'intention de déménager, mais…

– Ça n'a pas marché ?

– Non. J'ai fait un voyage pour rien. »

Ils se turent un instant.

« Le prochain vous sera sûrement favorable, reprit-elle. Je ne sais pas… Êtes-vous certain de ne pas tout voir un peu trop en noir ? C'est-à-dire vous-même et ce qui vous entoure ? »

Il la surprit par sa loquacité soudaine. Personne ne savait le faire parler comme elle ; sa compassion, son savoir-faire, sa petite tête penchée pendant qu'elle écoutait attentivement, tous ces détails poussaient aux confidences :

« J'avais pensé tirer quelques coups de fusil. C'était mon but. Mais une fois devant les fenêtres de la maison, j'ai changé d'idée.

– Ah ! oui, dit-elle, ne sachant quoi répondre.

– J'ai ensuite acheté quelques asters que je n'ai pas envoyés non plus.

– Vous savez, intervint-elle, vous auriez peut-être dû les envoyer.

– Non. On n'a pas plus le courage de faire le bien que le mal.

– J'ai vu que vous aviez reçu des vœux ?

– Oui.

– Vous voyez bien ! Vous avez donc eu une réponse à votre carte de Noël ?»

Il se tut, puis :

«Tout a commencé il y a un an, enfin, je ne me le rappelle pas exactement, il y a environ un an. Tout d'abord, j'ai refusé de l'admettre. C'est assez laid de croire à de pareilles choses, et durant six mois, je n'ai pas voulu y prêter foi.»

Le Suicidé semblait vouloir vider son sac, mais il n'y parvint que partiellement. Au début, son discours fut assez décousu. Il voulait parler, mais l'émotion lui faisait prononcer des bribes de phrases, parfois même apparemment incohérentes.

La jeune femme le regardait, éberluée. Que disait-il ? Qu'il avait l'habitude de leur céder la place ; c'était une mauvaise tactique, il le comprit rapidement. Il rentrait se coucher au lieu de s'imposer à eux. Que pouvait-il en tirer ? Rentrer se coucher n'est pas ce qu'il y a de plus facile au monde. Un jour, il fit demi-tour et les suivit, mais, honteux, il s'arrêta et les perdit de vue. Chez lui, il planta son regard dans une carte du monde pour l'y retenir, il se créa des énigmes mathématiques qu'il essaya de résoudre, il lut, compta les motifs du papier peint. Un soir, il apprit que la petite était malade…

Il réfléchit un instant et demanda :

«Depuis combien de temps vous ai-je dit que cela durait ?

– Un an, répondit-elle.

– J'ai voulu dire deux ans. C'est indéniable, il y avait la petite. J'apprends donc qu'elle est malade. En quoi cela me concernait-il ? J'entre dans sa chambre, je la regarde, je ne l'avais pratiquement jamais observée ainsi : une toute petite fille de six mois. Son ventre la faisait souffrir et elle criait. Rien d'autre. "Un lainage chaud sur le ventre !" ordonnai-je. Et la voilà, petit visage, petites mains, une œuvre d'art ravissante, touchante ; mais encore une fois, en quoi me concernait-elle ? Oui, il y a plus de deux ans, je ne peux le nier. “Prenez deux lainages et imbibez-en un d'huile pendant que l'autre est sur elle”, fis-je. Nous faisons ainsi et, finalement elle se calme. Nous avons eu de la chance, elle n'eut plus qu'un soubresaut de temps à autre et finit par s'endormir. C'était comme si je ne l'avais jamais vue auparavant et je demeurai un instant auprès d'elle. Elle avait, je ne sais comment, attrapé ma main et s'accrochait à un doigt. Ridicule. Elle n'avait rien à voir avec moi. “Elle n'est pas baptisée ; comment s'appelle-t-elle ?” me demandais-je. Dans le silence, j'entendis un bruit dans la pièce voisine ; on chuchotait, un verre tomba et se brisa. Je regardai la bonne qui, d'un coup d'œil, me fit comprendre que ce n'étaient pas des amis à elle. “Maintenant, vous saurez pour une autre fois, lui dis-je, des lainages chauds imbibés d'huile et ça s'arrête !” Je rentrai dans ma chambre, mais je n'eus plus aucun doute : si l'on m'avait attiré dans la chambre de l'enfant, c'était pour détourner mon attention. Je restai un instant à lire et à réfléchir, puis j'éteignis la lampe et repris ma réflexion.

« Durant ces six mois, je n'étais pas devenu lent et amorphe. Au contraire, j'étais excité et rapide, je tirais des conclusions hâtives. Soudain, j'entends du boucan au fond de la maison. La bonne revient : “Il vient d'arriver un accident, m'annonce-t-elle, affolée, quelqu'un est tombé dans l'escalier de service !” Je prends la lampe de poche que je garde en permanence sur ma table de nuit pour pouvoir lire l'heure dans l'obscurité, et j'y vais. Exact. Il n'est ni mort ni évanoui, il est ivre mort. Je braque la lumière sur lui et vois qu'il est incapable de se relever. Il me sourit. “Dehors !” lui dis-je en l'aidant à sortir après lui avoir tendu son chapeau. Lorsque je reviens, quelqu'un est dans ma chambre, j'entends un murmure et j'allume. C'est bien ce que je pensais : elle aussi vacille légèrement, pas outre mesure, mais elle est un peu gaie, éméchée, elle sent le vin. Ce qu'elle veut ? S'excuser ! Elle avait bien entendu la petite pleurer, mais n'avait pas osé entrer parce que sa tête tournait : elle avait trop bu. Cela n'arriverait plus jamais, promis. Mais il ne fallait pas que je croie le pire; quand il avait voulu, elle lui avait répondu: “Non, va-t’en, je vois bien qui tu es, je ne te connais pas, tu n’es pas mon mari !”

« Voilà ce qu’elle me raconte, toute habillée, alors que moi je n’ai que ma robe de chambre. Elle me demande de me recoucher pour ne pas prendre froid. Plusieurs fois elle me répète que cela n’arrivera plus jamais. “Juré !” Que devais-je répondre à cela ? Ce n’était pas incroyable, et mon rôle était des plus faciles, je n’avais qu’à tonner et la laisser implorer pardon à genoux. Naturellement, cela s’est terminé comme tant de fois auparavant, elle a passé la nuit avec moi, et le lendemain matin tout était oublié.

– C’était une faute grave, très grave ! fit Mlle d’Espard, comme si cela la concernait personnellement.

– Comprenez-moi bien, il n’y avait de sa part aucune méchanceté. On se méprend souvent à ce propos, et l’on a tort. Ce n’est pas pour me faire de la peine qu’elle a agi ainsi, elle a cédé, voilà tout, c’était plus facile que de résister. D’autre part, cet homme était un ami de jeunesse, pas un soûlard ni un mauvais garçon, seulement il était grand, beau et pas très intelligent. Ils devaient se marier quand je suis venu déranger leurs projets. J’avais une meilleure situation et je pouvais lui offrir une maison. Si j’étais au courant ? Oui, évidemment, mais je me suis imposé parce que je n’étais pas parfait, parce que j’étais comme tout le monde. Faites l’addition de tout cela, je vous en prie. D’un autre côté, ils n’avaient aucune raison de me faire souffrir et ils ne le firent pas non plus. Si je n’avais pas été là, tout aurait été bien plus simple, mais j’existais et je n’étais pas méchant non plus. Considérez tout cela dans son ensemble. Essayez de vous mettre à ma place: pouvais-je aller plus loin, n’avais-je pas passé six mois sans vouloir y croire ? Que se serait-il passé ce soir-là si la petite n’avait pas pleuré et donc tout bouleversé. Ce n’était pas un hasard. Ils devaient être de connivence. De cette pensée – de ce soupçon – à l’enfant il n’y avait qu’un pas. J’ai dit un an, mais c’était plus que ça, je ne puis cacher qu’il y avait deux ans, plus de deux ans même que cela durait. Très tôt auparavant, donc ;

en quoi l'enfant me concernait-elle, dès lors ? Question bien plus grave que toutes les autres. »

Il s'arrêta.

Elle voulut le consoler :

« Non, ne pensez pas ça ! Gardez bien présent à l'esprit que l'on n'agit pas ainsi si tôt, j'en suis sûre.

– Vous croyez ? demanda-t-il, soudain ranimé.

– Il faut bien un an, sinon deux ou trois ans avant cela ; ça n'arrive que lorsqu'on commence à s'ennuyer l'un avec l'autre ou tout seul oui, lorsqu'on en a assez de soi-même. Vous ne le lui avez pas demandé ?

– Non. Mais j'ai fait des allusions dans ce sens. Quelle vérité pouvais-je bien attendre d'elle ? Bon, mais n'oublions pas : que s'est-il passé à partir de ce moment-là ?

– Comment ?

– Non, vous ne voulez pas en parler. Vous en faites une affaire courante, quotidienne presque, qui ne vaut pas la peine d'être débattue.

– Vous voulez dire : comment cela se passe-t-il ? Je ne comprends pas. On est humain, comme vous disiez, on en a assez de sa propre personne et on bascule. Cela arrive, n'est-ce pas ?

– C'est exactement ce que je pense aussi. Mais comment cela se fait-il ? Les positions ? Sont-elles différentes ? Est-ce dans le noir ? »

La jeune femme essaya de distinguer son visage dans l'obscurité ; elle pouvait difficilement en croire ses oreilles. Il ne répéta pas sa question.

Elle resserra son manteau autour d'elle ; il se recroquevilla, comme pour souligner sa solitude et son abandon, et continua, le menton sur la poitrine :

« D'elle, je n'obtiendrai aucun renseignement, même si je la chasse de pièce en pièce pour l'interroger.

– A votre place, je ne ferais pas cela.

– Non. Elle aussi a dit que j'étais fou. Mais c'est ma méthode qui était folle. C'était trop facile de me satisfaire. J'étais plus bête qu'un âne. Après les six premiers mois d'incrédulité vinrent tous les autres, où je fus obligé de croire. Je restai éveillé de plus en plus tard la nuit, il y avait des semaines où je ne dormais que lorsque nous étions tous les deux dans la même pièce. Je les suivais, je les trouvais. J'avais donc des preuves ! Ou tout au moins le croyais-je ! Une seule fois ? Qu'aurait-ce été, une fois ? Je ne suis pas idiot à ce point. Plusieurs fois, je vous dis ! cria-t-il, soudain très énervé, chaque fois même que je voulais bien me donner la peine de les suivre ! Ils n'éprouvaient pas de honte pour la bassesse de leur acte et me regardaient droit dans les yeux en sortant du café ou du théâtre. Je pensais : cette chose, si évidente, doit être juste pour eux, ou alors je ne les comprends pas ! Et j'avais raison : une fois elle me dit tel quel, qu'il était le seul à compter pour elle, qu'il en avait toujours été ainsi et que j'avais, moi, voulu les séparer ! Ma tactique fut encore mauvaise : je répondis. Interrogé, je me levai et je répondis ! Je lui dis que si elle me l'avait fait savoir à temps, je ne serais jamais venu les gêner ! Il n'y avait donc aucun mensonge de ma part, mais j'aurais dû me taire. Elle eut le beau rôle : elle me rétorqua que depuis toujours elle m'avait laissé entendre quels étaient ses sentiments, mais que je n'avais voulu ni su l'écouter ! Ce n'était sans doute pas non plus un mensonge, c'était même probable. Voilà.

– N'avez-vous pas pensé divorcer ?

– Si. Cela nous a effleurés, une fois ou deux. Personnellement, je n'y pensais guère, mais elle si, peut-être, elle avait sans doute davantage de courage que moi, je ne sais pas ; elle ne me le disait pas. Lorsque, de mon côté, j'y pensais, j'arrivais à la conclusion que le divorce dénoue les liens mais ne résout point les problèmes. Mais elle, pourquoi aurait-elle demandé le divorce ? Elle s'en passait fort bien et n'en parlait jamais. Moi-même, j'étais trop peu courageux, trop peu viril pour l'exiger. La lâcheté est humaine. Parfois, j'imagine qu'elle a déménagé en emmenant toutes ses affaires. Il n'y aura même plus une blouse accrochée au mur ; j'ouvrirai les tiroirs : vides ; je regarderai en direction du miroir : pas une voilette ni une paire de gants. Je pourrais lui acheter une nouvelle bague en brillants, elle ne viendrait même pas la chercher. Non, pas de divorce ! La chambre ne garderait même plus son parfum, son haleine, un mot oublié : bref, le vide. Serait-ce mieux que maintenant ? D'ailleurs, même amoindri, je n'étais pas exclu, sa porte ne m'a jamais été fermée, la bague l'a émue, a provoqué ses larmes et ses baisers – j'aurais dû rentrer sous terre, mais j'ai joui de l'instant et j'ai même pleuré. Par lâcheté. Après, nous allâmes voir la petite ensemble, et le lendemain, tout était oublié. »

Mlle d'Espard hocha la tête.

« Tout était oublié, continua-t-il. Cela aurait pu être différent, tout aurait pu aller bien.

– Oh ! oui, dit-elle, malheureuse, tant de choses auraient pu être différentes !

– Vous avez encore raison. Il n'est pas impossible que si j'avais moi-même été différent, si j'avais eu un autre aspect et une autre conduite, elle soit revenue ou même ne soit peut-être jamais partie. Oui, certes. Mais, encore une fois, mettez-vous à ma place : qu'est-ce que je devenais moi, dans tout cela ? J'existais, tout simplement. Si à l'évidence j'étais mauvais, les autres l'étaient aussi. Je pourrais mettre le doigt sur leurs défauts. Cela fait deux ans que ça dure.

– Que comptez-vous faire ?

– Rien, je ne suis fait ni pour le bien ni pour le mal. Je suis parti à Kristiania avec l'intention de tout régler, mais j'ai abandonné. Je me suis dit : au moins, l'enfant a une maison chauffée, du soleil tous les matins. Je ne suis pas entré. Je n'ai vu personne. Il y avait cependant de la lumière le soir, mais ma chambre était dans le noir ; ils respectaient la porte que j'avais laissée fermée. Aucun bruit, pas de danse, ni de cris.

– Manquerait plus que ça !

– Je l'apprécie aussi, je deviens méticuleux. Je lui suis reconnaissant de ne pas rouvrir ma chambre et de ne pas s'en servir ; de cette façon, je me sens un peu moins perdu, je sais que j'ai une chambre en ville.

– Tout cela est fort déplaisant pour vous,» fit-elle, émue. Il dut se rendre compte qu'il parlait depuis un bon moment et qu'il avait laissé paraître ses émotions ; il changea du tout au tout et se leva.

« Il est tard, vous devez avoir froid. Excusez-moi d'avoir à ce point oublié l'heure.

– Vous n'avez rien à vous faire pardonner.

– Merci. Mais mon destin ne doit en rien vous intéresser. Il n'est d'ailleurs pas aussi noir que celui de bien d'autres ; il n'est pas si mal, au fond, et j'ai de nombreuses joies.

– Je l'espère !

– Venez, mademoiselle, il est tard ! »

Tandis qu'ils rentraient, elle répéta :

« Oui, je l'espère sincèrement. Que vous ayez beaucoup de joies, je veux dire. Et, mon Dieu, tout s'arrangera peut-être, vous ne croyez pas ?

– Oh ! non. Mais on ne peut jurer de rien.

– Vous avez reçu une carte.

– Oui, une carte. De qui croyez-vous qu'elle fût ? De Moss ?

– Non, peut-être pas de Moss. Peut-être bien mieux que cela !

– Je me la suis envoyée moi-même », dit le Suicidé.

A la lumière de l'escalier, elle fixa son visage contrit. Il sortit la carte de sa poche et la lui tendit. Elle représentait le château d'Akershus, avec « Bonne Année » écrit de sa propre main. Il resta immobile, les lèvres tremblantes.

« Je l'ai achetée au cours de mon voyage. Je savais bien que je n'aurais rien, et après tout, tant pis. Je ne me la suis pas envoyée pour moi-même, ça m'est égal, mais pour les autres, pour qu'ils voient que j'en recevais une. Maintenant, allez vous coucher, mademoiselle ! Bonne nuit !

– Bonne nuit ! »

Il fit volte-face et repartit dans la nuit hivernale.

Le lendemain matin, un bruit commença à courir, une rumeur vague et sombre à la fois. Cela débuta tôt dans la journée, lorsque la femme de chambre monta le café au docteur ; elle revint étonnée et rapporta aux autres filles la nouvelle qui finit par se répandre parmi une partie des clients. Maître Rupprecht se leva immédiatement et fit une ronde dans tout l'établissement. Qu'était-il arrivé ? Quelque chose d'incompréhensible, d'affreux, et le Jour de l'An, avec ça !

L'avocat passa devant Svendsen qui hissait le drapeau, et l'arrêta :

« Attendez un peu. Vous avez vu le docteur ? » demanda-t-il.

Non, l'économe n'avait pas vu le docteur.

« Pourtant, la lumière est allumée dans son bureau ; il y est peut-être ?

– Non ; mais allons vérifier encore une fois. »

Le médecin ne s'y trouvait pas.

Du bureau, les deux hommes se rendirent dans sa chambre : personne. Dieu seul savait. Et tout ça un Jour de l'An...

De nombreux clients s'étaient levés et prenaient part aux recherches. On apprit petit à petit que le disparu avait décidé, la nuit précédente, de monter vers les lacs pour y essayer ses nouveaux patins ; quelques messieurs s'y rendirent sur-le-champ, dans l'espoir de le retrouver. En route, ils tombèrent sur une femme, Mlle Ellingsen, qui les avait précédés et était déjà de retour. Elle tenait un piquet de bois à la main. Ils lui demandèrent si elle l'avait vu ; elle hocha la tête et déclara, la mine grave :

« Non, mais j'ai fait des découvertes : la glace est, en plusieurs endroits, percée de trous pour la pêche, et l'un d'eux est encore ouvert.

– Que voulez-vous dire ?

– Il est ouvert, répéta-t-elle, ouvert de cette nuit.

– Serait-il possible qu'il soit... Que dites-vous ? » Ils se précipitèrent vers le trou en question et Mlle Ellingsen rentra, songeuse, à la maison. Elle avait trouvé là de quoi occuper ses méninges. Ce trou ouvert dans la glace était comme le sujet d'une *short story* anglaise, une tragédie nocturne. Elle savait ce qu'elle savait !

Beaucoup de clients l'entourèrent car elle arrivait de l'endroit dont on parlait et pouvait par conséquent rapporter les toutes dernières nouvelles ; sa discrétion réussit à faire craindre le pire aux assistants.

« Pourvu qu'il ne soit pas arrivé un accident ! dit l'avocat. Le trou est ouvert, dites-vous ?

– Ouvert. La glace qui s'était formée a été percée cette nuit. Elle ne s'est pas encore reconstituée.

– Ce sont les trous que Daniel fait pour pêcher, précisa l'économe.

– N'y avait-il pas clair de lune cette nuit ? demanda quelqu'un.

– Non, affirma l'économe. Et que diable est-il parti faire sur la glace dans le noir ! C'était quel trou, mademoiselle ?

– Celui qui est le plus près du ruisseau. Là où le ruisseau se jette dans le lac.

– Justement là où la glace est la moins épaisse. Nous avions pourtant mis une pancarte pour signaler le danger.

– Voilà le piquet, annonça Mlle Ellingsen. Il était sur la glace.

– Pourquoi avez-vous fait ça ? » demanda Bertelsen.

Elle lui répondit, à lui seul – et peut-être n'avait-elle parlé jusque-là que pour lui :

« Il se peut qu'il faille l'examiner.

– Le piquet ? demanda Bertelsen, sceptique.

– Ne restons pas ici à discuter, interrompit l'avocat. Prenez vos hommes, Svendsen, et allez ouvrir la glace. Mon Dieu, j'espère qu'il n'est pas arrivé un malheur.

– J'aimerais vous dire quelques mots en tête-à-tête dans votre chambre, fit Mlle Ellingsen. Venez aussi, Bertelsen. »

La jeune femme avait un secret, aucun doute là-dessus, et elle semblait particulièrement préoccupée. L'avocat sortit le premier.

« Je vous en prie, asseyez-vous, mademoiselle, lui dit-il une fois dans la chambre. Vous vouliez me dire quelque chose ? »

Elle avait la parole, et elle donna en rougissant le détail de ses découvertes. Bertelsen, qui connaissait par cœur tous ses beaux discours, essaya de se montrer indifférent mais il y renonça devant son sérieux :

« On sait que le ciel était couvert et qu'il n'y avait pas de lune. J'ai moi-même inspecté le trou : il est suffisamment large pour engloutir un homme qui arriverait à toute vitesse sur ses patins. Je ne sous-entends pas pour autant que ce soit arrivé.

– Non, non… mais que voulez-vous dire, en substance ? » la pressa Bertelsen, impatient.

Elle se tourna vers lui :

« Vous m'avez demandé pourquoi j'ai ramené ce piquet. Je l'ai ramené parce qu'il fera sans doute l'objet d'une analyse. Il y a dessus des taches qui ressemblent à du sang.

– Du sang ? » s'exclamèrent les deux hommes.

Elle leur montra quelques taches rougeâtres, et ils ne surent plus que penser. C'était indubitablement du sang.

« Même si c'est vraiment du sang, continua Bertelsen, qu'est-ce que ça prouve ?

– Le piquet a pu servir d'arme.

– Autrement dit, pour une attaque, remarqua l'avocat. Non, c'est peu probable ! »

Elle se tut. Elle ne crânait nullement et faisait de son mieux pour avancer son enquête ; ils voyaient bien qu'elle réfléchissait.

« Mais qui voulez-vous qui ait attaqué le docteur, lui si doux, si amical avec tous ?

– Quelqu'un. »

L'avocat lui posa une question directe :

« Vous pensez à quelqu'un en particulier ?

– Oui, je pense à quelqu'un en particulier.

– Qui ?

– Je n'ai pas envie de me prononcer si tôt. Mais si ça reste entre nous…

– Naturellement ! » s'écrièrent les deux messieurs.

D'une voix basse et profonde, elle chuchota :

« Je ne dis pas que c'est lui, mais je pense à l'homme que nous appelons le Suicidé. J'ai de bonnes raisons de le soupçonner. »

Il y eut un silence. Ils l'avaient écoutée avec grand intérêt et son sérieux avait produit l'effet voulu. Maintenant, ils la contemplaient en méditant ses paroles.

« Pourquoi l'aurait-il fait ? interrogea Bertelsen.

– Un fou – s'il est réellement fou – peut agir de manière imprévisible.

– Oui, dit l'avocat, vous avez raison ; mais vous avez déclaré avoir de bonnes raisons pour le soupçonner. Lesquelles ?

– Ce ne sont que des indices, je l'ai entendu parler dans l'entrée, cette nuit, avec Mlle d'Espard. Il était minuit passé. Lorsqu'ils se sont quittés, elle est montée seule, alors que lui est ressorti.

– De quoi parlaient-ils ?

– Cela ne vous aiderait pas. C'était une histoire de cartes ou quelque chose dans ce genre. Mais le Suicidé est ressorti.

– Oui, firent les deux hommes, cela est assez curieux, effectivement. Et vous en êtes certaine ? »

Pour toute réponse, elle hocha la tête.

« D'ailleurs, voici l'indice le plus concluant : je reviens du lac. Qu'est-ce que ça signifie ? me demanderez-vous. Cela signifie que j'ai parcouru le chemin avant tout le monde, et que j'ai été la première sur les lieux. Et là-bas j'ai trouvé… j'ai trouvé…

– Qu'avez-vous trouvé ?

– Ça ! dit-elle tout bas en montrant la fleur du Suicidé. Personne ne prononça un mot ; les deux hommes réfléchissaient.

– Vous la reconnaissez ? poursuivit-elle, un instant après. Vous vous souvenez de la boutonnière qu'elle ornait hier soir ?

– Oui.

– Je l'ai trouvée sur la glace à quelques pas du trou. Elle y a été perdue cette nuit. »

Ils se rappelaient parfaitement tous les deux avoir vu ce malheureux aster sur la poitrine du Suicidé. Bertelsen se souvenait même tout particulièrement du moment où le Suicidé, appelé par la directrice pour recevoir une carte, s'était trouvé directement sous le lustre dont la lumière tombait sur cette fleur presque fanée.

« Il ne peut plus y avoir de doute, conclut l'avocat. Tout est clair, je crois. J'avoue que j'admire votre perspicacité, Mlle Ellingsen, vous avez fait de telles déductions…

– Elle ? s'exclama Bertelsen pour renchérir aussitôt. Je vous assure qu'elle a des talents de détective. Donnez-lui un bout de fil ou un mégot de cigarette et elle tirera au clair n'importe quel crime. »

Elle était épanouie : que l'on reconnût son talent de ce côté-là, c'en était trop pour elle. Elle se pencha en avant pour essayer de cacher son émotion :

« En tout cas, ajouta-t-elle, pour reprendre le fil de son récit, il est indubitable que le Suicidé est le dernier à avoir vu le docteur. Il doit être en mesure de nous fournir des explications. »

La tension qui les avait tous habités se dissipa, et les deux hommes trouvèrent l'hypothèse d'une attaque peu probable, pratiquement exclue même.

Mais, bien sûr, on ne pouvait jurer de rien, et le sang, lui, était réel sans aucun doute. On demanda à la jeune femme de parler discrètement au Suicidé, tâche que l'on ne pouvait confier qu'à elle seule, si douée pour ce genre d'affaires. Cependant, même après tous ces faits, l'avocat ne put abandonner l'espoir de retrouver son ami vivant. Il donna l'ordre à une femme de chambre rencontrée dans le couloir, de fouiller à nouveau la chambre du docteur, bien qu'il l'eût fait lui-même plusieurs fois déjà.

« Regardez aussi sous le lit », dit-il en conclusion.

Puis il partit vers le lac.

La conversation que Mlle Ellingsen eut avec le Suicidé ne donna rien : il n'avait pas vu le docteur. Oui, il était sorti cette nuit après minuit et était rentré vers une heure ou deux ; il était aussi allé sur le lac comme le docteur le lui avait demandé, mais quand il y était arrivé, le médecin avait disparu ; il devait être trop tard.

« Vous avez vu un piquet, près du ruisseau ? demanda-t-elle.

– Un piquet ? Non. Pourquoi cette question ?

– Il semble y avoir du sang dessus.

– Ah ! fit le Suicidé sans guère s'intéresser à la chose. Je ne comprends d'ailleurs pas pourquoi le docteur s'est enfui ainsi. C'est un farfelu.

– J'ai trouvé la fleur que vous aviez hier soir à la boutonnière. Je l'ai trouvée ce matin sur la glace.

– Ah ! répéta-t-il. Je ne vois pas pourquoi j'aurais dû la garder, elle était fanée.»

Non, décidément il n'y avait rien à tirer du Suicidé. Ou plutôt, il racontait tout sans faire de mystère, et ne semblait même pas l'écouter attentivement. Son idée était que le docteur réapparaîtrait un jour ou l'autre.

L'heure du déjeuner arriva et les clients se réunirent ; le repas fut consommé en silence. Ce fut un Jour de l'An pénible et long, sans drapeau, sans musique, sans rires ni joies ; l'établissement allait peut-être y perdre des sommes considérables. Dans l'après-midi, l'ambiance s'améliora un peu ; l'économe et ses hommes avaient cassé la glace autour du trou, jusqu'au ruisseau, et aucun cadavre n'était apparu. Le docteur n'était par conséquent pas dans l'eau. Cette nouvelle fit plaisir à tout le monde, y compris à Mlle Ellingsen, bien que, peu après, elle allât se réfugier dans sa chambre pour pleurer. Pauvre Mlle Ellingsen ! Cette grande et belle fille à l'imagination débordante, saturée de livres policiers, ne supporterait pas un échec ; elle aurait tant aimé remporter une victoire cette fois. Elle savait que son destin se jouait en ce moment. Où était Bertelsen ? En train de courtiser une autre femme ? Pourquoi tout se passait-il ainsi ? Si ses indices avaient tenu, elle aurait eu un espoir, mais ils semblaient lui faire faux bond.

Le Suicidé n'avait pas nié sa promenade nocturne, la fleur ne signifiait rien pour lui, et, lorsque maître Rupprecht revint du lac, ce fut pour lui déclarer que le sang qu'elle avait vu sur le piquet devait être celui d'un poisson, puisque la glace en était souillée tout autour du trou où Daniel pêchait. Elle n'avait su que répondre qu'en cas de doute, une analyse les fixerait. Elle avait perdu. Elle resta à pleurer sur son lit et ne descendit pas à table.

Si le docteur ne s'était pas noyé, il avait néanmoins bel et bien disparu. Où pouvait-il être ? On allait organiser des battues avec toutes les personnes du sanatorium, lorsque la grande nouvelle arriva : un coup de téléphone avait été donné d'une pièce inutilisée, presque un débarras, sans poêle et avec un simple lit de camp. Lorsque la femme de chambre s'y rendit, elle trouva le docteur Øyen.

« Comment ? s'écria-t-elle.

– Taisez-vous ! répondit-il, allez me chercher l'avocat ! »

Elle s'exécuta, mais elle avait le sentiment qu'il avait perdu la raison : ses yeux étaient tout rouges.

L'avocat leva les bras au ciel en entrant dans la pièce et voulut commencer par poser certaines questions. Toutefois, il n'en fit rien, car le médecin ne paraissait pas en état de répondre.

« Vous êtes là ? » se contenta-t-il de dire.

Et l'autre de riposter :

« Il faut me faire déménager ! »

Il était couché avec son pardessus et paraissait avoir froid et avoir mal. Ses vêtements et ses bottes, trempés, avaient répandu de l'eau sur le plancher ; ses patins traînaient dans un coin. La pièce était glaciale et à peine éclairée par une fenêtre sale, dépourvue de rideaux. Tout était triste, misérable.

« Le Suisse est fort, il pourra me porter dans ses bras.

– Nous allons vous transporter dans votre lit.

– Non, tout le monde me verra. Le Suisse me fera entrer par la porte de service. »

On l'emmena donc d'abord à sa pharmacie, où il avala des gouttes, puis à sa chambre. Il fallut pour cela lui faire traverser par deux fois la cour, mais le Suisse était solide. On alluma le feu, on lui mit des vêtements chauds, on plaça des bouillottes dans son lit et on lui donna à boire et à manger. Il se sentit mieux.

Avec beaucoup de délicatesse, l'avocat lui demanda des explications. Le médecin fit un récit assez décousu. Effectivement, il s'était comporté en farfelu. Il était vraiment tombé dans le trou, mais au lieu de rentrer tout de suite se coucher dans sa chambre chauffée, il avait voulu se cacher dans cette pièce isolée, afin de ne pas montrer aux gens qu'il était tombé à l'eau. Quel esprit bizarre ! Il n'avait pas voulu faire peur aux clients et avait peut-être aussi voulu se prouver à lui-même qu'il était en mesure de prendre un bain, l'hiver, sans en souffrir. Mais il s'était trompé, et il ne supportait pas les conséquences de sa baignade.

L'avocat laissa entendre que sa disparition avait suscité un certain émoi parmi les clients, ce qui affligea beaucoup le docteur.

« Qu'ont-ils dit ? demanda-t-il, ils ont ri ? »

Il était venu là justement pour n'être pas découvert, expliqua-t-il, et il avait eu l'intention de se lever le matin et d'aller dans sa chambre une fois ses vêtements secs, mais il n'avait pas pu, il s'était senti mal, très mal... En somme, il laissait entendre qu'il avait eu honte de l'événement nocturne dont il avait été la victime.

« Vraiment, je ne comprends plus rien ! reconnut l'avocat en secouant la tête.

– C'est arrivé parce qu'il faisait très noir et qu'il n'y avait pas de lune », affirma le docteur.

C'était sans doute son opinion sincère. Toutefois, on pouvait plutôt penser qu'il ne s'était jamais trouvé auparavant dans une situation pareille et qu'il n'avait su que faire. Il ne connaissait du monde que les livres de médecine et n'avait guère vécu, d'où, peut-être, son sentiment d'avoir fait une bonne blague. Un gosse, un enfant bourré de diplômes. Il aurait pourtant pu être un homme, par Dieu, quelqu'un de sérieux, mais il s'était comporté en gamin. Tout ce qu'il avait su faire, ç'avait été de se cacher dans un débarras. Un singe aurait réfléchi avec plus de sagesse.

Et maintenant, il voulait dormir.

« Il fait froid ici.

– Il y a plus de vingt degrés, rétorqua l'avocat après avoir consulté le thermomètre. Vous avez de la fièvre.

– S'il y a plus de vingt degrés, c'est qu'il ne fait pas froid. Je vais tâcher de dormir un peu. Je me lèverai pour dîner. »

L'avocat était heureux : au moins, son ami avait été retrouvé. Il répandit partout la bonne nouvelle, avec les explications nécessaires, et donna l'ordre de hisser le drapeau.

Il était plus de midi, mais après tout, c'était le Jour de l'An.

Si étonnant que cela puisse paraître, il fut difficile de réchauffer l'ambiance. On n'avait plus de raison de bouder, mais un calme déplaisant s'était emparé des clients et ne voulait plus les quitter. Quelqu'un entra et déclara que l'économe avait beaucoup de mal avec le drapeau : il avait réussi à le monter à mi-mât, mais là il s'était coincé, et ne voulait plus ni monter ni descendre ! Cet épisode alourdit encore l'atmosphère. Un drapeau en berne, c'était de mauvais augure.

« Descendez-le ! ordonna l'avocat de la véranda.

– Je n'y arrive pas ! cria l'économe.

– Dans ce cas, démontez le mât ! »

Cela fut fait, et le mât resta posé au sol, nu sur la neige blanche ; personne ne voulut le remonter.

On ne pouvait s'étonner de la mauvaise humeur de l'avocat. Il s'adressa à M. Oliver pour lui faire part de ses soucis, mais le directeur d'école ne s'enflamma pas pour sa cause ; sa vocation dans la vie n'était ni de consoler ni d'égayer, mais d'enseigner ; au fond, il se sentait seul sans élèves, sans auditeurs ; même Mlle d'Espard s'était retirée et paraissait suffisamment absorbée par ses propres affaires.

« Oui, bon », disait Oliver.

Mais pourquoi diable est-ce qu'un château plein de gens paraissait abandonné et désert ? Était-ce la première fois que la drisse d'un drapeau se coinçait ? Quel mystère y avait-il à çà ? On ne pouvait tout de même pas penser que c'était un signe des cieux que le docteur Øyen se fût enrhumé, non ?

« Vous avez raison, c'est absurde », fit M. Oliver. L'avocat pria l'ingénieur de remonter un peu le moral des clients. L'ingénieur ne refusa pas. Il avait déjà fait de la scène et savait s'y prendre ; il inventa des jeux, imita des acteurs, joua à colin-maillard en compagnie de quelques jeunes et chanta des chansons nègres.

En vérité, il ne se ménagea pas et fit merveille en dansant et surtout au jeu de colin-maillard, où il cria à tue-tête. Pour finir, il feignit un chagrin insurmontable dû à une catastrophe imaginaire. Le correspondant des trois journaux lui déclara tout net qu'il aurait été un grand acteur et qu'il ne manquerait pas de parler de lui dans sa prochaine chronique. Mais tout le monde n'était pas comme le journaliste, et les autres spectateurs restèrent passifs ; c'était incompréhensible, ils ne voulaient ni skier ni patiner et restaient tous amorphes. Il ne se passait rien de terrible, mais une peur occulte régnait sur eux, comme si un meurtre se préparait. On murmura que le docteur Øyen allait moins bien et l'avocat téléphona au médecin du village. Il était difficile de s'isoler pour ce faire, et quelqu'un entendit l'avocat dire, imprudemment :

« Pourvu que ce ne soit pas la fièvre typhoïde ! »

Ces mots, répétés, furent peu après sur toutes les lèvres.

Plusieurs clients pensaient écourter leur séjour et rentrer chez eux dès le lendemain, le 2 janvier. Ce serait une grosse perte financière pour le sanatorium. Ruud alla tranquillement faire sa mallette.

Le médecin du village arriva et diagnostiqua une pneumonie. Il prescrivit des gouttes et des mixtures, puis repartit. Lorsqu'il revint le lendemain, le malade allait encore moins bien et, le troisième jour, il succomba.

Quelles fêtes de fin d'année !

Le Suicidé ne laissa pas échapper cette occasion de se prononcer ; il hocha la tête et annonça que ce n'était pas encore fini !

« La vie est une marchandise sans valeur pour la mort, déclara-t-il, le prochain d'entre nous est déjà inscrit au tableau ! » Pendant quelques jours, il fit de son mieux pour répandre ses vues sinistres parmi les clients, qu'il baptisa, ainsi que lui-même, de « survivants des lieux ».

Le journaliste, l'ingénieur et les jeunes gens s'en allèrent. Ils n'avaient plus rien à faire là-bas. Eux qui étaient au beau milieu de la vie ne voulaient pas voir le cercueil du docteur être expédié par le train. De son côté, le petit commerçant Ruud ne cacha pas qu'il avait d'autres affaires à prendre en main et que son emploi du temps ne lui permettait plus guère de rester éloigné de ses occupations.

« Au sujet des actions, j'ai désormais la certitude que Bertelsen les a mises en dépôt, déclara-t-il à l'avocat, Bertelsen ne peut pas les vendre !

– Ah ! répondit celui-ci qui n'avait visiblement aucune envie de discuter avec lui de cette affaire.

– Toutefois, nous pouvons les racheter à la banque au cours dont nous sommes convenus, insista Ruud, mais à condition que vous payiez régulièrement la police d'assurance-incendie pour le sanatorium. »

Décidément, ce M. Ruud n'avait pas les yeux dans sa poche, et l'avocat ne paraissait pas souhaiter entretenir des relations suivies avec lui. Quel intérêt y avait-il à avoir cet homme à la place de Bertelsen pour se mêler de la gestion de l'établissement ? Non, merci. D'ailleurs, le marchand de bois avait été remis à sa place et l'avocat n'entendait pas l'humilier davantage. M. Oliver resta, ainsi que Bertelsen, Mme Ruben et Mlle Ellingsen ; Maître Rupprecht, le directeur, ne pouvait quitter son cher Torahus avant d'avoir tout réglé. Pour l'heure, il était très occupé à téléphoner et à télégraphier pour obtenir un nouveau médecin, et il avait du mal à prendre une décision. Et ce fut au tour de Mme Ruben de tomber malade. On pouvait même s'étonner qu'elle fût encore en vie : elle ne mangeait plus, ne buvait pas et se maintenait en vie grâce à des grignotages et à des pilules. Elle devait être d'une nature très robuste. Quelles étaient ces pilules qu'elle prenait ? Des comprimés mystérieux qu'elle recevait de Londres et qu'elle cachait soigneusement après usage. Une ancienne femme de chambre avait vu les mêmes chez Mylady ; on pouvait donc en déduire qu'il y avait eu une certaine intimité entre ces deux femmes, Mme Ruben et l'Anglaise. Pauvre Mme Ruben, elle tomba malade, elle craqua – quel put en être le motif ? Peut-être le fait d'avoir, contrairement à ses habitudes, mangé à sa faim lors du réveillon du Jour de l'An ? Elle souffrait beaucoup et une expression nouvelle était apparue dans ses beaux yeux. Bien qu'elle eût mal, elle ne voulait pas du médecin du village. Au contraire, à ce qu'elle disait, elle se lèverait le lendemain. Mais elle n'alla pas mieux et elle resta au lit, toujours souffrante, sans pourtant céder. Elle se fit envoyer par la poste deux paires de bottines très pointues en tissu et en vernis. Elle ne pouvait espérer y faire entrer ses pieds incroyablement larges, mais elles devaient rester là, bien en vue, comme pour montrer que c'était sa pointure. Elles étaient sur la commode lorsque le nouveau médecin entra.

Car il y avait un nouveau médecin au sanatorium ; son arrivée fut un événement pour Torahus. Les clients le rencontrèrent pour la première fois à table : il était myope, maigre, très grand ; quand il se pliait au-dessus de son assiette, on aurait dit qu'il penchait le cou au-dessus d'un balcon pour voir ce qui se passait dans la rue. Il avait un beau sourire et une mine intelligente et décidée. Il était nouveau dans le métier, mais ne pouvait pas être pris à la légère : son père était également médecin ; autrement dit, il était né docteur. En entrant dans la chambre de Mme Ruben, il la salua poliment, se présenta et demanda :

« C'est le genre de bottes que Madame a l'habitude de porter à la montagne ? »

En même temps, il aperçut, à peine cachée par l'oreiller, la boîte de pilules ; il la prit, lut l'étiquette, en renifla le contenu et demanda :

« Pourquoi prenez-vous ça ? »

Elle aurait bien aimé lui reprendre la boîte.

« Je n'en prends pas, presque pas… » répondit-elle aussitôt avec irritation.

Il se leva sans un mot d'explication, et ferma la porte à clef ; puis, il ôta les draps qui la recouvraient et ordonna :

« Tournez-vous ! »

Une fois la consultation terminée, il lui demanda à nouveau :

« Vous avez encore de ces pilules ?

– Je ne sais pas. Non, je ne crois pas. Et après ?

– Je ne suis pas pharmacien, mais je ne pense pas que ce genre de comprimés augmente votre appétit.

– Je mange tant que je peux, répondit-elle.

– Bien sûr, mais vous devriez manger davantage, il ne faut pas se laisser dégoûter par la nourriture », conclut-il, et il lui confisqua les comprimés.

XII

Petit à petit, le docteur fit connaissance avec tous les clients et s'enquit de leurs souffrances. Bertelsen ne souffrait de rien, mais restait là en tant que client ; il posa avec empressement des questions sur l'état de santé de Mme Ruben. Lui et la dame étaient venus ensemble, expliqua-t-il, c'est pourquoi il pouvait difficilement repartir sans elle. Mlle Ellingsen l'entendit, et lui lança un coup d'œil dont l'effet sur lui fut nul, absolument nul.

« Je croyais que vous étiez en ma compagnie, remarqua-t-elle sur un ton mi-badin, mi-sérieux.

– Et vous, mademoiselle, pourquoi êtes-vous ici ? demanda le médecin.

– Je ne souffre de rien ; d'ailleurs je m'en vais demain.

– Bien sûr, je ne suis pas ici uniquement pour attendre Mme Ruben, corrigea alors Bertelsen, vous savez bien, mademoiselle, que je ne me désintéresse pas totalement du sanatorium ; j'ai des intérêts à préserver ici. »

Le lendemain, Mlle Ellingsen repartit, seule. Elle avait dû comprendre qu'il était inutile d'attendre davantage.

« Je vous suivrai prochainement, lui dit Bertelsen, je dois d'abord m'occuper des nouvelles constructions qui seront entreprises au printemps. »

Pour une raison ou une autre, il avait reçu l'autorisation, le matin même, d'aller dire bonjour à Mme Ruben. Il l'avait plainte et consolée et avait laissé paraître qu'il partageait ses peines.

Elle mangeait un peu plus et dormait mieux. Bertelsen et elle passèrent un bon moment à bavarder allégrement.

Quand il sortit de sa chambre, il était d'excellente humeur. Devant la porte, il trouva le mouchoir de Mlle Ellingsen, immaculé comme la neige, qu'il ramassa pour le lui remettre avec ces mots :

« Regardez ce que je viens de trouver, c'est votre mouchoir, je crois, il porte vos initiales. Il est si blanc, si innocent, qu'il n'a pu tomber sur mon chemin que par hasard.

– Qu'entendez-vous par là ?

– A moi de plaisanter, mademoiselle ! Je vois que vous vous apprêtez à partir. Permettez-moi de vous accompagner jusqu'au traîneau. Et dites bonjour à la ville de ma part ! »

Elle avait perdu. Peut-être avait-elle laissé tomber intentionnellement le mouchoir devant la porte de la chambre de Mme Ruben. Elle n'avait dû rien trouver de mieux lorsqu'elle avait compris que Bertelsen s'y trouvait. Naturellement, cela lui coûtait de quitter Bertelsen, qui aurait pu prendre une part décisive à sa vie, mais d'autre part, que pouvait-elle bien attendre de lui ? Ne sentait-elle pas son indifférence ?

Ainsi se terminait, de la même façon abrupte et étonnante que ses histoires policières, un épisode de sa vie.

Mlle Ellingsen était grande et belle ; elle aurait pu être vraiment quelqu'un. Bien que sensible et imaginative, elle jouait mal de ces deux qualités et gaspillait bêtement sa sensibilité et son imagination dans ses contes, ses inventions et ses erreurs de jugement. N'ayant su garder Bertelsen le grossiste, elle devait renoncer à lui. Que pouvait-elle faire d'autre ? Elle l'aurait ennuyé à mort, petit à petit, jour après jour…

Le docteur entra chez le Suicidé. Il avait sans doute entendu parler de cet individu hors du commun et il se comporta en conséquence ; peut-être même était-il au courant de son histoire de Kristiania, qui sait ?

Le Suicidé l'accueillit avec une mine des plus effrontées.

« Alors, vous venez réserver votre place dans ce cimetière de montagne ?

– Rude hiver, répondit le docteur. Vous êtes le seul à vous habiller raisonnablement, à ce que je vois.

– Ça revient cher d'enlever les cadavres d'ici, renchérit le Suicidé. Je vous montrerai un endroit où nous autres survivants pourrons être mis en terre.

– Si vous avez le temps, allons-y tout de suite. »

Ils partirent sur-le-champ. Le Suicidé qui ne s'était de toute évidence pas attendu à ce qu'on le prît au sérieux, ne sut quelle direction prendre ; il hésita, s'arrêta dans la forêt et déclara :

« Oh ! et puis vous avez tort de me suivre. Rentrons ! » et il ajouta, froissé : « Vous avez voulu être le plus fort, c'est ça ? »

Le docteur le regarda.

« Vous me contemplez, vous m'auscultez. Rentrons, je vous dis ! »

Sur la route du retour, le médecin lui demanda :

« Depuis combien de temps êtes-vous ici ?

– Depuis la fondation, depuis l'ouverture du sanatorium.

– Et qu'attendez-vous depuis si longtemps à la montagne ?

– Je n'attends pas depuis longtemps, je ne suis pas du tout ici pour attendre. Et vous-même ? »

Il n'obtint pas de réponse.

« Je ne vous ai pas posé la question pour être désagréable ; reprit le Suicidé, mais pour parler, tout simplement. La mort travaille impeccablement sans votre assistance.

– Pourquoi soufflez-vous en permanence sur votre main ?

– Vous l'avez remarqué ? Quel simulacre de perspicacité ! Je souffle sur ma main pour la garder chaude.

– Si vous voulez faire un saut chez moi, je vous offrirai un whisky.

– Quoi ? Oui, merci ! » répondit, étonné, le Suicidé.

Une fois assis dans le cabinet du docteur, un verre à la main, Magnus commença à tenir des propos plus raisonnables.

Le docteur lui posa quelques questions sur le sanatorium et les clients et reçut des réponses évasives.

Brusquement, le Suicidé lui tendit sa main en disant :

« Vous m'avez demandé pourquoi je soufflais dessus ? Regardez cette plaie. Qu'est-ce ?

– Ce n'est même pas une plaie.

– Quoi, alors ?

– Rien.

– Je pense que ce pourrait être la lèpre.

– Foutaises ! rétorqua le docteur en souriant, c'est une simple égratignure.

– Puis-je avoir quelque chose pour ça ?

– Oui, un autre whisky. »

Le Suicidé parut soulagé d'apprendre que sa plaie n'avait rien d'inquiétant, et, après le deuxième verre, son humeur devint plus gaie, ce qui n'était pas arrivé depuis longtemps. Le médecin lui raconta quelques anecdotes ; il était si nouveau dans le métier qu'il gardait en mémoire les petits faits de sa pratique. Ainsi, il avait été appelé une fois chez une femme qui avait été battue et portait des marques de coups sur les fesses.

« Ah ! fit le Suicidé.

– C'était une jeune femme, belle, un peu légère. » L'homme était là lorsque je l'examinai ; il m'expliqua comment ça s'était passé et me montra la canne en jonc dont il s'était servi.

« C'était le mari qui… ?

– Qui l'avait battue, oui. Elle s'était montrée trop forte pour lui. En fait, elle ne voulait en faire qu'à sa tête ; elle le considérait comme un minus. Et elle avait pris un amant.

– En quoi cette femme et son mari me concernent-ils ? demanda le Suicidé d'un ton soupçonneux.

– Comment ?

– Pourquoi me dites-vous tout ça ?

– C'est un cas peu commun. Je soignai donc le derrière de la femme et l'homme, lui, soigna son caractère. Non, vous avez raison, en quoi ce couple nous concerne-t-il ? Mais, comme je disais…

– Après tout, ce n'est pas sans intérêt, remarqua le Suicidé. Il l'a guérie, vous dites ?

– Et comment ! Je les suis, maintenant. Ils sont heureux, et ils ont eu deux enfants depuis cet épisode. Ils sortent ensemble le dimanche.

– Magnifique ! s'exclama le Suicidé.

– Heureusement qu'il m'arrive parfois des choses de ce genre ; sans cela, les visites seraient trop ennuyeuses. »

Le Suicidé avait cessé de se prendre au sérieux ; il se faisait même curieux et naïf :

« Je ne puis me détacher de l'idée de ce couple. Quelle sorte de gens était-ce ?

– Des artisans : l'homme était forgeron.

– Ah ! bon, fit, déçu, le Suicidé, un forgeron et sa femme ?

– Et après ? Certes, une canne en jonc n'est pas le meilleur moyen dans tous les milieux ; on doit choisir sa méthode individuellement. Parfois, il faut des fleurs.

– Tout le monde peut quelquefois souffrir d'un surcroît d'autorité dans sa maison, affirma le Suicidé, à voix basse, en regardant le plafond.

– Oui, c'est bien ça, répondit, d'un ton distrait, le docteur. Il semblait plongé dans ses souvenirs. Moi-même, j'ai été près d'employer une canne une fois.

– Vous êtes marié ? lui demanda, très intéressé, le Suicidé.

– Non », fit le docteur avec un sourire. Puis il se tut.

Mais comme son interlocuteur le regardait d'un œil interrogateur et impatient :

« C'était ma gouvernante, avoua le docteur. Ce n'était pas la femme d'un forgeron, même si elle était issue du peuple ; un peu folle elle aussi, mais avec beaucoup de qualités.

– Une simple gouvernante ! s'exclama le Suicidé, dépité.

– Elle était jeune et belle, avec un corps merveilleux. Elle jouait très bien du piano et de la guitare, elle avait le don de la musique.

– Oui, mais quand même !

– J'étais amoureux d'elle.

– Ah ! ça change tout, dit le Suicidé. Et vous auriez souhaité la battre avec une canne ?

– Après que les fleurs eurent été sans succès, oui. Et après que les cadeaux l'eurent également laissée insensible. Il faut bien trouver quelque chose, n'est-ce pas ?

– Je ne savais pas.

– Bon. Lorsqu'on est perdu, on cherche à tout prix un moyen, non ? S'il s'agit d'une femme de notre milieu, la vôtre ou la mienne par exemple, ça change tout, on peut toujours la raisonner. Mais une gouvernante ? Vous n'êtes pas marié non plus, je suppose ?

– Moi ? Marié ?

– Non, je m'en doutais.

– Il faut être fou pour se marier ! »

Le médecin lui donna raison jusqu'à un certain point et ils approfondirent la question. Toutefois, ils tombèrent d'accord pour dire que le mariage était souvent difficile à éviter.

« Comment s'est terminée votre histoire avec cette fille ? s'enquit le Suicidé. Vous avez obtenu satisfaction sans la battre ?

– Non, répondit l'autre, pas encore. J'ai fait autre chose : je suis venu ici. J'ai accepté l'offre de venir pratiquer dans cet établissement.

– C'est très intéressant ! reprit le Suicidé profondément étonné, en hochant la tête. Mais si jamais ça ne réussit pas non plus ?

– Dans ce cas, je ferai comme le forgeron. »

La conversation avec le docteur paraissait avoir marqué le Suicidé ; il y pensait souvent tout seul et riait. Mais il ne lui fallut guère de temps pour réagir et redevenir le même philosophe aigri qu'auparavant. Il alla voir Mlle d'Espard, mais il eut la malchance de la trouver, dans le fumoir, en compagnie du directeur d'école, à qui il ne put éviter de parler. Pour se montrer agréable, il le salua par ces mots :

« Bonjour, collègue ! »

Ils ne comprirent pas sa plaisanterie et restèrent silencieux.

« Il y a deux jours, je suis allé voir le nouveau docteur pour ces plaies, dit-il à la jeune femme.

– Il vous a donné quelque chose ?

– Oui, deux whiskies.

– Deux quoi ?

– Whiskies. Il emploie des médicaments peu courants ; parfois, il utilise le jonc.

– Vous voulez dire la gentiane, corrigea le directeur. Ce n'est pas du tout un médicament rare.»

Le Suicidé ne daigna pas lui répondre.

« Parfois, il se sert de fleurs, aussi. C'est un original.»

Oliver voulut se montrer sous un meilleur jour et remarqua gentiment :

« C'est bien d'apporter des fleurs aux malades.»

Le Suicidé se fit encore plus méprisant. Mlle d'Espard eut un signe de tête :

« Oui, c'est sûr, approuva-t-elle.

– Qu'est-ce qui est sûr ? demanda le Suicidé. Que les fleurs font du bien ? Pourquoi ne pas envoyer plutôt des boutons, des boutons de nacre, de corne ou d'étain ?»

Chacun se mit à rire.

Le directeur d'école retrouva son sérieux et cessa de plaisanter.

« Demain, je serai sur la route du retour.»

Elle :

« Ah !... demain déjà ?

– Je m'en vais demain, oui. Et vous, mademoiselle, quand partez-vous ?

– Un de ces jours, très prochainement.

– Et vous, jeune homme ?»

Le Suicidé répondit à contrecœur à cette question directe :

« Je ne pars pas.

– Ah ? Vous n'avez donc nulle occupation qui vous attende ?

– Mais vous si, si je comprends bien.

– En effet. Il serait difficile de le nier, je crois ? dit Oliver avec un sourire. Nous autres enseignants essayons, selon nos modestes moyens, de faire partager aux autres ce que nous avons appris.

– Ne le croyez pas, mademoiselle, fit le Suicidé. Ce n'est pas si innocent que ça.

– Mais l'école, c'est innocent, non ? remarqua-t-elle, gênée d'être ainsi prise à partie.

– L'éducation est contraire à la nature ; c'est obliger l'enfant à entrer dans une voie différente de celle qu'il aurait naturellement empruntée. L'éducation, c'est la voie directe vers le désert. »

Le directeur, amusé de ces mots, ne put qu'en rire.

« Et moi qui croyais être sorti du désert !

– N'est-ce pas ? approuva-t-elle. Non, soyez raisonnable, monsieur Magnus, le directeur est un grand chercheur, un *agrégé* !

– Le directeur doit être assez satisfait de lui-même en effet, poursuivit, impassible, le Suicidé, car sans ça il ne pourrait pas supporter de passer sa vie dans une classe.

– Les classes ne sont pas une torture pour nous, mais un plaisir.

– Ainsi, vous partez également, mademoiselle ? reprit le Suicidé après un silence. C'est vrai, nous ne sommes que des passagers sur cette terre, nous allons ici ou là et certains d'entre nous s'arrêtent dans un sanatorium. Je viens à l'instant de montrer au docteur un cimetière pour nous autres, les survivants. »

Aucun commentaire ne suivit ce discours insaisissable.

« Monsieur, je vous ai peut-être mal compris, déclara Oliver en choisissant bien ses mots, mais est-ce notre mission qui vous déplaît ? »

Pas de réponse.

« Le directeur vous interroge ! lui rappela Mlle d'Espard.

– Un directeur d'école est de bonne foi, précisa le Suicidé, dans son établissement on enseigne toute sorte de connaissances. Certes, les enfants en ressortent un jour, très longtemps après, mais cela n'empêche qu'ils y sont entrés comme des poulains ou des veaux. Il leur est impossible de garder en mémoire tout ce qu'ils y ont appris et, même s'ils s'en souvenaient, cela n'aurait aucune importance. Ils oublient les limites du lac Øyeren ou que la carotte peut manquer de calice. "École" est synonyme de loisir, de passe-temps pour les grandes personnes, c'est un enfer pour les enfants. Quand enfin ils en sortent, ils sont vieux, certains sont chauves, d'autres presque aveugles, et il y en a même qui y restent. Il ne faudrait pas d'école pour les enfants.

– Amusant, très amusant ! remarqua le directeur.

– Mais comment feraient les gens dans la vie, plus tard, s'ils n'étaient pas allés à l'école ? demanda la demoiselle.

– L'école n'a jamais produit des hommes. Une fois qu'on serait mûr, lorsque l'homme se serait bien installé en nous, on pourrait recevoir juste ce qu'il faut d'éducation.

– Le minimum sans doute,» ironisa Oliver en se levant pour mettre un terme à la discussion. Il en avait assez. Il aurait certes pu développer sa pensée et écraser l'autre, car toutes les chances étaient de son côté, mais discuter de pareilles idioties était au-dessus de ses forces.

«Je vois que mon point de vue vous intéresse, lui lança diaboliquement le Suicidé.

– Non, franchement pas du tout, rétorqua l'autre avec froideur.

– Mais si, c'est indéniable.

– Croyez-vous ? Écoutez, j'ai déjà rencontré, comment dirais-je... ce genre de galimatias, même au sein de ma propre famille, mais jamais sous une forme aussi outrée, aussi folle. Malheureusement, il y a des gens qui sont fiers de leur ignorance, orgueilleux de ne rien savoir, de ne rien connaître, ni pays ni langues. Croyez-moi, cette attitude ne m'intéresse pas du tout, sauf peut-être en tant que curiosité, comme quelque chose de fou, d'anormal, de comment dirais-je... de...

– Ne cherchez pas, j'imagine la suite, l'interrompit le Suicidé, ironique et prévenant.

– C'est comme ce professeur suédois dont je vous ai parlé, dit-il à Mlle d'Espard. J'ai répondu point par point à ses affirmations, mais il semble que cela n'ait eu aucun effet sur lui. Il existe des maux contre lesquels les dieux mêmes sont impuissants.»

Le Suicidé parut goûter, trouver exquis même, les mots blessants du directeur.

« Vous avez parlé de la terre, reprit-il, du globe terrestre. Votre école maternelle doit sûrement attacher beaucoup d'importance à l'angle d'inclinaison de la terre, cette terre qu'hélas ! les hommes piétinent sans se soucier ni se souvenir de cet angle. Vos enfants sont initiés à l'art, acquièrent des connaissances en navigation et en astronomie, étudient les finances et l'histoire militaire, l'électricité, les calories, les mathématiques, les arbres et les langues. Les langues ! Mais voilà, tout ça n'a aucun sens réel et ne peut établir une entité, une forme de vie ; c'est un dressage mécanique, sans aucune valeur éthique. Mais l'âme, cet hôte de l'homme, son essence même, qu'en faites-vous ? Notre esprit n'est pas riche par rapport à ce que nous avons appris dans les livres mais par rapport à l'éducation littéraire que nous avons su éviter. Notre esprit est l'être humain tout entier, et c'est à lui seul une entité. »

C'était probablement l'impatience d'Oliver qui poussait le Suicidé à aller toujours plus loin ; il semblait prendre plaisir aux tics nerveux qui apparaissaient sur le visage de l'érudit et il continuait de plus belle :

« J'ai vu que l'université vous avait découvert l'année dernière.

– Comment ça ?

– Vous avez été nommé examinateur. »

Pour une fois, Oliver se mit à rire.

« Oui, il est exact que l'université m'a découvert l'année dernière et pour être examinateur, ahah ! cher ami, vous êtes extraordinaire !

– A votre place, je n'aurais pas accepté ce travail de bourreau d'enfants. Un examinateur n'est qu'un élève qui s'est appliqué plus longtemps que les autres et qui passe sa vie à demander comment les Italiens appelaient ceci ou cela il y a deux mille ans. Et le petit automate répond ! L'examinateur lui glisse une question suffisamment difficile dans l'oreille et l'autre se met en marche. Et obtient son diplôme. Un homme avec un nom et un prestige comme les vôtres, un grand scientifique, ne devrait pas se prêter à de pareilles singeries.

– Allons, intervint Mlle d'Espard, toujours conciliante, là vous ne plaisantez plus !

– Qu'il soit sérieux ou non, cela m'indiffère totalement ! » répondit Oliver, peu sûr de lui.

Au même instant, une femme de chambre entra pour annoncer à Mlle d'Espard qu'un homme l'attendait dehors et désirait lui parler. C'était Daniel.

Elle sortit, très troublée ; Oliver se leva à son tour et quitta la pièce.

Daniel l'attendait au-dehors, au pied de l'escalier, avec son petit traîneau ; il n'ôta pas sa casquette, et lui dit, comme à une amie :

« Bonjour ! Alors... est-ce que... j'avais pensé te ramener.

– Me ramener ?

– Oui, avec tes affaires. Tu ne viens pas ? »

Ciel, qu'il parlait fort, ce gamin ! Elle lança un coup d'œil furtif aux fenêtres de la maison, et comme elle s'y attendait, plusieurs clients l'observaient ; même Mme Ruben la fixait d'une fenêtre.

« Bien sûr que je viens, mais je n'ai pas fait mes valises.

– Je peux attendre. »

Au fond, il était gentil et c'était avec lui qu'elle allait devoir vivre.

« Cela peut être remis à demain, mon bon Daniel.

– D'accord. Je suis venu apporter un veau et j'ai pensé que tu pourrais rentrer avec moi. Il faut que tu le voies d'ailleurs, il est dans l'étable. Viens, je vais te le montrer !

– Non, pas maintenant. Je suis très occupée en ce moment.

– Comme tu voudras. Mais c'est une bête superbe, même le Suisse l'a dit.

– Je vais préparer mes affaires et je viendrai demain », dit-elle.

Elle rentra. Cette visite n'était pas des plus gaies, et elle fut heureuse de retrouver le Suicidé à sa place, dans le fumoir, car elle avait besoin de compagnie.

« C'était Daniel ; il venait chercher ma valise, annonça-t-elle simplement. Mais je ne peux quand même pas m'enfuir comme ça ?

– Je suppose que Daniel veut vous avoir le plus tôt possible pour la pension mensuelle.

– Vous avez sans doute raison.

– Il a ses soucis et nous les nôtres. Je crois qu'il a la bonne vie, ici à la montagne : il travaille, vit et meurt avec son temps. Peut-être faudrait-il vivre isolé comme lui, qui sait ? Il n'a pas besoin de s'enfuir, lui au moins, et peut-être ne souffre-t-il même pas du mal d'amour.

– Sans doute pas.

– Il a de la chance, le veinard !

– Vous croyez ?

– Oh ! je ne dis pas ça pour moi, se dépêcha d'ajouter le Suicidé, les hommes devraient se contenter d'être heureux de la vie qui leur est donnée, mais l'amour ne va pas en ce sens, au contraire. L'amour, c'est la mort.

– Souvent, oui.

– Prenez un type comme Moss... J'y songe, en passant, mais au fond il n'a rien à voir avec nous, il est occupé ailleurs. On a tous ses soucis.

– Au fait, vous avez répondu à sa lettre ? demanda-t-elle.

– Cette lettre injurieuse qu'il m'avait envoyée ? Non, pas encore. Mais il l'aura, sa réponse, il peut me faire confiance. Pourquoi aurait-il le dernier mot ?

– Au fond, c'est un grand malheureux.

– Je ne sais pas », dit le Suicidé après réflexion. Puis il commença à rire en hochant la tête :

« L'écureuil que je lui ai envoyé a dû le troubler ! »

Il se rembrunit soudain et ajouta, très déprimé, en lui montrant sa main comme il l'avait fait au médecin :

« Vous voyez cette plaie ? »

Cette petite croûte, cette égratignure occupait ses pensées ; il la grattait et soufflait sans cesse dessus, ce qui empêchait toute cicatrisation.

« Qu'est-ce que je peux y faire ? interrogea-t-il.

– Cela ne me paraît pas être quelque chose de bien terrible ; et le docteur, qu'en pense-t-il ?

– Le docteur, ce guignol ! Voyez-vous, j'ai peur que ce ne soit infecté.

– Mais non !

– Si, vraiment. Moss m'a renvoyé le pardessus et il n'avait sans doute pas été suffisamment désinfecté. Et en plus il y a eu sa lettre galeuse. Ce porc, cette mouche, n'était-il pas ici en train de respirer notre air, de nous parler et de manger à notre table ? Il aurait fallu le fusiller ! Savez-vous qu'il a eu le culot de m'en envoyer une autre ?

– Une nouvelle lettre ?

– Oui, je l'ai reçue il y a deux jours.

– Vous ne me l'aviez pas dit.

– Évidemment, je ne l'ai pas ouverte, je ne l'ai même pas touchée.

– Vous ne l'avez pas lue ? demanda-t-elle, étonnée.

– Non, le docteur l'a fait pour moi. Et que croyez-vous qu'il raconte ? Que des mensonges : pas un mot de vrai. Il prétend qu'il n'est pas lépreux, que c'était une erreur de diagnostic.

– Ce n'est pas vrai !

– De l'escroquerie, je vous dis ! Il affirme que sa vue revient et qu'à présent il y voit assez pour marcher.

– Encore heureux que les choses s'arrangent pour certains ! »

Ce ne fut pas la seule surprise qu'elle connut cet après-midi-là : une des dames du sanatorium vint la trouver ; en fait elles étaient venues à deux, mais l'autre resta dans le couloir. Ces dames, qui l'avaient jusque-là ignorée, souhaitaient lui faire une proposition : voulait-elle acheter une nappe ? Mlle d'Espard en resta bouche bée.

Elles lui expliquèrent qu'elles l'avaient proposée à Mme Ruben, mais celle-ci n'en avait pas aimé le motif ; de toute façon, cette femme ne s'intéressait qu'à l'argent. Elle leur avait cependant conseillé d'aller la voir, elle, puisqu'elle devait aller vivre dans une ferme, où elle en aurait peut-être besoin. Il s'agissait du tapis de table du docteur Øyen, ce cadeau de Noël qu'il avait tant apprécié, et qui l'avait presque fait pleurer de reconnaissance.

Certes Mlle d'Espard allait s'interroger...

« Oui, répondit-elle, c'est-à-dire, au fond ce n'est peut-être pas très étonnant. »

Non, n'est-ce pas ? Elles avaient beaucoup travaillé sur cette nappe qui leur avait coûté pas mal d'argent, et elles avaient rempli leur mission en faisant plaisir au docteur. Mais maintenant qu'il était mort, ses parents ne tarderaient pas à venir chercher ses affaires. Et, vraiment, aucune d'elles n'avait envie d'offrir une nappe aux parents du médecin ; c'est pourquoi elles l'avaient reprise.

« Évidemment, si la nappe avait pu le suivre dans son cercueil, c'eût été différent », poursuivit la vendeuse.

Elle appela son amie : c'était celle qui avait assuré le secrétariat de cette entreprise, celle qui avait noté les prix de la feutrine, de la soie et des franges. Les deux femmes se consultèrent ; la dernière venue fit valoir qu'elles seraient nombreuses à se partager le produit de la vente et que cela ne ferait pas beaucoup pour chacune.

Mlle d'Espard acheta le tapis de table.

La mémoire du docteur Øyen s'effaça ainsi un peu plus. Il avait eu peu d'importance et ne laissait derrière lui aucun vide ; déjà les hommes marchaient sur son cadavre. Et s'il s'avérait qu'il s'était trompé sur la maladie d'Anton Moss... C'était peut-être lui faire du tort que de l'oublier si vite, le brave homme, mais c'était mérité. Le docteur Øyen avait toujours eu quelque chose de flou, d'insignifiant. Enfin, il avait fait le voyage de cette vie, le voyage aller et retour.

Le lendemain matin, Mme Ruben, Oliver, Bertelsen et l'avocat repartirent par le même train.

Mme Ruben allait beaucoup mieux : elle mangeait et dormait bien et avait repris des couleurs et des formes.

C'était incroyable à quel point cette femme pouvait changer, et en si peu de temps, sans y rester. Elle devait être d'une bonne race, d'une race à peau dure.

Tard dans l'après-midi, Mlle d'Espard régla sa note et se dirigea sans bruit vers la ferme de Torahus. Elle préférait arriver dans la pénombre du soir. Gênée de partir ainsi, elle n'avait pas la chanson aux lèvres et était loin d'être euphorique. Mais elle ne pleurait pas. Certes, elle avait pris un mauvais départ dans la vie, mais ces derniers temps, elle avait su assumer son destin sans tomber à genoux ni demander aide et secours. Les pleurs et les prières s'étaient avérés sans effet et elle ne voulait plus remuer ciel et terre pour s'en sortir. Était-elle déchue ? Oui, mais intérieurement elle avait gardé tout son orgueil. Elle portait sous le bras la fameuse nappe qu'elle avait l'intention de mettre sur la table dès son arrivée pour égayer un peu la nouvelle maison de Daniel. N'était-ce pas une excellente idée ? Elle sourit – peut-être pour retenir ses larmes. Vu avec des yeux mouillés, son sort se serait sans doute montré plus noir encore.

Les dernières semaines au sanatorium n'avaient pas été très agréables pour elle. Elle avait dû inventer des subterfuges, se rembourrant ici, se serrant là, sautillant comme un oiseau dans l'escalier, se montrant insouciante et souriante avec tous. Les autres femmes, ces chipies, la regardaient d'un œil soupçonneux. Mais quel travail de mise en scène ! Ensuite, elle avait décidé de changer de tactique : elle ne ferait plus de grâces aux messieurs et ne cacherait plus le vilain trou dans sa bouche. Puisque son jeune corps était déformé, elle ne resterait plus au milieu d'une pièce pour attirer l'attention. Et hier Daniel était venu. Il aurait pu tout gâcher ! Elle pensa avec satisfaction qu'elle ne s'était pas montrée méchante envers lui. Il était arrivé comme un fiancé, la faisant demander et attirant l'attention générale. Elle s'était montrée gentille et l'avait appelé « mon cher Daniel », comme s'il s'était agi d'un voisin.

Telles étaient les pensées de Julie d'Espard. Elle n'était plus ni morose ni soucieuse. A la hauteur de la petite cabane, Daniel vint à sa rencontre et lui dit :

« Je me doutais que tu viendrais vers cette heure-ci. »

Il avait son traîneau et voulut aussitôt aller chercher sa valise.

« Qu'as-tu sous le bras ? demanda-t-il.

– Tu aimerais bien le savoir ! »

Comme elle plaisantait, il osa toucher le paquet et y jeter un coup d'œil. Puis il la prit dans ses bras et la porta à l'intérieur de la cabane.

« Mais tu es fou ! Va-t'en ! »

Ce n'était toutefois pas désagréable d'être arrachée du sol et à ses soucis, le temps d'un instant.

Elle entra ainsi dans sa nouvelle vie à la ferme et ne parut pas trop étonnée par l'environnement peu habituel qui l'attendait. Pas de folies, pas de minauderies. A la vérité, elle dormit très bien jusqu'au matin suivant. Indéniablement, elle était en quelque sorte arrivée à bon port.

Elle jeta un regard autour d'elle : à part sa valise, le lit, une table et quelques tabourets, il n'y avait, près du poêle, qu'une bassine aux bords perlés : le lavabo. Drôle d'équipement, mais propre et pratique, l'équipement d'une ferme d'alpage, en somme. Et quel silence alentour ! Daniel était dehors et, si Marta travaillait dans la cuisine, elle ne faisait guère de bruit. En effectuant sa toilette, la demoiselle fit tomber sur le poêle une goutte d'eau qui se mit à frémir. La pièce était donc chauffée. Elle remercierait tout spécialement Marta pour cette attention du premier jour.

Daniel se montra à la fenêtre et elle lui fit signe :

« Daniel, que dois-tu penser de moi qui me lève à une heure pareille !

– Pourquoi te serais-tu levée plus tôt ? J'étais au contraire content que tu dormes. As-tu bien dormi ?

– Comme un loir !

– Nous avons fait de notre mieux pour que tu sois à ton aise, et nous avons mis là les objets qui pourraient te servir. »

Il regarda fièrement autour de lui comme si la pièce était richement meublée, et murmura que si elle avait besoin de quelque chose, elle n'avait qu'à le dire. Quel drôle de garçon : un indigène, naïf et ignorant, mais non dépourvu de charme ; émue, elle lui demanda de l'embrasser.

« Je t'aime et je te veux, lui dit-il sincèrement.

– Oui », répondit-elle. Et elle songea de nouveau que, bien lavé, Daniel ne serait pas si mal que ça.

« Voilà ta place, déclara-t-il.

– Comment ?

– Ta maison. "Torahus, chalet, montagne et forêt." Tu t'y plais ? »

Elle sourit et lui fit remarquer qu'elle ne le connaissait pas encore très bien.

« Demande-moi ça dans un an ! »

On lui apporta à manger et elle dévora plus qu'elle ne l'aurait cru possible ; il ne s'agissait plus de conserves, mais de bonne charcuterie de montagne.

« Combien dois-je te donner par mois ? » Cela lui avait échappé, prouvant qu'elle n'était pas encore entrée dans son rôle de maîtresse des lieux.

Mais Daniel le prit bien :

« Ah ! si tu savais ! »

De son côté, Marta qui paraissait au courant de tout, souriait.

Ils allèrent visiter l'étable, petite et confortable, sous le regard étonné des vaches et des moutons.

« Ce taureau sera bon pour l'automne, dit Daniel en caressant la bête ; il est d'une autre pâte que l'assassin de l'été dernier et on peut passer sous lui sans qu'il bouge. »

Ils allèrent voir le cheval. Daniel vanta beaucoup cette jument de trois ans, d'une intelligence presque humaine et à la force incroyable ; elle était capable de soulever n'importe quoi.

« Regarde comme ses yeux brillent ! On peut s'y regarder comme dans un miroir. Oui, mon petit, tu auras du pain plus tard ! » Il avait à peine terminé de prononcer ces mots, qu'il ajouta :

« Attends un instant, mademoiselle, je vais chercher le pain, je ne veux pas la tromper, la pauvre ! »

Il s'absenta un instant et rapporta le pain qu'il donna par petits bouts à l'animal.

« Toi aussi, mademoiselle.

– Julie, corrigea-t-elle.

– Donne-lui ça et sens comme sa tête est douce. »

Ce n'est qu'en sortant qu'il se rappela son nom :

« Julie, tu dis que tu t'appelles Julie. C'est un très beau nom, personne au village ne s'appelle comme ça. »

Ils poursuivirent leur tour du propriétaire ; il lui montra tout et alla même jusqu'à soulever le couvercle d'un coffre en disant :

« Voici les draps, voici les provisions, et de la laine. Nous ne sommes pas démunis parce que nous vivons à la montagne. Heureusement. Tiens, voici de la laine pour toi.

– Oui, je vois. »

Il lui montra ses deux fusils accrochés au mur et lui expliqua que l'un était un fusil de chasse, l'autre une carabine. Il lui fit également voir des rouleaux de tissu, de la bure et du tissu plus fin pour les sous-vêtements.

« Julie… dit-il. Je ne pourrai l'oublier, quand on le prononce, on dirait du velours.

– En français on dit "Julie", dit-elle avec l'accent.

– Que tu es douée ! répondit-il en hochant la tête. C'est toi qui m'as procuré le cheval.

– Tu l'aurais eu sans moi.

– Bon, d'accord, je m'y connais en chevaux, mais c'était mieux de le payer tout de suite. »

Ainsi débuta la nouvelle vie de Julie d'Espard.

XIII

Tout alla bien pendant des semaines, et les choses auraient pu continuer ainsi si le hasard n'était venu les troubler. Mlle d'Espard menait une vie paresseuse et se serait presque fait servir le café au lit. N'ayant rien à faire, elle se couchait tôt et se levait à six heures du matin. C'était peut-être un peu bizarre, pour elle, de se lever à l'aube, et non plus vers onze heures, mais elle en était fière, comme si elle faisait quelque chose d'un peu osé. En outre, Marta la complimentait sans cesse et lui prédisait un avenir de fermière modèle.

Comme travaux, elle ne faisait, pour l'instant, que la lessive. Elle enfilait un des tabliers de Marta et lavait son propre linge, ses mouchoirs, ses cols et ses blouses. Les jours de lessive n'étaient pas les plus ennuyeux pour elle, loin de là, car elle avait ainsi une occasion de bavarder au-dessus des bacs avec Marta.

« C'est un gars en or, affirmait celle-ci, je l'ai vu naître ; c'est honteux de la part d'Héléna de l'avoir laissé tomber comme elle l'a fait. »

Fait curieux, Mlle d'Espard s'était mise peu à peu à détester Héléna. Elle ne l'aimait pas et en était même jalouse. A ce qu'elle savait, Héléna ne paraissait pas encore attendre un enfant, bien qu'elle fût mariée depuis suffisamment de temps avec le sous-brigadier. C'était encore une jeune fille, en somme, alors que d'autres !...

« Elle est belle, cette Héléna ?

– Oh ! oui. Blonde et mignonne, et c'est la fille d'un grand fermier.

– Elle est grande ?

– Oui, aussi. »

Mlle d'Espard sentit le besoin d'aller voir Daniel. Ces jours-ci, il portait une chemise impeccablement blanche à bords bleus que Marta avait tissée et qui lui allait très bien.

« Écoute, Daniel, il serait peut-être temps qu'on se marie ?

– Absolument ! J'y pense depuis un moment, mais je n'ai pas voulu t'en parler. Quand le veux-tu ?

– C'est à toi de le décider.

– La semaine prochaine c'est Pâques, et il faut trois semaines pour les bans. Mais entre Pâques et la Pentecôte, il y a sept semaines ; nous avons donc encore le temps. Fais venir tes papiers, pour que tout soit en règle.

– Tu es si beau avec cette chemise !

– Tu trouves ? Elle est faite avec ma propre laine. Nous avons de la belle laine à Torahus !

– Et si douce, ajouta-t-elle en la caressant.

– Tu auras la même, si tu veux !

– Tu ne voudrais pas plutôt la donner à Héléna ?

– Héléna ? demanda-t-il, surpris.

– N'est-ce pas le nom de la fille que tu convoitais ? Je ne suis pas sûre…

– Héléna ? Je ne pense jamais à elle. Je ne lui accorde même pas ça de mes pensées ! »

Mlle d'Espard n'était plus très jolie ; elle avait perdu une dent, avait été-défigurée et attendait un enfant. Elle devait se sentir bien mal à l'aise pour le questionner si librement :

« Comment est-elle ? Pourrais-je la voir une fois ? Tu l'embrassais souvent ?

– Comment ? Jamais ! Pourquoi cette question ? Je ne lui ai rien demandé et ne l'ai pas suppliée de venir habiter ici, je le lui ai simplement proposé. Je suis d'une famille tout aussi bien que la sienne, je connais mon métier, j'ai ma propre ferme et ma terre et, comme tu le sais, j'ai des biens dans mes tonneaux et dans mes coffres. Et, le moment venu, je mettrai à exécution des projets qu'Héléna ignore encore… non merci, je ne pense jamais à elle… »

Son discours la rassura. Il trouva même le moyen de la flatter en lui disant que c'était elle – Julie – que Dieu lui avait désignée, que c'était elle qui le rendrait heureux. Naturellement, c'était une question de vanité, puisqu'aucune fille de fermier n'aurait pu, comme elle, susciter l'admiration des villageois. Elle était distinguée et cultivée et savait tout faire avec sa tête et ses mains.

Mlle d'Espard avait vraiment tort d'être jalouse. Daniel avait pris goût à cette vie conjugale et s'il était parfois un peu collant, il était toujours gentil dans la vie courante ; et puis, il fallait l'excuser : il était amoureux.

« Le boutiquier m'à montré des rideaux blancs pour tes fenêtres, mais je ne les ai pas pris, dit-il.

– Va donc les acheter, je te donnerai l'argent ; et prends aussi des doubles rideaux épais à travers lesquels on ne puisse pas voir.

– Ah ! Pour quand tu accoucheras ?

– Oui. Elle ne s'en cachait pas, c'était bien pour ça. Et apporte aussi un miroir assez grand pour mettre au mur ; je n'en ai qu'un petit.

– D'accord, surtout, n'hésite pas à me dire ce que tu désires, tu n'as qu'à me faire signe… »

A Pâques, beaucoup de gens arrivèrent au sanatorium et certains firent un saut à la ferme. Peut-être avaient-ils entendu parler de la jeune femme, et voulaient-ils voir cette fille de la ville qui s'y était établie. Mais elle ne se montrait jamais. Elle pouvait désormais rester derrière ses rideaux neufs et contempler les curieux du dimanche, les paresseux et les skieurs, qu'elle ne connaissait pas. Un jour, cependant, Mlle Ellingsen arriva, entra directement dans la nouvelle bâtisse et la salua. Elle n'avait pas changé ; toujours bien habillée, grande et *ladylike* ; en un mot jolie. C'était une surprise. Il ne déplaisait pas à Mlle d'Espard de la revoir, car elle venait pour ainsi dire de son milieu et de sa ville, de son ancienne vie si lointaine maintenant.

« Bertelsen est avec vous ? » lui demanda-t-elle sans attendre. Elle était devenue si brusque et si mal élevée ces derniers temps qu'elle regretta aussitôt sa question.

Mlle Ellingsen ne cilla pas.

« Non, répondit-elle calmement, il s'est fiancé avec Mme Ruben.

– Pas possible !

– Vous n'avez pas vu le faire-part dans les journaux ?

– Non ; est-ce que j'en reçois ici !

– Voilà la fin de l'histoire, conclut après un silence Mlle Ellingsen.

– Je n'aurais jamais... mais il n'y a pas longtemps qu'elle est veuve ?

– Non, et Dieu sait ce qui se cache réellement derrière ce décès...

– Que voulez-vous dire ?

– Rien, dit Mlle Ellingsen, mais elle fit vaguement allusion à du chloroforme et à un crime. Peut-être un jour pourrais-je démontrer que cette dame...

– Oui, mais Bertelsen est davantage à critiquer.

– Non, Bertelsen... Enfin, c'est elle qui voulait à tout prix se marier. » Mlle Ellingsen hocha plusieurs fois la tête : « Mais un jour, je...

– C'est Bertelsen qui vous a trompée ?

– Oui », approuva-t-elle tristement. Son émotion n'avait cependant rien du chagrin.

« Savez-vous ce que je pense ? poursuivit Mlle d'Espard, je pense que vous étiez trop bien pour lui. »

Elles en discutèrent un instant, le sujet se prêtant à de nombreux commentaires. Mlle Ellingsen n'était pas d'accord, elle n'avait pas été trop bien pour lui, loin de là. Pour en terminer, elle lui avoua que jamais le grossiste ne l'avait demandée en mariage.

Évidemment, cela changeait beaucoup de choses. L'avait-il donc simplement considérée comme une compagne tout juste bonne à lui faire passer le temps ?

« Non, protesta-t-elle avec sincérité, il aurait pu avoir toutes les femmes qu'il voulait ; vous pensez, le fils de la société Bertelsen et Fils, une affaire de plusieurs millions ! Il était vraiment sincère avec moi.

– A votre place, je m'en ficherais ! » affirma Mlle d'Espard en prenant résolument parti pour elle.

Mlle Ellingsen était assez équilibrée ; elle ne précipitait jamais les événements et ne se fichait de personne ; en revanche, elle ne prévoyait rien de bon pour Mme Ruben.

« Attendez et vous verrez ! menaça-t-elle, elle n'en a pas encore terminé avec moi !

– Qu'allez-vous faire ?

– Rien. Elle changea de sujet. J'arriverai à tout surmonter ; j'ai mes occupations : mon métier et les notes que je prends. Lorsque j'ai fini de travailler, je rentre chez moi et il me semble que ma chambre est peuplée de personnages de toute sorte. C'est formidable. »

Toujours les mêmes folies dans la jolie tête de Mlle Ellingsen, cette fille calme à l'imagination débordante. Elle avait dû être conçue sous anesthésie ou sous l'effet de l'alcool pour être ainsi, une tête-en-l'air, sexuellement indifférente, ennuyeuse et froide.

« Si vous ne lisez pas les journaux, vous ne savez peut-être pas non plus que je vais publier un recueil ?

– Un recueil ? Non.

– Mes notes. C'est paru dans les quotidiens. Des anecdotes et des histoires, fondées sur des faits réels.

– C'est vrai ?

– Tous ceux qui les ont lues disent que c'est intéressant, mais que je dois les travailler encore.

– Je ne comprends pas comment vous faites.

– Tout le monde me dit la même chose. Au départ, il y a surtout la vocation. Il faut avoir le don. Ensuite, c'est la technique qui joue.

– Oui, bien sûr ! s'exclama Mlle d'Espard. Je vois ça quand je lis du français. Car il ne faut pas que j'oublie cette langue, n'est-ce pas ?

– J'écris depuis dix ans et je sortirai mon premier livre à l'occasion de cet anniversaire. »

C'était peut-être surtout pour annoncer cette nouvelle qu'elle était venue. Elle en parla tant que Mlle d'Espard voulut bien prêter attention à ses discours. Que l'annonce eût déjà paru dans les journaux paraissait l'occuper davantage que tout ce qu'elle avait connu jusque-là dans sa vie, davantage même que la perte de Bertelsen.

C'est seulement lorsqu'elle fut sur le point de partir qu'elle se rappela qu'elle avait un message pour Mlle d'Espard : elle était invitée au sanatorium.

« Au sanatorium, moi ? »

Oui, des clients de haut rang, un consul général, sa femme et ses deux grandes filles étaient arrivés et voudraient peut-être parler français.

« Je ne peux pas venir, dit-elle affligée.

– Pourquoi pas ? lui demanda l'autre, sans comprendre. C'est le directeur, maître Rupprecht, qui vous en prie. »

Mlle d'Espard voulut savoir si ces clients étaient nombreux. Oui, une foule, plus qu'il n'y en avait jamais eu. C'était bizarre, d'ailleurs, il y avait une majorité d'obèses. Partout, on rencontrait des gros qui avançaient péniblement, tellement leurs ventres les gênaient. Les skieurs, en revanche, étaient minces et pâles, mais les autres... horribles ! L'ancien patron de Mlle d'Espard était là également.

« Andresen ? s'écria Mlle d'Espard.

– Oui, et beaucoup d'autres ventrus, hommes et femmes. »

C'était probablement l'interview de Mme Ruben qui avait attiré tant de gens au sanatorium. Les malheureux espéraient se débarrasser de leur graisse à Torahus.

L'eau y avait, disait-on, des propriétés exceptionnelles, et associée à un traitement médical particulier, elle métamorphosait les malades en peu de temps.

« Ah ! bon, Andresen est là ! » nota Mlle d'Espard.

Elle n'y songea qu'un court instant. Pourquoi y aurait-elle pensé davantage ?

« Voulez-vous répondre à l'avocat que je ne puis venir », déclara-t-elle.

Mlle Ellingsen prit congé en lui disant au revoir sans un sourire, sans manifester le moindre sentiment :

« Je vous ferai parvenir quelques journaux où c'est paru.

– Ne dites pas que j'ai un empêchement, la pria Mlle d'Espard, mais dites que je suis occupée ; occupée, pas empêchée, s'il vous plaît. »

Les deux femmes se quittèrent, chacune absorbée par ses propres problèmes.

Elle ne pouvait plus, naturellement, se montrer au sanatorium où, par-dessus le marché, son ancien patron venait d'arriver ; c'était impensable. Elle laissa donc passer cette occasion de fréquenter des gens du monde et de parler français. Ce n'était guère réjouissant, mais elle ne pouvait pas non plus mettre cela sur le dos de Daniel ; lorsqu'elle alla le trouver dans la cuisine, elle ne laissa pas paraître sa mauvaise humeur, et lui raconta simplement les faits en lui avouant qu'elle était obligée de refuser l'invitation.

« Tu devrais y aller !

– Tu plaisantes ! Dans l'état où je suis à cause de toi ?

– Quelle importance ? »

Cela ne servait à rien de discuter avec lui, il avait une vue diamétralement opposée à la sienne. Il était en fait très occupé à se tailler une paire de bretelles. Un jour de Pâques ! Il travaillait visiblement avec plaisir, et rien ne semblait pouvoir l'interrompre.

« Du cuir de mon propre bétail ! lui déclara-t-il fièrement.

– C'est pour quoi faire ?

– Des bretelles.

– Des bretelles ! » s'écria-t-elle.

Sans doute, se rappelait-elle une paire de bretelles, en soie élastique, celles, luxueuses, de M. Fleming. Selon Daniel, pour durer, des bretelles devaient être en cuir, et il ne comprenait pas que cela ne fût pas une évidence pour tout le monde. Méticuleux, il s'appliquait à prendre ses mesures. Elle trouva cela amusant et se mit soudain à rire. Il ne comprenait pas : son cuir était bon, épais, c'était de la peau de bœuf, il n'y avait pas de quoi rire. Ses mains, d'une propreté douteuse, étaient larges et puissantes, mais capables d'exécuter des travaux délicats avec un couteau et une vrille. Il lui montra une cuiller en bois au manche incisé et un bol à farine accroché au mur, orné, sur sa partie intérieure, d'un beau cheval. C'était son œuvre ; il avait en lui des dons d'autrefois, du temps où un menuisier se disait orfèvre-menuisier et était plus estimé qu'un fonctionnaire.

Daniel lissa le cuir plusieurs fois avant de se servir du couteau, et lui expliqua que toute la longueur devait avoir la même résistance, surtout à l'endroit des boutonnières. Il était toujours le même, pareil hier à aujourd'hui, appliqué et minutieux, satisfait et fier de son ouvrage. A sa façon, il ne chômait jamais et profitait du dimanche pour apporter des améliorations ici et là, aménageant, rangeant, plantant un clou où c'était nécessaire, ou travaillant l'osier pour une clôture. Il avait su garder les bonnes habitudes acquises dans son enfance, et ne laissait jamais traîner ses outils qu'il entretenait avec soin…

Il n'était peut-être pas connaisseur en cristal ou en porcelaine, mais lorsqu'on brisait un objet dans la cuisine, il hochait longuement la tête en signe de consternation.

Mlle d'Espard végétait ; elle cousait parfois, mais on ne savait pas au juste quoi, car dès que quelqu'un survenait, elle cachait son ouvrage. A part cela, elle allait de la nouvelle maison à la cuisine, se couchait un peu ou restait à regarder travailler Daniel. De temps en temps, elle lui lisait des extraits de ses romans français, ce qui l'amusait beaucoup, et il la contemplait en souriant. Comme il n'en comprenait pas un mot, elle lisait très vite, sans faire attention, pour ne pas lui donner l'impression qu'elle tâtonnait.

« Daniel, tu devrais comprendre ça, pouvait-elle dire tout à coup, il lui dit qu'il l'aime !

– Ah ! ils connaissent ça là-bas aussi ?

– Par Dieu, oui, si tu savais comme les Français sont doués quand il s'agit de ça... »

Le printemps approchait ; les jours rallongeaient et le soleil de midi, clair et puissant, faisait mal aux yeux. Marta sortit la laine de l'hiver à la lumière. La tradition locale, signe d'une vie ordonnée, voulait que l'on blanchît la laine au soleil, avant de la tisser pour le nécessaire. Il faisait chaque jour un peu plus chaud. La couche de glace sur les lacs devenait transparente et fondait le long des rives ; les routes n'étaient plus enneigées et les poules attrapaient des rhumatismes en pataugeant dans les quelques plaques de neige fondue qui restaient.

C'était aussi le temps des espoirs renaissants et des pensées gaies, mais Mlle d'Espard ne profitait apparemment pas du printemps à la montagne : elle devenait irritable, dormait mal, mangeait moins et perdait son assurance. Que lui arrivait-il ? N'avait-elle pas une vie protégée et paisible, charmante même ? Non. Et elle s'en plaignait à Daniel qui n'y comprit rien.

« Veux-tu que j'aille demander la publication des bans ? demanda-t-il.

– Oui, s'il le faut.

– J'y vais, puisque nous avons reçu les papiers. Je fais un peu de toilette et je suis prêt. »

Lorsqu'il eut terminé, elle lui dit :

« Non, laisse tomber, attends encore un peu !

– Qu'est-ce qui... ?

– Attends un peu, ne précipitons pas les choses.

– Mais je n'ai jamais rien entendu d'aussi...

– Si, je te dis d'attendre ! » hurla-t-elle, agacée. Daniel se mit à rire :

« Si j'avais su, je ne me serais pas lavé au beau milieu de la semaine ! »

Mais d'attendre ne changea rien ; un poids semblait oppresser Julie d'Espard et la rendre morose, irascible.

Elle se mit à rechercher la solitude. Ainsi, elle s'en allait bouder sur un rocher dans la forêt. A la peur du noir s'était ajouté, ces dernières nuits, un cauchemar : elle rêvait que le docteur Øyen venait reprendre son tapis de table. Elle se réveillait alors angoissée, le cœur battant à tout rompre. Elle, autrefois courageuse et décidée dans l'adversité, était devenue faible et pitoyable ; elle n'osait même plus allumer la lampe ni dormir les mains par-dessus les couvertures. Après tout, un fantôme, un revenant était plus terrifiant que n'importe quel insecte...

Elle alla encore une fois pleurnicher auprès de Daniel.

« Qu'est-ce qui ne va pas ? demanda-t-il. N'y a-t-il plus d'eau dans le ruisseau ?

– Plus d'eau ? Si.

– Le bois n'est-il pas tout près de la porte ? L'air est sain et la maison chauffée, nous avons de la viande et des œufs à manger ; attends un peu et tu vas entendre le coucou...

– Ah ! tu es insupportable, des mots, rien que des mots !

– Qu'as-tu ?

– Je ne sais pas.

– Moi non plus.

– Je fais de si mauvais rêves la nuit.

– Laisse-moi venir dormir avec toi, et tu dormiras à nouveau comme un loir.

– Je sais à quoi tu penses ! » souffla-t-elle.

Il lui proposa encore une fois de faire publier les bans, ce qu'elle accepta : il en était grand temps maintenant.

Mais aurait-elle la force de descendre jusqu'au village ? Elle était si faible et si abattue qu'elle se voyait mal faire le long parcours jusqu'à l'église, et retour. Daniel lui proposa d'emprunter une charrette chez Helmer et d'atteler leur jument.

Elle voulut attendre encore un peu ; elle était déprimée, mais dans quelques jours ça irait mieux.

Daniel prit cependant les attestations et se rendit au village. Il y rencontra des copains et des connaissances et but un verre avant d'aller trouver le pasteur. La publication des bans à l'église ne pourrait pas faire de mal, d'autant plus qu'il attendait depuis longtemps cette occasion de couper le souffle aux villageois.

Il avait certes laissé entendre aux gens qu'il était fiancé, mais sans plus, et maintenant ce serait le pasteur qui le leur annoncerait ! En outre, il ne pensait pas agir contre la volonté de Julie, puisqu'elle pourrait décider elle-même de la date de la cérémonie lorsqu'elle aurait retrouvé sa bonne humeur.

Une fois sa mission chez le pasteur terminée, son copain Helmer le raccompagna à la ferme. Ils avaient passé la journée ensemble et étaient très gais. Daniel, fier de lui, tenait à lui présenter sa fiancée.

Où était Julie ?

Pas bien loin, selon Marta. Ils attendirent un moment dans la cuisine, et Daniel rassura son copain ; dès qu'elle serait de retour, ils passeraient dans la nouvelle maison. Julie devait être, selon ses habitudes, assise sur une pierre dans la forêt. Las d'attendre, Helmer voulut s'en aller. Pourquoi Daniel ne lui montrait-il pas tout de suite la nouvelle maison ? Il ne l'avait encore jamais visitée. Ils burent encore un verre avant d'y aller. L'intérieur était très beau : des rideaux aux fenêtres, un miroir, des livres français et un tapis de table aux couleurs gaies. D'après Helmer, c'était formidable.

« Oui, j'ai tâché de faire de mon mieux », affirma Daniel, un peu ivre ; il se prenait au sérieux et employa plusieurs fois le mot « somptueux ». Helmer était très impressionné.

« Regarde cette nappe ! dit Daniel. C'est elle-même qui l'a faite, pour elle, ce n'est rien ! »

Helmer admirait en silence, sans oser toucher.

« Tu peux la toucher, n'aie pas peur ! Ici, je touche à tout, il ne manquerait plus que ça ! »

Il se pavanait, changea les romans de place et déplaça un tabouret avec dédain :

« Je n'ai pas peur, tu sais, elle ne mord pas !

– T'as eu de la chance, Daniel. »

Daniel hocha la tête pour montrer qu'il était d'accord. Elle s'appelle Julie, dit-il en regardant fièrement son ami. Je ne me rappelle plus comment elle dit ça en français.

« Quelle belle valise ! s'exclama Helmer avec admiration, des lanières en métal dans tous les sens ! »

Daniel en rajouta :

« Et je ne te dirais pas ce qu'elle contient ; si tu savais toutes les belles choses, les vêtements et les objets de la ville qu'elle y met ! Si seulement elle était là, elle t'aurait tout montré.

– Elle est gentille avec toi ?

– Gentille ? Comme une enfant, j'en fais ce que je veux. Une bonne fille, elle te donnera tout ce que tu lui demandes. "Va acheter ceci et cela, je te donnerai l'argent !"

– Elle est *riche* ? demanda Helmer avec curiosité.

– Riche ? Pas étonnant que tu poses la question, puisque tu ne la connais pas, mais moi, je l'ai vue tirer de son corsage une enveloppe pleine d'argent, tu ne peux pas savoir. Si tu avais vu cette liasse de billets, tu ne poserais pas la question. Parce que moi, je n'ai jamais vu autant d'argent de ma vie.

– C'est comme je te le dis, t'as eu de la chance ! répéta Helmer, incrédule, abasourdi par ce conte de fées. J'aurais bien aimé la voir de près.

– Tu crois peut-être que c'est une vieille femme dont personne d'autre n'aurait voulu ? Si tu savais... Mais je vais te dire une bonne chose : à Pâques, on l'a demandée du sanatorium. C'était plein de voyageurs et de messieurs du grand monde. Viens, on va l'appeler. »

Ils sortirent et Daniel cria le nom de Julie. Peu après, elle arriva de la forêt.

« Tu es restée longtemps dehors, je commençais à m'inquiéter », lui dit-il.

Imprévisible, imprévisible jeunesse ! Elle se rappela avoir vu Helmer cet hiver, parmi les jeunes, en train de déblayer la neige de la patinoire ; elle répondit amicalement à son salut. Daniel pouvait être satisfait d'elle.

« Mais on dirait que tu n'es pas tout seul, dit-elle.

– Voici Helmer. Il a passé la journée avec moi, nous sommes allés chez le pasteur pour les bans. Helmer m'a prêté la charrette et il souhaitait faire ta connaissance.

– Moi ? Me connaître, moi ? Mon Dieu, mais vous êtes fous, les enfants !

– Tais-toi, il ne voulait pas s'en aller sans t'avoir vue. » Qu'elle fût flattée ou non, elle n'en sourit pas moins joliment, en cachant le vilain trou dans sa bouche. Par chance, elle était habillée chaudement d'un large manteau qui l'enveloppait de la tête aux pieds, et dissimulait son état.

« Nous avons fait un saut dans ta chambre, lui avoua Daniel. Helmer voulait à tout prix voir ma nouvelle maison.

– Bon, dit-elle toujours aimable, maintenant il a tout vu : la nouvelle maison et moi. »

Réservé et bien élevé, Helmer ne répondit pas.

« Est-ce que Marta a offert du café à Helmer ? demanda-t-elle pour jouer les maîtresses de maison.

– Non. Mais il a eu mieux – nous avions une petite bouteille...

– Ah ! Vous ne vous embêtez pas, à ce que je vois ! C'est du joli !

– Allons, c'est peu de chose », dit Helmer en riant et rougissant. Il commençait à faire nuit ; ils bavardèrent encore quelques temps, mais elle n'invita pas Helmer à entrer, car elle aurait été alors obligée d'enlever son manteau, chose qu'elle préférait éviter.

Lorsqu'Helmer prit congé, Daniel lui proposa :

« Reviens quand tu veux, nous ne bougerons pas d'ici ! »

Elle approuva d'un signe de tête. Daniel s'attendait à passer un mauvais moment parce qu'il avait demandé la publication des bans sans son accord, et quand elle le pria de la suivre, il sortit un cigare préparé à cet effet. Mais ses craintes étaient vaines. Tout se passa bien ; elle ne se montra nullement de mauvaise humeur, et lui demanda simplement s'il comptait également se marier avec elle. Daniel commença à mouiller minutieusement son cigare avec sa salive.

« La publication des bans ne peut pas faire de mal, et pour ce qui est de la cérémonie, tu pourras fixer toi-même la date que tu voudras. »

Convaincue par ses arguments, elle s'enquit avec intérêt de la réaction du pasteur. Avait-il su écrire correctement son nom français ?

Oui, le pasteur s'était montré surpris et avait demandé s'il s'agissait d'une aristocrate.

Elle voulut savoir pourquoi il détrempait ainsi son cigare. Ne le savait-elle pas ? Il fallait toujours mouiller un cigare et le rouler ensuite un peu entre les doigts, sinon il ne durait pas. Il l'avait acheté pour le fumer devant elle.

« Dans ce cas, allume-le ! »

Daniel obéit et la bonne odeur du cigare, très appréciée par Julie, se répandit dans la pièce. Ils allèrent dîner à la cuisine. Comme la peur du noir, accompagnée de pensées sinistres, la tourmentait toujours, Daniel lui proposa de nouveau de dormir avec elle. Elle accepta et put enfin passer une excellente nuit sous son œil vigilant.

Le lundi matin de bonne heure, Daniel retourna au village. Il courait même, tant il était pressé de connaître la réaction des villageois à l'annonce de ses noces. Le pays en avait sans doute eu le souffle coupé et il y avait de quoi. Il se dirigea vers le commerce où se trouvait, comme d'habitude, beaucoup de monde, des connaissances et des amis qui pourraient le renseigner. Il fit semblant d'avoir des courses importantes à faire et s'avança vers le comptoir. Lorsqu'on l'aperçut, on lui céda le passage ; jamais auparavant il n'avait fait l'objet d'une telle admiration. Il prit cela en homme et se montra très digne. L'un d'eux lui tendit la main pour le féliciter, puis un autre, et finalement chacun en fit autant. Daniel, ravi, jouit de cet instant.

« J'ai toujours su que tu serais quelqu'un de bien, Daniel, lui dit une femme. Tu es d'une bonne famille ; ta mère et moi, nous assistions ensemble au catéchisme ; et dire qu'à présent, la pauvre est au cimetière ! »

Il y avait des gens un peu partout, et tous lui souhaitèrent beaucoup de bonheur. Il était évident qu'il avait réussi un grand coup au village. Tous avaient été très impressionnés lorsque le pasteur avait dit «*mademoiselle* Julie d'Espard», et Daniel comprit qu'Helmer y était pour quelque chose; il avait dû dire beaucoup de bien de sa nouvelle maison et de sa jeune fiancée après sa visite au chalet.

Sans raison apparente, Daniel se rendit ensuite à la gendarmerie pour payer, soi-disant, une taxe ou un impôt; en fait, il voulait certainement voir la réaction d'Héléna! Ah! jeunesse au cœur ardent! Il ne lui suffisait pas de posséder une ferme et des animaux, d'avoir une fiancée et le pain quotidien, non, quelque chose de nouveau s'était fait jour en lui qu'il lui fallait assouvir. Même lui, le paysan, avait une vie intérieure, puissante, et complexe, à satisfaire et qu'il ne pouvait contenir. Vanité? Peut-être. Désir de domination, amour, victoire? Oui, aussi. Héléna l'avait une fois humilié...

Elle ne parut pas et ne se précipita pas dans ses bras, les yeux humides, pour se faire pardonner. Pas du tout: elle n'était nulle part en vue. C'était contrariant, mais après tout, grand bien lui fasse. Il paya sa taxe et prit le reçu comme s'il s'agissait d'un papier sans importance, comme s'il avait l'habitude d'allumer son cigare avec ce genre de feuilles. Il remercia et dit adieu du bout des lèvres. Adieu et pas au revoir. Une fois sorti de la gendarmerie, il ne se retourna pas. Terminé.

C'était compter sans le destin: il tomba sur elle dans la forêt. Elle, Héléna, venait à sa rencontre et lui faisait un signe de la tête. Ils s'arrêtèrent, écarlates, puis commencèrent à discuter confusément. Elle aussi, la femme du sous-brigadier, devait avoir une vie intérieure, petite et simple, certainement, mais tout aussi importante. Elle alla droit au but et lui présenta ses vœux en lui serrant la main.

«Quelle grande nouvelle! dit-elle. Tu sais, si ça n'avait pas été annoncé par le pasteur, personne ne l'aurait cru.

– J'aurais peut-être dû te demander la permission avant ? » ironisa-t-il amèrement. Elle n'était plus rien pour lui, et s'il avait rougi, c'était par nervosité. Sa réponse la calma.

« Il y a longtemps que je ne t'ai pas vu », fit-elle.

Daniel crut déceler du regret et de la tristesse dans sa voix et répondit, sûr de lui :

« Oui, il y a un bon moment que tu es partie.

– Oh ! partie, non ! je suis toujours au village.

– Peut-être. Mais je ne vais pas au village sans une raison bien précise. Et je n'ai plus de raisons d'aller te voir.

– Ça se peut.

– C'est comme ça et ce sera comme ça ! » Il se montrerait dur, il allait lui dire ses quatre vérités et lui prouver que...

« Quelle est cette espèce de demoiselle que tu t'es procurée ?

– Ça te regarde ? N'est-ce pas assez que je le sache, moi ? riposta Daniel, pâle et furieux.

– Mais tu le sais donc ?

– Quand j'aurai besoin d'autres informations, je viendrai te voir, dit-il en feignant de repartir. Tu es devenue bien curieuse depuis que tu es femme de gendarme !

– Oui, le gendarme est obligé d'interroger tout un chacun. C'est comme ça et pas autrement.

– Ah ! parce qu'il l'aurait interrogée aussi ?

– Oui. »

Daniel la fixa, bouche bée ; elle avait blêmi et ses lèvres tremblaient. Quelques pensées subites lui traversèrent l'esprit. Tiens, le gendarme aurait interrogé Mlle Julie ? Et quand ça ? Il l'ignorait, puisqu'il ne s'était pas trouvé là ; sinon, il lui aurait fait voir, à ce gendarme, il en aurait fait un gendarme en modèle réduit !

« Je n'ai pas cru bon de te le dire.

– Ah ! tu n'as pas cru bon ? Et pourquoi l'a-t-il interrogée ? N'est-elle pas celle qu'elle prétend ? Tu veux voir ses papiers, peut-être ? demanda-t-il en déboutonnant sa veste ; voici le certificat de vaccination antivariolique, l'extrait de baptême et l'extrait de confirmation. Je les ai tous là.

– Ce n'est pas ça ! »

Il devint fou de rage et se mit à l'injurier, à les envoyer au diable, elle et son gendarme. Elle n'avait qu'à rentrer chez elle et foutre la paix aux braves gens, et c'était un bon conseil qu'il lui donnait. Était-elle tombée si bas, voulait-elle encore le persécuter après tout le mal qu'elle lui avait fait ? Il s'arrêta devant le regard empreint de souffrance et de douceur d'Héléna. Il réfléchit : elle était jalouse de Julie : elle ne supportait pas l'idée de ne plus être cause de douleur pour lui, qu'il aimât une autre femme et allât l'épouser. Aurait-il dû continuer à vivre seul dans sa ferme et mourir de chagrin de n'avoir pas eu Héléna ? Pas question ! Il allait au contraire la faire souffrir un peu...

« Ne t'en occupe pas, dit-il fermement. C'est la seule femme que j'aie jamais aimée, et n'oublie pas ce que je te dis.

– Entendu. D'ailleurs, je ne m'occupe pas d'elle, ne crois pas ça ; je dis simplement qu'elle a été convoquée et interrogée pour une histoire d'argent disparu.

– De l'argent, quel argent ? Elle l'aurait volé ?

– Je n'ai pas dit ça. »

Elle le tenait, elle avait pris le dessus. Daniel sentit monter en lui une sourde inquiétude. De l'argent qui aurait disparu... une enveloppe pleine d'argent ?

« Ce ne sont que des ragots inventés par ton mari, déclara-t-il.

– Tu crois ? Il n'a pas colporté de ragots, non. Il a reçu l'ordre de l'interroger et il l'a fait. Elle a été la bonne amie ou quelque chose comme ça d'un Finlandais qui a volé beaucoup d'argent dans une banque. Il a été arrêté, mais il n'avait que quelques centaines de couronnes sur lui. Où est donc passé le reste ?

– Et Mlle Julie aurait ?...

– Non, je n'affirme rien. Mon mari non plus. »

Daniel reprit courage malgré ses soupçons :

« Bon, ton mari ne le dit pas non plus, et il aurait grand tort de l'affirmer, crois-moi !

– Mais il pense qu'elle, cette demoiselle, en sait plus sur cet argent qu'elle ne veut l'avouer. Voilà ce qu'il dit.

– Je vais le lui demander, dit pensivement Daniel, puis il se tut.

– Je pensais seulement que cela pouvait t'intéresser, fit Héléna.

– C'est une bonne fille qui ne ment pas. Je le lui demanderai, répéta Daniel. Non, elle n'était pas la fiancée de cet homme ; il était comte et c'est mentir de dire qu'il a volé l'argent dans une banque. Dans son pays, il avait un château et si tu avais vu la bague qu'il portait au doigt, si tu savais… avec ce bijou on aurait pu acheter tout le village, maisons comprises ! Seulement, il était malade, poitrinaire, phtisique, ses poumons saignaient et Julie restait avec lui pour lui donner ses médicaments et ses gouttes, c'est tout naturel. Je pense qu'il la payait pour ça, qu'il la payait bien même, ce qu'il pouvait se permettre. Elle m'a tout raconté. Ils avaient l'habitude de venir à la ferme prendre un bol de crème aigre ; parfois, le comte se couchait dans mon lit une petite heure et reprenait des forces avant de retourner au sanatorium. Je sais absolument tout du comte et de Julie, elle m'a tout dit dès le premier jour, bien avant qu'elle ne vienne habiter chez moi et à cette époque je la connaissais à peine. Voilà toute l'histoire, il n'y a pas de quoi en faire des racontars ; je dis ça pour toi et pour ton mari », conclut Daniel.

Il accompagna ces mots d'un signe de tête et fit volte-face. Les larmes vinrent aux yeux d'Héléna. Elle l'appela :

« Daniel !

– Qu'y a-t-il ? »

Elle fit les quelques pas qui les séparaient et resta là, s'essuyant simplement les yeux, sans mot dire.

« Qu'est-ce que tu veux ?

– Rien. Seulement, tu me fais de la peine.

– Ne t'occupe pas de moi !

– Bon. Mais si elle a beaucoup d'argent, tu sais d'où il provient, maintenant. »

Daniel réfléchit :

« Elle a beaucoup d'argent ? Je ne crois pas.

– Helmer l'a dit quand il est revenu de chez toi.

– Oui, oui… finalement je ne me suis pas trompé, répondit-il furieux et honteux à la fois, tu es devenue bien curieuse et je ne veux plus t'adresser la parole… » Il rentra, absorbé par ses pensées. Il lui fallait avoir tout de suite une discussion sérieuse avec sa fiancée, cela ne pouvait plus attendre.

Mais rien ne se passa comme il l'avait prévu. Lorsqu'il rentra, Marta n'était pas là. Il jeta un coup d'œil à l'intérieur de la nouvelle maison : Julie était allongée sur le lit, le visage torturé, les yeux hagards. Que se passait-il ? Était-elle en train d'accoucher ? Non, elle avait été mordue par une vipère. Une vipère, où ? Là ! Elle lui montra sa main et le trait bleu qui parcourait son bras. Ses doigts étaient blancs et engourdis à cause du garrot que lui avait posé Marta avant d'aller au sanatorium chercher le docteur.

« Je vais sucer le poison ! » dit-il.

C'était trop tard. Il eut beau rouvrir la plaie avec une aiguille et sucer de toutes ses forces, il n'obtint aucun résultat. Finalement, le docteur arriva ; Julie était dans un curieux état et hurlait, affolée, certainement à cause du choc et de la panique. Lorsque le médecin eut fini de soigner la plaie, il ordonna qu'on la déshabillât et qu'on l'installât dans le lit.

« Il le faut pour plusieurs raisons, dit-il.

– Mon Dieu, que se passe-t-il ? demanda-t-elle. Ne partez pas, docteur ! » Il ne partit pas, mais resta le laps de temps nécessaire. On n'aurait même pas eu le temps d'envoyer Daniel téléphoner au sanatorium pour avoir du secours, tant les événements se précipitèrent. Et tout cela à cause d'une vipère. Quand ce fut terminé, le docteur alla dehors trouver Daniel qui lui demanda, pâle et nerveux :

« C'est fini ? Comment est-ce possible ?

– Ça s'est précipité, mais on verra bien.

– Il y a du danger ?

– Il y a toujours un risque quand c'est avant terme.

– Oui, et surtout si longtemps avant. Mais l'enfant crie, je crois. C'est un garçon ? »

Le docteur acquiesça d'un signe de tête et ajouta :

« Bon, je reviendrai ce soir. Votre vieille servante s'y connaît, mais je préfère téléphoner pour faire venir quelqu'un de compétent. »

L'enfant avait crié en effet, et pas mal du tout, selon Daniel ; il voulut aller le dire à Julie. Pouvait-il entrer ? L'enfant s'était tu. Il dormait paisiblement près de sa mère. Daniel s'approcha.

« Voilà un grand garçon qui sait se faire entendre, dit-il, un peu embarrassé.

– Oui, mais il est minuscule ! C'est un prématuré », dit la jeune maman.

Pauvre petite Mlle d'Espard ; elle avait un secret qu'il lui fallait bien garder. Ce n'était pas facile, mais elle était douée et rusée. Elle avait essayé ces dernières semaines de préparer un peu de layette en cachette, et n'était pas totalement prise au dépourvu. Toutefois, elle n'avait pas très bien su s'y prendre et les petites brassières avaient piètre allure. Et puis à quoi bon après tout ? Certains vêtements taillés dans une ancienne blouse en soie étaient aussi légers que l'air. De toute façon, Marta avait suffisamment d'habits plus chauds, en laine blanche comme neige.

Daniel regarda autour de lui et dit, pour faire l'idiot :

« Il est parti ?

– Qui ?

– L'enfant, le petit. Il m'avait semblé l'entendre crier. »

La jeune mère se mit à rire de bon cœur, et souleva un coin du drap pour montrer le trésor.

« Il est arrivé trop tôt, dit-elle pour bien souligner cette particularité.

– Hé ! fit Daniel, il n'est pas si petit que ça à ce que je vois. J'étais bien plus petit à la naissance, n'est-ce pas, Marta ? »

Marta évita soigneusement de répondre à cette question.

« Grâce à Dieu, il est normal », se contenta-t-elle d'affirmer. Julie s'était calmée ; elle ne pensait plus à la morsure de vipère et s'il n'avait tenu qu'à elle, elle aurait déjà arraché ce pansement qui l'empêchait de tenir son bébé comme il aurait fallu. Elle raconta avec flegme comment l'accident était arrivé : elle était assise comme d'habitude sur une pierre, dans la forêt, et s'était assoupie au soleil. Tout à coup, elle avait senti quelque chose de froid sur sa main et avait sursauté ; la vipère s'éloigna aussitôt, mais elle se rendit compte qu'elle avait été mordue et elle courut à la maison.

« Quelle saloperie, ces vipères ! commenta Daniel. Une fois, j'en ai eu une dans ma poche alors que je dormais dans le champ.

– Tu as pu l'achever ?

– Non, penses-tu ! Et c'est ce qui m'agace aujourd'hui encore. Quels drôles de petits doigts il a celui-là, laisse-moi le regarder. Tiens, il les bouge.

– Tu dois partir maintenant », lui conseilla Marta.

Il n'avait pas oublié qu'il devait demander à Julie des explications sur l'argent du comte, et l'occasion se présenta plus tard dans la semaine. Elle aurait préféré, dit-elle, être mariée à la naissance du petit et c'était malheur que tout se fût passé comme ça, mais Daniel répondit que cela n'avait aucune importance.

« Par contre, dit-il, il y a autre chose dont je voudrais te toucher deux mots afin de ne plus y penser : voilà, le comte, celui qui venait chercher des bols de crème aigre, c'était un escroc ?

– Le comte ? Comment ? Non, il était honnête.

– Ah ! Mais il a pourtant volé de l'argent et a été arrêté ? »

Elle réfléchit. Oui, après tout, c'était peut-être un charlatan, elle ne le connaissait pas assez bien...

« Qu'est-ce que tu as à voir avec lui ?

– Moi ? Rien. *Rien du tout*[*].

– Bon, mais que sais-tu de l'argent qu'il a volé ? Tu l'as ?

– *Moi ?* cria-t-elle. Tu es fou !

– J'en étais sûr.

– J'ai l'argent qu'il m'a donné – une belle somme, d'accord, mais c'est tout. Ne te l'ai-je pas déjà dit ?

– Si, il me semble. Mais si c'était une grosse somme, tu aurais peut-être dû la déposer chez le gendarme ?

*. En français dans le texte (*N.d.T.*).

– Comment ? Jamais de la vie !

– Il est pourtant venu t'interroger ?

– Le gendarme ? Oui. Je te l'ai dit aussi, il me semble ?

– Ça se peut.

– Il a interrogé tout le monde au sanatorium, moi comprise. Pourquoi toutes ces questions ?

– Chez le gendarme, on prétend que tu en sais sur le comte plus que tu ne veux le dire.

– Tout le monde est fou, ma parole ! Qu'est-ce que j'aurais dû savoir ? D'ailleurs, le comte n'a pas volé d'argent et il n'a pas été réellement arrêté, c'est l'avocat du sanatorium qui me l'a dit. La police s'est trompée et on l'a hospitalisé pour sa phtisie. Demande-le à l'avocat, si tu ne me crois pas ! »

Daniel lui-même n'aurait pu trouver arguments plus convaincants ; sa foi et sa confiance étaient rétablies et il s'en alla, tout à fait satisfait des explications reçues. Non, Héléna n'arriverait pas à le coincer dans une nouvelle impasse. Quelle pauvre fille, d'ailleurs, cette Héléna, elle devait le regretter ; sans doute était-elle désespérée, et peut-être irait-elle un jour se noyer dans le lac. Mais enfin, si cela arrivait, il ne resterait pas là bouche bée, il la sauverait...

La neige commençait à pourrir sur les toits des maisons, et tombait avec un bruit sourd en gros tas grisâtres et sales sur les routes. Les champs et « la Cime » étaient de plus en plus dégagés. Vers la Pentecôte, il y eut une grosse tempête ; les gens furent heureux de rester chez eux, à l'abri de la pluie, et avec l'assurance d'avoir assez de nourriture pour les hommes et les bêtes. L'orage tourna toute une nuit dans le ciel avec des roulements de tambours et il ne s'éloigna que vers quatre heures du matin.

Après ce concert nocturne, le ciel et la terre s'éveillèrent au printemps.

A la montagne surtout, ce fut un printemps éclatant, lancé comme une idée de génie avec rapidité et précipitation, sans organisation ni préméditation. Marta ôta quelques-uns de ses vêtements.

Quand, pour la première fois après l'accouchement, Mlle d'Espard se leva et sortit, elle n'en crut pas ses yeux : jusqu'au village, le paysage était verdoyant et baignait dans la chaleur du soleil. Autour de la ferme, les arbres de la forêt bourgeonnaient et l'herbe des champs avait repoussé d'un vert vif. Partout, la terre dégageait une agréable odeur. Il fallut peu de jours à Julie pour être complètement rétablie et aller s'asseoir sur le pas de la porte avec l'enfant à qui elle donnait le sein.

Daniel s'installa à côté d'elle.

« Si seulement il n'était pas aussi petit, souligna-t-elle encore une fois ; j'espère que nous arriverons à le garder en vie ! Le docteur a bien dit qu'il était prématuré, non ?

– Il l'a dit, oui.

– Tu vois ! C'était plusieurs semaines trop tôt, tu sais bien quand nous nous sommes rencontrés ! »

Mais, au fond, elle devait être bien reconnaissante à la vipère, car elle n'aurait jamais trouvé un aussi bon prétexte pour accoucher avant terme.

« Il n'est pas petit, affirma Daniel, fier de son enfant. C'est une idée que tu te fais. »

Tout allait pour le mieux dans la famille. Le garçon ne se portait-il pas à merveille ? Faisait-il l'objet de disputes du matin au soir ? Nullement. Quand Daniel retourna au village, il lui acheta un mouchoir décoré d'images d'animaux et le lui offrit de bon cœur. Qu'est-ce qui n'allait pas, alors ? Rien. Un aveuglement bénéfique s'était emparé de Daniel et le regard qu'il portait sur les siens et sur lui-même manquait de discernement ; ses prétentions étaient minces, sa vie de famille harmonieuse et sa reconnaissance large et généreuse.

Mlle d'Espard lui en savait gré. Il était irréprochable, et si seulement tout pouvait continuer ainsi, ce serait parfait ! Son bébé dans ses bras, elle reprenait des forces. Daniel n'entendit pas un mot désagréable franchir ses lèvres.

« Daniel, tu crois que nous pourrons le garder ? Nous ne l'avons peut-être pas mérité, mais quand même ! » Elle avait repris courage en même temps que des forces.

« Si jamais ils m'appelaient du sanatorium aujourd'hui, je crois que je prendrais l'enfant et que j'irais », déclara-t-elle.

Vie de famille harmonieuse ? Oui, il y a parfois de jolies vérités dans le mensonge. D'ailleurs, si le mensonge n'était pas indispensable à la vie, il n'existerait pas.

Les noces furent plusieurs fois remises, non à cause de la mauvaise volonté des deux époux, mais par nécessité, et on pouvait en attribuer la responsabilité aux événements, plutôt qu'à Julie. Pouvait-elle vraiment se montrer avec l'enfant ? Pas question de le soumettre aux rires des villageois ! Mais d'un autre côté pouvait-elle le laisser à la maison ? Impossible. Marta ne pouvait pas lui donner le sein. Y avait-il une solution ?

Finalement, Marta le fit baptiser vers le début de l'été, la jeune mère et l'enfant ne pouvant se montrer en public pour l'instant.

XIV

Tout aurait pu aller pour le mieux.

Le temps des vacances était revenu et l'on vit des gens sur la route qui montait au sanatorium. Certains y venaient pour retrouver la forme, d'autres, les obèses, pour perdre leurs kilos superflus. Ils étaient accueillis par l'économe et la directrice et le docteur accourait au moindre appel. Bref, l'ordre le plus parfait régnait dans cette maison de santé où proliféraient les bulletins météorologiques et les pancartes. Le directeur, maître Rupprecht, était très satisfait.

Les travaux d'installation de l'électricité duraient depuis quelques semaines, mais, comme souvent pour les travaux de ce genre, ils avaient été retardés et avançaient lentement. Des complications imprévues avaient surgi, et il fallait faire sauter des rochers à la dynamite, tâche difficile, car les explosions faisaient grand bruit et il fallait tenir compte des clients qui avaient droit au calme à certaines heures.

« Mais on aura la lumière électrique ! affirmait l'avocat, et quelle usine hydraulique ! »

On achemina des chargements de victuailles, de l'équipement pour les chambres non encore aménagées, des matériaux pour la nouvelle annexe qui doublerait presque la capacité du château, du fer et du ciment, des planches et des matelas, des miroirs, des poêles et du papier peint.

Puis, un jour, un monsieur arriva de la gare. Oui, c'était lui.

Il arriva en voiture, bien qu'il n'eût pour bagages qu'une mallette simple, mais luxueuse. Il était élégant dans ses beaux habits, encore qu'ils ne fussent pas tout neufs. Il portait une bague en brillants au doigt, et une épingle de cravate incrustée d'un petit brillant. C'est Helmer qui le conduisit au sanatorium.

Le monsieur descendit près de la grande véranda, passa devant de nombreux clients et salua poliment la directrice avec ces mots :

« J'aimerais beaucoup avoir mon ancienne chambre, si c'était possible. Je suis déjà venu. Mon nom est Fleming. »

Un peu surprise, la directrice lui répondit :

« Je ne sais pas… Vous êtes M. Fleming ? »

Il sourit et acquiesça de la tête.

« Votre chambre… attendez que je regarde… »

L'économe arriva, salua et prit la mallette du client. Ils traversèrent le fumoir et, chemin faisant, la directrice le présenta :

« C'est M. Fleming ! »

Maître Rupprecht se joignit à eux et ce furent de grandes retrouvailles :

« Quelle surprise ! cria-t-il. Monsieur le comte se porte bien ? Vous n'avez pas reconnu M. le comte ? demanda-t-il à la directrice.

– Ce n'est pas étonnant, répondit ce dernier, j'ai laissé pousser ma barbe depuis mon dernier séjour.

– Je vous aurais reconnu entre mille ! Quelle chambre avons-nous pour M. Fleming ? »

Il se trouvait que son ancienne chambre était occupée, mais on arrangerait ça, l'avocat s'en chargeait. Éblouissant dans son rôle d'hôte, il appela la femme de chambre pour qu'on apportât du vin de Porto et il en offrit un verre à son invité. Il disait souvent « Monsieur le comte » pour être entendu des autres clients. Le retour de M. Fleming fut donc agréablement accueilli. Tout s'arrangea. Il obtint sa chambre et l'économe descendit ses anciennes valises du grenier. Les clefs se trouvaient dans une enveloppe scellée que M. Fleming décacheta sans façon. En principe, on n'avait pas le droit de briser les scellés de la gendarmerie, mais il n'en fit aucun cas.

« C'est le sous-brigadier qui est venu les mettre, lui précisa l'économe pour se faire bien voir.

– Ce n'était vraiment pas nécessaire ; je suis convaincu que personne ici n'aurait fouillé mes valises en mon absence », répondit le comte.

Il se lava et s'habilla aussi méticuleusement qu'auparavant pour descendre rejoindre les autres clients. Il les observa : il en connaissait certains. Il prit place dans la véranda, à côté du Suicidé auquel il offrit une cigarette que celui-ci refusa. Il traversait à nouveau une mauvaise période, et se refermait sur lui-même, ne levant pratiquement plus les yeux du sol. Il soufflait sans cesse sur la plaie de sa main.

« Il paraît y avoir beaucoup de monde, remarqua M. Fleming.

– Oui, nombre de créatures imbéciles. Les gros viennent perdre du poids et Dieu sait que ça leur réussira avec l'eau de Torahus et les conserves que nous mangeons. » M. Fleming sourit, il connaissait sans doute le ton plaintif de son interlocuteur.

« Et les minces ? demanda-t-il.

– Les minces vivent d'espoir. »

Un silence.

« Vous avez été un client fidèle, poursuivit le comte.

– Je suis ici pour ne pas être ailleurs. »

Le Finlandais aurait aimé poursuivre la conversation, mais le Suicidé avait dit ce qu'il avait à dire et ne répondait plus. Certes, cela grouillait de gens, mais ils n'étaient pas nécessairement des imbéciles ; néanmoins, chacun était difforme à sa manière, qui par la maigreur, qui par l'obésité. Ces derniers faisaient penser à des tonneaux sur pieds ; les minces étaient surtout des institutrices et des employés de bureau épuisés par les écritures et les lectures et dont les membres ressemblaient à des pattes d'insectes. Il y avait aussi parmi ces gens de très belles têtes aux yeux emplis de bonté et de désespoir. Une femme était en train de raconter sa vie : elle était facturière dans une société très importante, et envoyait des notes de milliers de couronnes rien que pour des œufs et des jambons danois. Ses auditeurs, tous très maigres, ne semblaient pas dégoûtés par les quantités de bonne chère dont elle faisait état.

M. Fleming se leva et salua Oliver. Il était obligé de rappeler son nom à chaque fois, à cause de sa barbe. L'instituteur vieillissant était toujours pareil à lui-même : les mêmes vêtements, le même visage gris et fatigué ; patient, il enseignait à tous ceux qui voulaient bien l'écouter. Son immuabilité avait quelque chose de désespéré ; il ne semblait même pas avoir changé de cravate noire. Toujours les mêmes mains longues et osseuses, toujours les mêmes bottes. Un personnage à la peau dure.

« *Voilà un homme** ! dit-il en saluant M. Fleming. Vous connaissez ce mot ? C'est ce qu'a dit Napoléon après sa rencontre avec Goethe. » Le directeur lui fit part de son isolement : il n'avait encore trouvé personne avec qui deviser. Il ne voulait pas dire que tous les autres clients étaient sans intérêt, loin de là, seulement il n'avait pas encore trouvé quelqu'un de son niveau. A une seule exception : l'ingénieur qui travaillait à l'installation électrique, un grand talent d'acteur.

« Il faut que vous le rencontriez ! »

Le directeur d'école était très content de cette entrevue avec le comte, un homme bien élevé et un esthète avec lequel on pouvait converser. M. Fleming s'enquit de la famille du directeur, de ses gentils enfants. Oui, ils étaient avec lui cette fois, en train de courir partout, comme d'habitude.

« Dieu sait où ils sont en ce moment ! »

Le directeur n'était pas du tout satisfait de ses garçons, qui ne montraient pas la même envie qu'il avait eue, lui, à leur âge ; quel remède y avait-il à cela ? Ils avaient naturellement certaines connaissances, ce qui était la moindre des choses pour des fils de directeur d'école, « la lumière de la ville », comme il aimait le rappeler, mais ils avaient du retard en langues et en grammaire ; – étonnant au fond, car c'étaient les matières qu'il avait, lui, trouvées des plus faciles !

*. En français dans le texte (*N.d.T.*).

« Mais mettez-les dans un bateau ou donnez-leur une course à faire en ville, vous les retrouverez dans une forge ou sur le toit d'une maison en construction !

– C'est la vie des enfants de leur âge, remarqua M. Fleming.

– Oui, mais je n'en veux pas ! Ils doivent lire, étudier et s'élever. »

Il développa son sujet et eut ainsi un agréable entretien avec M. Fleming, qui, par sa parfaite éducation, savait le comprendre, et se montrait toujours prêt à écouter plus instruit que lui.

« La présence de tout ce monde ne vous gêne pas ? lui demanda le comte.

– Quelque peu, et pour parler franchement, si. Nous ne pouvons pas tous être du même niveau, il faut que quelqu'un cède le pas, et c'est ennuyeux à la longue. Mais tout bien considéré, je suis satisfait. »

M. Oliver n'était pas exigeant ; il avait vécu toute sa vie avec parcimonie, dans sa petite misère, il avait appris à manger ce qu'on lui servait et à ne pas s'attendre à voir ses chaussures cirées. Il avait sans doute pris goût à vivre sans bourse délier dans ce sanatorium le temps des vacances, et à en profiter au maximum. C'était la troisième fois qu'il venait, il s'y plaisait bien, et, dès lors, pourquoi aller ailleurs ? Il ne changerait pas.

Lorsqu'il eut fini de saluer les vieilles connaissances, M. Fleming fit un tour dans la forêt et retrouva la petite cabane qui contenait du foin nouveau. La ferme de Daniel était toujours aussi belle et paisible ; il n'avança pas jusqu'aux maisons, mais nota tout de même la présence de rideaux aux fenêtres de la nouvelle construction.

Un jour, il aperçut Mlle d'Espard assise sur le pas de la porte, l'enfant sur les genoux.

L'avait-elle attendu ou avait-il involontairement fait un signe de tête ? Quoi qu'il en fût, elle rentra aussitôt avec le bébé, puis ressortit et vint vers lui.

Un rendez-vous secret dans la forêt, le premier depuis longtemps. Ils rougirent tous les deux. Était-ce l'émotion ou autre chose ?

Ils se prirent par la main sans dire un mot. Il remarqua le trou dans sa bouche et regarda la cicatrice qu'elle avait au menton.

« Vous vous êtes blessée ? demanda-t-il.

– Il y a longtemps. Cela remonte à l'hiver dernier. Vous avez bonne mine, vous ne toussez plus ?

– Non. Vous saviez que c'était moi, tout à l'heure ?

– Oui. Il n'y a pas de mystère : Helmer, celui qui vous a conduit de la gare, m'avait prévenue. »

Il hocha la tête :

« Il m'a aussi donné quelques informations.

– Ah ! soupira-t-elle, ainsi vous savez ce qu'il en est ! »

Un silence.

« Vous avez bonne mine, mais vous avez changé. Pourquoi cette barbe ?

– Parce que... j'ai maigri, ne soyez pas déçue, j'ai perdu plusieurs kilos. Mais je comptais les reprendre ici ; je me suis rappelé Torahus et la ferme, les bols de crème aigre... D'ailleurs, je pensais que si je venais ici avec une barbe, le fermier, Daniel ou comment s'appelle-t-il, ne me reconnaîtrait pas.

– Il vous aurait reconnu immédiatement, même avec la barbe. Marta aussi.

– Oui, bien sûr, c'était enfantin de ma part. Parlons plutôt de vous.

– Non, pas de moi. Vous voyez où j'en suis ! Regardez, j'ai aussi perdu une dent ! ajouta-t-elle.

– Et après ?

– Ce n'est pas beau. »

Il sourit :

« Il n'aurait pas été plus flatteur d'avoir une dent de vipère à la place ! Mais dites-moi, vous allez vous marier ? »

Elle se tut, puis :

« J'ai eu l'enfant.

– L'enfant – ah ?

– Il s'appelle Julius. C'est un grand et bel enfant. Il a voulu qu'il porte le même nom que moi.

– Qui ?

– Daniel.»

Ce fut au tour de Fleming de se taire.

«Et vous allez vous marier? reprit-il, songeur.

– Dites-moi plutôt: vous allez bien, vous êtes guéri ?

– Je tiens debout. J'avais mis mon espoir en Torahus, mais à présent je ne sais plus, tout a tellement changé…

– Vous vous remettrez, vous verrez. La dernière fois, vous avez subi tellement de tracasseries – à la fin du séjour, je veux dire – que cela ne vous a guère profité. Mais ce ne sont que des balivernes, à ce que j'ai compris.

– Oui, des balivernes. J'ai été hospitalisé à Kristiania, où j'ai repris des forces. Je suis un dur à cuire et ma maladie est capricieuse ; le voyage par mer jusqu'en Finlande m'a complètement remis. Je ne saignais plus du tout. C'était merveilleux ; Kattegat, la mer Baltique, le changement d'air… Je n'aurais pu trouver meilleur médicament.

– Oui, mais une fois en Finlande… ? demanda-t-elle en faisant allusion sans doute à la prison et à l'arrestation.

– Aucun changement, ou si, quelques-uns, naturellement.» Il expliqua que sa mère avait vendu la ferme et que, par conséquent, il ne pouvait plus habiter là-bas…

«Elle a vendu la ferme ?

– Oui, qu'aurait-elle pu faire d'autre ?» répondit-il, et il ajouta qu'il n'aurait pu s'en occuper lui-même.

Où était sa mère maintenant ?

Elle était vieille, elle avait eu une pneumonie…

«C'est triste ! dit Julie d'Espard après un instant de silence.

– N'en parlons plus, voulez-vous ? C'est arrivé avant que je rentre, j'étais encore à Kristiania ; j'en ai été informé par lettre… D'ailleurs, je ne crois pas qu'il s'agissait d'une pneumonie ; elle était cardiaque, je n'ai pas eu le courage d'en savoir plus, peut-être était-ce une attaque.» Il lui prit la main et la serra mollement. Comme signe d'affection, c'était peu, comparé aux étreintes de Daniel ; mais cette main faible et maigre d'employé de bureau lui faisait de l'effet, et elle frissonna au contact de sa peau chaude, fine, presque fiévreuse et agréable à caresser. La nostalgie de sa vie d'autrefois était si grande qu'elle ne put résister et lui passa un bras autour du cou. Il l'embrassa tendrement alors, heureux et libéré.

« Nous devons être prudents, le prévint-elle, il peut venir par ici.

– Comment ?

– Daniel. Il est parti aux lacs pêcher pour le sanatorium, mais il peut rentrer par ce chemin. »

Il fut de nouveau abattu et resta silencieux.

« C'est si bizarre d'être à vos côtés. Il y a combien de temps que nous nous sommes vus ?

– Je ne sais pas, je n'ose y penser. Il y a longtemps. » Elle le regarda de biais et constata qu'il avait bien maigri : ses tempes s'étaient creusées, ses ongles étaient bleus. Qui sait par quoi il était passé ? Peut-être n'avait-il reçu pour toute nourriture qu'une gamelle tendue par un judas ? Il ne paraissait plus tellement riche non plus. Bien sûr, il portait toujours la bague en brillants et les mêmes vêtements élégants, mais sa prestance n'était plus la même ; on aurait dit qu'il avait perdu ses forces par manque de réconfort. Elle remarqua soudain un fait nouveau :

« Dites... ce n'est pas la même bague qu'avant ?

– Mais si, répondit-il en la faisant miroiter au soleil.

– Je trouve qu'elle ne brille plus comme auparavant.

– C'est à cause de la poussière, la poussière du voyage. J'ai d'ailleurs décidé de ne plus porter de bague, dit-il, et il la mit dans la poche de son gilet.

– Merci pour tout, murmura-t-elle, pour l'argent... »

Il repoussa ses remerciements d'un signe de tête et lui demanda avec un sourire :

« Cela vous a aidée ?

– Oui.

– Vous n'avez pas été obligée de le brûler ?

– Il n'aurait plus manqué que ça ! Non, j'en ai dépensé un peu, pour Daniel et pour moi, pour l'achat d'un cheval et de quelques petites choses pour la maison.

– N'en parlons pas.

– Vous ne voulez pas que je vous en rende un peu ?

– Comment ? Non !

– Rien qu'une partie ? »

Il hocha la tête :

« Tout a tellement changé, je ne sais plus ce que je vais devenir. Je suis revenu pour vous et parce que je m'étais plu ici. J'y avais trouvé des soins, de la sollicitude, de la prévenance ; dans cette ferme, j'avais des bols de crème aigre, je pouvais dormir sous une fourrure et, surtout, je vous voyais tous les jours. Vous m'avez manqué, je n'ai cessé de penser à vous.

– Vous pourrez me voir tous les jours, si vous voulez.

– Comment cela ?

– Je viendrai au sanatorium quand vous voudrez. Il ne s'y opposera pas. »

Il hocha de nouveau la tête :

« Non, ce ne sera plus pareil. N'allez-vous pas vous marier ? »

Elle hésita avant de répondre :

« Si.

– Vous voyez bien ! Comment pourrez-vous dès lors venir chez moi ? Non, c'est fini. »

Ils se turent un instant, puis il reprit :

« De l'argent liquide, dites-vous ? Non, ce n'est pas une nécessité, mais j'avais pensé que nous l'aurions eu en commun ; j'avais imaginé qu'il nous permettrait de mettre quelque chose sur pied tous les deux, vous et moi. A présent, ce n'est plus possible, vous ne vous intéressez plus à moi.

– Si, au contraire, ne dites pas ça.

– Plus comme avant.

– Si, exactement comme avant. Mais que pouvais-je faire d'autre ? J'étais seule, un peu perdue, avec un enfant à naître. Il me fallait déménager, il me fallait trouver un foyer.

– Bien sûr. »

Un long silence.

« Les circonstances, reprit-il, songeur, ont fait que je n'ai pu être pour vous celui que j'aurais dû…

– Au contraire ! l'interrompit-elle pour le consoler. Vous étiez celui que je voulais, vous étiez magnifique ! Qu'aurais-je fait si vous ne m'aviez pas permis de quitter mon emploi en ville ?

– Évidemment, c'est déjà ça.

– Vous m'avez couverte d'argent, et vous ne pouvez pas savoir l'importance que cela a eue pour moi.

– Bon ! Mais les circonstances ont fait que je n'ai pu vous emmener. Vous m'auriez peut-être suivi à ce moment-là ?

– Oui.

– Vous voyez ! Or, maintenant, vous ne pouvez plus.

– Il faut que je parte, dit-elle en se levant, le petit peut se réveiller.

– Puis-je revenir ?

– Oui, dit-elle, pensivement, oui.

– Ou bien pouvez-vous venir me voir ?

– Peut-être.

– J'aimerais connaître tous les détails… »

Elle alla donc le rejoindre au sanatorium ; elle se levait à six heures du matin afin de le surprendre au saut du lit. Mais cela ne dura pas ; après sa deuxième visite, une indignation générale commença à se faire sentir dans l'établissement et les femmes de chambre goûtaient peu ce genre de pratique lorsqu'elles n'en étaient pas les bénéficiaires.

Un matin, alors qu'elle se faufilait par une porte pour traverser le couloir, le directeur, maître Rupprecht, l'aperçut et la salua avec un large sourire.

« Il y a une éternité que nous ne nous sommes pas vus, mademoiselle ; ce n'est pas gentil de nous avoir laissés tomber, qu'est-ce que nous vous avons fait ? Venez par ici, mademoiselle, je vais vous offrir une tasse de café. Je ne compte pas vous libérer avant de savoir comment vous allez ! Asseyons-nous ici ! Vous souhaitez voir M. Fleming, je suppose ? Il n'est pas encore levé, ce n'est pas un lève-tôt comme vous et moi, mais nous allons le faire appeler pendant que nous prendrons un café bien mérité. Louise, soyez gentille de nous apporter deux tasses de café. Ensuite, allez frapper à la porte du comte, et dites-lui qu'une jeune femme l'attend en bas... »

Leurs rendez-vous furent dès lors compromis. Julie annonça à Daniel et à Marta le retour du comte. Se rappelaient-ils l'élégant, le riche M. Fleming ? Il était revenu et aimerait beaucoup venir prendre à nouveau des bols de crème aigre.

Daniel fut heureux de cette nouvelle, mais Marta commença à arranger ses vêtements, visiblement gênée.

« Je vous préviens, il mangera cette fois dans la nouvelle maison, car dans la cuisine on ne peut décemment recevoir personne ! » déclara Marta.

Julie parut d'abord très contrariée de devoir recevoir le Finlandais dans sa pièce, mais elle finit par céder.

Et il vint tous les jours prendre ses bols de crème. Il reprit rapidement du poids. Les choses n'auraient pu mieux se passer s'il s'était agi d'un jeu honnête, et non d'une tromperie. Ils allaient jusqu'à tirer les doubles rideaux, soi-disant pour s'abriter du soleil, en réalité pour ne pas être vus de l'extérieur. Lorsque M. Fleming avait mangé et laissé une pièce de deux couronnes sur la table, elle s'assurait que l'enfant dormait et l'accompagnait, parfois même jusqu'au sanatorium où elle restait un peu.

Elle rencontra ainsi le Suicidé et le fit parler ; cette Mlle d'Espard savait lui tirer les vers du nez comme personne :

« J'ai entendu dire que deux de nos femmes de chambre sont malades, annonça-t-il joyeusement, vous pouvez vous juger heureuse de ne plus habiter ici, mademoiselle.

– Ah ! pourquoi ça ?

– Ce sont des filles du village peu habituées à notre nourriture et elles ont dû garder la chambre. L'une d'elles en serait déjà au dernier chapitre, autrement dit au plus mal. Ce n'est d'ailleurs pas étonnant, car ces conserves sont du poison. Daniel ne pourrait-il pas nous vendre un taureau ?

– Je ne sais pas, répondit-elle en souriant.

– Il nous sauverait la vie !

– Mais vous n'avez pas mauvaise mine, monsieur Magnus ?

– Je fais de mon mieux pour garder la forme, mais je ne suis plus comme avant. Si je mange, c'est sans appétit, et je ne m'assois pas sur une chaise, je m'y affaisse. Je passe mes soirées à jouer aux cartes. Qu'en dites-vous ?

– Cher monsieur Magnus, nous devons essayer de tirer le meilleur parti de toute chose.

– Où est-ce écrit ?

– Je ne sais pas, dans notre destin.

– Vous le voyez, celui-là ? demanda le Suicidé avec un signe de la tête. Lui, le directeur d'école, il jongle avec les livres, et il croit tirer le meilleur parti de tout. Il connaît peut-être les "langues", mais ce n'est qu'un zéro. Il reste assis là, à se plonger avec acharnement dans sa littérature scolaire, et il apprend mécaniquement aux enfants. Il n'en voit pas le ridicule, il ne se demande jamais "Est-ce une vie ?" Au contraire, lorsqu'il se lève, son "action" terminée, il se considère comme assez exceptionnel, il a appris un peu plus et pourra enseigner un peu plus. *Lui*, il fait de son mieux : il lit les magazines étrangers dans son club et il est très fier lorsque dans la rue les gens le reconnaissent et le saluent. C'est sa vie. Il n'a même pas le respect des grands génies linguistiques, il ne les aperçoit même pas, et ignore l'existence de ceux qui croient et étudient à fond le temps et les races…

– Avez-vous des nouvelles de notre ami Moss ? demanda-t-elle.

– Moss, ce bandit ! Regardez ce qu'il m'a fait, se plaignit le Suicidé en lui montrant sa main malade. Cela ne veut pas cicatriser ; j'ai essayé, sans succès, de brûler la plaie ; il m'a contaminé. Et lui qui se disait croyant ! Mais je vais bientôt lui envoyer une lettre, il aura de mes nouvelles, celui-là… !

– Il vous écrit parfois ? demanda-t-elle ; peut-être est-il mort ?

– Mort, lui ? Bien sûr qu'il m'écrit ! Mais moi, je ne touche pas à ses envois, c'est le docteur qui me les lit ; rassurez-vous, il écrit très souvent, il n'a pas honte. Il y voit mieux, à ce qu'il prétend, et sa dernière lettre serait de sa propre main.

– Non ! s'exclama-t-elle, agréablement surprise.

– Ah ! vous y croyez aussi ! s'écria-t-il, froissé. Enfin, admettons qu'il l'ait écrite lui-même – ne croyez pas que ses lignes soient droites et claires, j'en aurais fait autant les yeux bandés. Là n'est pas la question : maintenant, il voudrait nous faire croire que ses plaies au visage étaient dues à des champignons dans sa barbe. Qu'en pensez-vous ?

– Je n'y connais rien.

– Même si l'on accepte cette explication pour le visage, on ne peut pas l'admettre pour le corps ! Ça ne pouvait pas être un champignon de la barbe.

– Êtes-vous sûr qu'il avait des plaies ailleurs que sur la figure ?

– Je ne sais pas, je pense que oui. Il faut dire qu'il était si sale, tout couvert de pustules et de pus. Je n'exclus pas la possibilité qu'il ait pu recouvrer la vue après un bon nettoyage de ses yeux. Comment expliquez-vous qu'il ait contaminé mon pardessus ?

– Faites-moi encore voir votre plaie.

– Laissez, ma plaie est de la bonne espèce.

– Et le docteur, qu'en pense-t-il ?

– Le docteur ! souffla-t-il. Il ferait mieux de prendre des sels ! Le docteur Øyen n'était-il pas médecin lui aussi, et n'a-t-il pas diagnostiqué la lèpre pour Moss ? »

Il n'y avait pas moyen de discuter avec lui. Elle se pencha en avant et demanda :

« Vous avez des nouvelles de chez vous ?

– Pourquoi cette question ? Taisez-vous !

– Pardon, mais je voulais dire de la petite, de l'enfant : vous avez de ses nouvelles ?

– Pourquoi en aurais-je ? Je ne connais même pas son nom ! Je suis ici et elle là-bas. Et après tout, en quoi me concerne-t-elle ?

– C’est triste.

– J’irai prochainement à Kristiania mettre un terme à cet état de choses. Comme ça, plus aucun doute ne sera ici permis, que ça se termine par un meurtre ou par un suicide. De toute manière, ça m’est égal.»

Après ces mots amers, il ajouta:

«Soyez gentille, mademoiselle, demandez à Daniel de nous vendre un taureau, il en va de notre santé!»

Daniel recommença à parler des noces. Oui, oui... elle était prête. Mais allait-il se marier avec sa chemise de laine? Il n’y avait pas pensé; elle avait peut-être raison. Bien qu’il eût un costume du dimanche, il lui fallait sans doute de nouveaux vêtements pour une telle occasion. C’était bête qu’il n’y eût pas pensé plus tôt, puisque personne ne pourrait les lui coudre avant la Pentecôte.

La cérémonie fut reportée.

Après la Pentecôte, il aborda à nouveau la question. Elle ne refusa pas vraiment, mais hésita à lui proposer l’argent nécessaire pour payer le tailleur: Daniel avait dû en avoir l’espoir, car elle lui avait toujours dit: «Va acheter ceci et cela, voici l’argent!» Ayant été gâté, il ne comprenait pas son attitude présente. Il se retira, un peu blessé, et ne parla plus du mariage.

M. Fleming venait toujours à la ferme, et elle le raccompagnait au sanatorium. Cela dura jusqu’au beau milieu de l’été. Un jour, alors qu’elle s’apprêtait à repartir avec lui, Daniel parut à la porte de la cuisine et lui cria:

«Julius est réveillé!

– Julius?

– Oui, je l’entends crier.»

Elle fit demi-tour et laissa M. Fleming repartir seul; puis elle se dirigea, de mauvais gré, vers la ferme.

«Ça m’étonne, il dormait si bien!»

Daniel la suivit, comme pour s’assurer que le garçon était réellement réveillé. Le bébé dormait paisiblement.

«Qu’est-ce que cela signifie?»

Daniel hésita, confus ; il était certain de l'avoir entendu pleurer, comment était-ce possible ? « Eh bien, serait-il lâche, par hasard ? »

Ils se disputèrent quelques instants ; elle était assez mécontente, mais finit par se résigner. Lorsque Daniel se montra tendre et affectueux, elle comprit ses intentions, et commença par le repousser, puis elle céda.

Elle ne voulait pas se laisser trop aller à son indignation et se contenta de le gronder gentiment, en faisant semblant de le battre pour plaisanter. Mais il gronda, hors de lui, et elle prit peur. Daniel était dur, violent même parfois, mais ses défauts ne manquaient pas de charme et de séduction à ses yeux. Ses visites dans sa chambre s'étaient faites rares depuis le retour de la belle saison, car elle n'avait plus peur du noir et par conséquent plus besoin d'être gardée la nuit. Daniel avait ainsi été, en quelque sorte, exclu de sa vie.

« Maintenant, va-t'en, brigand ! » ordonna-t-elle.

Elle se mit à réfléchir objectivement à lui : si rien n'était venu contrarier ses plans, elle aurait déjà été mariée et maîtresse de Torahus. Daniel n'était pas méprisable, loin de là ; il mangeait de bon appétit et travaillait en homme. Lorsque, l'hiver dernier, il était rentré après s'être blessé avec la hache, il n'en avait pas moins déjeuné comme d'habitude jusqu'à ce qu'elle aperçût le sang couler par la déchirure de sa botte.

« Ce n'est qu'un orteil », avait-il déclaré, avant de simplement l'entourer d'un chiffon.

Mais s'il était dur, il n'était pas dangereux : il ne se battait pas au couteau et il était bon avec les bêtes et les hommes. Il lui arrivait d'être violent comme cet après-midi, et après ? C'était sans doute une question de vanité ; peut-être avait-il trop longtemps souffert de jalousie ? Il était toutefois foncièrement doux, et s'en voulait toujours de s'être emporté.

Comment avait-il réagi, au printemps dernier, lorsqu'il était tombé du toit de la grange ? Ce n'était certes pas un gratte-ciel, mais le bâtiment reposait sur un haut mur surplombant la route, à l'endroit même où Daniel tomba. Julie avait d'ailleurs peut-être sa part de responsabilité dans cet accident : il était couché à plat ventre sur le toit, en train de réparer une fissure, quand elle lui dit quelque chose ; il se retourna pour mieux entendre, et elle le vit tomber, de biais, recroquevillé sur lui-même. Bien qu'il n'arrivât pas au sol délicatement posé sur un nuage, il ne cria pas, alors qu'elle, en revanche, poussait des hurlements.

Il se releva et parut se demander ce qu'il faisait là, regardant en l'air, le visage figé par l'incompréhension. Ce n'est que quelques instants plus tard qu'il ressentit la douleur.

« Tu t'es fait très mal ? lui demanda-t-elle.

– Je ne crois pas, mais il faut bien que je me plaigne un peu pour la forme. »

Elle songeait à l'autre : un monsieur malade dans sa jeunesse, mais si beau, si plein d'attentions, toujours prévenant ; ses beaux discours et ses sentiments la bouleversaient. Il avait besoin de soins et d'aide, mais il le méritait, et si ce n'était pas un vrai comte, il aurait très bien pu en être un : quelle prestance, quel sourire ! Et ses souliers vernis, ses sous-vêtements en soie, sa bague en brillants dans la poche du gilet… C'était son premier amour.

Comment avait commencé leur histoire ?

Elle l'ignorait ; peut-être à cause d'un petit rien : un soir, au sanatorium, il avait rapproché sa chaise de la sienne et était resté assis à côté d'elle. Était-ce son souffle, le parfum de ses cheveux qui l'avait fait frissonner ? Qu'était l'amour ? Elle avait rougi et souri : il avait alors posé sa main sur le dossier de sa chaise, et cela avait été comme une étreinte ; il ne lui en avait pas fallu plus pour tomber bêtement amoureuse.

C'était un gentleman.

« Il fait froid, je vais chercher mon pardessus », lui avait-il dit.

Il avait été longtemps absent et elle l'avait rejoint.

« Oui, il fait froid, je crois que nous ferions mieux de rentrer ! »

Leurs liens s'étaient noués, petit à petit, chaque jour un peu plus. Des confidences, ils étaient passés au jeu de bésigue, puis à l'amour, à la maladie et à la crise.

Il y avait longtemps de cela, plusieurs mois déjà ; elle avait dû se débrouiller sans lui, et le temps avait aplani ses difficultés. Mais la source de son amour n'avait pas tari et…

Son cœur se serra à l'idée de tout ce qu'il avait enduré et aussi à la pensée qu'au fond il n'était pas l'homme du monde très riche et supérieur qu'elle avait cru. De la lingerie en soie, d'accord, mais plus très neuve. Étonnant, d'autre part, qu'il eût oublié de plus en plus souvent de laisser une pièce de deux couronnes pour le bol de crème. Qu'est-ce que cela voulait dire ? Elle avait elle-même, à son insu, et de sa part à lui, donné la pièce à Marta. Daniel revint ; il avait dû réfléchir entre-temps et avait quelque chose sur le cœur :

« Demain soir, j'irai au village commander mes vêtements.

– Bon. »

Devant son mutisme, il ajouta :

« Tu es sûre que tu n'as besoin de rien là-bas ?

– Non.

– Je peux obtenir du crédit chez le tailleur.

– Oui, je suppose. »

Il s'en alla.

Était-il délicat de sa part de ne parler que de ses propres habits ? N'avait-elle pas, elle aussi, besoin de s'habiller ? Selon la tradition, elle aurait dû porter une robe en soie, des souliers blancs et plusieurs mètres de voile tenu par les demoiselles d'honneur le jour de la cérémonie. Il ignorait sans doute tout ça. Dans les romans qu'elle lisait, il était question de voyage de noces, de fleurs, de vin et de beaux discours, mais elle ne connaîtrait rien de semblable. Elle aurait un mariage de misère, avec Helmer pour seul témoin, car elle ne pouvait décemment inviter M. Fleming, n'est-ce pas ? Elle commença de nouveau à désespérer. La cérémonie n'était qu'une simple formalité qu'il fallait régler au plus tôt ; pour le reste, le destin y pourvoirait. D'après ses romans français, elle pouvait fauter, une fois mariée, à condition de ne pas trahir l'amour. C'était décidé. Elle aurait bien sûr pu écrire pour qu'on lui envoie ses affaires, mais était-il possible d'aller à l'autel au nez de celui qui avait plus que quiconque droit à elle et à l'enfant ?

Certes, sa vertu avait perdu de sa fraîcheur et son passé était loin d'être sans taches, mais était-ce une raison pour ne pas se montrer bien élevée ? Pourquoi s'être fatiguée à apprendre le français, sinon pour ça ? Mais elle ne pouvait pas aller à l'autel avec Daniel en sachant que l'autre les observait de sa fenêtre du sanatorium. Et après tout, pourquoi faire tant de bruit autour d'une cérémonie ? En certains endroits, on allait simplement chez le maire, ou chez le consul.

M. Fleming revint le lendemain matin.

« J'arrive trop tôt ? demanda-t-il.

– Non, Daniel est parti au village.

– Il vient de m'arriver deux choses, dit-il. Le gendarme est venu hier, et il m'a offert de briser les scellés de mes valises. Je lui ai répondu que pour lui épargner cette peine, je les avais fait sauter moi-même. Cette nouvelle ne l'enchanta guère, et il me déclara que c'était son rôle et pas le mien. Je lui montrai alors les papiers des autorités de mon pays, contresignés par celles de Kristiania, et je pus disposer enfin librement de mes bagages. Cela concordait avec les papiers qu'il avait reçus ; néanmoins, c'eût été à lui de briser les scellés. Il avait sûrement raison, et je m'excusai : je n'avais pas pu attendre. Il devint alors très compréhensif. Il reconnut que cela faisait déjà quelques jours qu'il avait les documents, et qu'il aurait dû venir plus tôt, mais il n'en avait pas eu le temps. Nous devînmes bons amis. Quant à l'argent, m'affirma-t-il, ce n'était que des balivernes ; il était bien à moi, et la banque s'était trompée. Naturellement, remarquai-je, puisque je l'ai emprunté et remboursé. Il me conseilla de demander réparation des dommages subis. »

M. Fleming s'arrêta. Pourquoi lui racontait-il tout ça ? Il devait avoir ses raisons ; peut-être voulait-il se blanchir à ses yeux, et effacer l'impression faite par son aveu précipité d'avant sa fuite de l'automne dernier. Il n'avait pas volé, mais emprunté l'argent et, qui plus est, il l'avait remboursé.

Cette nouvelle rendit Mlle d'Espard très heureuse, et lui enleva un gros poids de dessus la poitrine. Elle n'avait toutefois pas dû se faire énormément de souci pour son faux pas, puisqu'elle avait dû également, et plus d'une fois dans sa vie, se sortir d'une impasse par tous les moyens. Elle savait ce que c'était.

« Vous voyez ! Je savais bien que vous aviez exagéré ! commenta-t-elle.

– Peut-être un peu, oui, mais je ne voulais pas minimiser les faits. Naturellement, j'ai agi de façon peu régulière : j'étais malade, poitrinaire, et je ne voulais pas mourir.

« Comment espérer du directeur de la banque qu'il m'accordât un prêt ? Je me suis servi moi-même. Voilà toute l'histoire. Bon, me voici libre et au-dessus de tout soupçon, et je viens à vous. »

Elle ne voulut pas s'engager sur ce terrain.

« Quelle est la deuxième chose que vous aviez à me dire ?

– J'ai vu le docteur. Il m'a examiné et m'a trouvé sur la bonne voie : un poumon est totalement guéri, et la plaie de l'autre est en train de cicatriser. Mais je dois encore être très vigilant.

– C'est excellent !

– Oui, et c'est maintenant que j'ai le plus besoin de vous.

– Oui, oui. »

Que pouvait-elle dire d'autre ? Elle se tut.

L'idée d'être désirée par deux hommes à la fois ne devait pas lui déplaire, mais, un jour ou l'autre, il fallait prendre une décision.

« Pourriez-vous accepter que je me marie avec Daniel ? demanda-t-elle fermement.

– C'est... et vous-même, qu'en pensez-vous ? répondit-il d'une voix languissante.

– Je veux savoir ce que *vous*, vous en pensez. »

Il réfléchit un instant :

« Nous avons connu tant de choses ensemble... je croyais que vous ne pourriez pas m'abandonner ainsi.

– Non ; mais pourrais-je plus facilement abandonner l'autre ?

– Je ne sais pas.

– Les bans sont déjà publiés à l'église. »

Ils en parlèrent encore un peu, mais il était déprimé et voulut s'en aller. Elle le suivit sur la route, et ils arrivèrent à la petite cabane où ils s'arrêtèrent, abattus l'un comme l'autre. Il était tard, elle devait rentrer s'occuper du bébé. Pour le consoler, elle lui passa le bras autour du cou et l'embrassa :

« Vous savez bien que c'est vous que j'aime, mais tout est si difficile ; il ne voudra pas me lâcher.

– Je n'aurais donc qu'une seule issue.

– Non, ne dites pas ça, nous trouverons une solution. »

Ils se séparèrent.

Peu après, Daniel se leva de dessous le tas de foin et sortit couvert de brindilles ; il se mit à courir, la rattrapa et l'arrêta. Bien qu'il ne fût pas en colère, et ne l'injuriât pas, elle avait peur et le fixait, paralysée. Ses yeux, sa bouche pincée, exprimaient l'angoisse.

« Tu as pris ce chemin-là pour rentrer du village ? dit-elle.

– Je n'y suis pas allé, je viens de la cabane. »

Elle le savait bien, mais feignit la surprise. Puisqu'il ne la frappait pas, elle avait le temps de se ressaisir. Au fond, elle n'avait fait que parler gentiment avec un malade devant la cabane.

« Ah ! tu viens de la cabane. Alors, tu as entendu ce que nous disions ?

– Oui.

– Il est malade, il fallait bien que je trouve quelque chose à lui dire.

– Tu vas arrêter ça ! lui ordonna Daniel avec un signe de tête éloquent.

– Arrêter quoi ? Oui, si tu veux, il va peut-être s'en aller, je ne sais pas. »

Elle s'y était bien prise, et ses mots parurent le soulager.

« Il vaudrait mieux qu'il s'en aille. »

Au fond, Daniel n'était pas dangereux. Si, dans son mécontentement, il serrait les lèvres et tournait les pouces vers le sol, cela ne signifiait pas une condamnation à mort. Lorsqu'elle se mit en marche, il ne la retint pas et se contenta de la suivre. Elle attaqua :

« Je ne peux oublier que tu étais dans la cabane en train de m'espionner ! »

Visiblement, il ne comprenait pas ; cela devait encore être un de ses discours de la ville ou de ses livres. Qu'il ait trouvé cette astuce prouvait, au contraire, qu'il n'était pas idiot, qu'elle ne pouvait pas le tromper, que personne ne pouvait se moquer de lui !

« Je te dirai seulement que celui qui veut se payer la tête de Daniel doit se lever de bonne heure ! » répondit-il avec assurance.

Elle était un peu vexée qu'il n'ait pas eu confiance en elle et qu'il la surveille ; elle le lui fit remarquer :

« Et moi je te dirai simplement qu'il faut que tu cesses de me guetter. Je ne l'accepte pas. D'ailleurs, cela ne te mènera à rien !

– Je m'en doute ! Et toi, à quoi cela va-t-il te mener ? » demanda-t-il en serrant à nouveau les lèvres.

Elle était prise au piège : les bans étaient publiés et cela suffisait à Daniel pour prendre ce ton assuré.

C'était justement le fait d'être prisonnière des événements qui la mettait en colère : n'était-il pas possible de défaire ces liens ? Elle en parlerait avec M. Fleming.

Les choses suivirent leur cours : M. Fleming venait prendre ses bols de crème, et Daniel le supportait, ou plutôt, faisait semblant de ne pas le remarquer ; Mlle d'Espard avait cependant prudemment interrompu ses visites au sanatorium pour éviter tout conflit.

« Je pense qu'il devrait partir maintenant, lui déclara un jour Daniel.

– Ah ? fit-elle.

– Si tu ne le lui dis pas, je le ferai moi-même.

– Je le ferai avec plaisir, répondit-elle, mais je doute que cela serve à quelque chose.

– Je ferai en sorte que cela serve, moi. »

Elle considéra ces paroles comme une de ses vantardises habituelles et demanda :

« Quel mal faisons-nous ? Pourquoi grognes-tu ainsi ? Il vient ici prendre des bols de crème aigre afin de guérir.

– Il ne faut plus qu'il vienne.

– Alors je n'ai plus rien à dire ici ? Encore heureux que j'en sois informée !

– Tu as peut-être quelque chose à dire, mais lui, il doit disparaître ! hurla Daniel.

– Tu ne peux pas chasser un client du sanatorium.

– Tu n'en sais rien. J'ai parlé avec quelqu'un, je peux le dénoncer au gendarme.

– Et pour quel délit ? demanda-t-elle en riant. Mon Dieu, que tu es bête ! »

Le ton qu'elle employait le laissait désormais indifférent :

« Il a volé l'argent à la banque, tu auras beau dire tout ce que tu voudras. Et c'est toi qui le caches.

– Quelle bêtise ! Si tu voyais ses papiers avec le tampon, la couronne et tout et tout ! La police a dû lui demander pardon, le premier ministre finlandais a dû lui rendre ses propriétés, le château et tout l'argent. Tais-toi, tu ne sais pas de quoi tu parles !

– Tu verras ! grommela-t-il, menaçant. Le gendarme est bien venu rechercher l'argent, et c'est toi qui le détenais. »

Elle se leva, ouvrit la valise, sortit l'enveloppe et la lui montra :

« Le voilà, l'argent, dis au gendarme de venir, je le compterai devant lui s'il le veut. C'était l'argent du comte, et il me l'a donné, il est à moi. Tu devrais avoir honte ! » Elle jeta l'enveloppe dans la valise, laissa retomber le couvercle avec bruit et la boucla.

« A ce que l'on raconte, il ne s'est pas approprié cet argent de façon honnête, tu peux dire tout ce que tu voudras. Et c'est bien toi qui l'avais quand le gendarme est venu le chercher. Penser que cet argent est ici à Torahus, chalet…

– Montagne et forêt, ajouta-t-elle ironiquement, oui, à “Torahus, chalet, montagne et forêt”. L'argent, cria-t-elle, tu aimerais peut-être bien mettre la main dessus, hein ? »

Cette phrase l'acheva. Vaincu, il ne put s'empêcher de renifler un peu. Au fond, elle avait raison, elle l'avait démasqué et il s'en voulut de s'être ainsi mis dans le pétrin.

« Je ne crois pas être allé voler dans ta valise », murmura-t-il, en s'apitoyant sur son propre sort.

Oh ! elle n'avait jamais dit ça ! Il n'avait pas eu besoin de son argent jusqu'à ce jour ! Le Seigneur l'avait toujours aidé et lui avait donné son pain quotidien selon ses besoins ; et demain non plus, le Seigneur ne le laisserait pas tomber...

« *Et cetera, et cetera !* »

Ce discours l'avait touchée et amadouée.

« Écoute, s'écria-t-elle, arrêtons de nous disputer ! »

Or quand cette fille, cette diablesse, lui mettait ses bras autour du cou et se frottait contre lui, il ne pouvait lui résister et devenait à nouveau tout gentil. Il n'avait pas bien su exprimer sa pensée, lui expliqua-t-il, il n'avait jamais voulu faire allusion à l'argent, il voulait seulement dire que ce comte avait été dans la dèche, et que cela avait fait naître des soupçons envers elle, d'où l'interrogatoire et tout le reste...

« D'accord, mais maintenant c'est oublié. Plus un seul mot là-dessus ! »

C'était la première fois qu'ils se disputaient aussi violemment. Certes, elle l'avait bien dressé, mais la partie n'était pas encore gagnée et la scène risquait de se répéter. Elle examina, dans les moindres détails, sa position qui était encore loin d'être très sûre. Elle aurait pu lui dire « Va acheter les habits du mariage, voici l'argent ! » et cela aurait peut-être tout arrangé, mais ne serait-il pas revenu aussitôt après ? Elle n'était pas bête, Julie d'Espard, et elle avait de la jugeote. N'avait-elle pas dû prendre sur elle le paiement des bols de crème, par exemple ?

« Ce n'est pas à vous de payer ces gouttes de crème, j'ai quand même mon mot à dire dans cette maison ! Ici, vous êtes mon invité ! » avait-elle affirmé à M. Fleming.

Mais elle avait été tenue, obligée de le dire, puisque visiblement il n'était plus très riche, et que la vente de sa ferme avait peut-être tout juste suffi à compenser le découvert.

En outre, deux jours plus tôt, il était venu la voir, avec la note du sanatorium qu'il lui avait demandé de régler pour lui,

« en attendant ». Il ne pouvait y avoir qu'une seule explication à ça, mais elle avait déboursé sans rechigner. Combien de temps, pourtant, s'écoulerait-il avant la facture suivante ?

Elle n'était pas idiote et ne pouvait continuer ainsi de « payer » pour deux hommes ; il fallait se décider.

M. Fleming avait raison : il lui restait suffisamment d'argent pour mettre quelque chose sur pied, quelque chose qui lui permettrait de renouer avec cette vie d'avant dont elle gardait la nostalgie. Elle avait pourtant fait de son mieux pour s'habituer à sa condition actuelle, mais elle n'était pas une paysanne, et trouvait sa situation, à la charnière entre deux couches sociales si différentes, profondément ridicule. Pourrait-elle continuer longtemps ainsi ?

Un jour qu'elle se lavait les mains, à la cuisine, Marta lui lança, en toute innocence, un sac de jute en guise d'essuie-mains. C'en était trop, il fallait se décider.

M. Fleming n'était certes pas un héros, mais c'était lui qui la faisait frissonner quand il posait la main sur le dossier de sa chaise. Tout était si confus dans son esprit ! Héros, lui ? Non, un jeunot épuisé, pas doué, sans particularité, ni personnalité, un homme assez commun et de piètre envergure – comme tous les hommes sont communs et dépourvus d'envergure ! Mais c'était tout de même une personne de qualité par ses manières, et il l'élevait, elle, de quelques échelons dans la société. Ainsi, par exemple, il avait mis des gants pour lui présenter la facture du sanatorium, des gants un peu usés, d'accord, mais encore portables. Le résultat de toutes ses réflexions fut qu'elle reprit une activité délaissée depuis longtemps : elle recommença à se masser le visage.

« Écoute, dit-elle à Daniel, je crois que j'ai quelque chose à te demander : ne pourrait-on pas rompre, tous les deux ? »

Daniel la regarda :

« Hein ?

– Oui, se quitter, toi et moi ? »

Au début, il crut à une plaisanterie, et il était de ceux qui savent goûter une bonne blague, fût-elle un peu poussée. Lorsqu'il réalisa que c'était sérieux, son expression changea, son teint devint grisâtre et il commença à jouer avec les boutons de sa veste, qu'il ouvrit et referma sans cesse.

Elle comprit que ce serait difficile.

« Ne nous disputons pas, Daniel, viens avec moi ; allons nous asseoir dans la forêt ! »

Daniel la suivit, perdu, déboussolé, incapable d'opposer la moindre résistance.

« Tu ne peux envisager cette éventualité ? »

Non, cela lui était absolument impossible. Il hocha la tête et se mit à rire, tellement la proposition lui paraissait absurde.

« Tu te rends compte, dit-elle, j'ai complètement perdu la tête : voilà que je suis partie avec le portefeuille sur moi ! » Elle l'ouvrit ; ce n'était pas l'enveloppe, il est vrai, mais il contenait tout de même pas mal d'argent. Est-ce qu'il voudrait bien le garder pour elle, car elle craignait de l'égarer dans les buissons...

Son plan était au point et prouvait son talent pour ce genre de situations, mais contrairement à ce qu'elle avait prévu, il refusa. Il devait soupçonner quelque chose et la fixa d'un œil interrogateur avant d'aller s'asseoir sur un autre rocher.

Elle éclata de rire et dit bravement :

« Non, ce n'est pas la peine d'avoir peur ! Je voulais simplement que tu le gardes le temps qu'on rentre à la maison, mais ça ne fait rien, je peux en prendre soin moi-même.

– Ainsi, tu croyais qu'on pourrait rompre ?

– Oui, parce qu'au point où nous en sommes, ce n'est plus possible. J'ai bien réfléchi.

– Nous ne pouvons pas nous quitter ! » déclara-t-il fermement. Elle hésita avant de lui poser la question :

« Et pourquoi pas, au juste ? »

Il répondit par un raisonnement auquel cette fille de la ville ne comprit absolument rien : il était le fils d'un grand fermier.

« Et alors ? demanda-t-elle sans comprendre.

– Si tu ne saisis pas, c'est pareil, mais je voudrais que tu saches que je ne suis pas un gars de la ville, et qu'avec moi, ces manières-là ne prennent pas.»

L'expédition en forêt se révélait inefficace ; ils discutèrent encore un peu, puis Daniel se leva.

«Et plus un mot là-dessus !» ordonna-t-il.

Cette entrevue n'avait fait que détériorer un peu plus leurs relations, et la possibilité d'une séparation à l'amiable était exclue, ce qui exaspéra Julie encore davantage : rencontrer une opposition l'excitait ; elle devint fébrile, exagérant son amour pour M. Fleming et pleurant de ne pouvoir le vivre au grand jour. Le facteur du sanatorium lui apporta un billet : un groupe d'Américains, qui ne comprenaient pas l'anglais de l'économe, venait d'arriver, et ils préféraient parler français. Est-ce que Mlle d'Espard pourrait faire au sanatorium l'honneur et le plaisir de venir ? Ce n'était peut-être pas une idée de maître Rupprecht, le directeur, mais il avait néanmoins apposé sa signature accompagnée de ses salutations cordiales et respectueuses.

Daniel ne put s'opposer à cette invitation, puisqu'autrefois il s'était montré si libéral ; il la pria simplement de ne pas rester absente trop longtemps, à cause de l'enfant. Dans sa joie, elle voulut lui faire plaisir et affirma :

«Ne me soupçonne pas, Daniel, je rentrerai de bonne heure. D'ailleurs, le comte est reparti, à ce que j'ai entendu dire.

– Le comte est reparti ?

– Pour autant que je sache.

– Crois bien que je ne m'inquiète pas de te savoir là-haut. Et que je ne soupçonne ni toi ni personne. Qui serait-ce ? L'économe ? Le Suisse ? Le facteur ? Non. Et parmi les clients, peut-être celui qu'ils appellent le Suicidé ? Ahaha ! Va donc, et reste le temps que tu voudras !»

La première personne qu'elle rencontra dans l'établissement fut justement le Suicidé. Mieux habillé que de coutume, il portait une tenue de voyage et avait une canne à la main.

« Une des deux filles dont je vous ai parlé l'autre jour, vient de mourir, commença-t-il.

– Elle est morte ? demanda-t-elle par pure politesse.

– Oui, hier. C'est comme ça, mademoiselle ; nous ne sommes que des vagabonds sur cette terre, nous nous traînons jusqu'à la maison de santé sur la montagne et nous y laissons notre peau.

– C'est triste.

– Très. Elle était arrivée du village en parfaite santé et a succombé à la maladie. Elle a dû avaler quelque saloperie qu'elle n'a pas supportée. J'en attribue l'entière responsabilité à la cuisine.

– A la cuisine, répéta-t-elle pour la forme.

– Naturellement, ça s'est porté sur le ventre, c'est le choléra. L'autre fille vit encore, mais pour combien de temps encore ?

– Un groupe d'Américains vient d'arriver, je crois ?

– Non.

– Alors, ce sont des Français, des clients de langue française ?

– Je ne crois pas, je n'en ai pas entendu parler. Non, il n'y a guère de nouveaux ici, rien qu'un décès par-ci, par-là, quelques touristes qui traversent la montagne, une famille qui vient profiter d'une semaine de *high life*, c'est tout. Mais j'avais presque oublié : l'ingénieur est mort également.

– Comment ?

– Un accident. J'ai toujours dit et répété que ses mines étaient dangereuses, mais ici, personne ne fait attention au danger. Il a reçu un rocher sur la tête et a été tué sur le coup. Écrasé.

– Quand est-ce arrivé ?

– Ce matin, dès la première explosion. »

Il y avait eu tant de morts qu'on s'y était habitué.

L'intérêt porté aux décès s'était émoussé et seul le Suicidé en tenait toujours la comptabilité. Il s'attardait sur celui de la fille, parce que sa mort était due à la nourriture, tandis que les autres l'avaient déjà oubliée au profit de celui, plus récent, de l'ingénieur.

« L'ingénieur, continua le Suicidé, il compte aussi, ça en fait un de plus, mais sa disparition est accidentelle et cela aurait pu arriver n'importe où. C'est pire avec l'autre ! Dites-moi, Daniel ne pourrait pas nous vendre un taureau ?

– Non, il veut attendre l'automne.

– Dans ce cas, il faudra que nous fassions venir de la nourriture comestible d'ailleurs. Nous ne pouvons pas rester ici à risquer notre peau chaque fois que nous nous mettons à table.

– Vous partez en voyage ?

– Non, je fais seulement un saut à Kristiania. »

XV

Au sanatorium, le drapeau était en berne, et les nombreux clients arrivés depuis le début des vacances étaient en ébullition. Aussitôt entrée, Julie d'Espard rencontra l'avocat qui, comme d'habitude, courait partout, très occupé à tout superviser.

Il était triste.

« Bonjour, mademoiselle d'Espard, vous auriez pu mieux tomber ; aujourd'hui nous sommes en deuil.

– Oui, je sais, deux décès.

– C'est horrible. Il était très doué. Nous nous étions habitués à sa présence et il nous était devenu indispensable. Il avait toujours de bonnes idées pour amuser les clients le soir, il savait tout faire, M. l'ingénieur par-ci, M. l'ingénieur par-là ; d'après tous ceux qui s'y connaissent un peu, il avait un réel talent d'acteur. Dire qu'il est mort dans de si horribles circonstances !

– Que voulais-je dire...

– Vous voulez voir M. Fleming ? Il est dans sa chambre, je crois, je vais le faire appeler.

– Et la famille américaine ?

– Pardon ?

– Oui, la famille américaine qui voulait parler français ?

– Ah ! oui. Eh bien, elle viendra effectivement, mais pas avant quelque temps ; il y aura d'ailleurs peut-être plus d'une famille, tout un groupe même. Ici, la vie et les cures reprendront leur cours normal, bien qu'un décès comme celui de l'ingénieur...

je suis justement en train de téléphoner pour avoir un conducteur de travaux.

– Ainsi cette famille n'est pas arrivée ?

– Louise ! appela l'avocat, voulez-vous aller dire au comte que Mademoiselle est là et qu'elle l'attend. Je vous en prie, prenez place dans la salle de lecture, en attendant ! Pardonnez-moi, je suis très pris ! »

M. Fleming arriva, et ils allèrent dans la forêt pour être seuls. Il était préoccupé par la mort de l'ingénieur, et commença à en parler, quand la jeune femme l'interrompit :

« Parlons de nous, si vous voulez bien.

– Oui, de nous ; il faut trouver une solution.

– Il ne faut plus jamais que vous veniez à la ferme, j'ai peur pour vous.

– Il a proféré des menaces ?

– Oui.

– Mais je ne viens vraiment pas pour lui, remarqua-t-il ironiquement, je passe par lui pour arriver à vous. Ne le comprend-il pas ?

– Si, parfaitement, et il exige maintenant que ça cesse.

– Qu'allons-nous faire ?

– Il veut que vous partiez.

– Je ne partirai pas, riposta-t-il.

– Je lui ai dit que vous étiez déjà parti. »

Il y eut un silence. Ils avaient tous deux l'impression d'être pris au piège.

« Nous devons nous enfuir », dit-il.

Elle aperçut tout de suite ce que ce plan avait d'irréalisable.

« J'y ai pensé, mais il nous rattrapera avant que nous ne soyons à mi-chemin de la gare. L'enfant...

– Bien sûr ! il faut l'emmener avec nous.

– Mais on devra le porter, il est trop petit et on ne peut pas le quitter un instant. Non, soyons sérieux : ne peut-on plutôt en finir... une fois pour toutes.

– Si le gendarme était très coopératif, il pourrait peut-être nous venir en aide… »

Elle lui coupa la parole :

« Non, pas le gendarme. Écoutez, il faut aller voir le pasteur. Le gendarme ne peut rien, mais le pasteur… Je crois que c'est possible ; vous devez faire opposition à mon mariage et dire que vous êtes le père de l'enfant. Je ferai une déclaration en ce sens.

– Très bien. »

Elle avait encore une fois su se débrouiller. Pourtant, elle ignorait tout ce que sa manière d'agir pouvait avoir de dangereux. La loi leur donnerait peut-être raison, mais Daniel ?

Si M. Fleming était physiquement faible, il n'était cependant pas lâche, et il ne craignait pas les réactions de Daniel.

« On arrivera bien à le raisonner », affirma-t-il.

Elle en douta : elle avait déjà essayé une fois.

« Alors, qu'il fasse ce qu'il voudra !

– Vous n'avez pas peur ? Il est capable de tout, vous savez ! »

Il repoussa cette éventualité d'un signe de tête, sans forfanterie. Son attitude lui redonna confiance.

« L'important est de savoir… si vous voulez de moi ! » déclara-t-il.

A ces mots, sa décision fut prise et elle sut qu'elle ne serait jamais la patronne d'un chalet d'alpage. Ils rentrèrent au sanatorium et allèrent s'asseoir dans le fumoir ; elle pouvait rester déjeuner, car Daniel s'était montré libéral et lui avait dit de demeurer sur place le temps qu'elle voudrait.

Elle ne devait pas être complètement inconnue des nouveaux clients, qui faisaient des messes basses sur son passage. Peut-être avait-elle mauvaise réputation ? M. Fleming, en revanche, jouissait, sans aucun doute, de la meilleure estime et, qui sait, peut-être aurait-elle été considérée sans lui comme une moins que rien, voire même mise à la porte. Mlle d'Espard se vengeait en regardant les gens de haut, connus d'elle ou non, chose qu'elle savait si bien faire lorsque l'envie lui en prenait. Pourquoi tous ces gros lards étaient-ils ici, ces tonneaux à bière, ces malformés ?

Ils étaient malades, et elle, Mlle d'Espard, n'avait pas besoin de l'eau de Torahus pour garder la forme. M. Fleming ayant refusé de parler français, elle ne pouvait leur montrer qui elle était réellement. Pourtant lorsque le directeur d'école l'invita à s'asseoir auprès de lui, sa table devint un pôle d'attraction. D'ailleurs, tout le monde cessa bientôt toute activité pour tendre l'oreille.

Le docteur, ce nouveau médecin qu'il était impossible d'ignorer, arriva à l'heure du déjeuner. Il s'approcha d'elle la main tendue et la salua avant d'échanger quelques mots :

« Cela s'est bien passé ? La morsure de vipère n'a pas eu de suites ?

– Non, ça va très bien. »

Mais qu'une autre fois, elle se méfie davantage des serpents, surtout dans des circonstances pareilles. Le docteur prit congé ; il avait fait son devoir, et elle pouvait triompher. Elle était en beauté aujourd'hui, et le vin la rendait joyeuse, tendre : elle déploya tout son charme, au grand déplaisir des autres femmes, qui, visiblement, lui enviaient son succès.

L'avocat fit du regard le tour de toutes les tables sans y découvrir le Suicidé. Où était M. Magnus ? Personne ne le savait. Une femme de chambre monta vérifier s'il ne se trouvait pas dans sa chambre, mais il n'y était pas. Mlle d'Espard put alors leur apprendre qu'elle l'avait rencontré, le matin même, en habits de voyage, et qu'il avait murmuré qu'il allait faire un saut à Kristiania.

« Je n'arrête pas de le dire, fit Rupprecht, vous nous êtes indispensable, mademoiselle d'Espard ! Puis-je trinquer avec vous ? »

Julie triomphait un peu plus ; la jalousie des autres s'accrut. Malgré tout, l'ambiance était morne. Tout le sanatorium ressentait encore le deuil récent et parlait à voix basse. L'avocat désigna la place vide de l'ingénieur en hochant la tête. En tant qu'hôte des lieux, le directeur était cependant reconnaissant à Mlle d'Espard d'avoir quelque peu ranimé les esprits en étant restée elle-même.

Après déjeuner, ils passèrent dans une pièce tranquille, où elle rédigea sa déclaration. Elle écrivit en toutes lettres que M. Fleming était le père de son enfant. Ensuite, elle réalisa qu'il faudrait aussi une attestation du médecin comme quoi l'enfant était bien né à terme ; elle alla le trouver et tout se passa pour le mieux.

Elle était, n'est-ce pas, exceptionnelle, unique !

Avant de repartir, elle monta sans hésiter avec M. Fleming dans sa chambre. C'était comme si elle avait reçu, ou si elle s'en était donné la permission. Le vin y était sans doute pour quelque chose…

M. Fleming la raccompagna chez elle.

Ils avaient à peine fait quelques pas, qu'ils tombèrent sur deux clientes du sanatorium qui rentraient de promenade.

Le comte les salua poliment.

« Mon Dieu, comme elles m'envient ! » commenta-t-elle en toute bonne foi.

A la hauteur de la cabane, elle quitta M. Fleming, après qu'ils fussent convenus qu'il irait le lendemain chez le pasteur. Gardant la tête froide, elle lui rappela certains détails qu'il ne fallait surtout pas oublier de faire valoir.

« Agissez pour le mieux ! Au revoir ! »

Il s'était à peine éloigné que Daniel sortait en courant de la cabane.

« Que le diable… ! » commença-t-il et sa main lourde s'abattit brusquement sur l'épaule du comte. Il était pâle comme un linge. L'autre blêmit à son tour.

« Vous allez filer ! cria Daniel. Disparaissez ! Que venez-vous faire ici ? Ne remettez plus jamais les pieds ici, c'est compris ?

– Doucement ! » lui intima M. Fleming.

Mais Daniel ne lui obéit en rien. Tout en hurlant comme un possédé et en secouant son rival, il l'abreuvait d'injures et de menaces avec une telle violence que Julie accourut pour les séparer.

« Je vais te tordre le cou comme une simple ficelle, je vais te cracher une balle en plein front… »

Quand M. Fleming put enfin se dégager, il n'insista pas et s'en alla. Daniel fit un petit bond de victoire et lui cria, le poing tendu :

« Disparaissez immédiatement, sur l'heure, sur-le-champ ! Et ne l'oubliez pas ! »

Il se retourna et dévisagea Julie, fier de son acte :

« Qu'il s'y frotte à nouveau ! »

Il ne la battait pas, ne mordait pas et se conduisait en homme. Elle reprit courage :

« Faire ça à un malade ! s'exclama-t-elle avec mépris.

– Tu m'avais dit qu'il était parti ! riposta-t-il menaçant.

– Et toi, tu me guettes toujours ! » rétorqua-t-elle en enlevant les brindilles de paille accrochées à ses vêtements : elle savait par expérience que dans ce genre de situations il était bon de poser les mains sur lui.

Il se dégagea, mais se calma aussitôt et lui expliqua qu'il n'avait pas eu l'intention de l'espionner ; il avait reçu un message…

« Oui, deux femmes sont venues moucharder, je le sais, nous les avons rencontrées.

– Ça tournera peut-être mal !

– Très bien, pardon ! » s'exclama-t-elle tout à coup. C'était étonnant, incompréhensible de sa part.

« Maintenant, dépêche-toi de rejoindre l'enfant ; Marta lui a donné du lait, mais…

– Oui, pardonne-moi ! » répéta-t-elle avant d'obéir.

Ils se turent jusqu'à la maison et allèrent s'asseoir.

Elle n'avait nullement renoncé à ses projets :

« Il m'a priée de te demander si tu aimerais agrandir, construire une grande maison avec beaucoup de chambres ?

– Construire ?

– Oui, comme ça tu pourrais toi aussi recevoir des clients et gagner de l'argent. »

Daniel ne comprenait plus rien.

« Tu es tombée d'accord avec lui là-dessus ?

– Oui, parce qu'il t'apporterait l'argent nécessaire au démarrage de l'affaire.

– Je sais une seule chose, dit Daniel après réflexion, c'est qu'il doit s'en aller, disparaître d'ici.

– Alors, il partira. »

Tout était sombre pour Daniel, mais il fit un effort pour comprendre :

« Il voulait faire ça pour toi ?

– Oui.

– Et après, il s'en serait allé ?

– Oui.

– Et tu aimerais que nous recevions des clients ici ?

– Oui, c'est-à-dire, dans ce cas-là, je l'aurais suivi.

– Tu me laisserais tomber, c'est ça ? Ce n'est pas la peine de crier si fort. »

Daniel leva les bras au ciel, puis les laissa retomber :

« Je crois que vous êtes fous tous les deux.

– Je ne pense pas. Quand tu auras ton petit sanatorium ici, tu seras devenu quelqu'un d'important, et tu pourras facilement trouver une autre femme. »

Il bondit, furieux, et s'approcha de Julie ; on aurait dit qu'il allait-se jeter sur elle :

« Je croyais t'avoir prévenue de ne plus jamais me reparler de ça ?

– Oui. »

Il conserva cette attitude un instant, puis il quitta la pièce.

Elle le vit passer devant la fenêtre pour aller au ruisseau ; peu après, il était de retour :

« Disons que nous allons nous marier mardi de la semaine prochaine », proposa-t-il.

Elle ne voyait plus d'issue, et tout lui était égal ; il pouvait bien la battre, la mordre, la tuer.

« Tu peux toujours le dire, mais il n'en sera rien ! »

Il s'était montré tour à tour sérieux, furieux, l'avait menacée et injuriée, mais cela n'avait servi à rien et il ne savait plus que faire. Il s'assit sur un tabouret, las et silencieux, et cacha son visage dans ses mains.

« Tu dois comprendre que cette situation devient insupportable pour nous tous, reprit-elle.

– Que dois-je comprendre ? lui demanda-t-il, c'est pour moi que tout est insupportable ! »

Elle trouvait, elle, qu'il n'était pas le plus mal loti ; ce n'était pas la première fois que l'on rompait des fiançailles. Mais était-elle complètement dénuée de raison ? Ne comprenait-elle plus rien ? Il avait déjà été trompé une fois, il ne fallait pas que cela se répète, que diraient les gens ? Il était d'une bonne famille et ne méritait pas qu'elle lui fasse autant de mal. Comme il prenait la chose au tragique, avec force soupirs, elle crut avoir fait un pas en avant et décida de ne pas l'énerver davantage. Si elle l'avait voulu, elle aurait su quoi répondre. Bonne famille, fils d'un grand fermier – ces arguments n'avaient aucun poids pour elle. Si l'on devait parler de bonne famille, ce serait plutôt de la sienne, à elle, Julie d'Espard. Et le pasteur ne s'y était pas trompé, en lui demandant si elle était noble.

« Vois-tu, j'ai toujours eu un projet pour nous deux, reprit-il ; ce serait de reprendre la ferme ; qu'en dis-tu ?

– Quelle ferme ?

– Celle de mon père. Quand nous en aurons les moyens, nous pourrons la racheter. Nous descendrons habiter au village ; ce sera mieux pour toi.

– Non, il ne s'agit pas de ça ! » dit-elle.

Cependant, cette nouvelle l'intéressait, et elle lui demanda poliment :

« Quand en auras-tu la possibilité ?

– Ça dépend. J'ai un droit de priorité pour le rachat pendant vingt ans après le décès de mon père. Nous avons tout notre temps. Et je te le dis, nous progressons chaque jour !

– Pourquoi diable n'as-tu pas vendu le chalet au sanatorium ? Tu aurais eu tout de suite une petite somme pour démarrer. »

Il sourit :

« Je n'étais pas si bête ! Une petite somme, d'accord, mais combien ? Pas grand-chose. Quelques centaines de couronnes, peut-être un peu plus… Je n'avais pas besoin de quelques centaines de couronnes, j'avais besoin de plusieurs fois cette somme. Et si j'avais vendu, comment aurais-je fait pour avoir le reste ? Non merci, je ne me suis pas fait avoir. Ici je travaille et progresse petit à petit, je vends des bêtes, des peaux et de la laine, bientôt ce sera du beurre, tu vas voir ! Et la ferme sera toujours là, ce n'est pas de l'argent perdu, sa valeur augmente d'année en année.

– Je n'y comprends rien, et je m'en fiche, d'ailleurs. »

Mais elle n'était pas sotte, et elle se demanda s'il ne tenait pas compte de son argent à elle dans ses calculs.

« Un jour, nous descendrons habiter au village, continua-t-il pour la consoler. Une belle ferme près de la forêt, Utby elle s'appelle, avec de la bonne terre et même un moulin.

– Je m'en fous, tu entends ! rétorqua-t-elle, agacée.

– Non, il faut y réfléchir, Julie, je t'en prie, penses-y tout de suite ! C'est une grande ferme, je travaillerai, tu auras la belle vie et Julius ne sera pas n'importe qui.

– Julius, dit-elle, songeuse, non, il ne sera pas fermier.

– N'oublie pas ce que je viens de dire, la pria-t-il en lui caressant la main, sois gentille et dis-moi oui ! »

Elle se dégagea, agacée par sa tendresse, et craignant que cela ne se termine par une scène violente, elle lui lança :

« Va-t'en ! »

Il se leva et alla vers la porte :

« Alors, mardi prochain ! Ça me convient, ne dis pas non ! »

Elle resta à méditer. Son idée de bâtir n'avait pas obtenu l'effet escompté, et rompre les fiançailles était sans doute la dernière chose qu'il accepterait, à cause du village ! Elle le connaissait : il avait bu un peu, s'était vanté pas mal et avait laissé entendre qu'il avait de l'argent et qu'Héléna aurait la monnaie de sa pièce. En outre, il avait obtenu la publication des bans chez le pasteur et ne pouvait plus faire marche arrière à présent. Qu'avait-il dit ? Qu'il avait l'intention de reprendre la ferme de son père ? Il ne mentait certainement pas, et cette idée avait dû être à l'origine de tous ses efforts au chalet ; il avait voulu remonter la pente. Et voilà qu'elle contrariait ses projets ! Il savait qu'elle cachait beaucoup d'argent, cet argent qui était peut-être suffisant pour racheter la ferme familiale...

Il ne céderait pas.

Daniel, lui, était écrasé de chagrin et d'amertume. Elle le repoussait, il ne pouvait plus l'approcher. Pourquoi, dès lors, se faire beau, avoir des égards, frapper avant d'entrer ? Pourquoi changer de vêtements en fin de semaine ? Il commença à se laisser aller, à se négliger. Ils étaient égaux en ignorance, en simplicité d'esprit, certes, mais sur le plan de la barbarie et de la crasse, il la battait nettement. Il aurait pu se soigner comme avant pour elle, et fumer un cigare de temps à autre pour lui faire plaisir, mais cela ne servait à rien, ses avances se heurtaient à un « va-t'en ».

Ces derniers temps, Daniel s'était mis à délaisser son travail. Il lui arrivait même de l'abandonner en pleine journée, et les pommes de terre et les navets poussaient n'importe comment. Il se rendit au village. S'il avait su demander la publication des bans tout seul, il saurait bien exiger les noces tout seul !

Une nouvelle l'attendait dans le bureau du pasteur : une opposition au mariage venait d'être déposée par un certain M. Fleming qui prétendait avoir des droits sur l'épouse.

« Ainsi... »

Et dans ce cas, le pasteur ne pouvait pas...

Daniel n'y comprenait plus rien : le pasteur devait bien se rendre compte que tout cela n'était que des mensonges inventés par eux deux.

« Euh », mais c'était délicat, la situation n'était pas très claire.

Si, c'était clair, il ne manquait plus que la cérémonie du mariage :

« Écoutez-moi, je vous en prie. Tout était prêt avant que cet étranger ne vienne tout fiche en l'air. Ils sont devenus fous et veulent briser ce qui est fait.

– Oui, dit le pasteur en hochant la tête.

– Oui, répéta Daniel, et encore, c'est un faiblard qui a déjà un pied dans la tombe ; il crache le sang et a été arrêté par la police et tout et tout. Il aurait volé de l'argent.

– Non, c'était une erreur ; il m'a montré ses papiers : l'affaire est réglée.

– Ah ! bon ? Mais nos bans sont publiés, tout de même.

– Oui.

– Et nous avons eu l'enfant.

– L'enfant... il y a quelque chose de pas très clair là non plus.

– Que voulez-vous dire ?

– Ce Fleming prétend en être le père.

– Comment ? » cria Daniel avant de rester bouche bée.

Le pasteur fut frappé par sa bonne foi, par l'étonnement réel qu'il montrait. Cette histoire avait un je ne sais quoi de dégoûtant, de sordide ; en tout cas, le brave Daniel avait sa sympathie.

« J'ignore comment les choses se sont passées, mais d'après mon registre c'est vous qui êtes le père. »

Il lui montra la rubrique en question.

Daniel se ressaisit :

« Oui, c'est moi, c'est évident. Il était parti, il n'était plus en Norvège. C'est de la folie pure et simple.

– Il prétend que l'enfant a été conçu avant qu'il ne quitte le sanatorium. Cela pourrait effectivement coïncider avec les dates.

– Les dates, oui, mais l'enfant était prématuré.

– Hum, vous êtes sûr de ne pas vous tromper ? » demanda gentiment le pasteur. Il lui tendit la déclaration du médecin disant que l'enfant était né à terme.

« C'est impossible. Il a dû écrire cette déclaration lui-même ! Elle a été mordue par une vipère et l'enfant est né trop tôt.

– Oui, un jour ou quelques jours, peut-être ; mais d'après le certificat il était à terme. »

Daniel resta un instant pantois puis s'exclama :

« La mère, elle, doit le savoir !

– Elle devrait, oui.

– Et elle n'arrête pas de me répéter que je suis le père. C'est insensé. Elle l'a même dit devant les parrains. »

Le pasteur hocha encore la tête :

« Quoi qu'il en soit, elle prétend maintenant que c'est ce Fleming, le père. Il a rapporté une déclaration d'elle. »

Daniel se tut un instant puis :

« Ils sont devenus fous. »

Il était complètement déboussolé. Le pasteur aurait aimé l'aider, mais il ne pouvait rien faire :

« Il est fâcheux que la mère ait été absente lors de la déclaration, car elle peut maintenant nier ce que vous avez déclaré, si elle le veut.

– Elle ne le fera pas, c'est impossible. Laissez-moi lui parler et vous verrez !

– Oui, peut-être que tout s'arrangera ; espérons-le. Vous passez par un mauvais moment, je m'en rends bien compte. Quoi qu'il en soit, dans mes registres, c'est vous le père de l'enfant, et personne d'autre. »

Daniel se dirigea vers la porte :

« Alors, vous ne pouvez pas nous marier maintenant ?

– Euh, non, pas comme ça, Daniel. Il faut auparavant que la situation soit tirée au clair. Mais essayez donc de lui parler, et à lui aussi, et vous verrez que les choses s'arrangeront. En tout cas, je l'espère du fond du cœur.

– Mais vous ne les marierez pas, eux non plus ?

– Non. Et je le lui ai dit. Il ne l'exigeait pas, d'ailleurs. »

Daniel passa par le magasin. Il était songeur et fit les quelques courses dont il se souvenait, en oubliant peut-être d'autres plus importantes ; il paraissait dormir debout et répondait à côté des questions. Sur le chemin du retour, il analysa en détail la situation, s'arrêtant parfois et regardant le sol ; puis il fit brusquement demi-tour et retourna au magasin.

Il n'obtiendrait rien avec les menaces et la colère, mais il pouvait faire quelque chose pour elle – selon ses moyens et les circonstances. Il s'avança jusqu'au comptoir et demanda des rubans en soie : quel prix ? Non, il voulait quelque chose de plus large. Combien ?

« Bon, donnez-m'en un mètre ! »

Mais elle ne l'accepterait pas et le jetterait peut-être même dans un coin. Pourrait-il pousser la ruse jusqu'à prétendre que c'était pour le petit Julius ?

Elle n'était pas là ; toutefois, Marta était d'avis qu'elle ne saurait tarder.

Daniel entra dans la nouvelle maison. Il était malheureux que l'enfant dormît, car sinon il aurait pu lui passer le ruban autour du cou.

Pas son fils, ce petit ? Foutaises ! Il ne le lâcherait pas de sitôt.

« Julius ! » appela-t-il.

Non, il dormait. Daniel sortit le ruban de son emballage et le contempla sur toute la longueur : il était bleu, magnifique. Il commença à le nouer avec beaucoup de mal au-dessus de la glace et dut appeler Marta à la rescousse.

« Elle a dit qu'elle le voulait là ? lui demanda-t-elle.

– Oui, il me semble avoir compris ça.

– Elle devrait bientôt être là », affirma Marta avant de sortir.

Mais elle ne revenait pas. Daniel entrait et sortait, en chantonnant un peu à chaque fois qu'il passait devant Marta, puis il décida d'aller faire un tour au bûcher et au ruisseau : finalement, ne sachant que faire, il alla travailler un peu le champ de pommes de terre. Ce fut rapidement terminé. Il se trouva en forme, réchauffé et détendu. Il aurait pu soulever toute la famille dans ses bras. Ensuite, il entra dans la forêt par la petite route qui menait au sanatorium.

Il avait reçu un sale coup chez le pasteur ; il n'avait pas l'intention d'espionner, mais simplement d'aller à la rencontre de Julie, et il sifflait pour bien montrer ses bonnes dispositions, peut-être aussi pour signaler sa présence. Il essaya d'imaginer la raison de son absence : elle avait sûrement voulu connaître la réponse au message qu'elle avait fait parvenir au pasteur. Ah ! Petite Julie, ça ne donnera rien tant que Daniel sera en vie !

Il la rencontra, seule, bien avant la cabane.

« Tu as été te promener ? lui demanda-t-il sur un ton amical.

– Oui, au sanatorium, répondit-elle agressivement.

– Ah ! Au sanatorium ! »

Elle dut craindre une nouvelle dispute et cria :

« Alors, je ne peux plus faire un pas en paix, maintenant !

– Tu as eu de mauvaises nouvelles, je crois », murmura-t-il, toujours d'une voix calme. Il se maîtrisait de son mieux.

« Non, j'en ai eu de bonnes !

– Le comte est parti ?

– Va le lui demander toi-même ! »

Il se tut un instant, puis reprit :

« Tu n'as pas peur que tout ça puisse mal se terminer un jour ?

– Qu'est-ce qui pourrait mal se terminer ?

– Tout. J'ai su que tu voulais aussi m'enlever l'enfant.

– L'enfant ? Te l'enlever... ? » Elle s'arrêta sur cette exclamation ambiguë, n'osant pas dire tout de suite, devant son flegme terrifiant, ce qu'il en était réellement.

« Julius est réveillé ?

– Je t'ai déjà prévenue une fois, répéta-t-il, que ça ne servirait à rien, je pourrais le faire encore mais je ne le ferai plus. Ne crois que je vais accepter tes folies avec ce type, ce Finlandais, ce comte. Et si tu penses m'arracher le gosse, sache que c'est moi, et personne d'autre, qui est inscrit comme son père dans le registre du pasteur ; tu n'as donc aucune chance. Et les bans sont publiés. »

S'il n'avait tant tremblé en parlant, elle aurait pu donner une réponse à tout, mais elle n'osa pas, cela attendrait.

« Ainsi, tu es allé chez le pasteur, commenta-t-elle simplement.

– Je ne te préviendrai plus, ne l'oublie pas ! conclut-il.

– Ah ! J'en ai assez de tes discours ! »

Les jours passèrent ; le mardi prévu pour la cérémonie s'écoula et aucun changement n'intervint. Julie massait régulièrement son visage, se promenait dans la forêt, parfois avec Julius. A ce que Daniel savait, elle n'y rencontrait personne.

Qu'avait-elle en tête ? Attendait-elle quelqu'un ou voulait-elle simplement le lasser ? De son côté, elle ne s'amusait pas non plus ; cette affaire l'avait épuisée, et elle était devenue insomniaque, nerveuse. C'était surtout l'opposition de Daniel qui la contrariait : s'il lui avait permis de partir, elle ne l'aurait peut-être pas fait, ou alors elle serait revenue peu de temps après. Mais sa fermeté la rendait folle ; elle en pleurait de dépit. Elle se sentait enchaînée à lui. De son côté, Daniel descendait plus souvent qu'auparavant au village, et pas pour y acheter des rubans en soie, puisque le mètre qu'il avait rapporté une fois n'avait rien changé et se trouvait toujours au-dessus du miroir dans la nouvelle maison, tout beau, tout bleu, avec, déjà, quelques chiures de mouches. Elle ne l'avait même pas remercié ; elle n'avait rien dit.

En fait, Daniel allait au village pour rencontrer des connaissances et voir du monde. Il était peu bavard, comme brisé. Où était son triomphe sur le village ? Ils voulaient même lui voler le petit Julius. Ah ! Mais il avait bien compris que sur ce point précis, il lui faudrait rester inébranlable : il était officiellement le père, avec l'accord de Julie et le témoignage de Marta et des parrains. Elle ne pouvait pas le nier.

Ses amis se montraient un peu gênés vis-à-vis de lui. On avait dû savoir que tout n'allait pas pour le mieux au chalet de Torahus, et Daniel avait changé.

« Quand te maries-tu ? lui demandait-on.

– Eh bien, je ne le sais pas encore, répondait-il.

– Tu ne le sais pas ?

– Il y a toujours un empêchement : soit ce n'est pas la saison, soit nous n'avons pas les habits qu'il faut, il y a toujours quelque chose, quoi.

– C'est étonnant !

– Non, je ne crois pas, ce n'est pas comme s'il s'agissait de n'importe quelle fille. Julie, il lui faut une robe spéciale, avec des perles et des rubans en soie. »

Les amis s'amusaient de sa réponse et se moquaient de lui.

« J'ai dit ça pour plaisanter, corrigeait-il pour sauver la face. Je voulais dire que les femmes ont toujours leurs idées à elles. Mais même moi, je ne pourrais pas aller à l'église avec les vêtements que je porte en ce moment, et ce sont presque les seuls que je possède.

– Tu es si dépourvu ?

– Oui.

– On peut remédier à ça !

– J'aurais dû aller prendre les mesures pour mes habits, mais avec les fins de semaine, la Pentecôte et tout le reste, il a été impossible de se faire coudre quoi que ce soit.

– Mais on a dit ça pour rire ! » déclaraient alors les amis. Ces conversations avaient lieu dans l'arrière-boutique du commerce où ils buvaient de la bière. La boisson les rendait gais et bruyants, et ils n'arrêtaient pas de se demander mutuellement pardon pour lever tous les malentendus précédents. Aucun doute n'était cependant permis : ses amis avaient eu vent des malheurs de Daniel et, encore une fois, son nom était au village sur toutes les lèvres.

« J'aurais aimé te parler en tête-à-tête », dit-il à Helmer à la suite de l'une de ces conversations. Ils sortirent du local et se dirigèrent vers la maison de ce dernier. Daniel voulait lui avouer qu'il en viendrait sûrement à tirer sur quelqu'un.

« Quoi ? Non, tu ne feras pas ça ! s'exclama Helmer en riant et hochant la tête.

– Si on m'y oblige, si.

– Qui ça ?

– C'est sans importance, mais tu l'as peut-être su.

– Non, qu'aurais-je su ? Bon, d'accord, peut-être quelques ragots par-ci, par-là, mais... Et ensuite que crois-tu qu'ils te feront ? Ils viendront te chercher.

– Ça m'est égal.

– Tu vas raisonner un peu. Ne va pas te conduire comme un imbécile ! Et je te prie de le noter, ce n'est pas la première fois que je te donne un bon conseil ; tu as déjà voulu une fois mettre le feu à la maison d'Héléna et c'est moi qui t'en ai empêché.

– Oui, à ce propos...

– Je ne veux rien savoir, tu comprends ! Viens plutôt boire une tasse de café, cela t'éclaircira les idées ! »

Daniel entra, prit son café et s'en trouva un peu moins déprimé. Au moment de partir, il eut de nouveau un moment de cafard. Helmer l'accompagna à la porte :

« Tu te rappelles ce qu'elle t'a dit le jour du baptême ?

– Que l'enfant était de moi ?

– Oui, pourquoi ?...

– "Prends soin de ton fils, Daniel, ne serre pas trop ton enfant, Daniel", disait-elle, c'était chez moi, tu l'as entendu, n'est-ce pas ?

– Je suis prêt à le jurer !

– Très bien, et maintenant je rentre chez moi mettre de l'ordre dans cette affaire ; il se fait tard, je dois me dépêcher. »

Helmer lui recommanda la prudence et le laissa partir. Il ne devait revoir son ami que quelques semaines plus tard. Tout serait alors changé, bouleversé...

Daniel se rendit directement à la nouvelle maison :

« Tout le monde se moque de moi au village.

– Ah ?

– Maintenant je veux savoir quel jour tu viendras te marier avec moi. »

Chose qui ne lui était jamais arrivée avant, elle se mit à pleurer.

« Je veux rentrer chez moi, s'écria-t-elle, je veux m'en aller ! Que suis-je venue faire ici ? Pas de gens, pas âme qui vive, pas un magasin, pas une fenêtre, pas de rues ni de bateaux au port, le soir tout est noir, pas de voitures, rien... »

Elle pleurait nerveusement et lui demanda si c'était une vie pour elle.

« Tu n'as même pas vu la rivière Aker ! Il y a beaucoup de bateaux, tu sais, j'y ai ramé lorsque j'étais enfant. Nous empruntions les bateaux sans permission. Ah ! ah ! Sois gentil, Daniel, ça ne va plus, je ne sais pas, c'est devenu impossible. Mariés ? Tu es complètement fou, il m'attend pour partir, et toi tu parles de mariage ! Tu sembles ne rien comprendre... Le comte attend, tu sais, je l'aime, j'ai caché son argent jusqu'à ce jour. Mais nous te donnerons un coup de main...

– Tais-toi et laisse-moi te dire deux mots : une fois pour toutes, quel jour veux-tu que nous allions nous marier ?

– Nous marier ?

– Oui, c'est tout ce que je te demande.

– Je vais m'enfuir avec l'enfant ! cria-t-elle, les yeux brillants. Tu ne pourras pas me rattraper si j'ai l'enfant dans les bras parce que si Julius tombait... »

Daniel tapa du pied :

« Tais-toi ! hurla-t-il.

– Pardon !

– Tu ne sais pas ce que tu dis, et je ne veux plus parler avec toi. Mais n'oublie pas ce que je vais te dire : tu ne mettras pas les pieds au sanatorium avant notre mariage, c'est compris ? Et tu ne rencontreras personne dans la forêt non plus, je t'ai prévenue ! »

Elle parut réfléchir, puis, soudain tendre, elle déclara :

« Pardon, Daniel, pardon pour tout ! Et moi qui t'ai chassé et ne voulais plus de toi ! Mais je ne sais pas, je serai prête à me réconcilier avec toi de la façon que tu voudras. Je t'en supplie, Daniel ! Et nous le ferons encore, tout de suite si tu veux ? »

Elle voulait sans doute le calmer, l'abrutir pour le rendre plus conciliant, car elle était coincée, prise au piège.

Il soupira lourdement et se tourna vers la fenêtre ; peut-être était-il gêné. Sur le même ton et avec le même entêtement, il insista :

« Veux-tu que nous disions mardi prochain ? »

Elle renonça et garda les yeux au sol.

« Parce que j'en ai assez des racontars qui courent sur mon compte au village. Je ne suis pas un clochard, je suis d'Utby et tout le monde me connaît. Que dis-tu de mardi ?

– J'irai le lui dire, répondit-elle.

– Non ! hurla-t-il, est-ce que je ne viens pas de t'ordonner de ne plus y mettre les pieds ?

– Je voulais dire : aller le prier de partir.

– Je l'ai fait, ce n'est plus nécessaire, il est prévenu ; je crois m'être fait comprendre assez clairement. »

A partir de cet instant, elle ne répondit plus. Il murmura que les vêtements qu'elle avait étaient assez bien et qu'il pourrait lui-même emprunter ceux d'Helmer. Il lui rappela en outre qu'elle devait aller chercher les papiers qu'elle avait envoyés au pasteur, ces déclarations, ces coups dans le dos. Elle demeura muette.

Le lendemain matin.

Il lui fallait parler avec M. Fleming, elle devait le prévenir, lui recommander d'être prudent, car le danger était plus grand que jamais : Daniel était devenu méchant. Elle se prépara à sortir ; elle ignorait où se trouvait Daniel ; au village peut-être ? Marta devait être avec les animaux, car la cuisine était vide.

Aucun doute, il fallait y aller. Elle l'avait osé plusieurs fois auparavant et elle ne pouvait se dérober aujourd'hui, alors que c'était plus indispensable que jamais. Ce serait du joli si elle n'y allait pas. Et quel mal y avait-il là, après tout ? Elle voulait simplement éviter un malheur, un excès de colère, qu'en savait-elle ! Une personne bien élevée lui serait reconnaissante de prévenir ainsi un accident, un homme de la trempe de M. Fleming trouverait cela méritoire. Mais que pouvait-on attendre de Daniel ? Il était tellement fou, tellement désespéré, qu'il était peut-être capable de l'étrangler.

Que faisait le mari dans les romans français lorsqu'en rentrant il trouvait l'amant de sa femme dans la chambre ? Tout d'abord, il saluait ; ensuite, il éclairait l'escalier et prévenait l'amant : « Attention, cette marche-là n'est pas très sûre, ne tombez pas, cher monsieur ! » Autrement dit, il se comportait en homme du monde, avec grâce et distinction. Cela n'aurait pas fait mal à Daniel d'en acquérir un peu.

Elle avait surmonté sa dépression de la veille et parvenait à réfléchir. Il faisait beau, le chemin était sec, les oiseaux chantaient et l'odeur des feuilles se répandait dans la forêt. Elle marchait d'un pas léger et rapide, ne voulant pas rester trop longtemps absente à cause de Julius. Elle rencontra M. Fleming qui se trouvait derrière la cabane, comme s'il avait pressenti sa venue. Il essaya de lui faire rebrousser chemin, mais elle refusa.

« Non, il vous suit peut-être ; il a de mauvaises intentions ! »

Pour que M. Fleming n'eût pas à s'approcher trop près de la ferme, elle avait pris, elle, le risque de s'en éloigner. Ils se rapprochèrent du sanatorium et allèrent s'asseoir dans les buissons.

Elle lui raconta ce qu'elle savait : Daniel était allé chez le pasteur et était rentré hier du village furieux et décidé ; il ne supportait pas qu'on dise du mal de lui.

« Vous pouvez comprendre que l'opinion du village ait une si grande importance ? »

M. Fleming le comprenait parfaitement ; c'était ainsi à la campagne, où tout le monde se connaissait.

« Et qu'il soit le fils d'un grand fermier ?

– Oui, ils y attachent beaucoup d'importance, ils en sont fiers, je le sais, chez moi c'est pareil. Le fils d'un grand fermier doit plus que les autres faire attention au "qu'en-dira-t-on".

– Comme s'il s'agissait de nobles ! » remarqua-t-elle avec un sourire ironique.

Il hocha la tête :

« Le fils d'un grand fermier ne peut pas s'éloigner du droit chemin car il doit respecter la mémoire de ses parents, hélas !

– Pourquoi hélas ? Bon, interrompit-elle, qu'allons-nous faire ? Il veut se marier mardi.

– C'est impossible, après que j'ai fait opposition.

– Mais ce ne sont pas que des mots de sa part, j'ai peur de lui à présent. »

Il proposa de s'enfuir quelque temps sans l'enfant.

« Non.

– Rien qu'un certain temps, jusqu'à ce que nous ayons trouvé un arrangement et entamé une nouvelle vie.

– Non, non, c'est impossible. Vous ne connaissez pas bien Julius.

– Oh ! si, un enfant exceptionnel.

– Qu'est-ce que c'est ? demanda-t-elle soudain, il m'a semblé entendre quelque chose. »

Il regardèrent autour d'eux. Rien.

« J'ai pensé que je pourrais peut-être à l'occasion d'une promenade avec l'enfant me réfugier au sanatorium.

– Au sanatorium ?

– Oui, et y rester. Que nous y restions tous les trois, je veux dire. »

Il réfléchit ; Rupprecht, le directeur, était un homme délicat, peut-être donnerait-il son autorisation ; sans doute, même.

« Nous y serions en sécurité, ajouta-t-elle, personne ne pourrait nous en déloger. Nous pourrions y séjourner un certain temps.

– Mais ce serait horrible pour vous, à cause des domestiques, des autres clients ; je veux dire, l'enfant et vous, vous en souffririez.

– J'y ai songé ; pourtant, il faudrait s'y faire.

– Je vais en parler au directeur ! » dit-il fermement.

Ils en discutèrent dans les moindres détails : c'était la seule solution, mais il la plaignait d'avance pour la croix qu'il lui faudrait porter.

« Je dois partir, maintenant, dit-elle en se levant. Je suis venue sans sa permission. »

Il l'imita :

« Je vous suis ! »

Au même instant, elle pâlit et se figea. Un peu plus haut sur le chemin, Daniel était assis sur un rocher, à peine dissimulé par les buissons. M. Fleming l'aperçut également et son visage se crispa.

« Daniel, je suis venue le lui dire ; je rentre immédiatement ! »

Aucune réponse.

Daniel, accroupi, les fixait. Pareil à une statue de marbre, il évoquait un rapace avant l'attaque.

Elle éclata en sanglots :

« Daniel, tu es là ? cria-t-elle affolée. Je lui ai dit de partir, mais il ne veut pas ; vous êtes tous deux si fous avec moi, il ne veut pas me quitter, tu entends ? Et moi, un jour, sans rien dire, je prendrai Julius… je prendrai Julius… »

Elle épelait pratiquement ce nom, lettre après lettre.

« Laissez-moi vous raccompagner, lui proposa M. Fleming.

– Non, non, faites plutôt attention à vous ! »

Daniel ne les quittait pas des yeux ; sans qu'ils s'en rendent compte, il changea de position, et se laissa tomber sur le genou droit, puis il prit quelque chose au sol. L'instant d'après, la crosse du fusil était collée à sa joue.

Elle se jeta dans les buissons avec un hurlement.

« Allons, allons, ma chère, ne vous comportez pas ainsi, s'exclama le comte.

– Couchez-vous ! » lui cria-t-elle.

Lui, cependant, gardait sa dignité. Il ne paraissait nullement effrayé, ne montrait aucune précipitation, ne faisait aucun faux pas. Daniel n'aurait peut-être pas commis l'irréparable s'il n'avait été exaspéré par le flegme du comte, qui, surpris dans son rendez-vous, se permettait de rester calme.

Le coup claqua. Quelques secondes s'écoulèrent, puis M. Fleming s'écroula. Il remua les doigts, ramena une jambe sous lui, et ce fut fini.

La seule chose qu'elle remarqua par la suite, fut que Daniel descendait de son rocher et venait vers elle ; elle l'entendit davantage qu'elle ne le vit, car il faisait craquer les buissons sous ses pas.

Gagnée par la panique, elle s'appuya sur un coude et lui demanda :

« Que veux-tu ? »

Les yeux de Daniel allaient du cadavre à elle. Son visage était méconnaissable ; ses lèvres remuèrent, et peut-être murmura-t-il quelque chose.

« Que vas-tu faire de moi ? » interrogea-t-elle, suppliante.

Il ne répondit pas ; elle se leva et se mit à courir. La dernière image qu'elle eut de lui fut celle d'un Daniel en train de regarder le cadavre de sa victime pour s'assurer qu'il ne bougeait plus.

Elle s'enfuit en direction du sanatorium. Lorsqu'elle reprit ses esprits, elle réfléchit un instant et fit un grand détour à travers la forêt pour rentrer à la ferme. De son côté, Daniel restait à contempler son œuvre, curieux et surpris à la fois. Après tout, c'était un homme, lui aussi, et il ne savait plus marcher à quatre pattes et déchiqueter son ennemi ; en revanche, il avait appris à tirer.

Ce n'était pas, il est vrai, un héros. Il était comme la plupart des mortels, comme nous tous.

XVI

Il y eut une enquête, des fouilles et des interrogatoires. Le village bouillonnait littéralement de racontars et les peureux s'enfermaient à double tour la nuit, car on pouvait s'attendre à tout ! Quelques hommes, chargés en quelque sorte de jouer les policiers, furent envoyés à la recherche de Daniel, et battirent chaque buisson de la forêt autour de la ferme. En vain. Il s'était réfugié dans la montagne. Ils devaient s'en douter d'ailleurs, et ils faisaient montre d'une grande compréhension envers ce malheureux.

« Qu'il y reste, semblaient-ils penser, il descendra bien de lui-même un de ces jours, c'est Daniel Utby, et il n'est pas mauvais au fond. »

Toutefois, on ne savait jamais ; il était peut-être dangereux de l'approcher en ce moment. Il n'était pas d'humeur à plaisanter, l'animal, et n'avait-il pas, en son temps, voulu mettre le feu à la maison d'Héléna ?

Mlle d'Espard témoigna comme elle le put, mais elle ne se souvenait pas très bien du déroulement des événements et ne pouvait se rappeler aucun détail du drame.

Le sous-brigadier fit pourtant de son mieux pour consigner son témoignage dans son registre ; en pure perte. Il commença par déclarer que si Daniel avait tué avec préméditation, il serait condamné à la réclusion à perpétuité ; cette information la fit réfléchir, et elle devint amnésique pour un bon bout de temps.

Cette fille était d'ailleurs une diablesse ; le sous-brigadier l'avait déjà interrogée à plusieurs reprises sans en tirer grand-chose.

« Comment s'est déroulé ce crime ? »

Elle ne le savait pas. Elle avait perdu connaissance tout de suite et une fois revenue à elle, n'avait pas eu le temps de remarquer quoi que ce fût, car elle s'était mise à courir. Était-ce si étonnant, après tout ?

Qu'avait dit Daniel ?

« Pas un mot.

– N'a-t-il pas prévenu ?

– Si, il a crié.

– Ah ! donc il a dit quelque chose ?

– Non, pas de mot, simplement un cri pour prévenir.

– Daniel avait déjà menacé M. Fleming de le tuer ?

– Non, pas à ma connaissance.

– Jamais ? En aucune façon ?

– Non, il l'avait seulement prié de partir.

– Le matin – le jour du crime – il a pris son fusil pour tuer M. Fleming ?

– Il a fait cela ?

– C'est moi qui pose les questions ! »

Elle le fixa droit dans les yeux et répondit :

« Je ne peux vous répondre que ce que je sais !

– Mais qu'en pensez-vous ? Quelle impression aviez-vous ? »

Elle réfléchit :

« Il m'a dit qu'il irait à la chasse. »

Le sous-brigadier feuilleta rapidement son registre et remarqua :

« Mais vous avez bien dit ne pas lui avoir parlé avant ?

– Il a dit cela le soir précédent.

– Qu'il irait à la chasse le matin ?

– Oui.

– Avec une carabine ? Et en cette saison ? Qu'allait-il chasser avec une carabine ? »

Ne sachant que répondre, elle se tut et se cacha le front dans une main. N'était-elle pas, elle aussi, bouleversée par tout ce qu'elle venait de vivre, et était-ce chose étonnante ? En désespoir de cause, elle regarda Marta.

Lorsque ce fut son tour, celle-ci lui apprit que Daniel voulait chasser le renne. Le renne sauvage. C'est pour cela qu'il avait pris la carabine.

Julie se ressaisit :

« Oui, c'est bien du renne dont il a parlé.

– Ce n'est pas la saison ! » coupa le sous-brigadier.

Marta laissa entendre qu'il ne se souciait guère de savoir si la chasse était ouverte ou non.

« Donc, il voulait chasser en cette saison, malgré l'interdiction ? »

Marta hésita un instant avant de répondre avec fermeté :

« Daniel chassait tout et toute l'année.

– C'est contre la loi ! » déclara l'officier.

Évidemment, beaucoup de choses sont contre la loi, comme de tuer les gens, par exemple. Quand les villageois voyaient Daniel sur la montagne, quand ils s'avançaient lentement vers lui avec des signes et se faisaient tout petits et qu'alors il hurlait que le premier qui approcherait était un homme mort – c'était aussi contre la loi ! Et pourtant, les gens redescendaient et le laissaient en paix. Le représentant des autorités n'était pas très content. Il donna des carabines à ses hommes et les envoya encore une fois à la recherche du criminel : ce fut un nouvel échec, bien qu'ils eussent essayé de prendre le jeune fou à revers ; ils ne pouvaient s'en approcher suffisamment, et en outre, sa carabine à lui avait une plus longue portée que les leurs. Oui, ils avaient tout essayé.

Pendant cette période, Daniel fit la loi sur la montagne de Torahus, et en vérité personne n'osa vraiment l'approcher. Un matin, cependant, il vit deux points avancer vers lui. Deux gamins venaient de « la Cime », agitant un mouchoir blanc au bout d'une canne : c'étaient des messagers et ils voulaient parler avec le désespéré, le chef des rebelles. Daniel n'avait rien lu et ne connaissait rien aux histoires de bandits, mais on ne pouvait pas, par Dieu, tirer sur deux garçonnets. Il les laissa monter.

Après avoir regardé attentivement autour de lui, il posa sa carabine pour ne pas les effrayer.

Ils le rejoignirent, un peu pâles, très nerveux, le souffle court. Le porteur du drapeau avança le premier ; l'autre avait sous le bras un paquet qu'il tendit en disant :

« S'il te plaît !

– Qu'est-ce que c'est ? demanda Daniel, très étonné.

– Un peu de nourriture, un petit déjeuner !

– Nous nous sommes servis sur la table, continua l'autre.

– D'où venez-vous ?

– Nous habitons au sanatorium.

– Au sanatorium ? Et vous êtes venus jusqu'ici ?

– Oui, nous l'avons décidé hier soir. Ce n'est qu'un peu de nourriture, quelques sandwiches. »

Daniel ouvrit le paquet et commença à manger en se détournant des petits. Il renifla plusieurs fois, très ému par cette bonne action à l'égard d'un bandit.

« Quelqu'un sait que vous êtes venus ? leur demanda-t-il.

– Non, personne.

– Il ne faudra pas en parler. »

Ils bavardèrent un instant ; il s'enquit de leur âge et apprit que leur père n'était autre que le directeur d'école, M. Oliver. Durant cette conversation, Daniel avait gardé la tête de côté et avait reniflé à plusieurs reprises. Lorsqu'il eut terminé son repas, il se retourna et prit la main des deux garçons.

« Merci !

– Ce n'est rien, pas assez en tout cas, mais nous reviendrons demain avec de nouvelles provisions.

– Non ! dit Daniel, soudain menaçant. Non, parce que je ne resterai pas ici, ajouta-t-il. Il ne faut pas revenir me voir.

– D'accord », répondirent-ils.

Daniel tendit le bras :

« Regardez, en partant, vous allez suivre les halliers et ne pas aller droit par la montagne. On pourrait vous voir. Ne faites pas les imbéciles. Suivez les halliers.

– Entendu !

– Et merci beaucoup », dit Daniel, qui se détourna encore une fois.

Les enfants s'en allèrent. Ils avaient accompli leur mission et ils renoncèrent au drapeau blanc. Ils étaient sûrement fiers de leur acte. N'avaient-ils pas serré la main du chef des rebelles ?

Le troisième jour, Daniel continua de faire la loi sur la montagne. D'ailleurs, il ne devait pas craindre, un peu plus tard, de redescendre vers la ferme, et même là, il ne quitta pas sa carabine à longue portée. Les gens étaient si désemparés qu'ils se résolurent à aller au village trouver Helmer.

« Dis donc, Helmer, tu dois essayer de le prendre par la douceur ! »

Helmer refusa ; il n'en avait pas la force, et il ne supporterait pas de voir Daniel si diminué. Le jeune fou brandissait son arme et criait qu'il tuerait toute personne qui entrerait dans la ligne de mire. On aurait cru qu'il voulait défendre son foyer et sa propriété. A la ferme, les deux femmes se posaient nombre de questions et espéraient que Daniel finirait bien par descendre chercher un peu de nourriture, puisqu'elles n'osaient monter elles-mêmes vers lui, par crainte de la police et du qu'en-dira-t-on. Elles entendaient parfois des coups de feu ; il devait tirer sur quelqu'un.

Le sous-brigadier de gendarmerie avait exigé un jour qu'elles laissent de la nourriture sur le pas de la porte, et elles s'exécutèrent.

« Et que l'une de vous deux aille lui dire où il pourra la trouver ! » ordonna-t-il.

Non, elles n'osaient pas, affirmèrent-elles toutes les deux. Et d'ailleurs, jamais de la vie, elles ne feraient ça. Le sous-brigadier n'en resta pas moins toute une nuit derrière la porte de la grange à surveiller son piège, au cas où Daniel serait venu, et il recommença la nuit suivante : en vain.

Cette ruse puérile fut finalement abandonnée, et la nourriture enlevée.

Mais un soir de pluie, Daniel descendit.

Marta et Julie étaient en train de bavarder à voix basse dans la cuisine, lorsque la porte s'ouvrit. Il se faufila à l'intérieur. Julie poussa un petit cri et se mit à trembler. Il avait piètre allure, trempé, transi de froid, les yeux cernés par les nuits de veille. Daniel ne leva pas les yeux, mais porta une main visiblement gelée à sa bouche avant d'émettre un rire timide ; puis, il se jeta vers la table, prit un pain et commença à le mordre à belles dents. La carabine était à côté de lui.

Marta sut avec quels mots l'aborder :

« Dieu merci, tu es là. Tiens, voilà du café. »

Il mâcha d'abord son pain avec appétit, le terminant presque avant de passer à autre chose. Le café fumait devant lui.

« Je peux prendre ce qui reste de pain ? » Il le mit sous son bras et se leva.

« Mais ne veux-tu pas boire ton café ?

– Non, tant pis, il est trop chaud.

– Nous avons fait nos dépositions, déclara Marta. Nous avons dit que tu voulais chasser le renne ce matin-là. Et que c'est pour ça que tu étais sorti avec la carabine.

– Ah ! bon.

– Nous avons précisé que ce n'était pas dans le but de tuer quelqu'un. Maintenant, tu sais à quoi t'en tenir.

– Je ne m'en porte pas mieux pour autant.

– Peut-être, mais sinon tu risquais la prison à perpétuité.

– Bien.

– Tu vas essayer de t'enfuir, n'est-ce pas, Daniel ? dit Julie.

– Je ne sais pas, répondit-il avant de lui demander, la tête baissée :

– Julius dort ?

– Oui.

– Je veux le voir un instant ! »

Dieu sait ce que cela signifiait. Tenait-il vraiment à voir son fils ou voulait-il simplement montrer qu'il n'était ni peureux ni pressé ? Il prit une veste accrochée au mur, saisit sa carabine et sortit. Julie le suivit dans la nouvelle maison. Là, il regarda simplement le gosse, hocha la tête, et sortit.

« Écoute, attends un peu ! » dit-elle.

Elle était visiblement bouleversée par le fait qu'il fût traqué et que, malgré cela, il n'ait pas eu un seul mot de reproche envers elle ; elle aurait aimé se jeter à ses pieds pour lui montrer à quel point son indulgence la touchait. Elle prit au hasard quelques billets dans sa valise, et les lui tendit en lui conseillant de s'enfuir au-delà de la montagne.

« Nous nous reverrons plus tard », conclut-elle.

Pour la première fois, il leva les yeux :

« Merci bien. »

Marta survint avec une bouteille de café qu'elle lui donna, mais il la fit tomber en s'en saisissant. Selon son habitude, il ronchonna à propos de son geste :

« Voilà une bouteille de fichue, je n'ai pas fait assez attention ! »

Il ouvrit violemment la porte et se rua dehors...

Il passa encore quelques jours sur la montagne. Le sous-brigadier était à bout de nerfs et aurait aimé en finir avec cette affaire sans avoir à réclamer des forces de l'extérieur. En compagnie de sa femme, il monta à la ferme de Torahus, sans carabine, en promeneur en quelque sorte. A l'endroit où d'habitude Daniel tirait un coup de semonce, il laissa son épouse s'avancer seule. Étrange messagère pour ce genre de mission, elle qui avait bafoué Daniel ! Mais Héléna avait dû insister pour essayer, elle aussi, de le prendre par la douceur.

De la ferme, Marta et Julie observèrent sa progression. Jusqu'où oserait-elle avancer ? Elle semblait prête à aller jusqu'au bout, malgré les cris et les menaces de Daniel.

« Il ne tuera pas Héléna, affirma Marta.

– Ce n'est pas difficile de monter jusqu'à lui, remarqua Julie, visiblement jalouse. J'aurais pu le faire, si on ne nous l'avait pas interdit ! »

Héléna poursuivit son ascension.

« Que va faire cette femme de policier là-haut ? Il se fout d'elle ! »

Brusquement, Daniel eut un geste des plus inattendus : il descendit vers elle, la rejoignit et ils se mirent à parler.

Daniel et Héléna.

Pauvre Mlle d'Espard ; elle était parfois perdue, comme une enfant. Mais aujourd'hui, une violente colère montait en elle : pourquoi était-il encore là-haut ? Et pourquoi ne s'était-il pas enfui comme elle le lui avait conseillé ?

Elle l'aurait rejoint plus tard, elle aurait su le retrouver.

« Regarde, Marta, comme ils bavardent… ! Ah ! enfin, il la chasse, il l'a renvoyée, ce n'est pas trop tôt ! »

Héléna redescendait calmement et Daniel restait là, immobile, à la contempler. Elle rejoignit son mari et le couple rentra au village. Que diable signifiait cette mise en scène ?

Malgré les interdictions, Mlle d'Espard monta elle aussi d'un pas décidé sur la montagne. Daniel l'aperçut et vint vers elle.

« Tu es encore là ! lui dit-elle, pourquoi ne t'es-tu pas sauvé ? »

Il avait compris ce que son idée avait d'irréalisable, et c'est pourquoi il hochait la tête sans répondre. Jusqu'où aurait-il pu aller avant d'être repris ? Jusqu'à la première petite ville ? Jusqu'à Kristiania ? Et quand bien même, qu'avait-il à faire là-bas ? Il se rendait compte que tôt ou tard, il serait obligé de se rendre. Peut-être avait-il aussi compris l'absurdité de son entreprise : pouvait-on se défendre contre la loi avec une carabine ? On pouvait admettre que dans l'émoi qui avait suivi le crime, il n'eût rien trouvé de mieux, mais maintenant, après tous ces jours et toutes ces nuits… Non, il fallait en finir ; il était épuisé, diminué. D'ailleurs, il pourrait ainsi économiser l'argent de Julie, argent qui servirait au rachat de la ferme familiale. Ce serait une aide réelle en temps voulu, sinon pour lui, du moins pour le petit Julius.

Il rentra avec elle.

« Tu oses marcher à mes côtés ? lui demanda-t-elle.

– Oui, fit-il très las.

– Que te voulait cette bonne femme, cette Héléna ?

– Elle m'a apporté un message.

– Je croyais que tu allais l'embrasser.

– Héléna ? Je lui aurais plutôt tiré deux balles dessus ! Elle m'a remis une lettre du pasteur ; tiens, lis toi-même. »

Il s'agissait d'un petit mot très cordial : Daniel devait descendre gentiment, et, avec la grâce de Dieu, les choses s'arrangeraient pour lui. Par la violence et les menaces il ne ferait qu'aggraver son cas. Le pasteur lui promettait en outre de témoigner personnellement en sa faveur, et beaucoup de monde en ferait autant. Dieu et les hommes seraient miséricordieux envers lui !

« Que comptes-tu faire ?

– Je vais rentrer manger et dormir, puis ils viendront me chercher.

– Ils vont venir te chercher ? répéta-t-elle timidement.

– A trois heures... »

Il rentra chez lui, enleva aussitôt les balles de sa carabine, mangea et alla dormir. Au réveil, il se leva et revêtit ses plus beaux habits. Il donna quelques instructions à Marta au sujet de l'exploitation de la ferme, puis le sous-brigadier de gendarmerie arriva, accompagné d'un autre homme. Julie, qui ne lui était d'aucune utilité, faisait impatiemment les cent pas de la cuisine à la nouvelle maison, en se tordant les mains et en murmurant, le visage décomposé. Dire qu'elle était la cause de tout ça ! Daniel fit un saut dans la chambre pour voir le petit, puis il serra de la même manière la main des deux femmes, avant de leur dire au revoir avec stoïcisme. Les trois hommes se mirent en route.

Les dernières paroles de Daniel avaient soulagé Julie.

Il s'était tourné vers Marta, et lui avait dit :

« Ils veulent le taureau au sanatorium, mais tu ne le vendras qu'à l'automne. Ne l'oublie pas ! »

La vie aurait pu reprendre normalement, si seulement... Maintenant qu'elle pouvait se rendre sans problème au sanatorium, Mlle d'Espard n'en éprouvait plus le besoin. Pourquoi l'aurait-elle fait, à présent ? Pour revoir les mêmes estivants, les mêmes patients ? L'avocat, le directeur d'école, Mlle Ellingsen peut-être ? Ou Bertelsen et sa nouvelle femme, l'ex-madame Ruben ?

Mais qu'avait-elle à leur dire ? Y aller, alors, pour flirter avec les jeunes représentants frisés de la nouvelle Norvège, ces garçons aux mollets espagnols, champions de saut en hauteur ? Non, elle n'était pas une aventurière. D'ailleurs, elle n'en avait nullement fini avec l'affaire, le procès, la justice, le jury. Bref, elle avait suffisamment de soucis comme ça.

Un jour, on vint lui demander des instructions au sujet du corps de M. Fleming. On avait procédé à l'autopsie et tout était en règle, mais quelles dispositions fallait-il prendre pour les funérailles ? Fallait-il renvoyer le corps en Finlande ? Elle y avait réfléchi avec sang-froid, car elle n'était pas tout le temps désemparée. Elle aurait certes pu payer l'enterrement de ce pauvre M. Fleming, mais pouvait-elle se mêler de cette affaire ? La prudence lui conseillait de s'en garder : si elle le faisait, ne pourrait-on pas lui poser des questions sur la provenance de son argent ?

Celui qui était mort était mort, quoi qu'elle fît.

« En quoi cela me concerne-t-il ? demanda-t-elle au messager qui venait de lui poser la question.

– Si étonnant que cela puisse paraître, M. Fleming n'a pas laissé un seul centime derrière lui.

– Vraiment ? Et en quoi cela me regarde-t-il ? s'exclama-t-elle, énervée. Je ne suis pas sa mère, je ne le connaissais d'ailleurs pas si bien que ça.

– Dans ce cas, c'est aux autorités de faire le nécessaire.

– Pourquoi ? Il doit bien laisser quelques valeurs suffisantes pour régler les funérailles ? Il me semble qu'il avait plusieurs valises, des vêtements de qualité et qu'il portait, dans la poche de son gilet, une bague en brillants qui doit valoir une fortune.

– Non, elle a été expertisée, et elle était fausse ; elle ne vaut rien.

– Mais c'est impossible ! s'écria-t-elle avant d'ajouter :

– Pour les vêtements, vous pouvez demander au sanatorium ! » En fait, ce qu'elle avait pressenti se confirmait : il ne s'agissait plus de la même bague ; il avait sans doute dû vendre la première et était revenu avec une copie sans valeur, ce qu'elle avait bien remarqué, cet été, lors de leur première rencontre.

Pauvre M. Fleming, il avait, lui aussi, fini sur les genoux ; dignement, mais sur les genoux. Elle y réfléchit encore un instant ; sa tête finirait par éclater un de ces jours…

Les jours s'écoulèrent. Elle participait plus qu'auparavant au travail de la ferme et soulageait Marta selon ses moyens : c'était, en quelque sorte, une cure pour elle.

La fenaison arriva, et Helmer vint un matin avec la machine à couper le foin que les deux femmes fanèrent, séchèrent et rentrèrent sous le regard du petit Julius, couché dans le champ. Ça n'allait pas si mal, songeait Mlle d'Espard, et que serait devenue sa pauvre tête sans ce travail au grand air ? Il lui était arrivé fréquemment dans sa vie de s'ennuyer plus qu'aujourd'hui. Le studio, à Kristiania, c'était souvent pire, sans parler du vagabondage sans but dans les rues.

Après les interrogatoires et le verdict, elle reprit courage et retrouva même sa bonne humeur. Daniel fut jugé avec justice et clémence, et condamné à sept ans de réclusion. C'était une faveur des hommes et du Seigneur, et Mlle d'Espard, qui pleurait autrefois sur le sort qui lui était contraire, pleurait aujourd'hui de joie. Sept ans de travaux forcés, ce n'était évidemment pas un cadeau, mais c'était mieux que la mort, Dieu merci ! Les jours passaient vite, grâce à Dieu. Julius grandissait et ses yeux prenaient vie ; il la suivait, souriait, criait, mangeait et dormait. Elle avait connu une année d'instabilité, remplie d'événements déchirants et avait dû, bousculée par de nombreux changements, remettre, à plusieurs reprises, son destin en jeu. Quand elle y pensait, elle avait l'impression que plusieurs de ces événements avaient déjà été effacés de sa mémoire : c'était loin, très loin. Ces derniers temps, elle avait commencé à se sentir plus sereine, et prenait même plaisir désormais à rentrer le foin avant la pluie.

Au sanatorium, dans cette grande maison de santé, on ne l'avait pas oubliée. On s'était apitoyé sur son sort, et elle avait reçu un petit mot. Sans doute voulait-on lui remonter le moral et une telle idée généreuse devait être de maître Rupprecht ; le billet était pourtant paradoxalement signé Andresen, son ancien patron.

Qu'avait-il à lui dire ? L'avait-il vue avec une dent en moins et une cicatrice au menton ? N'avait-elle pas désormais des mains de travailleuse et, surtout, la poitrine complètement plate ?

Elle resta à la ferme.

Mais un jour, elle reçut une facture pour les dernières semaines du séjour de M. Fleming au sanatorium. Que devait-elle faire de cette note ? Pouvait-elle encore une fois se montrer intransigeante ? Il était évident qu'elle avait sa part dans ses dépenses, car elle avait déjeuné avec lui en buvant du vin fort cher. Elle commença à examiner la note, à l'étudier en détail : des prix honteux, excessifs ; son mauvais caractère refit surface et elle alla voir Marta, furieuse, le visage blanc de colère :

« Tu veux savoir ce qu'ils demandent au sanatorium pour un repas et une bouteille de vin ? Vingt couronnes ! Le vin était français et je connais les prix des vins français, moi qui suis de là-bas. Non, vraiment !... Surveille Julius, je vais aller régler ça avec eux ! »

Elle se fit belle, et se mit en route.

Elle eut la chance de rencontrer le directeur dans la grande véranda ; il fut enchanté de sa visite et la salua bruyamment :

« M. Andresen aimerait vous dire bonjour ; il était bien votre patron dans le temps, n'est-ce pas ? Par ici, mademoiselle ! » l'invita-t-il.

Elle l'arrêta tout de suite :

« Non, merci, j'ai juste à débattre d'une petite facture que je viens de recevoir. »

L'avocat mit son pince-nez et l'examina :

« Ah ! dit-il d'un air dubitatif.

– Vous avez l'intention de me faire payer la note de M. Fleming ?

– C'est une erreur !

– Je paierai volontiers mon repas, si vous le désirez.

– C'est absolument insupportable, s'écria-t-il, on commet tellement d'erreurs ici ! C'est un regrettable malentendu.

– C'est bien ce que je pensais, je suppose que ses vêtements suffiront à vous dédommager.

– Non, ses vêtements… ont été enlevés par les autorités… mais ne parlons plus de cela. Je suis bien heureux d'avoir pu retrouver la trace de cette facture et d'avoir ainsi pu l'arrêter. Maintenant, elle est à moi ! dit-il, et il la mit dans sa poche. Vous n'avez pu croire un seul instant que le sanatorium de Torahus vous ferait payer !… Ah ! autre chose : quand reviendrez-vous habiter avec nous, Mlle d'Espard ? Vous nous manquez beaucoup et je vous promets que vous ne recevrez plus de fausses factures, j'y veillerai personnellement. Votre chambre est à votre disposition. »

Cette amabilité la détendit. Mais elle n'était pas facile à tromper ; le directeur était très certainement au courant de la facture. Quelle importance après tout, puisqu'elle ne débourserait pas un sou ?

« Merci, lui dit-elle ; mais je dois rester là où je suis !

– Savez-vous que certains de vos amis sont encore ici ? reprit l'avocat, le directeur d'école vient juste de partir, mais Mlle Ellingsen est attendue. Bertelsen et sa femme sont là – avez-vous déjà rencontré le jeune couple ? Mlle Ellingsen nous écrit qu'elle viendra un peu plus tard, car elle ne peut le faire tant que certaines personnes sont là, vous me comprenez !… Eyde, le compositeur, viendra également ; vous l'avez connu, Selmer Eyde ? Le pianiste. Son séjour d'étude à Paris est écoulé, et nous sommes heureux de l'avoir de nouveau ici pour les clients de l'hiver. Nous avons aussi un nouvel ingénieur, un grand sportif, et un nouveau docteur, que vous connaissez, je crois ; ensuite, nous avons beaucoup de nouveaux clients, des jeunes très sympathiques. Et avez-vous noté que nous agrandissons ? Nous comptons faire de Torahus le premier sanatorium du pays. Si vous saviez ce qu'on paie déjà comme assurance-incendie ! Vous ne devineriez jamais ! Nous sommes assurés pour des centaines de milliers de couronnes ! En ce moment, nous mettons d'ailleurs les bouchées doubles pour faire installer l'eau et l'électricité… »

Et l'avocat continua, sans oublier toutefois d'envoyer la femme de chambre chercher Andresen.

« Permettez donc à M. Andresen de vous saluer, mademoiselle. Il a voulu aller vous voir à la ferme, mais j'ignorais si vous receviez... »

Un gros monsieur aux cheveux fins, très pâle et gras, parut. Comme les autres, il était venu boire l'eau de Torahus et suivre un régime ; son visage portait déjà les marques de la vidange qu'il subissait.

Que pouvait-il bien lui vouloir de si urgent ? La faire revenir à sa machine à écrire ?

Bien qu'il se montrât très aimable, elle se rendit parfaitement compte à quel point il fut déçu de la revoir.

Elle avait changé, hélas ! Au même instant, un frisson la parcourut : elle voulait rentrer tout de suite voir son fils, le petit Julius.

« Je voulais vous dire bonjour pendant que j'étais ici.

– C'est très gentil.

– Vous allez bien, mademoiselle d'Espard ? Nous avons de nouvelles têtes au bureau ; il faudra venir nous voir quand vous viendrez en ville ! »

Que de paroles inutiles ! Ce n'était plus comme dans le temps, lorsque ce même monsieur se penchait sur elle et que, sous prétexte de vouloir regarder de plus près ce qu'elle avait tapé, il l'embrassait comme un fou. Non, il ne lui voulait plus rien aujourd'hui et il avait même reculé quelque peu à sa vue.

Bien qu'il laissât paraître qu'il avait été son patron, il sut sauver la face et demeura cordial malgré un ton hautain.

« Il me semble qu'il y a une éternité que vous nous avez quittés. Dites-moi : les machines à écrire et les stylos à plume existaient-ils déjà ? »

Elle s'amusa beaucoup de cette boutade et joua son rôle, mais elle fut réellement soulagée lorsque M. Andresen se leva et prit congé avec amabilité ; ce rappel de sa vie passée devant une machine à écrire lui était peu agréable ; et elle l'avait, en outre, complètement effacée de sa mémoire.

« N'oubliez pas le français, Mlle d'Espard. Celle qui a pris votre place n'est pas, de loin s'en faut, votre égale dans cette langue, même si elle possède d'autres grandes qualités. Au revoir, donc ! Je suis heureux d'avoir eu l'occasion de vous rencontrer et de constater que vous alliez bien ! »

Elle ne put cependant éviter l'avocat :

« Le grossiste a été content de vous revoir ? Je l'ai aperçu, et il paraît ravi ! Dites-moi, mademoiselle, M. Magnus était bien parti à Kristiania, n'est-ce pas ? Voilà, il se trouve qu'il n'est pas revenu, et il y a bien un mois que nous n'avons de ses nouvelles ; vous êtes la dernière à lui avoir parlé. Quelqu'un serait venu le demander, une dame, je crois. Qui cela peut-il être à votre avis ? Je ne l'ai pas aperçue moi-même, mais elle s'est présentée à deux reprises et cela paraît important ; elle a téléphoné aussi. Je ne sais vraiment pas quoi faire. Qu'en pensez-vous ?

– Je ne sais pas. Il reviendra sûrement.

– Ah ! vous croyez ? Mais si vous étiez ici… vous l'avez déjà retrouvé une fois, et vous êtes si douée pour ce genre d'affaires. Ne pourriez-vous pas revenir chez nous, vous nous manquez tellement ! »

Que signifiait son insistance ? Rien. En fait, il se montrait prévenant avec elle comme avec les autres, sans plus. Il n'avait qu'un intérêt dans la vie : faire venir le plus de monde possible au sanatorium, remplir la maison, ce qui était loin d'être le cas pour le moment. Non, maître Rupprecht n'avait aucune idée derrière la tête à son sujet ; il n'avait pas envie de fonder un foyer, ne tombait jamais amoureux, et montrait le même acharnement à faire revenir le jeune Selmer Eyde qu'à loger une jeune femme.

« Ainsi, vos autres amis n'auront pas le plaisir de vous voir aujourd'hui ? M. Bertelsen et sa femme m'en voudront, j'en suis sûr. Ils habitent au 107 ; vous ne voulez pas aller leur dire un petit bonjour ? Non, vraiment ? »

Le 107 ! Sacré Rupprecht ! Il avait ajouté un cent à tous les numéros des chambres de la maison pour faire meilleure impression !

Hormis la déception manifeste d'Andresen à sa vue, sa venue avait été, somme toute, une réussite ; mais elle avait tout de même reçu un choc en constatant à quel point elle avait perdu sa fraîcheur. Comment serait-elle dans sept ans ? D'ici là, elle saurait bien recouvrer sa santé, sa beauté et sa séduction, et ferait l'impossible pour redevenir belle en se faisant, par exemple, mettre une dent sur pivot le moment venu.

A cela près, son excursion avait été un succès : tout le monde l'avait ménagée, personne n'avait laissé entendre qu'elle vivait dans la maison d'un assassin, et le nom de Fleming n'avait pas été cité. Ne fût-ce que pour l'argent économisé, elle avait bien fait de se déplacer. Elle rentra à la ferme, s'y précipita même, car elle avait plus que jamais peur que le petit Julius eût pu se réveiller et la réclamer. Le beau petit monstre aux mains si douces... Marta vint à sa rencontre.

« Il y a du monde, chuchota-t-elle.

– Du monde ?

– Un homme. Il est dans le bûcher et t'attend.

– Je ne connais personne. Julius est réveillé ?

– Oui, je lui ai donné du lait et il s'est rendormi, dit Marta, puis elle murmura : c'est lui ! »

C'était le Suicidé.

« Vous, monsieur Magnus ! Nous parlions justement de vous au sanatorium, nous disions que vous étiez parti sans donner de nouvelles... »

Il ne répondit pas.

XVII

Le Suicidé paraissait hors de lui : on aurait dit qu'il couchait à la belle étoile depuis longtemps car ses vêtements neufs étaient froissés et pleins d'aiguilles de pin. La plaie de sa main avait enfin cicatrisé.

« D'où venez-vous ? lui demanda-t-elle.

– D'où je viens ? Comment vous dire, répondit-il en regardant autour de lui. On peut nous entendre ?

– Non, personne.

– Je viens de chez moi. Je suis donc parti régler une question en suspens, un malentendu. Mais je vous dérange peut-être ?

– Pas du tout. Qu'avez-vous ? Vous craignez quelque chose ?

– Oui.

– Voulez-vous entrer ?

– Oui, merci. »

Ils purent user de la chambre de Marta et ils s'y installèrent ; il parut se détendre mais garda cependant un œil sur la fenêtre.

« J'ai passé la nuit dans la forêt », commença-t-il en riant, gêné.

Puis il parla des médecins, de ces « nous autres médecins » qui n'étaient que des escrocs, il venait d'en faire encore une fois l'expérience.

« Mais c'est vrai, mademoiselle, vous avez vécu une période mouvementée, je crois, j'ai lu ça dans les journaux. Quelle est donc la part de responsabilité qui nous incombe en propre, et quelle est celle qui incombe aux autrcs ? Nous avons tous des ennuis à supporter et nous sommes tous humains.»

Elle l'interrompit : peut-être craignait-elle qu'il n'entamât un de ses habituels monologues aux développements les plus inattendus :

« Vous êtes resté absent un mois, c'est bien ça ?

– Un mois, deux mois, je ne sais plus. Je voulais donc essayer le nouveau moyen, mais croyez-vous que je fus homme à le mettre en pratique ! Jour après jour, je différais, sans arriver à me décider. Vous direz que ce n'est pas la faute du moyen et vous aurez raison. Mais que puis-je faire d'un moyen si je ne sais pas l'utiliser ?

– Quel moyen ?

– Le jonc. J'ai oublié de le préciser, peut-être ?

– Le jonc… ?

– Je ne vous ai pas parlé de la canne en jonc ? Je ne me le rappelle plus, je perds tellement la mémoire. Voilà, le docteur faisait les éloges de ce nouveau médicament, aux effets aussi inespérés que réels. Mais quand on n'est pas homme à s'en servir ? Deux mois, vous dites ? Je suis donc resté deux mois sans arriver à perpétrer mon acte, et pour finir je suis reparti comme j'étais venu. Le forgeron, c'était autre chose. Je vous ai parlé de lui ?

– Non.

– C'est sans importance, des discours de médecins tout ça. Qu'est-ce qui a bougé là-bas ? Vous avez vu ? »

Elle regarda par la fenêtre et le rassura :

« Ce n'est rien. J'y pense, monsieur Magnus, vous avez mangé ?

– Mangé ? Non. »

Elle savait qu'il était très difficile sur ce chapitre mais elle alla tout de même trouver Marta pour qu'elle lui prépare un peu de nourriture campagnarde. Lorsqu'elle revint, le Suicidé grognait comme un chien et fixa le paysage par la fenêtre :

« Quelque chose bouge dans les buissons !

– Le vent, sans doute. De quoi avez-vous peur ? »

Il ne répondit pas.

Cet homme était certes un peu dérangé à présent, mais ses souffrances ne laissaient plus Mlle d'Espard indifférente ; elle ne pouvait d'autre part oublier qu'une fois, en compagnie d'un autre malade, il l'avait sauvée, ainsi que l'enveloppe pleine d'argent, d'une manière très élégante. Et, par la suite, le malheureux Suicidé l'avait souvent soutenue dans les moments difficiles.

« Si vous voulez me dire de quoi vous avez peur, je ne sais pas… Marta et moi, on trouverait peut-être une solution…

– Il n'y a rien à dire, je devrais me cacher et ne pas rester à la lumière du soleil. Non. Peut-être trouveriez-vous ça sans importance, mais si je vous disais que je suis recherché ?

– Comment ?

– On me l'a dit hier à la gare quand je suis arrivé ; le chef de gare m'a demandé mon nom et m'a dit qu'une personne venue par le train avait demandé à me voir ; et elle avait appelé le sanatorium au téléphone. Elle est arrivée deux jours avant moi et elle est déjà en train de me guetter.

– Vous ne voulez pas la revoir ?

– Si je le veux ! Oh ! si ! cria le Suicidé. Mais savez-vous ce que vous me demandez : vous me demandez si je veux reprendre la même vie qu'avant, si je suis tombé si bas, si je n'ai plus aucun orgueil. Si je veux la voir ? Ah ! mademoiselle d'Espard, c'est l'instant que j'attends, nuit et jour, depuis quinze mois. Mais, voyez-vous, je suis affaibli ; j'ai trop attendu et n'espère plus rien, elle a trop hésité. »

Il se tut un moment.

« N'est-ce pas exquis, reprit-il, peut-on imaginer chose plus sordide, plus éhontée : après quinze mois de silence, sans un mot, sans une carte de vœux, voilà qu'elle vient en personne, en plein jour, au soleil et par le train !

– Cela lui a été sans doute plus facile que d'écrire.

– Mais elle me bloque le sanatorium ; je ne peux plus regagner ma propre chambre en sécurité.

– Monsieur Magnus, je crois que vous devriez lui parler.

– Jamais ! cria-t-il. Ah ! vous croyez ? Eh bien, jamais ! Voilà, je l'ai dit ! »

Pauvre Suicidé, il avait enfin obtenu ce qu'il désirait et il reculait. Pouvait-on concevoir situation plus ironique : pourchassé par l'objet de son plus ardent désir, il s'enfuyait. Pourquoi ne mettait-il pas fin à cet état de choses en partant, par exemple, pour l'Australie ? Il ne devait pas être homme à ça. Il était plutôt comme une mite attirée par la lumière. Il n'avait que cette occupation dans la vie ; elle était sa seule source de passion et de souffrance ; il voyait la vie à travers un œilleton, mais ce qu'il voyait n'était peut-être pas négligeable, car vues ainsi les choses deviennent plus nettes, prennent du relief. Marta entra avec le plateau. Le Suicidé eut une expression affolée et ne parut pas avoir le temps de manger :

« Je vous cause trop de dérangements ! s'excusa-t-il.

– De quel buisson s'agit-il ? Je vais faire le guet pendant que vous mangez », lui dit Julie.

Il lui montra l'arbuste en question, derrière lequel il croyait apercevoir quelque chose, ou quelqu'un.

« D'ailleurs, ajouta-t-il, il n'y a pas que celui-là, il faut surveiller toute la forêt, toute cette partie-là de la forêt du côté du chemin ! »

Il entama son repas. Il mangea rapidement et de bon appétit, plusieurs œufs, du pain, des gaufres, du beurre et but beaucoup de lait. C'était sans doute son premier repas depuis un bon bout de temps.

Faisant le guet à la fenêtre, Julie se rendait bien compte que quelque chose bougeait. Une dame s'avançait lentement, d'un pas hésitant, vers les bâtiments. Elle était vêtue d'un grand manteau boutonné jusqu'aux pieds et portait un chapeau à plumes. Julie la laissa approcher sans mot dire.

« Merci ! dit le Suicidé en se levant, c'est le meilleur repas que j'aie consommé ici à la montagne. Et des gaufres avec ça !

– Asseyez-vous donc et allumez votre pipe !

– Je n'ai pas de pipe et n'ai rien à fumer. Comment ça va pour vous, mademoiselle d'Espard ? Vous avez bon moral ?

– Oui, je ne peux pas dire le contraire.

– Vous avez dû faire le bon choix en quittant le sanatorium.

– Je ne sais pas ! Ils construisent beaucoup, ils agrandissent, je crois, ajouta-t-elle pour faire durer la conversation.

– De toute façon, cela ne nous empêchera pas d'y mourir ! »

Elle hocha la tête :

« Il y a eu beaucoup de décès, c'est vrai.

– Je ne les compte même plus ! Hélas ! la mort finit par nous emporter ; nous ne sommes pas faits pour la vie ; nous marchons dans des souliers trop grands, c'est pourquoi nous trébuchons. »

Marta ouvrit la porte et appela Julie. Le Suicidé en profita pour reprendre sa place à la fenêtre. Il s'était calmé, la nourriture lui avait fait du bien et la mémoire lui revenait. Il n'oublia pas de laisser un billet pour Marta sur le plateau. Puis il scruta attentivement la forêt.

Mlle d'Espard rentra :

« Elle est là. »

Le Suicidé comprit tout de suite de qui elle parlait et hurla :

« Quoi ?

– Ici, dehors. Marta lui a parlé ; elle a dû venir par le côté, par la route du sanatorium. »

Le Suicidé avala péniblement sa salive.

« Bon, qu'elle vienne ! Laissez-la entrer ; par Dieu, je vais… »

Une femme vêtue d'un grand manteau et coiffée d'un chapeau à plumes parut sur le seuil de la porte et y resta, sans dire un mot, les lèvres tremblantes. Elle était jeune, avec des cheveux d'un blond foncé, un visage franc et ravissant ; seules deux de ses dents de devant n'étaient pas parfaites et se chevauchaient légèrement.

Il y avait au mur une pendule dont les poids pendaient chacun au bout d'une chaîne en cuivre ; le Suicidé se mit soudain à les tirer et provoqua un bruit long, crispant. Puis il se retourna et dit :

« C'est toi ? » Il la regarda une seconde avant de retourner à la pendule :

« Je vois qu'elle n'est pas à l'heure. »

Il l'abandonna et alla à la fenêtre en se frottant le menton comme s'il avait porté la barbe.

« Tout va bien à la maison ? » demanda-t-il. Il était visiblement désemparé, nerveux. « Pourquoi n'enlèves-tu pas ton manteau ? Tu pourrais t'asseoir sur le tabouret, ajouta-t-il.

– J'ai froid, répondit-elle, et elle s'assit tout habillée...

– La petite, elle vit, je veux dire... je voudrais savoir si la petite est en vie ?

– Oui, elle va bien et parle déjà pas mal. Elle se porte bien.

– Elle parle ? C'est normal, ça ?

– Oui, elle dit des petites phrases.

– Comment s'appelle-t-elle ?

– Léonora. Je lui ai donné ton nom.

– Foutaise ! Tu aurais pu trouver autre chose », s'exclama-t-il, écarlate.

Elle ne répondit pas.

« Je te dis que tu aurais pu trouver autre chose.

– Oui », murmura-t-elle.

Elle était si humble, et pourtant elle arrivait à faire de lui ce qu'elle voulait.

Il poursuivit, toujours aussi gêné :

« Léonora, hé, un nom de chèvre ! Et tu voudrais me faire croire qu'elle parle ! Il faudrait d'abord qu'elle ait finit de naître.

– Elle est si douée...

– Oui, oui, oui, j'ai autre chose en tête, tout ça m'indiffère. Mais Léonora ?... Où loges-tu ?

– Au magasin. J'y ai couché cette nuit.

– Ça fait deux nuits, non ?

– Oui, peut-être. Je... si, je me le rappelle, c'est bien ça : deux nuits.

– Pourquoi n'habiterais-tu pas au sanatorium ?

– Oh ! oui, merci, dit-elle à voix basse.

– Quelle drôle d'idée : logez chez le boutiquier, là-bas, dans un trou pareil. Tu as dormi avec la bonne ?

– Non, sur un divan.

– C'est affreux ! J'ai toujours eu peur pour ta santé ! dit-il, sans doute pour faire de l'ironie. Tu n'as peut-être pas mangé non plus ?

– Pas aujourd'hui, mais ça ne fait rien.

– Non ! l'imita-t-il, ça ne fait rien ! Et allez donc ! As-tu au moins dîné hier soir, si je puis me permettre cette question indiscrète ?

– Oui.

– Tout de même ! Mais cela fait dix-huit heures. Cette pendule avance, d'accord, mais rester à jeûn presque vingt-quatre heures – tu parles ! Lève-toi, nous allons faire un saut au sanatorium où tu pourras prendre quelque chose, c'est l'heure du dîner là-bas. »

Ils sortirent de la chambre ; le Suicidé se montrait agressif et viril, alors qu'en réalité il était honteux.

« Ma femme a peur du taureau ; il est dehors en ce moment ? demanda-t-il à Marta.

– Oui, mais dans la montagne, très loin d'ici.

– Mlle d'Espard n'est pas là ?

– Si, dans la nouvelle maison.

– Saluez-la de ma part ! »

Ils se dirigèrent en silence vers le sanatorium, n'échangeant que quelques mots : des petites questions, des petites réponses.

« Tu étais à Kristiania la semaine dernière ? lui demanda-t-elle d'une voix craintive.

– Comment le sais-tu ?

– Quelqu'un... la bonne, croit t'avoir aperçu.

– Je suis allé m'acheter des vêtements, si ça t'intéresse.

– Oui.

– Et après ?

– Rien.

– Évidemment tu es allée me chercher dès que tu as appris que j'y étais ?

– Oui ! »

Il se mit à rire.

« Oui, Léonhard, j'ai fait ça, pendant deux jours. Et je me suis même renseignée dans les hôtels.

– Arrête cette comédie ! Que voulais-je dire ? » Il fit semblant de réfléchir mais en réalité il ne voulait parler que pour dissiper son énervement. Il n'avait rien oublié.

Ils arrivèrent au sanatorium : il n'y avait personne en vue et, comme il connaissait les lieux, il comprit que les rares clients étaient à table.

Il sonna et demanda une chambre pour sa femme à une domestique.

Au même instant, de la salle à manger, l'avocat sortit, frappa dans ses mains et les salua :

« J'ai entendu sonner et j'ai voulu voir qui c'était. Je suis heureux de vous revoir, monsieur Magnus ! Vous êtes resté bien longtemps absent. Votre femme, sans doute ? Soyez la bienvenue, madame ! Préparez le 106 pour Mme Magnus, dit-il à la fille. Puis il se tourna vers le Suicidé et lui expliqua :

– C'est à l'étage au-dessous du vôtre, mais je vous ferai descendre au 105, la chambre voisine. Avez-vous déjeuné ?

– Non, et ma femme a grand-faim.

– Mais entrez donc tout de suite, chère madame, nous venons juste de passer à table. Ne vous changez pas, vous êtes ravissante comme ça. Nous n'avons pas beaucoup de clients en ce moment, mais nous en attendons. Vous voulez peut-être vous débarrasser de votre manteau et de votre chapeau ?

– Non, ma femme a un peu froid.

– Bien sûr, c'est l'air de l'automne, en lui-même une vraie cure ; il faut s'habiller en conséquence. Par ici, je vous prie ! »

L'avocat montra le chemin. Il paraissait heureux : il amenait des clients, deux seulement, mais c'était suffisant pour accroître un peu le petit groupe des convives.

Après le repas, le Suicidé envoya quelqu'un chercher la valise de sa femme au magasin. L'avocat était encore là :

« J'ai dit à la fille de vous servir le café dans la chambre de Madame. J'ai bien fait, j'espère ? »

Le Suicidé ne répondit pas. Il aurait sans doute préféré ne pas être avec elle, et trouvait qu'il en avait déjà fait assez comme ça. Lorsque maître Rupprecht lui demanda s'il fallait descendre tout de suite ses affaires au 105, il refusa :

« Je reste en haut, déclara-t-il. Ma femme doit rapidement rentrer en ville.

– J'en suis navré, madame, mais dans ce cas, nous ferons deux fois plus d'efforts pour que votre séjour, si bref soit-il, soit des plus réussis. Je dois hélas ! également rentrer en ville où mon bureau m'attend, mais je donnerai des ordres précis avant de partir. »

Dans la chambre de la jeune femme, les rideaux étaient tirés. Le Suicidé se précipita aux fenêtres pour les ouvrir.

« Ils te croient allergique au soleil, ma parole ! grogna-t-il. Comme ça va, au fait ? Tu as toujours froid ? Tu es malade ?

– Non, j'ai un peu froid, mais ce n'est rien.

– Il ne faudrait pas aller à la montagne en bas de soie et petits souliers. »

Il but son café en vitesse et continua :

« Si tu as passé deux nuits sur un divan, tu dois avoir besoin d'une bonne sieste. Mais, j'y pense, ça fait trois nuits et pas deux ?

– Je ne me souviens pas, oui, peut-être trois. »

Il secoua désespérément la tête.

« Déshabille-toi et mets-toi au lit ! » lui conseilla-t-il avant de la quitter.

Elle toussa et il se retourna :

« Non, ce n'est rien ! précisa-t-elle ; ne m'en veux pas et pardonne-moi pour l'autre fois !

– Toujours la même foutaise ! répondit-il en reniflant. Pardonner, pardonner !

– Il est parti.

– Parti ? » Il comprit parfaitement de qui elle parlait, mais n'en répondit pas moins avec ironie :

« Comme c'est dommage ! Parti ! Comme c'est affligeant !

– Non, je l'ai chassé ! »

Il se mit à rire.

« Si, je l'ai chassé, il y a des mois de cela. J'aurais voulu te le dire depuis longtemps, mais…

– Mais tu ne m'as pas considéré digne de cette nouvelle ?

– J'avais peur.

– Ah ! tout de même ? Il te restait donc assez d'honneur et d'orgueil pour avoir peur ?

– Oui, peur. J'ai écrit des centaines de lettres que je ne t'ai pas envoyées…

– Mon Dieu, quel beau mensonge ! s'écria-t-il. Et moi qui t'ai envoyé une carte pour Noël à laquelle tu n'as même pas répondu !

– Non, c'est vrai, c'est vrai ! Mais j'étais encore troublée et n'avais pas retrouvé mes esprits. Huit mois se sont écoulés depuis Noël, et ça fait aussi des mois que je l'ai chassé.

– Où l'as-tu envoyé ?

– Où ? Je ne sais pas, il est parti, je ne l'ai plus revu. C'était cet été, il est peut-être en Amérique. J'aurais préféré le savoir mort.

– Ah ! ah !

– Oui, mort et enterré.

– Mais pourquoi, au fond ? Ce cher garçon, cet amour de jeunesse, et tout et tout !

– Nous aurions dû nous marier, c'était convenu. Je voulais te demander le divorce pour l'épouser. Nous l'avions décidé…

– Assez ! Je ne veux plus rien savoir !

– Bon.

– Maintenant, tu m'excuseras, je dois m'en aller ! »

Sa colère était tombée ; il n'était plus ni furieux, ni gêné ; la nouvelle du départ d'une certaine personne ne l'avait pas laissé indifférent. Il en était soulagé et heureux. Sur le pas de la porte, il se retourna.

« Je te conseille de rester un peu couchée. Tu ne devrais pas être aussi entêtée. »

Elle n'était nullement entêtée, et commença aussitôt à préparer son lit.

Le Suicidé avait besoin de réfléchir. Il monta à sa chambre. Là, tout était comme avant, avec, seulement, un peu plus de poussière ;

on n'avait visiblement pas fait le ménage durant son absence. Il avait la réputation d'un excentrique ne supportant pas le nettoyage, et les femmes de chambre avaient respecté son goût pour le désordre. Il regarda dehors : une des annexes avait doublé de volume ; on y avait ajouté un étage et les menuisiers étaient en plein travail, sciant, coupant et frappant à grand bruit. Mais au fond, tout ça lui était parfaitement indifférent.

Cette chambre avait été son refuge pendant quinze mois ; il la lui ferait peut-être visiter d'ailleurs, afin qu'elle se rende compte combien elle était agréable. Sa femme ne lui avait pas dit avoir eu de la peine pour lui, ne s'était pas inquiétée de sa mauvaise mine, rien, pas un mot. Qu'était-elle venue faire, au fond ? Lui demander pardon une fois encore ? Il soupira, las et fatigué de toute cette comédie, beaucoup moins déprimé cependant qu'il ne se plaisait à le croire. Il aurait été bien plus mécontent si elle ne lui avait pas demandé pardon ; alors quoi ? Ses prières étaient-elles un tel supplice pour lui ? Oui, absolument, absolument ! Et il en avait plus qu'assez d'en parler ; et en outre, il avait sommeil car il était resté éveillé dans la forêt et n'avait pas bien dormi la nuit précédente…

Alors que les bruits du chantier et le vacarme de l'explosion des mines n'avaient pas troublé son sommeil, il fut réveillé par le bruit infiniment plus discret d'une voiture qui entrait dans la cour, et des compliments faits au cheval…

Il alla à la fenêtre et l'ouvrit : Mlle Ellingsen descendait de voiture. Que venait-elle faire ici ? Cela ne l'intéressait guère, mais elle devait bien avoir une raison pour venir. Ils arrivent et s'en vont, ils piétinent, certains sont pressés de prendre soin de leurs biens et s'affairent, et pourtant à quoi bon tout ça ?

Il eut froid et frissonna. Il était tard ; il descendit l'escalier, très déprimé et s'arrêta devant la chambre de sa femme. Dormait-elle encore ? Il entendit des pleurs et entra brusquement. Il ne sut cacher son étonnement :

« Que diable… ?

– Pardon, dit-elle, je vais tout de suite…

– Que vas-tu faire tout de suite ? Reste couchée si tu veux, on pourra faire monter le dîner. Tu n'as pas dormi ?

– Si, non, je ne sais plus ! » Elle semblait chercher la réponse qui le satisferait. « Si, se décida-t-elle, j'ai sans doute dormi tout à l'heure, un long moment. Cela m'a fait du bien. Et toi ?

– Moi !

– Tu en as besoin, Léonhard, tu as tellement souffert, je le sais...

– Ne parlons pas de moi !

– Très bien. Mais j'étais en train de penser que tes cheveux ont blanchi et...

– Ne parlons pas de moi, c'est compris ? tonna-t-il.

– Bon. »

Il ne voulait pas être plaint ; pourquoi alors était-il ému et perdait-il de sa fermeté ? Il devait traverser un moment de sentimentalisme. Comment expliquer qu'elle ne lui eût pas montré de compassion plus tôt ? Qui sait, elle n'avait peut-être pas osé ? Il l'excusa en son for intérieur ; si c'était un oubli, elle était pardonnée. D'autre part, il ne pouvait pas non plus faire bonne figure et tout accepter. Il n'en était pas question !

« Je comprends pourquoi tu ne veux pas prendre la chambre voisine.

– Tu comprends ? Comment ça ? » Cette réflexion l'avait profondément surpris.

« Oui, que tu ne veuilles pas. Cela ne m'étonne pas, je me suis mal conduite. »

Il ne comprenait plus du tout :

« Mal conduite ? Tu veux dire que tu t'es mal tenue ?

– Tu as remarqué mon changement, non ? »

La lumière dut se faire en lui, et il prit l'attitude qu'elle n'avait pas eue : il rougit et baissa les yeux.

Ils restèrent silencieux.

Il alla en titubant à la fenêtre et regarda au-dehors.

« L'avocat s'en va, je crois, murmura-t-il. Hum... Je vois, il va prendre la voiture qui a amené Mlle Ellingsen. Il est resté longtemps, cette fois. Le docteur est là-bas aussi. Hum. J'aurais dû lui parler, au fond une nouvelle lettre de Moss, d'Anton Moss, vient d'arriver et c'est lui qui me les lit. Que voulais-je dire… ?»

Un long silence.

Il se retourna et abandonna la fenêtre.

«Que me veux-tu, en fait ? lui demanda-t-il calmement. Pourquoi es-tu venue ?

– Non… ! dit-elle seulement, en hochant la tête.

– Je n'ai pas… c'est-à-dire, tu avais bien une intention en venant ici ?

– Oh ! non. Tu veux divorcer à présent, c'est évident.

– Évidemment, on peut. Voilà l'avocat qui s'en va ; oui, on peut divorcer, tu n'as qu'à y réfléchir. Quel jour sommes-nous ?»

Ils plissèrent le front de concert.

«Ça n'a pas d'importance», dit-il.

C'était effectivement sans importance ; il n'avait pas besoin de le savoir, il avait dit cela comme ça… Il passait un mauvais moment ; elle aussi, peut-être… Il monta à «la Cime» par son chemin familier. Il y avait là le petit arbuste, la pierre blanche, la crevasse, tout était comme avant. Il n'était pas abattu, rien d'inattendu ne s'était passé, mais c'était arrivé, voilà tout. Et maintenant, après la catastrophe, elle trouvait qu'il était temps de divorcer. D'accord, mais l'enfant, la petite Léonora ? Elle est si douée, elle parle déjà, naturellement elle marche depuis un bon moment, elle peut déjà courir dans ses petites chaussures, avec sa petite robe… C'est étonnant, tout ça. Elle dit peut-être papa et maman. Assez ! C'est pourquoi nous sommes là, c'est pourquoi nous portons un grand et vaste manteau : nous avons changé. Ce n'est pas très beau, et que faire, où cacher notre visage ? Et la petite Léonora ne dit pas papa, foutaises, comment l'aurait-elle appris ? Ne nous leurrons pas ! Ce n'est donc pas très beau. Accordé ! Néanmoins, néanmoins… Tiens, la voilà qui arrive, c'est elle, elle avance joliment, en se déhanchant à peine, grand chapeau, petits souliers, gants, attention à la crevasse, ce n'est pas pour les dames – bravo, elle l'a franchie, elle est délicieuse !

Comment la recevoir ? Rester assis là, sur « la Cime », à la contempler, sûr de soi ? Bêtises, nous nous lèverons et attendrons qu'elle soit là, ensuite le hasard portera conseil.

Après réflexion, l'affaire lui paraissait moins cruelle : elle ne l'avait pas attiré à elle à temps, au contraire : elle avait trop attendu pour venir. « Tu vois, ça rend indéniablement les choses moins honteuses, moins sales. » Et au sujet de l'affaire elle-même, de l'amourette, on ne pouvait s'étonner qu'elle eût cédé si on lui avait promis le mariage… Mais envisageons toutes les éventualités bien en face…

« Que viens-tu faire ici en petites chaussures ? lui demanda-t-il.

– Je t'apporte un message ; j'ai rencontré le docteur, et il m'a priée de te dire qu'il y a une lettre pour toi. »

Elle s'était donné cette peine alors qu'il était au courant.

« Elle est de Moss, ce n'est pas urgent, remarqua-t-il.

– C'est ici que tu viens quand tu te promènes ?

– Oui.

– Ça fait drôle de voir où tu vas, dit-elle en regardant avec intérêt autour d'elle. Tu t'assois sur ce rocher ?

– Oui.

– Tu regardes au loin…

– Tu ne dormais donc pas ?

– Si, mais je me suis sentie si seule… Et puis on parlait tellement fort dans la pièce à côté.

– Au 107 ? C'est chez Bertelsen. Il prend cette chambre d'habitude. C'est un type qui s'appelle Bertelsen.

– Je me suis demandé si je ne devrais pas rentrer à la maison et te ramener Léonora ?

– Ici ?

– Non, peut-être pas, non, non. Mais tu ne voudrais sans doute pas venir la voir, n'est-ce pas ? Tu es resté absent si longtemps ! Je ne savais pas si elle pouvait être d'une certaine compagnie pour toi.

– Nous pouvons y penser. Tu ne veux pas t'asseoir, te reposer un peu ?

– Si. Merci ! »

Elle était toute soumission et cela avait de l'effet sur lui ; sa fermeté fondait, il devenait malléable.

« Que voulais-tu dire ? Tu voulais revenir ici, avec l'enfant, et y rester ?

– Non, pas moi ! Non, mon Dieu, je n'ai pas été jusque-là.

– Mais je ne pourrais pas la garder tout seul ?

– Je n'ai pas songé à moi, pas un instant.

– Ce n'est pas un endroit vivable de toute façon, affirma-t-il en lui faisant part de son habituel mécontentement envers les lieux : on manque constamment de viande, on vit de truites et de conserves ; l'enfant mourrait rapidement de malnutrition.

– Je ne sais pas ce qu'il faut faire. C'est à toi de voir.

– J'ai dit qu'il faudrait y penser, répondit-il en se levant. Il y a du vent et tu vas prendre froid. Rentrons.

– Je n'ai pas froid, mon manteau est assez chaud.

– Lève-toi ! C'est un vent de montagne, tu ne peux pas comprendre. »

Elle obéit docilement, avant même qu'il eût fini de parler. Ils redescendirent. A la hauteur de la crevasse, il lui tendit la main pour l'aider à la franchir et, pour ne prendre aucun risque, il lui tendit les deux. C'était plus qu'elle n'en avait espéré, et elle vacilla. Une fois franchi l'obstacle, elle perdit l'équilibre.

« Repose-toi un peu, lui proposa-t-il.

– Non, ce n'est pas ça ; je suis désespérée. Tu es si bon, si gentil. Si au moins j'avais été comme avant, si j'étais venue ici comme avant, mais je suis si laide maintenant, j'ai tellement changé. Et j'ai fait tout ce mal...

– Balivernes ! Il commence à faire nuit, partons ! »

On leur apporta le dîner dans sa chambre. A côté, au 107, il y avait toujours du bruit et des rires.

« Dois-je repartir demain matin ? lui demanda-t-elle.

– Tu me demandes ça, à moi !

– Oui, c'est à toi de décider.

– Non, fit-il sèchement.

– A quelle heure part le premier train ?

– Avant l'aube ; tu devrais te lever à quatre heures pour l'avoir. Je trouve ça insensé.

– Oui, bien sûr ! »

Ils parlèrent encore un peu ; ils s'étaient calmés tous les deux et il lui laissa entendre que de toute façon, une dame ne prenait pas le train toute seule. Il ne proposa pas pour autant de l'accompagner, mais cette possibilité était sous-entendue.

« Bonne nuit ! » lui souhaita-t-il en regardant le mur avec gêne. Un instant plus tard, il ajouta :

« Bon, nous nous revoyons demain matin alors. »

Elle lui prit la main et le remercia chaleureusement pour cette journée passée ensemble. Il tremblait, et lorsqu'il lui demanda si elle avait toujours froid, elle lui répondit par l'affirmative.

« C'est la promenade à "la Cime". Couche-toi tout de suite, tu as besoin de dormir. »

Elle commença aussitôt à déboutonner son manteau et l'avait ôté avant qu'il n'eût atteint la porte. Il resta sur place, étonné.

« Je vais faire comme tu m'as dit », se dépêcha-t-elle d'expliquer. Elle avait froid et claquait des dents.

Il était incapable de bouger, abasourdi de constater qu'elle n'avait pas grossi, qu'elle était comme avant. Pourquoi, dès lors, avoir gardé son manteau tout ce temps ?

« C'est juste, déshabille-toi et mets-toi au lit, tu auras chaud », déclara-t-il pour dire quelque chose.

Elle était obéissante et enlevait un vêtement après l'autre avant de les plier sur une chaise.

« Mais… pourquoi as-tu gardé ton manteau toute la journée ?

– Le manteau ? Parce que j'avais froid. C'est l'air de la montagne, comme tu disais. Tu aurais préféré que je ne le porte pas ?

– Bien sûr que non, mais… ?

– J'ai tellement changé, dit-elle, que désormais je peux porter un manteau de bonne femme sans honte. Ça m'est égal.

– Comment ça, changé ?

– Oh ! non, je ne te ferai pas voir ; j'ai la peau flasque, la poitrine plate, ça pend littéralement.» Elle le regarda soudain, les yeux ronds :

« Mais… qu'est-ce que tu croyais ?

– Moi ? Rien.

– Tu as l'air si désorienté. Dis-moi ce que tu pensais.

– Je ne te trouve pas changée.

– Ah ! Je comprends ! Tu croyais que j'étais obligée de… oui, de cacher quelque chose avec mon manteau.

– Oui, mais ce n'est pas le cas.

– Non, non, qu'as-tu imaginé là ? C'est déjà… assez affreux comme ça. Moi qui t'ai fait fuir.

– Allons, couche-toi maintenant », ordonna-t-il, et il la borda.

Il en avait à peine terminé, qu'elle se relevait d'un bond.

« Tu sais, Léonhard, j'étais si amoureuse, si légère, oui, j'ai bu du vin cette fois-là, mais jamais depuis. Promis. Et je n'ai pas été aussi mauvaise que tu le crois.

– Je te dis de te mettre au lit », répéta-t-il gêné, pitoyable. Il la borda à nouveau. Une grande joie s'empara de lui ; il avait retrouvé sa femme, sa propre femme, et il allait faire quelque chose en contrepartie.

« Je vais rester là jusqu'à ce que tu dormes, dit-il.

– Oh ! oui. Tu veux ?» Elle le remercia sincèrement, c'était un vrai cadeau pour elle. « Mais tu me réveilleras pour que je puisse fermer la porte.»

Il y réfléchit :

« Oui, bien sûr.» Mais ce serait si dommage de la réveiller, elle qui avait tant besoin de sommeil. Et s'il fermait de l'extérieur, s'il gardait la clef ?

« Oui ! fit-elle en lui prenant la main avec reconnaissance.

– Je te rouvrirai demain matin de bonne heure », promit-il.

Lorsqu'elle dormit, il sortit sur la pointe des pieds, ferma et emporta la clef. Euphorique, il descendit l'escalier afin de sortir par la grande véranda. Il voulait faire quelques pas. Il souriait et prononçait pour lui seul des mots stupides : « Étonnant au fond que l'on puisse avoir le droit d'être aussi heureux ! »

Il nota que la soirée était fraîche et le brouillard prêt à tomber ; l'automne était déjà dans l'air et les étoiles semblaient amères. Pourquoi cette amertume ? Les étoiles ne sont pas toujours douces et peuvent avoir parfois une expression amère.

Il y avait de la lumière dans le bureau du docteur ; il pouvait toujours y faire un saut, et savoir ce que contenait la lettre de Moss, bien que cela ne l'intéressât plus beaucoup, une lettre de Moss étant désormais une chose mineure ; il pouvait cependant, vu sa bonne humeur, accorder un peu d'ironie et de méchanceté à son ancien camarade.

Allons-y !

Moss avait écrit de sa propre main : les lignes étaient droites et claires, les lettres belles et la ponctuation précise : il semblait avoir recouvré la vue. Il affirmait être guéri et pouvoir déjà rentrer chez lui. Il serait ravi de revoir le Suicidé, tout aussi bien remis que lui-même, à Kristiania !

« Il aura ce plaisir ! commenta celui-ci, j'irai le voir dès que je serai chez moi.

– Vous rentrez chez vous ?

– Oui, demain. »

Le docteur ne fit aucune allusion à leur dernière rencontre, et, comme il voulait ménager le Suicidé, il ne lui parla pas de sa femme, ne lui laissa pas entendre qu'il avait encore ses mots présents à la mémoire.

« Beaucoup de choses se sont produites ici depuis que vous êtes parti, des meurtres même », dit-il.

Magnus ne répondit pas.

« Vous voyez de qui je veux parler ?

– Au sujet de Moss, c'est une bonne nouvelle.

– Je ne sais pas, répliqua le docteur.

– Vous ne savez pas ?

– Je ne pense pas que vous devriez aller le voir à Kristiania.

– Pourquoi pas ?

– Parce que je crois qu'il n'y est pas.

– Comment ? fit, étonné, le Suicidé, maintenant que tout aurait pu aller bien ! Vous me faites douter à nouveau. Pourquoi y a-t-il toujours quelque chose qui ne va pas ? »

Cette fois, ce fut au docteur de ne pas répondre.

« Pourquoi ne dites-vous rien ? » le pressa le Suicidé.

Le docteur sourit :

« Parce que je l'ignore. Ne croyez-vous pas, monsieur Magnus, que le bon et le mauvais sont des notions assez relatives ?

– Non, s'écria l'autre, ce sont des notions absolues, des choses réelles même.

– Bon, admettons. Votre ami Moss a recouvré la vue et c'est déjà beaucoup.

– Donc, ce n'était pas un champignon de la barbe ?

– Apparemment, non. »

Le Suicidé se leva :

« Vous m'attristez, docteur, je vais m'en aller et essayer de ne plus y penser. »

Ils ne parlèrent plus. C'en était définitivement terminé de leurs bavardages animés et du whisky.

« Bonne nuit ! » lui souhaita le Suicidé.

Il retourna sur la grande véranda. L'air était étonnamment lourd et inquiétant ; un froid subit tombait, venu de « la Cime » ; le brouillard menaçait et ne tarderait pas à venir, le vent se levait déjà. Il regarda vers l'annexe du personnel et aperçut une lumière ; un homme marchait avec une torche à la main, à peine une étincelle dans le brouillard. Vision presque surnaturelle.

Il approcha et reconnut le facteur.

« Vous cherchez quelque chose ?

– Ne m'en parlez pas !

– Qu'avez-vous perdu ?

– Cinq couronnes. Je suis sorti tout à l'heure et c'est à ce moment-là que j'ai dû les égarer. Mais le vent se lève et le billet va disparaître à jamais. Cinq couronnes !

– Ne marchez pas tête nue par ce temps malsain et ne cherchez pas des petits papiers pareils. Voici cinq couronnes.

– C'est pas possible… ?

– Si, c'est possible. Vous m'avez apporté beaucoup de lettres et de cartes, et je m'en vais demain. »

Il avait rendu heureux un pauvre bougre et il s'éloigna, ragaillardi. Quel temps froid et désagréable ; mais ce soir rien ne l'abattrait. Le vent commençait à déferler, là-haut, sur « la Cime ». Il faisait froid, le temps était beaucoup moins lourd que tout à l'heure et le brouillard était chassé par de petits nuages vers la forêt. Il ne se laisserait pas aller à en souffrir. Pour montrer son entêtement, il déboutonna sa veste et resta les mains dans les poches de son pantalon à observer la danse du brouillard. Ce spectacle l'amusait : la montagne, ainsi balayée, redevenait toute propre, et les bâtiments du sanatorium réapparaissaient. Quelle était la signification profonde de tout cela ? Était-ce l'annonce d'une tempête ? Oui peut-être.

Les lumières du château étaient éteintes, sauf au 107, où une chose stupide se produisit : Bertelsen ouvrit la fenêtre et lui cria de monter :

« Je vous en prie, venez prendre un verre avec nous ! »

Le Suicidé ne répondit pas. C'était du joli, cet homme à moitié soûl en train de hurler et de réveiller les autres clients ! Et si elle se réveillait et ne pouvait plus se rendormir ? Il rentra et alla à la porte de sa chambre pour écouter : non, grâce à Dieu, tout était calme ; elle était si fatiguée, aussi.

« Bonne nuit », murmura-t-il avant de monter dans sa propre chambre. Il était épuisé.

Une journée riche en événements se terminait. Tout aurait pu aller pour le mieux, si la mort n'était venue s'y opposer.

XVIII

L'avocat n'aurait pas dû partir, car il aurait su, lui, maintenir l'ordre.

Bertelsen était d'humeur à faire la fête. Il avait commencé à boire tout de suite après déjeuner et était allé dénicher Mlle Ellingsen pour l'épater, comme avant, plus qu'avant, pour lui dire : Santé, mademoiselle Ellingsen ! et lui faire la cour.

Elle n'avait pu refuser, mais s'était montrée indifférente et hautaine au cours de cette pénible réunion. Mme Bertelsen, la veuve Ruben, n'avait pas été ravie non plus, quoiqu'elle eût su ne pas prendre les choses au tragique. Elle était trop intelligente pour cela. C'était une femme de tête, quand elle le voulait, et avec Bertelsen, tout s'était fait extrêmement vite. Ce n'était peut-être pas la chose la plus heureuse de sa vie, mais elle n'était pas timide et savait s'assumer pleinement ; de toute façon, la séparation de biens la rassurait : Dieu sait si cette décision avait fait plus d'une fois l'objet de disputes…

Outre Mlle Ellingsen et M. et Mme Bertelsen, une quatrième personne était présente ; la veuve d'un juge de paix, ou quelque chose de ce genre, l'ancienne « secrétaire » de l'affaire du tapis du docteur Øyen.

En fait, on l'avait invitée pour faire le compte, ce qu'elle avait d'ailleurs parfaitement compris. Elle avait cependant voulu se mettre en valeur au début et avait complimenté Mme Bertelsen sur sa bonne mine ; à quoi l'intéressée avait simplement répondu qu'elle ne connaissait que trop bien son teint et son apparence et que le régime qu'elle suivait pour ne pas regrossir n'était pas l'idéal pour avoir un teint de rose.

Mais Mme Bertelsen avait des yeux merveilleux, un regard doux, absolument unique !

« Oui, reprit de plus belle la veuve, c'est admirable comme vous avez bonne mine, madame Bertelsen, et je me souviens de vous avant, je veux dire, l'année dernière, les premiers temps ici…

– Ah ! » répondit simplement Mme Bertelsen. La veuve se fit ensuite plus discrète et moins bavarde et se borna à acquiescer à tout ce que disait Mme Bertelsen.

Mlle Ellingsen, de son côté, ne fit nullement attention à la femme de Bertelsen : elle avait ses propres soucis. Lorsqu'elle eut bu du vin, elle commença elle-même à parler de son livre, ce recueil d'anecdotes qui devait sortir pour Noël. Elle avait pris ces vacances pour pouvoir le terminer.

Bertelsen avait plus d'une fois entendu parler de ce recueil ; par politesse, les dames demandèrent comment elle l'intitulerait.

« *Cri dans la nuit*, annonça-t-elle.

– Non ! »

Elle n'avait pas encore choisi son éditeur, mais connaissait déjà le nombre de pages, et avait toute l'histoire en tête.

« Comment faites-vous, comment y arrivez-vous ? lui demandèrent les dames.

– Tout le monde me pose la même question. Il faut avoir la vocation, bien sûr, et ça vient tout seul, je n'ai aucun mal à trouver le sujet. Voulez-vous savoir par exemple ce qui m'est arrivé dans le train qui m'amenait ici ?

– Oui, répondirent-elles.

– A votre santé ! dit Bertelsen en levant son verre.

– Voilà : il y avait un homme assis en face de moi, et je le reconnaîtrais entre mille tellement il m'a impressionnée : il faisait tout avec la main gauche !

– Ah ?

– Avec la main gauche, oui.

– Et c'est si étonnant ?

– Cet homme avait dû faire une fois quelque chose qui ne peut être fait qu'avec la droite ! »

Les autres ne comprenaient rien à ses discours.

Elle s'expliqua :

« Il faisait semblant d'être gaucher !

– Il faisait semblant ? demanda Mme Bertelsen, oui, mais comment savez-vous cela, que diable… je ne comprends pas… »

Mlle Ellingsen était à nouveau un peu perdue ; elle ne supportait pas d'être interrogée, il ne fallait jamais la bousculer.

Mme Bertelsen la pressa :

« Et ensuite ? »

Elle hocha la tête et répondit :

« C'est tout – pour l'instant. »

Bertelsen intervint : qui sait s'il n'était pas en train d'amadouer sa femme pour une affaire d'ordre privé :

« Je ne comprends pas pourquoi nous prenons la peine de poser toutes ces questions ; Mlle Ellingsen a un sens très poussé de l'observation, je le sais, et elle doit savoir de quoi elle parle. A votre santé, jolie dame !

– Je trouve que c'est idiot, pardonnez-moi, mais je le pense », dit Mme Bertelsen.

Mlle Ellingsen baissa les yeux ; cette femme, d'habitude si calme, tremblait un peu. Elle cessa de contempler le plancher pour lancer un regard torve à Mme Bertelsen :

« J'ai mes informations, déclara-t-elle. Le télégraphe. J'en sais peut-être davantage sur cet homme que je ne puis le révéler : mais je dois respecter le règlement.

– Tu vois ! » dit Bertelsen à sa femme. Il se leva et bâilla avant d'ajouter :

« La pièce est tellement enfumée qu'on ne se distingue plus. Ces dames ne voient pas d'inconvénients à ce que j'ouvre un instant ? »

Il le fallait, car la fumée épaisse picotait les yeux de la veuve et empêchait le grand lustre et la bougie, dans le coin, de bien éclairer.

Bertelsen ouvrit la fenêtre, mais sa femme lui cria aussitôt:

« Ferme vite ! Tu ne vois pas que la lampe s'éteint ! »

Il referma avec beaucoup de mal en jurant un peu à cause de la puissance du vent. Seule, la bougie éclairait désormais la pièce. La veuve tenta de rallumer la lampe, mais elle se brûla les doigts au contact du verre chaud et y renonça. Ils décidèrent alors que la bougie était suffisante et poursuivirent leur bavardage dans la pénombre. Bertelsen injuria un peu le Suicidé qui n'avait pas daigné répondre à son invitation, grogna contre le vent qui lui avait presque arraché la fenêtre des mains et maudit cette bougie qui les éclairait si mal qu'il retrouvait difficilement son verre. Après tous ces énervements, toutes ces contrariétés, il s'endormit.

Ce grand gaillard avait toujours besoin d'un petit somme au beau milieu d'une fête. Les dames n'en firent aucun cas et attaquèrent à nouveau leurs conversations ; apparemment, elles avaient plus à se dire qu'avant. Mme Bertelsen en savait long sur le théâtre et la musique, et elle raconta, avec force mouvements d'une de ses belles bagues, l'anecdote d'une cantatrice célèbre qui, lors de son premier concert à Kristiania, avait fait scandale en n'arrivant pas à produire un seul son. La veuve s'étonna que les cantatrices ne sussent pas s'arrêter à temps.

« C'est si mélancolique de devoir faire leur dernière tournée, lui expliqua Mme Bertelsen, pendant quelques années elles gagnent une fortune avec leur voix mais elles la dilapident aussi-tôt et se retrouvent les mains vides une fois âgées.

– Oui, c'est bien ça », approuva Mlle Ellingsen pour se montrer aimable.

Elles bavardèrent, bavardèrent... Bertelsen dormait toujours. Deux heures ou plus s'écoulèrent ; la veuve surveillait Mme Bertelsen pour guetter le moindre signe qui marquerait la fin de la réunion, car elle voulait à tout prix se montrer bien élevée et prendre congé comme il se devait ; c'était la moindre des politesses envers une dame d'un tel rang.

Bertelsen se mit à ronfler plus fort que jamais et Mme Bertelsen déclara :

« Je ne sais pas, il est peut-être tard ? Je ne voudrais pas vous chasser, mais… »

Tout le monde se leva.

C'est alors que Mme Bertelsen perdit sa bague. Elle se baissa et les deux autres l'imitèrent pour l'aider. Mlle Ellingsen alla chercher la bougie pour mieux les éclairer. On devrait bien arriver à retrouver le bijou qui, après tout, n'avait pas pu s'envoler.

« La voilà ! » s'exclama-t-elle en passant, la bougie à la main, derrière Mme Bertelsen. Au même instant, les vêtements de celle-ci s'enflammèrent. Des cris et des flammes se mêlèrent. Mme Bertelsen courut vers l'alcôve pour y chercher de l'eau et des couvertures, mais elle ne réussit qu'à tout embraser sur son passage, y compris les tentures. Son mari se réveilla enfin, complètement ivre, et commença à hurler plus fort que les autres pour leur demander de garder leur sang-froid. Il bondit vers l'alcôve pour porter secours à sa femme, mais les tentures s'écroulèrent sur lui. Il recula alors pour se lancer par la fenêtre mais ne parvint qu'à enflammer les rideaux. En désespoir de cause, il se jeta sur la table et versa le restant du vin sur ses vêtements : en pure perte. Mlle Ellingsen intervint : elle arracha la nappe pour l'en couvrir, sans y réussir, car la panique le rendait insaisissable. C'est alors qu'elle remarqua que ses vêtements s'enflammaient à leur tour. Elle se jeta immédiatement à terre et s'y roula en hurlant et renversant tout sur son passage. La seule personne qui aurait encore pu agir, pleurait, immobile, comme paralysée. Après beaucoup d'efforts, Bertelsen arriva à se libérer de la nappe en feu et la lança de toutes ses forces le plus loin possible… aux pieds de la veuve qui s'embrasa à son tour.

Tout et tous brûlaient.

Des annexes, les domestiques remarquèrent que le château était anormalement éclairé et sortirent pour mieux voir : un accident ! La tempête s'était levée : on tenait à peine debout et marcher était pratiquement impossible. Ils crièrent « au feu ! » pour réveiller les clients et coururent à la porte de la véranda. On ne leur ouvrit pas ; le Suisse se dépêcha alors d'aller chercher une hache pour l'enfoncer : personne à l'intérieur. Accompagné de l'économe et du facteur, il s'engouffra dans le bâtiment ; les trois hommes montèrent rapidement l'escalier en hurlant « au feu ! » tant qu'ils le purent, mais la fumée les obligea bien vite à battre en retraite.

La tempête propageait l'incendie à une vitesse folle et les flammes étaient d'une taille démesurée. La grande bâtisse paraissait se consumer comme du papier. Que faire ? Les seaux d'eau n'avaient été d'aucun effet et les échelles placées au hasard devant les fenêtres ne leur avaient servi qu'à observer, avec impuissance, le désastre. Désemparés, ils ne pouvaient que crier. A chaque étage, des gens apparaissaient aux fenêtres et hurlaient, incapables de se faire entendre dans le vacarme de la catastrophe ; certains se jetaient dans le vide, leur chemise de nuit en flammes, et tombaient comme des météores. Les sauveteurs s'acharnaient à dresser des échelles avec l'espoir de sauver quelques vies, mais la tâche était impossible. Une femme surgit à une fenêtre, les bras chargés de vêtements qu'elle lança dans le vide sans oser sauter elle-même.

C'était la fin ; les murs avaient pris feu et un rideau de flammes séparait maintenant les sauveteurs du bâtiment.

« Par ici les échelles ! »

C'était l'ingénieur ; aidé par les hommes du chantier, il avait pris le commandement. On dressa une nouvelle fois les échelles, de fenêtre en fenêtre, et quelques intrépides y grimpèrent. A l'intérieur du sanatorium tout n'était plus que flammes et ils furent aussitôt obligés de renoncer pour redescendre précipitamment, embrasés eux aussi, ainsi que leurs échelles.

Le docteur survint, en sous-vêtements et nu-tête. Il ne put rien faire de plus que les autres, mais il garda son calme.

Quelques clients avaient, malgré tout, réussi à s'échapper par la véranda. Trois ou quatre les suivirent en hurlant ; à moitié nus, quelques-uns avec des vêtements pleins les bras ; un dernier parvint à s'enfuir, en flammes, avant que la porte ne se consume à son tour.

Un homme habillé apparut sous le toit à un angle du bâtiment. Il regarda en bas, puis, sans hésiter, commença à glisser le long de la gouttière. Une échelle aurait alors pu le sauver, mais il n'y en avait plus. Il continua sa descente d'étage en étage jusqu'au premier où le feu l'arrêta. Il semblait perdu, mais ne lâchait pas prise pour autant. Brusquement, il disparut dans le brasier et se retrouva au sol. Il se roula à terre, arracha sa veste, et éteignit les flammes avec son chapeau et ses mains.

C'était le Suicidé.

Il avait réussi à se sauver en abandonnant la gouttière et sautant dans le vide. Après avoir rebondi sur un balcon du premier, il avait poursuivi sa chute et était parvenu au sol, presque indemne. Une chance inouïe, un miracle, ce Suicidé qui crevait de peur de mourir avait osé se lancer d'une telle hauteur dans un océan de flammes.

Il voulut immédiatement rentrer par la véranda, mais ne le put pas.

« Je l'ai enfermée à clef ! hurla-t-il. J'ai la clef, elle ne peut pas sortir, c'est le 106.

– Mais où est le 106 ? La chambre 106 a déjà brûlé. »

Personne ne put rien pour lui ; il n'y avait plus d'échelles, plus de murs contre lesquels les appuyer, plus de fenêtres, plus rien que des flammes.

Il hurla le numéro en brandissant la clef de ses mains brûlées, et voulut encore passer par la véranda ; mais il n'y avait plus de véranda, celle-ci était, comme tout le reste, un énorme brasier...

Un visage apparut, tout en haut, deux mains en l'air. Les cheveux d'une femme en feu ; puis tout disparut.

Tout et tous disparurent.

La tempête transforma l'incendie en une catastrophe ; du château le feu se propagea aux annexes, à la réserve, à l'étable. Des cinq bâtiments, seul le bûcher était épargné. Rien ne put être sauvé ; l'ingénieur et ses hommes tentèrent une dernière fois d'éteindre le feu des annexes, mais la tempête envoyait de telles flammes du château, qu'ils durent y renoncer. Des hommes étaient montés du village ; en vain : la bonne volonté n'était d'aucun secours. Ce qui était possible avait été fait : le Suisse avait laissé sortir les vaches de l'étable à temps et les avait poussées vers la forêt ; le docteur avait organisé les secours en envoyant les villageois chez eux pour chercher des moyens de transport pour les survivants.

Quatre heures du matin.

La tempête avait cessé ; les lieux du sinistre étaient calmes, les blessés enlevés, et seuls deux ouvriers restaient pour surveiller. De la forêt, on entendait de temps à autre le gémissement des vaches du sanatorium. Le Suicidé errait sur le terrain abandonné à l'obscurité et à la fumée. Il n'avait pas voulu descendre avec les autres. Il s'avança jusqu'à la façade, s'arrêta en murmurant quelque chose, suivit du regard un mur imaginaire, la clef toujours à la main – une main crispée sur un morceau de métal. Les gardiens auraient préféré qu'il s'en allât et avaient même essayé à plusieurs reprises de l'en convaincre, mais il avait refusé.

« Que cherchez-vous ? Qu'attendez-vous ?

– Je n'attends pas. C'est-à-dire, je marche, mais je n'attends pas. Ma femme dormait au 106.

– Ah ! Votre femme était enfermée là-dedans ?

– Oui, voici la clef. »

Émus, ils hochèrent tristement la tête et le laissèrent en paix ; il ne volait pas – il n'y avait d'ailleurs plus rien à voler. Ils commencèrent à parler à voix basse. Qui avait bien pu allumer ce feu ? Et l'assurance ? A leur avis, le sanatorium serait reconstruit, mais quelle malchance : dans un mois, l'ingénieur aurait eu terminé les travaux et l'eau aurait coulé à flots pour éteindre les flammes ! Le destin n'en avait pas décidé ainsi.

Le Suicidé errait.

« Ne serait-ce pas mieux pour vous, lui dirent-ils gentiment, vu son état, ne serait-ce pas mieux d'aller vous mettre à l'abri à la ferme voisine ?

– Si.

– Comme ça, vous aurez du café et quelque chose à manger.

– Oui. »

Mais il ne s'éloigna pas et continua de tourner en rond.

Vers cinq heures, le jour commença à poindre et il s'en alla, sous l'œil vigilant des gardiens. Il se dirigea vers le bûcher, et sans regarder autour de lui, s'approcha de la petite luge appuyée contre le mur ; c'était celle qui avait servi de traîneau l'hiver précédent. Il commença à défaire la corde. Les hommes s'avancèrent et lui demandèrent :

« Que faites-vous là ? »

Il ne répondit pas.

« Il ne faut toucher à rien. Pourquoi prenez-vous cette corde ?

– Pourquoi ?

– Vous voulez ficeler vos bagages ?

– Oui, c'est ça, je veux ficeler mes bagages !

– Où sont vos affaires ? »

Pour la deuxième fois, il ne répondit pas. Visiblement, cette corde lui était indispensable, et il ne la lâcherait pas. Les hommes n'y attachèrent donc plus guère d'importance et voulurent bien la lui accorder, pour avoir la paix :

« Bon, prenez-la. »

Le Suicidé s'en alla avec son butin. Il traversa la cour et passa devant les poteaux aux affiches blanches : les signalisations et les bulletins météorologiques, les derniers vestiges du sanatorium de Torahus. Il prit le chemin familier de la ferme, et se dépêcha, comme s'il avait une mission à accomplir. A hauteur de la cabane, il s'enfonça dans la forêt ; ce n'est qu'à ce moment qu'il commença à souffrir de ses plaies et à souffler dessus sans arrêt, pour calmer la douleur. Une fois au cœur de la forêt, il se mit à chercher un arbre en murmurant « 106, 106 ». Durant la nuit, il avait tellement répété ce chiffre, qu'il le disait maintenant mécaniquement. La clef était toujours dans sa main. Il avait du mal à trouver un arbre approprié et continua d'en chercher un longtemps. Il devait bien en exister un, pourtant. Ce qu'il avait en tête était la seule chose à faire et il ne fallait pas attendre pour la mettre à exécution. A quoi bon repousser ? La mort ne le guettait-elle pas à chaque instant, derrière chaque arbuste, derrière chaque arbre, prête à s'emparer de lui ? Quelque chose se mit à le gratter dans sa botte, à chaque pas. N'y tenant plus, il s'assit : il avait une aiguille de pin dans sa chaussette. Il l'ôta et se rechaussa en nouant ses lacets comme d'habitude. Il serait sans doute plus facile de trouver un arbre convenable un peu plus haut, il en avait en effet dépassé quelques-uns qui n'étaient pas mal, pas mal du tout même. Il fit demi-tour et remonta. Non, il n'était plus question de tergiverser. Il y avait là un pin très sec, avec une branche parfaitement adaptée à l'usage qu'il voulait en faire. Il lança sa corde et tira dessus de toutes ses forces pour assurer sa prise. Naturellement, la branche céda. Il chercha plus loin, et en trouva un autre. Cette fois, c'était le bon, la branche résistait. Il fit tout son possible pour la casser, mais elle tint. Qu'est-ce qui n'allait pas ? Il n'aurait pas dû autant tirer ; il avait été imprudent car ses mains n'avaient pas supporté l'effort et saignaient douloureusement. Et après ? Il arrangea la corde, l'attacha à la branche et fit le nœud. 106 ! 106 !

Dans deux jours, les corbeaux feraient du boucan autour de ce pin, et les gens suivraient leurs cris et le trouveraient. Ses pieds toucheraient presque le sol car il se serait détendu. Son cou serait anormalement long et fin… S'il ne le faisait pas aujourd'hui, la mort finirait n'importe comment par l'emporter, un jour ou l'autre, car elle était inévitable ; alors pourquoi hésiter, pourquoi ne pas tendre le cou tout de suite ? Il effraya une grive qui s'envola, une petite grive innocente… Au revoir à tout et au revoir à toi, petite Léonora…

Il ne le fit pas. « Non, ne le fais pas », lui dit une voix. Il alla s'asseoir près d'un arbuste et souffla sur ses mains en pleurant.

Que Dieu nous aide, nous sommes minables, nous sommes humains ! Puisque la mort ne l'accaparait pas, il se laisserait accaparer par la vie. Il n'avait pourtant plus de raisons de vivre, il ne voyait pas le soleil, rien sur terre ne le rendait heureux, 106, 106 ! Douleurs aux mains, fatigué à en mourir ; il ne servait à rien. Il s'endormit de froid. La souffrance le réveilla presque aussitôt et il se leva. Il regarda avec angoisse autour de lui, comme si on le poursuivait, et se mit en route pour la ferme. La corde pendait à la branche ; « chien » se dit-il à lui-même, « chien, chien... ».

Les gens de la ferme étaient levés depuis longtemps ; Mlle d'Espard s'était déjà occupée de son enfant et était en train de faire la lessive devant la maison. En voyant approcher le Suicidé, elle se releva et resta bouche bée, hébétée. Ses vêtements étaient en lambeaux ; ses mains en sang. Il ne salua pas.

« Mais, que diable !... »

On ignorait tout, ici, des événements de la nuit. Elles s'étaient couchées sans entendre la tempête, avaient dormi jusqu'à l'aube, et s'étaient levées pour une nouvelle journée de travail.

Mlle d'Espard avait commencé l'apprentissage de la vie, et, à sa manière, elle était assez douée ; elle aussi était humaine, après tout. Le Suicidé prononça quelques mots bizarres :

« Incendie, reste plus rien, le 106 a brûlé, elle y était enfermée, pouvait pas sortir, voici la clef...

– Le sanatorium a brûlé ? Marta, le sanatorium a brûlé cette nuit ! »

Marta sortit de la cuisine et apprit la nouvelle, le visage crispé :

« Et les gens ? demanda-t-elle.

– Les gens, répéta le Suicidé, ils ont brûlé aussi. Elle dormait au 106.

– Il me semblait bien avoir senti une odeur de roussi ce matin, remarqua Marta. Ne l'ai-je pas dit ?

– Si.

– Tout de suite en sortant, j'ai bien senti l'odeur de la fumée.

– Tu es rentrée me le dire.

– Oui, n'est-ce pas ? »

Les deux femmes en parlèrent en long et en large, et bien qu'il n'écoutât pas, trop absorbé par ses propres soucis, leur bavardage pénétrait le Suicidé petit à petit et modifiait le cours de ses pensées. De temps à autre, Julie plongeait un linge dans l'eau pour ne pas délaisser son travail. C'est ce qu'on appelle chez nous se livrer à une occupation terre à terre.

On mit du suif sur les plaies de Magnus, puis on le pansa et on lui donna à manger. Il dormit quelques minutes, toujours assis. En s'en allant, il demanda :

« Le taureau est dehors ?

– Oui, mais très loin d'ici, répondit Julie. Vous descendez à la gare, je suppose ?

– Je ne sais pas. A la gare ?

– Vous rentrez chez vous, non ?

– Peut-être... dit-il en hochant la tête. Je ne comprends pas...

– C'est ce que vous avez de mieux à faire, vous verrez.

– Pourquoi ? Que faire chez moi ? lui demanda-t-il soudain. L'incendie a tout détruit. Elle est morte, anéantie. Vous ne vous rappelez pas ? Elle est montée me voir à "la Cime" hier, il n'y a pas longtemps, quelques heures seulement. Nous avons parlé et nous sommes rentrés ensemble. Hier soir, nous avons poursuivi notre conversation, je ne l'avais pas comprise avant, et elle m'a dit quelque chose, je ne me rappelle pas les mots exacts, mais tout fut éclairci et j'étais si heureux. Mais bon sang, vous ne m'écoutez pas ?

– Si, et je vous plains.

– Je suis resté avec elle jusqu'à ce qu'elle s'endorme, j'étais si heureux ! Et je suis sorti. Maintenant, elle n'est plus nulle part, c'est incompréhensible, je ne peux pas me faire à cette idée. Vous m'entendez !

– Mais vous n'aviez pas une petite fille ? continua-t-elle patiemment.

– Si. Léonora, vous voulez dire ? Si.

– Il ne faut pas l'oublier. Et vous ne le ferez pas, j'en suis sûre. Elle est peut-être en train de vous attendre à sa fenêtre. Tout ira bien, vous verrez. Mon Dieu, je comprends si bien votre peine, mais il ne faut pas désespérer ! dit-elle pour le consoler. Nous avons tous nos chagrins, comme vous disiez. Pour ma part, je dois encore attendre plusieurs années.

– Ah ?

– Oui, sept ans. »

Il faisait complètement jour, et la journée s'annonçait belle après la tempête de la nuit. Autour de la ferme, tout était calme ; aucun buisson ne bougeait, les poules picoraient devant la maison et le ruisseau coulait à quelques pas de là avec un bruit paisible.

« Je suis un chien ! » s'écria le Suicidé.

Elle le dévisagea, ahurie. Il paraissait convaincu ; il avait dit quelque chose d'évident, et pâlissait à ses propres mots, comme frappé par leur justesse.

Elle lui parla avec douceur pour l'apaiser :

« Je crois que vous allez descendre à la gare et rentrer chez vous, monsieur Magnus. Non, n'ayez pas peur, le taureau est dans la montagne comme hier.

– Au revoir ! dit-il avant de se mettre en route.

– Si vous passez par la forêt, vous pouvez encore avoir le train du matin », lui cria-t-elle.

Il passa par la forêt, passa devant la corde pendant à la branche, puis il s'éloigna. Mlle d'Espard le suivit des yeux aussi longtemps qu'elle le put.

Elle reprit ensuite la lessive – toujours aussi douée pour l'apprentissage du bien comme du mal et, comme on dit chez nous, tellement prise par ses occupations terre à terre…

TABLE DES MATIÈRES

PREMIÈRE PARTIE

DEUXIÈME PARTIE

Dans la même collection

CHINUA ACHEBE, *Les termitières de la savane*
MICHAEL ARLEN, *Le Chapeau vert*
ELIZABETH VON ARNIM :
– *Les Aventures d'Elizabeth à Rügen*
– *Mr. Skeffington*
– *Vera*
NICHOLSON BAKER :
– *Vox*
– *Le Point d'orgue*
CECIL BEATON, *Les Années heureuses (1944-1948)*
JAMES BOSWELL, *Amours à Londres*
LOUIS BROMFIELD, *La Mousson. Roman sur les Indes modernes*
ROBERT BYRON, *De la Russie au Tibet*
NEAL CASSADY, *Première jeunesse*
WILLA CATHER, *La Mort et l'archevêque*
GILBERT KEITH CHESTERTON, *L'Auberge volante*
RY COODER, *Los Angeles nostalgie*
DUFF COOPER, *Le Roi David*
FIODOR DOSTOÏEVSKI :
– *Une sale histoire*
– *Notes d'un souterrain*
KENNETH FEARING, *Le Grand Horloger*
ROBERT VAN GULIK, *Le Jour de grâce*
KNUT HAMSUN, *Mystères*
NATHANIEL HAWTHORNE, *La Lettre écarlate*
JAMES HILTON, *Horizons perdus*
GLADYS HUNTINGTON, *Madame Solario*
ALDOUS HUXLEY, *Contrepoint*
ARTHUR KOESTLER, *Des voleurs dans la nuit*
SIEGFRIED KRACAUER :
– *Rues de Berlin et d'ailleurs*
– *Genêt. Par lui-même*
SINCLAIR LEWIS, *Elmer Gantry le Charlatan*
JACK LONDON, *Profession : écrivain*
VLADIMIR MAÏAKOVSKI, *Du monde j'ai fait le tour*
CURZIO MALAPARTE :
– *Prises de bec*
– *Sodome et Gomorrhe* suivi de *La Tête en fuite*
W. SOMERSET MAUGHAM :
– *Mémoires*
– *Et mon fantôme en rit encore*

Walter Mehring, *Les Müller*
Péter Nádas, *Amour*
Friedrich Nietzsche, Paul Rée, Lou von Salomé, *Notre trinité*
George Orwell :
– Une histoire birmane
– Un peu d'air frais
Robert Penn Warren :
– Les Fous du roi
– Les rendez-vous de la clairière
Fernando Pessoa :
– Chronique de la vie qui passe
– Comment les autres nous voient
Chaïm Potok :
– Au commencement
– La Promesse
Satyajit Ray, *La Nuit de l'indigo et autres nouvelles*
Mario Rigoni Stern :
– La Dernière Partie de cartes
– En guerre
– Requiem pour un alpiniste
– Retour sur le Don
Rainer Maria Rilke,
Sa vie est passée dans la vôtre. Lettres sur le deuil
Joseph Roth :
– À Berlin
– Automne à Berlin
– Gauche et Droite
Arthur Schnitzler, *Le Retour de Casanova*
William B. Seabrook, *Secrets de la jungle*
Sam Shepard, *Rolling Thunder. Sur la route avec Bob Dylan*
Israël Joshua Singer, *D'un monde qui n'est plus*
Wallace Smith, *Bessie Cotter*
Tobias G. Smollett, *Roderick Random*
W. Somerset Maugham, *Et mon fantôme en rit encore*
Anton Tchekhov :
– Bagatelles quotidiennes et autres nouvelles
– Premières nouvelles
suivi de
L'Offense
– Elle et lui
Léon Tolstoï :
– Contes, récits et fables (1869-1872)
– Les Cosaques

KURT TUCHOLSKY, *Un été en Suède*
LÉON URIS :
– *Exodus*
– *Mila 18*
GIOVANNI VERGA,
Cavalleria rusticana et autres nouvelles siciliennes
REX WARNER, *Périclès l'Athénien*
EDITH WHARTON :
– *Les Beaux Mariages*
– *L'Âge de l'innocence*
PELHAM GRENVILLE WODEHOUSE :
– *Un Amour de monte-en-l'air*
– *Avec le sourire*
– *Bill le Conquérant*
– *Les Caprices de Miss Bennett*
– *Célibataires anonymes*
– *La Chance des Bodkin*
– *Cocktail Time*
– *Hello, Plum !*
– *L'Héritage Pyke*
– *La Jeune Fille en bleu*
– *Monty, Gertrude, Sandy et les autres*
– *Un Pélican à Blandings*
– *Si j'étais vous*
LEONARD WOOLF :
– *Ma Vie avec Virginia*
– *Les Vierges sages*
– *Le Village dans la jungle*
VIRGINIA WOOLF :
– *Croisière*
– *Les Livres tiennent tout seuls sur leurs pieds*
– *De la lecture et de la critique*
suivi de
Les fruits étranges et brillants de l'art
EVGUÉNI ZAMIATINE :
– *Seul*
suivi de
Le Pêcheur d'hommes
FRANZ ZEISE, *L'Armada*
FRIDERIKE ET STEFAN ZWEIG,
L'Amour inquiet. Correspondance 1912-1942
STEFAN ZWEIG, *Le monde de demain*

Composition et mise en pages :
Flexedo (prepresse@flexedo.com)

Ce volume,
le quatre-vingt-dix-huitième
de la collection « Domaine étranger »
publié aux Éditions Les Belles Lettres,
a été achevé d'imprimer
en décembre 2024
sur les presses
de l'imprimerie Présence Graphique

N° d'édition : 11187 — N° d'impression : 122480491-03
Dépôt légal : février 2025
Imprimé en France